BLT

Mit der Welt
auf Buchfühlung

Lorenzo de' Medici wurde in Mailand geboren und studierte Ökonomie in der Schweiz und Kunstwissenschaft in den USA. Er lebte außerdem in Deutschland, Österreich und Monte Carlo. Er stammt aus einer der berühmtesten Familien Italiens, seine Eltern waren Prinz Lorenzo de' Medici und Prinzessin Irina Carrega Bertolini di Lucedio. Heute lebt und arbeitet Lorenzo de' Medici als Schriftsteller in Barcelona.

Nach der Familienbiografie DIE MEDICI ist der historische Roman DIE MEDICI-VERSCHWÖRUNG das zweite Buch des Autors, das in deutscher Sprache erschienen ist.

LORENZO DE' MEDICI

DIE MEDICI VERSCHWÖRUNG

Historischer Roman

Aus dem Spanischen von
Sybille Martin

BLT

BLT
Band 92297

1. Auflage: August 2008

Für Bianca Bertolini und Rosolino Carra
mit großer Zuneigung

Vollständige Taschenbuchausgabe
der in Ehrenwirth erschienenen Hardcoverausgabe

BLT und Ehrenwirth
in der Verlagsgruppe Lübbe

Titel der spanischen Originalausgabe:
»La conjura de la reina«
Originalverlag: Ediciones Martínez Roca, S.A., Madrid
Durch die Vermittlung der AVA international GmbH
(www.ava-international.de)
und Ute Körner Literary Agent, S.L.
(www.uklitag.com)
Für die deutschsprachige Ausgabe:

Titelbild: © Sotheby's / akg-images
Umschlaggestaltung: Gisela Kullowatz
Vignetten von Jan Balaz
Autorenfoto: © Privat
Satz: Bosbach Kommunikation & Design GmbH, Köln
Gesetzt aus der Berkeley
Druck und Verarbeitung: GGP Media GmbH, Pößneck
Printed in Germany
ISBN 978-3-404-92297-0

Schloss Blois,
Königreich von Frankreich

Donnerstag, 5. Januar 1589

Ganz Frankreich war von einer großen weißen Decke überzogen. Seit Tagen schneite es ununterbrochen, und die Wege durch die brachliegenden Felder in die Städte waren nicht mehr passierbar, was die Verbindungen zum restlichen Königreich erschwerte. Und als wäre das nicht schon genug, hatte sich eisige Kälte über Häuser, Bäume und Menschen gelegt.

König Heinrich III. hatte in Begleitung der gesamten Königsfamilie und des Hofstaates aus Paris, das von Ausschreitungen heimgesucht wurde und in Händen von Rebellen war, in eine seiner vielen Residenzen, das Schloss Blois im Herzen von Frankreich, flüchten müssen. Der erzwungene Aufenthalt löste beim Letzten der Familie Valois große Niedergeschlagenheit aus. Heinrichs III. Stimmungen schwankten ständig zwischen großer Euphorie und tiefster Depression. Ein paar Wochen zuvor hatte er in der Absicht, der Rebellion ein Ende zu bereiten, nicht gezögert, seinen schlimmsten Feind, den Herzog von Guise, ermorden zu lassen. Doch als die erste Aufregung verflogen und er zu der Überzeugung gelangt war, dass der Mord an dem Herzog noch das geringste Übel gewesen sei, befielen den König unverhofft Zweifel. Als wäre das nicht schon Grund genug, in die Depression zu versinken, kündigte der schlechte Gesundheitszustand seiner Mutter Katharina de' Medici – seine wichtigste Ratgeberin und Grundpfeiler des Königreiches – das nahe Ende ihrer Tage an.

Der eisige Winter war bis ins Innere des Schlosses gekrochen. Die großen Kamine, versorgt von einer Heerschar von Bediensteten, die regelmäßig Feuerholz nachlegten, schafften es nicht, die Räume zu wärmen.

Am frühen Morgen dieses 5. Januar betraten die Kammerzofen, die zum Gefolge der Hofdamen gehörten, eine nach der anderen geräuschlos das Schlafzimmer der Königin im Haupttrakt des Schlosses. Sie brachten ihr eine Hühnerbrühe, die ihr die Ärzte nach einer langen Nacht der Beratungen verordnet hatten. Wie es bei solchen Anlässen geboten war, wurde der Raum von mehreren Dutzend Kerzen so hell erleuchtet, als wäre es schon Tag. Im Morgengrauen standen noch mehr Personen am Bett der Herrscherin, in absoluter Stille und im Bewusstsein dessen, dass sie an einem so wichtigen wie schmerzlichen Ereignis teilhaben durften: das Ende der mächtigsten und gefürchtetsten Königin von Frankreich.

Höflinge, Hofdamen, Kammerherren, Ärzte, Bedienstete, sie alle wollten dabei sein und mit eigenen Augen sehen, wie diejenige starb, die fast ein halbes Jahrhundert lang ihre unangefochtene Gebieterin gewesen war. Einige Damen weinten lautlos und trockneten sich rasch mit einem großen Taschentuch die Tränen. Sie konnten nur mühsam ihren Kummer über den Verlust einer Herrin verbergen, der sie so viele Jahre gedient hatten.

In dem großen Bett mit Baldachin, über dem die Waffen Frankreichs hingen, ruhte hinter den schweren Damastvorhängen Katharina de' Medici, Königinmutter von Frankreich. Die Herrscherin schien zu schlafen. Auf ihrer Stirn glänzten Schweißperlen vom Fieber, das seit Tagen nicht aus dem geschwächten Körper weichen wollte, der ausgelaugt war von den Exzessen der Schlemmerei, den zahlreichen Reisen durch Frankreich, der Gicht und einem Übel, gegen das sie nicht ankämpfen konnte: das Alter. Es fehlten nur noch ein paar Monate bis zu ihrem siebzigsten Geburtstag.

Um das Bett herum standen ihre ersten Hofdamen, die abwechselnd die ganze Zeit bei ihr gewacht und jede noch so winzige Regung ihres Gesichts beobachtet hatten. Die Königin litt seit vierzehn Tagen an einer schweren Bronchitis und hatte fast die ganze Nacht hindurch gehustet. Das Fieber war sehr hoch, und man fürchtete um ihr Leben. Alle wussten, dass der alten Herrscherin nicht mehr viel Zeit blieb. Obwohl es noch sehr früh war, hatten sich in ihrem Vorzimmer schon Gesandte und Gäste von ausländischen Höfen in Erwartung der unseligen Nachricht eingefunden. Einige von ihnen waren die ganze Nacht da gewesen, denn wenn die Königin starb, müssten sie ihre Herrscher so schnell wie möglich darüber informieren.

Eine der Hofdamen, die Herzogin von Retz, beugte sich über die Königin und sagte mit sanfter Stimme:

»Majestät, Majestät.«

Katharina antwortete nicht, öffnete jedoch langsam die Augen. Sie blickte sich ein wenig verwirrt um und betrachtete jedes einzelne Gesicht der Anwesenden. Sie war bei vollem Bewusstsein. Trotz des Fiebers und der Krankheit hatte sie noch immer diesen eindringlichen Blick, der jahrzehntelang das ganze Land hatte erzittern lassen. Es überraschte sie nicht, am frühen Morgen so viele Menschen in ihrem Schlafgemach zu sehen. Sie wusste, dass alle Anwesenden auf ihr Ende warteten, und dachte: Sollen sie doch warten, ich habe es mit dem Sterben nicht eilig. Im Grunde ihrer Seele war sie davon überzeugt, dass ihre letzte Stunde noch nicht gekommen war, und sie pries diesen Tag, für den die Astrologen ihr eine verhängnisvolle Prophezeiung ausgesprochen hatten. Sie hatten ihr vorausgesagt, dass sie in der Nähe von Saint-Germain sterben würde. Sie deutete diese Prophezeiung als eine Anspielung auf ihr Schloss in Saint-Germain-en-Laye, das immer eine ihrer Lieblingsresidenzen gewesen war. Für den Fall der Fälle hatte sie es seither klugerweise vermieden, in die Nähe des

Schlosses zu reisen. Saint-Germain war weit weg von Blois, ein Grund, warum die Königin davon überzeugt war, dass sie an diesem Tag nicht sterben würde. Während zahlreicher Krankheiten hatte sie oft erlebt, wie sich ihr Schlafgemach mit langen, traurigen Gesichtern füllte, als wäre der tragische Augenblick schon gekommen. Doch immer war es ihr gelungen, die Krankheit zu besiegen und alle mit ihrer unglaublichen Genesungsfähigkeit und ihrer ungeahnten Kraft zu überraschen, dem Übel zu begegnen und wieder gesund zu werden, als wäre nichts geschehen. Würde sie es dieses Mal auch schaffen?

Die Königin hob sachte den Kopf, und die Kammerzofen schüttelten ihr rasch die Kissen auf, damit sie ihren Kopf wieder bequem hinlegen und sich ohne Anstrengung umschauen konnte.

»Man hat Euch eine Hühnerbrühe gebracht, Majestät«, fuhr die Herzogin fort. »Eure Ärzte sagen, sie täte Euch bei dem Husten gut.«

Über Katharinas Gesicht huschte ein Lächeln. Eine gute Hühnerbrühe hatte sie immer gemocht, aber im Augenblick hatte sie keinen Appetit darauf. Sie fühlte sich zu schwach. Beim Anblick der vielen Menschen machte sie eine leichte Handbewegung, als wollte sie mit dieser Geste zu verstehen geben, dass ihr deren Anwesenheit unangenehm sei. Die Herzogin verstand den Wunsch der Herrscherin sofort und gab den Kammerzofen ein Zeichen, so rasch und geräuschlos, wie sie eingetreten waren, das Schlafgemach zu verlassen. Es blieben nur die engsten Vertrauten von höchstem Rang, die Herzoginnen und Prinzessinnen, die ihr zu Diensten standen.

»Wie ist das Wetter, Madame von Retz?«, fragte die Königin mit dünner Stimme.

»Es schneit noch immer, Majestät. Es ist sehr kalt, wie in den vergangenen Tagen.«

»Mir ist eiskalt, Madame. Lasst mehr Holz in den Kamin

werfen!«, befahl sie plötzlich mit überraschend fester Stimme. »Sagt ihnen, die Königin friert.«

Die Dame verbeugte sich tief und gab, ohne der Herrscherin dabei den Rücken zu kehren, der hinter ihr stehenden Marquise von Auteuil ein kaum wahrnehmbares Zeichen mit dem Kopf. Die Marquise verstand die Bedeutung dieser Geste und nickte ihrerseits dem Ersten Kammerherrn zu. Dieser beauftragte durch einen Burschen den Zuständigen für die Kamine, reichlich Feuerholz für die Gemächer der Königin herbeizuschaffen. Der Hof unterlag einer absolut strikten Etikette, in der jeder einzelne der Anwesenden eine bestimmte Aufgabe zu erfüllen hatte. Es waren kleine, streng gehütete Privilegien, denn nie hätte sich jemand erlaubt, die Arbeit eines anderen zu verrichten, auch wenn es sich um eine so schlichte Aufgabe wie das Befeuern des Kamins handelte.

Zu jenem Zeitpunkt war die Atmosphäre am Hofe eher schwermütig denn feierlich, als wäre sie überschattet vom baldigen Tod der Herrscherin, an dem nun niemand mehr zweifelte. Man war sich der ernsten Situation wohl bewusst. Seit Tagen war bekannt, dass sich die alte Königin von diesem schrecklichen Fieber nicht mehr erholen würde. Es gab keinen Zweifel daran, sie war am Ende ihres Lebensweges angekommen. Zum ersten Mal stimmten ihre dreiundzwanzig Ärzte in ihrer Diagnose überein. Es gab keine Hoffnung mehr. Nur ihre unglaubliche Willenskraft ließ sie noch durchhalten. Es war lediglich eine Frage der Zeit, vielleicht von Stunden.

Katharina schmiegte sich in das Bettzeug aus feinem Leinen, das sie so mochte und das eigens für sie in Flandern hergestellt wurde. Die geringen Kräfte, die ihr noch verblieben waren, ließen sie ahnen, dass sich ihre letzte Stunde näherte. Doch sie gab nicht auf. Dieses Mal würde es ihr nicht gelingen. Sie fühlte sich zu schwach. Es war offensichtlich an der Zeit, ein letztes Mal Rechenschaft abzulegen. Die Stunde der Wahrheit war gekommen. Doch nur vor dem Herrn wollte sie Rechenschaft ablegen. Ihren Höflingen gegenüber musste sie sich nicht rechtfertigen. Wegen ihrer Fehler, ihrer Schuld, ihrer Misserfolge und ihrer Sünden musste sie sich einzig vor Gott verantworten. Würde Gott auch ihre Erfolge berücksichtigen? Und ihre Bemühungen? Ihren guten Willen und vor allem ihren Glauben? Bestimmt. Auch wenn sie manches Mal Opfer großen Kummers gewesen war und dabei sogar an ihrem eigenen Glauben gezweifelt hatte, wusste er, dass es ihr immer gelungen war, ihre Zweifel zu überwinden und wieder fest an ihn zu glauben. Für sie hatte es nie einen anderen Weg der Hoffnung gegeben.

Im Laufe ihres langen Lebens waren ihr zahlreiche Verbrechen vorgeworfen worden, und man hatte ihr die Schuld für alles Unheil gegeben, das Frankreich in den letzten Jahrzehnten widerfahren war. Manches davon stimmte vielleicht, aber vieles war falsch. Ihr Gewissen, das sie so oft gepeinigt hatte, war endlich ruhig. Sie wusste, dass sie nur zum Besten des Staates und nicht aus persönlichem Hochmut gehandelt hatte. Ihr Mann, den sie sehr liebte, ohne dass er diese Liebe je erwiderte, hatte ihr ein armes, zerrissenes und von Bürgerkriegen und Invasionen verwüstetes Land hinterlassen. Sie hatte ihr Möglichstes getan, um der Nachwelt und ihren geliebten Söhnen ein größeres, mächtigeres und ruhmreicheres Königreich zu vererben.

Katharina erinnerte sich. Sie erinnerte sich an den Tag, an dem sie als junges Mädchen aus dem fernen Florenz in Frankreich eingetroffen war. Sie hatte solche Angst und zugleich so große Hoffnungen gehabt. Sie war auf dem Weg in eine ungewisse Zukunft, zu einem Mann, den sie noch nie gesehen hatte, in ein Land, das ihr völlig unbekannt war. Sie erinnerte sich daran, als wäre es erst vor ein paar Jahren gewesen, und dennoch waren seit jenem Tag so viele Jahre vergangen, über ein halbes Jahrhundert. War sie in diesem Land einmal glücklich gewesen? Es überraschte sie selbst, dass sie sich diese Frage stellte. Nie zuvor war ihr eine so private Frage in den Sinn gekommen. Kann eine Königin glücklich sein? Sie wusste es nicht. Bestimmt hatte es Augenblicke gegeben, in denen sie geglaubt hatte, es zu sein, aber das war lange her. Die Ereignisse hatten ihre Gefühle so weit beeinflusst, geprägt und in den Hintergrund gedrängt, dass sie sich nicht sicher war, jemals welche gehabt zu haben. All die Jahre war sie vor allem Königin und weniger Gattin und Mutter gewesen. Sie hatte es sich nicht aussuchen können. Es war ihr Schicksal gewesen. Und eines wusste sie ganz genau, denn sie hatte es mehr als einmal erfahren müssen: Gegen das eigene Schicksal kann man nicht ankämpfen.

Schloss Blois

Donnerstag, 5. Januar 1589

Mir ist kalt, sehr kalt. Mir wird nicht warm. Mir wurde gesagt, dass es noch immer schneit. Wie traurig. Ich habe den Winter immer gehasst, wegen des Schnees, der das Reisen unmöglich macht, wegen der viel zu kurzen Tage für all das, was ich zu tun habe. Ich stehe gerne früh auf, im Morgengrauen, bevor die Sonne aufgeht, öffne weit die Fenster, um die frische Luft und die Morgendüfte hereinzulassen. In meiner Heimat waren die Winter milder. Mein Italien, was für eine schöne Erinnerung. Es heißt, dass die Erinnerung an früher, an unsere Jugend, Orte und Menschen mystifiziert. Alles erscheint viel schöner, als es in Wirklichkeit war. Kann sein. Es sind schon so viele Jahre vergangen, und ich bin seit jenem Tag, an dem ich als junge Braut hierherkam, nie wieder in Italien gewesen. Aber ich habe die Wärme meines Landes, das Lächeln der Leute, ihre Freundlichkeit, die Schönheit unserer Plätze, unserer Paläste und unserer Gärten immer in mir getragen. Auch wenn ich viel mehr Zeit in Frankreich als in Italien lebte, habe ich mich jeden Moment wie eine Italienerin gefühlt. Ich lebe seit sechsundfünfzig Jahren in Frankreich und spreche Französisch noch immer mit einem Akzent, der meine Herkunft verrät, dieser Akzent, der bei meinen Untertanen so viel Spott hervorgerufen und mich ihrem Sarkasmus ausgeliefert hat.

Mir wurde versichert, dass alle Kamine im Schloss beheizt seien, und trotzdem wird mir nicht warm. Ich bin die Königin von Frankreich und sterbe vor Kälte. Fünfhundert Personen zu meinen Diensten – und ich sterbe vor Kälte. Was wird nach meinem Tod aus meinen hundertzwölf Hofdamen, meinen sechsundsiebzig Edelleuten, meinen achtundfünfzig Beratern, meinen hundertacht Sekretären, meinen einundfünfzig Geistlichen, meinen dreiundzwanzig Ärzten, meinen fünfzig Kammerzofen, meinen vierzig Köchen und all den anderen, die mir jahrelang treu gedient haben? Ich werde jedem eine kleine Rente sichern müssen.

Ich vermisse Tinella, meine kleine Tinella, die treueste meiner Kammerzofen. Es sind bereits siebzehn Jahre vergangen seit dieser schrecklichen Bartholomäusnacht, in der ich sie aus den Augen verlor. Ist sie eines der vielen unschuldigen Opfer jener Nacht geworden? Ich habe nie wieder von ihr gehört. Wäre sie noch am Leben, sie hätte mich nicht verlassen. Sie wäre noch hier bei mir und würde mir mit ihrem treuen Hundeblick zur Hand gehen. Ich liebte sie wie eine Tochter. Als ihre Mutter starb, habe ich sie großgezogen. Meine arme Tinella. Was war ihr wohl zugestoßen? Ich hatte ihr doch gesagt, sie solle bei mir bleiben und meine Gemächer nicht verlassen. Warum musste sie hinaus und sich der Gefahr aussetzen? Ich habe sie immer zärtlich behandelt, als gehöre sie zu meiner Familie, das hatte ich ihrer Mutter auf dem Sterbebett versprochen. Gott ist mein Zeuge. Ich habe alles getan, was in meiner Macht stand, um sie zu finden. Doch die Suche blieb erfolglos. Tinella war von der Finsternis jener schrecklichen Nacht verschluckt worden.

Ich vermisse meine Vergangenheit wie eine Bürgerliche, als könnte man zurückkehren und die Jahre auslöschen. Das muss wohl am Alter oder an diesem verdammten Fieber liegen, das mich seit Tagen nicht loslässt. Jetzt bin ich zu alt, fast siebzig Jahre.

Niemand hätte auch nur einen Heller darauf gewettet, um ganz ehrlich zu sein, nicht einmal ich selbst, dass ich so lange leben würde. In ein paar Monaten habe ich Geburtstag, am

13. April. Aufgrund eines komischen Zufalls wurde ich fast zur gleichen Zeit geboren, als Leonardo da Vinci starb. Ich in Florenz und er hier in der Nähe, in Frankreich, in Amboise. Unsere Leben streiften sich nur. Ich hätte ihn gerne kennen gelernt, mich an seinem Genie und seinem Wissen gelabt. Aber es war unmöglich. Das Schicksal ist immer stärker als die Träume einer Königin, so mächtig sie auch sein mag. Hatte sich Leonardo, Florentiner wie ich, in der Stunde seines Todes an unsere Geburtsstadt erinnert, so wie ich mich jetzt an sie erinnere?

Uns gemein war die Liebe zur Kunst, die Neugier, die Leidenschaft für alles Unbekannte, das gewöhnliche Sterbliche ängstigt. Menschen, die arm an Geist sind und ihren eigenen Schatten fürchten. Auch die Gunst meines Schwiegervaters, König Franz I., genossen wir beide. Er war es gewesen, der uns beide nach Frankreich holte. Leonardo sollte für ihn arbeiten, er beauftragte ihn mit großartigen Werken, damit er mit unseren noblen italienischen Höfen konkurrieren konnte. Mich wünschte er sich zur Frau seines Sohnes, um durch diese Verbindung seinen Traum von der Hegemonie in Italien zu verwirklichen. Er war nicht an mir interessiert, sondern an einem Bündnis mit meinem Onkel, dem Papst. Doch darin hatte sich der König getäuscht. Er hatte nur *une fille nue* gewonnen – wie er später sagte –, als mein Onkel, Papst Clemens VII., starb, bevor er seine Feldzüge durch Italien beginnen konnte. All seine mit dem Pontifex vereinbarten Vorhaben waren nun hinfällig, daran konnte auch meine Heirat mit dem Thronfolger nichts ändern.

Alle diese Leute, die mich anschauen, wirken wie Aasgeier, die auf meinen letzten Atemzug warten. Warum können wir Königinnen nicht allein im heiligen Frieden sterben? Ein ganzes Leben lang von neugierigen Blicken umgeben zu sein und den Schein wahren zu müssen, so viele untaugliche, anmaßende und arrogante Menschen, fest überzeugt von ihrer eigenen Wichtigkeit und bereit, über jede meiner Bewegungen zu berichten, wenn ihnen das irgendeinen erbärmlichen Vorteil verschafft. Je unbedeutender sie sind, desto wichtiger zu sein bilden sie sich ein. Sie sind lediglich erbärmlich. Wir Königinnen sind zu bedauern. So erhaben unsere Position auch sein mag, es kommt dennoch der Augenblick, in dem wir den Weg aller gewöhnlichen Sterblichen gehen müssen, und dann steht man vor der letzten Tür, der Tür zum ewigen Schlaf. Ist der Augenblick, mich zu den gewöhnlichen Sterblichen zu gesellen, schon gekommen? Und mein Sohn, der König? Wo ist mein Sohn? Nein, meine letzte Stunde kann noch nicht geschlagen haben. Man hätte ihn benachrichtigt. Er darf nicht fehlen. Er ist mein Sohn, er ist der König. Seine Gemächer sind gleich über den meinen, nur ein Stockwerk entfernt.

Wenn ich nicht irre, ist heute der 5. Januar. Ein Jahrestag. An einem 5. Januar vor vielen Jahren wurde mein Vetter Alessandro von Lorenzino ermordet. Der unselige Alessandro. Schon als Kind hasste ich ihn wegen seiner Niederträchtigkeit. Er war grausam und dumm und übte einen schlechten Einfluss auf unseren Vetter Lorenzino aus. Armer Lorenzino. Zur Strafe lief er in sein eigenes Verderben. Armer Dummkopf, sich Hoffnungen darauf zu machen, Alessandro im Herzogtum Florenz auf den Thron zu folgen. Wenn ich heute sterben müsste, stürbe ich am selben Tag wie Alessandro. Ein böser Zufall. Aber wäre es wirklich ein weiterer Zufall? Ich fürchte, das bleibt eines der vielen Geheimnisse einer meiner größten Leidenschaften, der Astrologie. Das Wissen und das Deuten der Sterne, unter denen wir geboren wurden; eine Wissenschaft, die viele für Barbarei, gar für Ketzerei halten. Wie oft wurde mir das vorgeworfen, als handle es sich dabei um Hexerei. Gibt es Zufälle wirklich? Mir wird wohl keine Zeit mehr bleiben, das herauszufinden. Es ist auch nicht mehr wichtig. Ich sterbe. Statt im Glauben Trost zu suchen und mir meinen Platz im Jenseits zu sichern, liege ich hier wie eine einfache

Kleinbürgerin, eine arme, alte, kleingeistige Bürgerin, die ihre Vergangenheit Revue passieren lässt, als wäre die Erinnerung ein Trost, als würde das Erinnern dazu beitragen, dass ich mich besser fühle. Als könnte es mir noch ein wenig Leben einhauchen, als wäre es eine Rechtfertigung für meine Sünden und Fehler. Fehler als Ehefrau, als Mutter, als Königin. Aber waren es wirklich Fehler? Hatte ich eine andere Wahl? Ich traf meine Entscheidungen, weil jemand sie treffen musste. So schwer oder einfach sie auch gewesen sein mögen, jemand musste sie treffen. Ich traf sie immer im Gedanken an das Wohl meines Landes, um den Thron und die Sicherheit meiner Kinder zu bewahren. Ich war eine starke Frau, weil ich eine starke Frau sein musste. Ich hatte keine andere Wahl. Immer habe ich mich den zahlreichen Problemen des Königreiches allein gestellt, weil ich niemandem vertrauen konnte, weil es notwendig war, dass jemand die Interessen des Königreiches und nicht nur die eigenen vertrat. Hätte ich nicht mit eiserner Hand regiert, wer weiß, was aus Frankreich geworden wäre. In der Gewalt von skrupellosen Verschwendern, die zu allem bereit sind, um noch reicher zu werden. Jetzt fühle ich mich schwach. Mein Rheuma plagt mich, ich spüre, wie meine Kräfte mich verlassen; dabei gibt es noch so viel zu tun. Ich kann meinen Sohn nicht alleinlassen. Mein Sohn, der König. Mein Herr. Die Last dieses Königreiches ist zu groß für seine kraftlosen Schultern. Heinrich war immer schwach gewesen, darin ähnelt er unglücklicherweise seinem Vater. Auch er war ein schwacher Mann, der sich nur seinen Launen und persönlichen Leidenschaften hingab.

In den letzten Tagen habe ich mich erkältet. Ekelhafte, schneidende Kälte bahnt sich ihren Weg in meine Knochen. Es muss an jenem Tag gewesen sein, als ich ausfuhr, um den Kardinal von Bourbon zu treffen. Meine Ärzte hatten es mir verboten. Ich hatte ein wenig Fieber. Es war der 1. Januar, auch so ein schrecklicher Tag. Mein Sohn bat mich trotz seines Wissens um meinen prekären Gesundheitszustand, diese letzte Anstrengung zu machen. Zum Wohle Frankreichs. Zur Rettung des Thrones. Und ich spürte, dass ich diese letzte Mühe für den Frieden auf mich nehmen musste. Koste es, was es wolle. Vielleicht würde der Kardinal meinen Vorschlag akzeptieren und zwischen meinem Sohn, dem König, und den Rebellen, die Paris belagerten, vermitteln. Der Kardinal ist unser Gefangener. Ich versprach, sein Leben zu retten, sollte er sich auf unsere Seite stellen. Er lachte mich aus. Er warf mir vor, alle verraten zu haben. Das seien alles nur schöne Worte und meine Garantien nur leeres Geschwätz. Bekümmert und erniedrigt kehrte ich zurück. Die letzte Hoffnung auf Frieden war erloschen. Ach Heinrich! Was hast du getan? Warum hast du befohlen, den Herzog von Guise ermorden zu lassen? Mein armer Sohn. Was für ein Wahnsinn!

Ich weiß, dass es unklug war, aber einen Versuch war es wert gewesen. Jetzt geißelt mich das Fieber. Ich habe das Gefühl, zu ersticken. Der Blutandrang lastet auf meiner Brust. Ich kriege kaum Luft. Ich spüre, dass ich es nicht überstehen werde. Ist dies das Ende? Ich glaube, das ist nun der Augenblick, mein Testament aufzusetzen. Es gilt zu handeln, solange ich noch klar denken kann. Ich muss noch vieles klären. Alles muss unter Kontrolle bleiben, selbst die kleinste Kleinigkeit. Ich muss alle, die mir diese vielen Jahre treu ergeben gedient haben, bedenken. Zweiundvierzig Jahre. So lange hat meine Herrschaft gedauert. Seit dreißig Jahren bin ich verpflichtet, tagtäglich mit eiserner Hand, unnachsichtig und ohne Anzeichen von Schwäche zu regieren. Hätte ich je Schwäche gezeigt, unsere Feinde hätten das sofort ausgenutzt, mit schwerwiegenden Folgen für dieses unselige Königreich, verwüstet von den Religionskriegen, aufgezehrt von skrupellosen Beamten, die sich hinter unserem Rücken schamlos bereichern, geschwächt von den absurden Ansprüchen der Großen Frankreichs, die regieren wollen und dabei vergessen, dass es nur einen Regenten gibt, meinen Sohn, den König. Armer Heinrich, wie soll er es schaffen, all diese Leute in Schach zu halten, wenn ich nicht mehr bin? Gott möge mir verzeihen, dass es mir nicht gelungen ist, einem meiner Söhne die Willenskraft und die Bereitschaft zu vermitteln, persönliche Interessen für das höchste Wohl des Landes zu opfern. Das Blutvergießen der letzten Tage wird dank des frivolen Verhaltens meines Sohnes immer auf den Valois lasten. Gott möge sich seiner erbarmen.

Ich lasse mich von schrecklichen Gedanken hinreißen. Ich sollte mich damit abfinden, denn ich bin nicht mehr in der Lage, mich um Frankreichs Zukunft zu kümmern. Nach und nach erlischt mein Leben. Ich spüre, dass ich es nicht mehr festhalten kann. Mir fehlt dazu die Kraft. Ich ringe darum, ans letzte Ziel zu gelangen. Ich brauche Frieden. Ruhe und Frieden. Es nützt nichts, dass ich über mein Rheuma klage. Ich werde es nicht mehr bekämpfen können. Es ist besser, sich an Angenehmes zu erinnern, sich von den schönen Erinnerungen treiben zu lassen, die auf dem Grunde meines Gedächtnisses ruhen und für die mir die Zeit fehlte. Es gab immer zu viele Probleme, die ich zu lösen hatte. Mein Leben war ekelhaft. Jetzt will ich die kurze Zeit, die mir noch bleibt, nutzen und an mich selbst denken. So viele Jahre habe ich mich für andere aufgeopfert, wenigstens diese letzten Stunden werden für mich sein. Ich widme sie mir selbst. Meine Erinnerung führt mich in der Zeit zurück. Ich erinnere mich an mein erstes Zusammentreffen mit Tinella, die später das Mädchen gebar, das denselben Namen tragen sollte. Das war in Frankreich vor fast sechzig Jahren, im Jahre 1533, als ich in Villefranche auf die Ankunft meines Onkels, des Papstes, wartete …

Villefranche,
im Süden Frankreichs

Herbst 1533

Tinella war ein Mädchen von knapp dreizehn Jahren und eher hässlich. Auf den ersten Blick sah man vor allem die zusammengewachsenen Augenbrauen und die ziemlich verformte Nase, die sie vermutlich einem Sturz zu verdanken hatte. Sie hatte kleine, glänzende Augen, ihr Blick, so schien es mir, verhieß Klugheit. Ja, ich glaube, es war tatsächlich ihr Blick, der mich bei unserem ersten Treffen fesselte. Für ein Mädchen ihres Standes war dieser Blick außergewöhnlich. Sie arbeitete in meiner Küche, obwohl ich nicht weiß, was sie genau machte. Sie war zu jung, um Beiköchin zu sein, höchstwahrscheinlich war sie eines der Mädchen, die für all die kleineren Arbeiten zuständig sind, die in einer Küche anfallen. Um ehrlich zu sein, ich habe sie nie danach gefragt. Ich hatte keine Ahnung vom Kochen und noch viel weniger von der Küchenhierarchie. Wenn der Zufall es nicht so gewollt hätte, hätte ich sicher niemals eine Beziehung zu einem Menschen ihres Standes aufgenommen.

Es war Nacht. Ich wachte mit dem üblichen Magenknurren auf. Ich hatte Hunger. Ich hätte eine meiner Kammerzofen rufen und mir etwas zu essen bringen lassen können. Doch dann hätte ich warten müssen. Alle im Palast schliefen. Mitten in der Nacht jemanden zu rufen verursachte viel Unruhe, also beschloss ich, aufzustehen und mir selbst etwas zu essen zu holen. Ich wusste nicht genau, wo sich die Küchenräume befanden, aber mein Instinkt und mein Appetit wiesen mir den richtigen Weg. Ich war davon überzeugt, jemanden zu finden, irgendeinen Diener, der noch nicht schlief und der mir etwas geben konnte, um meinen Hunger zu stillen.

In der nächtlichen Dunkelheit fiel es mir schwer, mich zu orientieren. Der Palast war mir nicht vertraut. Ich war auf dem Weg nach Marseille, wo ich den zweitältesten Sohn des Königs von Frankreich heiraten sollte, und erst drei Tage zuvor in Villefranche eingetroffen. Aber schließlich fand ich, was ich suchte. Die Küchenräume lagen im Untergeschoss neben dem Speisesaal, wo ich seit meiner Ankunft gegessen hatte. Die Küche war leer. Keine Menschenseele. Niemand, den ich hätte bitten können, mir etwas hinzustellen, wenn auch nur ein Stückchen Brot und ein bisschen Wurst, womit wir gut versorgt waren, denn auf meinen Reiseetappen zum Hafen von Livorno hatten mir die Leute in den Dörfern, durch die wir kamen, kleine Geschenke gemacht: Hühner, Eier, Dauerwürste … Offensichtlich war mein Ruf einer Genießerin sogar bis in die entlegensten Winkel des Fürstentums vorgedrungen.

In jener Nacht jedoch hätte ich mich statt mit einer guten Dauerwurst auch mit einer einfachen Mortadella zufriedengegeben. Ich sah mich um und entdeckte plötzlich eine ausgestreckte Gestalt vor dem erloschenen Kamin. Offenbar schlief sie. Ich ging zu ihr hin und berührte sie am Fuß. Die Gestalt bewegte sich, wachte aber nicht auf. Ich berührte sie wieder, diesmal fester, bis sie endlich aufwachte. Es war ein junges Mädchen. Es drehte sich langsam um und seufzte leise. Es hatte tief geschlafen. Es sah sich um, rieb sich die Augen, und als es mich erblickte, sprang es erschrocken auf. Das Mädchen war zu verschlafen, um mich gleich zu erkennen, doch als die erste Überraschung verflogen war und es gewahr wurde, dass es nicht träumte, erkannte es, wer vor ihm stand. Für einen kurzen Moment glaubte ich, einen Anflug von Panik in seinen Augen zu erkennen, aber es erholte sich sofort wieder und lächelte mich an. Ich weiß nicht, was ihm durch den Kopf ging, aber plötzlich kniete es nieder und küsste meine Füße. Hätte mich nicht der Hunger gequält, ich hätte beinahe laut aufgelacht. Natürlich hätte sich ein Mädchen von so niederem Stand nie träumen lassen, eines Tages seiner Herrin so nahe zu sein.

»Du weißt, wer ich bin, nicht wahr?«, fragte ich ohne jede Einleitung. »Wenn du hier arbeitest, gib mir etwas zu essen. Ich habe Hunger.«

Das Mädchen sah mich ungläubig an und verschwand wortlos in einem Nebenraum. Es kehrte mit vollen Armen zurück, breitete alles auf einem Tisch aus, und ich bediente mich selbst. Zu dieser späten Stunde stand mir nicht der Sinn nach großem Aufheben. Während ich nun am Küchentisch saß und versuchte, mich mit dem Leben auszusöhnen, stand sie hinter mir, ohne zu wissen, was sie tun sollte. Sie wollte einen der Köche und einen Diener wecken, die in der Nähe schliefen, damit sie mir etwas Gehaltvolleres zubereiteten und es mir, wie es sich geziemte, servierten, aber ich hielt sie zurück.

»Lass sie schlafen«, sagte ich im Versuch, die peinliche Situation zu überspielen. »Sag, wie heißt du denn?«

»Ich heiße Maria … Madame Herzogin … Hoheit, aber ich werde Tinella genannt, ich arbeite hier als Küchenhilfe.«

»Tinella? Was für ein komischer Name für ein Mädchen. Wie alt bist du?«

»Zwölf Jahre, Euer Gnaden …«

Sie hatte etwas Aufgewecktes. Trotz ihres anfänglichen Schreckens über mein plötzliches Auftauchen fiel mir auf, dass sie beim Reden nicht den Blick senkte. Sie hatte einen lebhaften Blick, der Ungläubigkeit und Neugier erkennen ließ. Mich überraschte, dass ein Mädchen von so niederem Stand es wagte, mir in die Augen zu sehen. Meine Hofdamen senkten stets ihre Blicke, wenn ich mit ihnen redete, eine Angewohnheit, die mich zutiefst irritierte, obwohl ich natürlich wusste, dass das

Hofprotokoll dies vorschrieb. Hätte es jemand gewagt, mir direkt in die Augen zu sehen, wäre das einer Herausforderung gleichgekommen. Und niemand an meinem Hof hatte je den Mut und die Unverschämtheit zu solch einer Provokation besessen. Aber dieses Mädchen kannte das Hofprotokoll nicht. Es wusste nicht, dass man seiner Herrin nicht direkt in die Augen schauen durfte, als wäre sie ein ganz normaler Mensch.

Gestärkt stand ich auf und ging in meine Gemächer zurück. Hätte jemand meine Abwesenheit bemerkt, hätte er sicher sofort Alarm geschlagen und den Untergang der Welt eingeläutet.

»Nun gut, Tinella, wir sehen uns«, sagte ich und verließ die Küche.

Ich ließ sie einfach stehen, ohne ihr Zeit zu einer Antwort zu geben. Tinella schwebte noch zwischen Traum und Wirklichkeit, sie hatte noch nicht wirklich erfasst, dass sie der Prinzessin de' Medici, Herzogin von Urbino und Nichte zweier Päpste, auf dem Weg zu ihrer Hochzeit, die sie zur Schwiegertochter des Königs von Frankreich machen würde, so nahe gewesen war. Wäre sie des Schreibens mächtig gewesen, sie hätte sofort einen Brief an ihre Familie in irgendeinem Dorf geschrieben. Niemand hätte ihr geglaubt. Aber das wäre unwichtig gewesen. Sie wusste, dass es stimmte.

Am nächsten Tag ließ ich aus einer seltsamen Laune heraus gegenüber einem meiner Sekretäre ganz nebenbei verlauten, dass es mein Wunsch und Wille sei, eine gewisse Tinella, die als Küchenmädchen arbeitete und in meinem Gefolge nach Frankreich gekommen war, als meine persönliche Kammerzofe in mein festes Personal aufzunehmen. Das bedeutete, dass sie nicht wie üblich mit dem Rest des Hofstaates nach Italien zurückkehren würde, wenn ich erst einmal verheiratet war. Prinzessinnen, die in einen ausländischen Hof einheiraten, mussten sich nach der Hochzeit normalerweise von ihrem Gefolge verabschieden. Der Ehemann stellte der jungen Gattin einen neuen Hofstaat aus Edelleuten und Damen aus dem Hochadel seines Landes zusammen. Lediglich beim einfachen Personal wie Köchinnen und Kammerzofen wurden zuweilen Ausnahmen gebilligt.

Ich weiß nicht, warum ich dieses Mädchen in meine Dienste wünschte, vielleicht, weil ich das Gefühl hatte, dass ich ihr eines Tages würde vertrauen können. Und so kam es, dass Tinella meine Kammerzofe wurde, obwohl ich sie nach diesem Vorfall lange Zeit nicht wiedersehen sollte. Die Hochzeitsvorbereitungen und die vielen Menschen, die ich kennen lernen musste, ließen mich jene Nacht in Villefranche einfach vergessen.

Unser zweites Treffen fand Wochen später statt, als ich mich von meinem italienischen Gefolge verabschieden musste. Ein französischer Edelmann, der sich um die Organisation meines neuen Hofstaates kümmerte, überreichte mir eine Liste mit den Namen der Personen, die für mich arbeiten sollten. Ihr Name stand nicht auf der Liste, wahrscheinlich tauchte sie nur als eine unter vielen namenlosen Küchenmädchen auf. Da erinnerte ich mich an sie und ließ sie zu mir rufen. Wieder war es meine innere Stimme gewesen, die mir dazu geraten hatte. Es tröstete mich, dieses Mädchen mit dem lebhaften Blick an meiner Seite zu haben. Vielleicht war es unsere Jugend, die uns verband, denn sie war nur zwei Jahre jünger als ich, während alle anderen Personen um mich herum viel älter waren.

Tinella kam in Begleitung meines Sekretärs und zwei meiner Gesellschaftsdamen in meine Gemächer, die zu betreten sie nie im Leben zu träumen gewagt hätte. Sie blickte sich neugierig um, aber sie schien nicht eingeschüchtert zu sein. Sie war genau so, wie ich sie von jenem nächtlichen Zusammentreffen bei Kerzenschein in Erinnerung hatte. Ich las Verachtung im Blick meiner Hofdamen, die die Nähe einer weit unter ihrem Rang stehenden Person offensichtlich nicht schätzten. Einige hielten sich mit dem Taschentuch die Nase zu. Diese parfümierten Damen hatten wohl noch nie etwas von den strengen Hygienevorschriften des Küchenpersonals gehört.

Ich empfing sie im Stehen, und mein braunes, mit Perlen besticktes Samtkleid schien sie sehr zu beeindrucken, denn bei unserem ersten Treffen hatte sie mich im Morgenmantel gesehen. Ich erkannte eine tiefe, ehrfürchtige Bewunderung in ihrem Blick. Das gefiel mir. Eine so ergebene Person würde mir an einem Hof wie diesem sehr hilfreich sein. Ich wusste damals bereits, dass es sehr schwer werden würde, am französischen Hof jemanden zu finden, dem ich wirklich vertrauen konnte.

»Sag mir, Tinella«, fragte ich sie, »bist du durch ein Familienmitglied in meine Dienste gekommen? Woher stammst du?«

»Ich weiß nicht, woher ich stamme, Eure Königliche Hoheit. Ich habe keine Familie. Man fand mich vor der Tür einer Kirche in Pescia, nahe bei Florenz. Jemand hatte mich kurz nach meiner Geburt dort abgelegt. Der Domherr von Borgo, San Frediano, hat mich als Gehilfin in die Küche Eurer Majestät geschickt. Er kannte dort jemanden.«

Ihre Stimme klang fest. Sie hatte keine Angst. Und das gefiel mir. Die Tatsache, dass sie mich »Eure Königliche Hoheit« nannte, brachte mich auf den Gedanken, dass ihr jemand erklärt haben musste, wie sie sich in meiner Gegenwart zu verhalten hatte.

»Gut, Tinella, von heute an wirst du einen neuen Platz haben. Du wirst zu meinem Kammerpersonal gehören und von jetzt an meine persönliche Kammerzofe sein.«

Ich bemerkte die missbilligenden Blicke meiner Hofdamen. Die Herzogin von Retz wollte etwas sagen:

»Aber Madame …«

»Das ist meine Entscheidung, Herzogin«, unterbrach ich sie sofort. »Lasst das Mädchen waschen, und gebt ihr neue

Kleider, damit sie gleich heute mit ihren Diensten beginnen kann. Ihr könnt Euch zurückziehen.«

Die Anwesenden wechselten vielsagende Blicke. Aber ich hatte meinen Worten nichts weiter hinzuzufügen. Ich hatte meinen Wunsch unmissverständlich geäußert.

So trat Tinella in meine Dienste. Obwohl sie immer in meiner Nähe war, blieb unser Verhältnis wegen des Hofprotokolls, das Pflichten und Ehrenbezeugungen nach strenger Etikette vorschrieb, die niemand zu brechen wagte, immer distanziert. Alle Aufgaben meiner persönlichen Bediensteten waren hierarchisch festgelegt, und alle hielten sich peinlich genau an diese Hierarchie. Die schlichte Tatsache, dass mir nicht die dafür Zuständige mit einem parfümierten Taschentuch das Gesicht erfrischte, hätte ernsthafte Spannungen unter meinen Hofdamen zur Folge gehabt. Doch gelegentlich sah ich Tinella unter meinen Kammerfrauen, und ihr treuer Hundeblick inmitten dieser Schlangengrube beruhigte mich. Um sie zu ermutigen und um sie wissen zu lassen, dass ich mir ihrer Anwesenheit sehr wohl bewusst war, lächelte ich sie hin und wieder an, natürlich hinter dem Rücken meiner Hofdamen, denn diese hätten sie mit ihrer Verachtung gestraft. So war das Leben am Hof, und ich konnte nichts daran ändern. Ich wusste, ich musste sehr wachsam sein und jede meiner Bewegungen genau abwägen.

Paris

Samstag, 23. August 1572, 1.00 Uhr

François Hugier fand endlich, was er gesucht hatte: die Rue de la Vieille Ferraterie. Es war eine düstere schmutzige Straße, auf der in einem Rinnsal aus Ekel erregendem, stinkendem Wasser verdorbene Hausabfälle schwammen. Keine Menschenseele war zu sehen, nur Ratten so groß wie Katzen, die sich von ihm nicht stören ließen und weiter von einer Seite des Rinnsals zur anderen sprangen. François konnte nur mit Mühe die aufsteigende Übelkeit bekämpfen und zog sein Taschentuch heraus, um es sich vor die Nase zu halten. Der ekelhafte Geruch in der Luft, das Rinnsal voller Unrat, die Ratten und die halb zerfallenen Häuser, die wie durch ein Wunder noch standen, waren unerträglich. Wer konnte nur unter solchen Bedingungen leben?

Er suchte die Hausnummer fünf. Er fand sie schnell, denn das Haus mit der Nummer drei war eine Ruine, möglicherweise schon vor langer Zeit wegen des Klimas und der Nachlässigkeit seiner einstigen Bewohner zusammengefallen, was ahnen ließ, dass es den übrigen Gebäuden der Straße eines Tages ebenso ergehen würde. Das Haus mit der Nummer fünf war ähnlich baufällig wie die anderen und hatte eine einfache Tür direkt zur Straße, die sehr niedrig und in sehr schlechtem Zustand war. François zündete ein Streichholz an, um die Hausnummer noch einmal zu überprüfen. Er wollte sich nicht in der Tür irren, schon gar nicht um diese Uhrzeit. Ja, das war wirklich das Haus mit der Nummer fünf, das er gesucht hatte. Er sah sich ein letztes Mal um. Keine Menschenseele weit und breit. Dann klopfte er dreimal an die Tür. Obwohl er ganz sachte geklopft hatte, war das Echo in der ganzen Straße zu hören. Er wartete einen Augenblick, der ihm wie eine Ewigkeit vorkam. Als er von drinnen nichts hörte, klopfte er noch einmal kräftiger. Das Echo seines Klopfens drang erneut durch die Straße. Endlich vernahm er von drinnen Geräusche, es war also jemand da. Ungeduldig klopfte er noch dreimal, wie es ihm aufgetragen worden war.

»Wer ist da?«, fragte eine kraftlose Stimme aus dem Innern des Hauses. »Was wünscht Ihr? Das ist keine Uhrzeit, um ehrenwerte Bürger zu belästigen.«

»Ich suche Monsieur Moussy«, antwortete François ungeduldig.

»Was wollt Ihr von ihm?«, fragte die Stimme im Innern weiter.

»Ein Freund schickt mich«, sagte François, im Begriff, die Tür einzutreten.

Da vernahm er seltsame Geräusche hinter der Tür. Schließlich drehte sich ein Schlüssel in dem schweren Schloss. Wer auch immer in diesem Haus lebte, hatte seine Vorkehrungen gegen ungelegene oder unerwünschte Besucher getroffen. Endlich öffnete jemand die Tür, doch nur einen Spaltbreit. Aus dem Hausinnern drang der fahle Lichtschein einer einzigen Kerze. Misstrauisch lugte der Mann durch den Spalt. Er wirkte sehr alt, sein Gesicht war faltig und so blass wie das eines Toten. Sein volles weißes Haar war schmutzig und fiel ihm bis auf die Schultern. Der Unbekannte musterte ihn eindringlich.

»Welcher Freund?«, fragte er, noch immer misstrauisch. »Ich habe keine Freunde.«

François war drauf und dran, ihm eine Unverschämtheit an den Kopf zu werfen, besann sich jedoch dann eines Besseren.

»Monsieur Durandot schickt mich«, antwortete er leise.

Der Alte öffnete die Tür nun ganz und ließ ihn eintreten.

»Das hättet Ihr auch gleich sagen können«, murmelte er und schloss die Tür zweimal von innen ab.

François erwiderte nichts. Rasch musterte er den Mann und wandte dann angeekelt den Blick ab. Trotzdem hatte er noch sehen können, dass der Alte Wollhandschuhe trug. Zu dieser Jahreszeit und bei der Hitze der letzten Tage erschien ihm das merkwürdig. Er blickte sich um. Das Haus war winzig. Wie er vermutet hatte, brannte nur eine Kerze in diesem Raum voller ungewöhnlicher Dinge: Stapel alter Papiere, die nach Schimmel rochen, ein Tisch, der die Hälfte des Raumes einnahm, und ein einziger Sessel. Ein beißender Geruch durchdrang das Zimmer, ähnlich dem von verbranntem Harz. Aus einer Ecke des Raums starrte ihn eine riesige Katze neugierig an und streckte sich. François wäre am liebsten von diesem erbärmlichen Ort, der Beklemmungen in ihm hervorrief, weggelaufen, aber er unterdrückte den Gedanken. Es gab einen Grund für seinen Besuch. Also war es besser, seinen Auftrag rasch zu erledigen und dann so schnell wie möglich wieder zu verschwinden.

»Monsieur Durandot schickt mich, um ein Paket für ihn abzuholen«, sagte er in der Absicht, den Alten zur Eile zu treiben.

Ohne eine Antwort oder eine Geste verschwand der Alte schlurfend in einem dunklen Winkel des Raumes. Er zog einen kleinen Vorhang beiseite, hinter dem mehrere Regale standen, und wühlte in ein paar alten Büchern, bis er gefunden hatte, was er suchte: ein Paket, in dickes graues Tuch gewickelt, das er ganz vorsichtig hervorholte. Es war größer, als er vermutet hatte. In seinem Innern befand sich offenbar ein Buch, etwa so groß wie die Bibel, aus der er die wenigen Male, die er eine Messe besucht hatte, den Pfarrer hatte lesen sehen.

Der Alte hob es mühsam auf und brachte es François.

»Hier ist es, mein Junge. Es ist schon seit einigen Tagen fertig. Ihr seid sehr spät, ich dachte schon, Ihr kommt gar nicht mehr, um es abzuholen.«

François nahm das Paket und sah es prüfend an, um herauszufinden, ob es sich tatsächlich um ein Buch handelte. Der Alte warnte ihn:

»Seid sehr vorsichtig, junger Mann. Das ist etwas ganz Besonderes. Ihr dürft es unter keinen Umständen öffnen, und wenn Euch jemand befiehlt, es dennoch zu tun, denkt daran, dass Ihr vorher Handschuhe anziehen müsst. Vergesst nicht: Ihr dürft es unter keinen Umständen mit den Händen berühren. Und wenn Ihr der Versuchung nicht widerstehen könnt, tut es nicht ohne Handschuhe.«

»Zum Durchblättern eines Buches Handschuhe anziehen?«, wunderte sich François. »Es handelt sich doch um ein Buch, oder? Warum sollte man Handschuhe anziehen, um es durchzublättern?«

Der Alte lachte. Sein Lachen klang unheimlich. Ein merkwürdiges Leuchten überzog sein runzliges Gesicht.

»Ich sehe, dass Euch Monsieur Durandot nicht genügend traut, um Euch dieses Geheimnis anzuvertrauen«, fügte er in sarkastischem Tonfall hinzu. »Ich werde es nicht lüften. Aber seid vorsichtig mit diesem Buch. Tut, was ich Euch gesagt habe, und denkt an meinen Rat: Öffnet es nicht.«

»Ich pflege mich nicht in die Angelegenheiten anderer einzumischen«, erwiderte François trocken. »Monsieur Durandot hat mich lediglich beauftragt, dieses Paket abzuholen und es ihm zu bringen. Das ist alles. Und genau das werde ich tun.«

»Daran tut Ihr gut. So erspart Ihr Euch eine Menge Ärger. Geht jetzt. Es ist schon spät.«

Ohne sich das zweimal sagen zu lassen, steckte François das Buch in seine Ledertasche und verließ grußlos das Haus des Alten. Er mochte diesen Ort nicht und beeilte sich, in den vornehmeren Stadtteil zurückzukehren, aus dem er gekommen war. Nicht einmal in seiner Heimat, der Bretagne, gab es solch finstere Orte.

Noch während er das Haus des Alten eilig verließ, hörte er, wie dieser die Tür hinter ihm zweimal abschloss. Er drehte sich nicht noch einmal um. Am liebsten wäre er losgerannt, um diesem widerwärtigen Ort so schnell wie möglich zu entkommen.

Als er in die Nähe des Palastes der Familie von Guise kam, ging er langsamer. Er hatte sich inzwischen beruhigt. Dieser nächtliche Besuch bei dem Alten hatte ihm überhaupt nicht gefallen. Wer dieser Mann wohl war? Welche Art von Beziehung konnte zwischen einem Alten wie diesem und dem feinen Monsieur Durandot bestehen? Er wollte es lieber nicht wissen. Es ging ihn nichts an. Er erinnerte sich an die letzten Worte des Alten: »So erspart Ihr Euch eine Menge Ärger.« Was hatte er damit sagen wollen?

François hätte ohnehin nicht in dem Buch geblättert. Den Grund dafür hatte er dem Alten nicht nennen wollen – er schämte sich. Nicht aus Mangel an Neugier hätte er es unterlassen, sondern schlicht, weil er nur schlecht und mit Mühe lesen konnte.

Als er den Palast der Familie von Guise wie gewohnt durch den Dienstboteneingang betrat, erwartete Monsieur Durandot ihn bereits. Das hatte er noch nie getan. Im Gegenteil, immer hatte er darauf warten müssen, dass Monsieur Durandot aus dem oberen Stockwerk zu ihm herunterkam.

»Habt Ihr das Buch?«, fragte Monsieur Durandot ihn sogleich mit einem Anflug von Besorgnis.

»Natürlich. Habe ich schon einmal versagt, wenn Ihr mir einen Botengang anvertraut habt, Monsieur?«

»Nein, nein, natürlich nicht«, antwortete der Sekretär zerstreut und griff in die Tasche, um ihren Inhalt zu überprüfen.

»Dieser Alte, der mit dem Buch«, fuhr François fort, »hat

mir ausdrücklich empfohlen, es nicht ohne Handschuhe anzufassen oder darin zu blättern.«

Monsieur Durandots Gesichtausdruck änderte sich plötzlich.

»Hat dir der verrückte Alte noch etwas gesagt?«, fragte er verärgert.

»Nein, Monsieur, nichts weiter.«

»Und, hast du in dem Buch geblättert?«, fragte er misstrauisch.

»Nein, Monsieur, das habe ich nicht getan. Ich mische mich nicht in die Angelegenheiten anderer. Ich habe nur Eure Anweisungen befolgt.«

»Das hast du sehr gut gemacht, mein Junge.« Der Sekretär entspannte sich wieder. »Wenn du so weitermachst, wirst du es noch weit bringen.«

Ohne ein weiteres Wort holte er ein paar Goldmünzen aus seinem Beutel und legte François drei davon in die Hand.

»Die sind für den Auftrag«, sagte Monsieur Durandot. »Und diese beiden für deine Diskretion.« Und er legte ihm zwei weitere Goldtaler dazu.

Noch nie hatte ihm Monsieur Durandot so ein üppiges Trinkgeld gegeben. Er musste mit seinen Diensten sehr zufrieden sein. Oder aber dieses Buch war wirklich sehr wertvoll…

Louvre,
in den Gemächern der Königinmutter

Samstag, 23. August 1572, 8.00 Uhr

Königin Katharina ging sichtlich nervös in ihren Gemächern auf und ab. Eine für ihre Verhältnisse außergewöhnliche Reaktion, da sie immer so sehr darauf bedacht war, ihre Gefühle nicht zu zeigen. Um sich zu beruhigen, trat sie an eines der großen Fenster, die zur Seine hinzeigten, und ließ ihren Blick zum Horizont jenseits der Stadtmauern schweifen, den sie nur erahnen konnte. Sie blickte einen Moment auf die großen Handelsbarkassen, die langsam vorüberzogen und sich in der Flussströmung wiegten, ein Anblick, der sie für gewöhnlich beruhigte. Schiffe ließen sie träumen. Sie stellte sich ihre Laderäume vor, voll beladen mit frischem Obst, Gemüse und Jagdwild, das die Händler aus der Provinz zum Verkauf nach Paris verschifften. In wenigen Stunden würden die Waren auf den Stadtmärkten angeboten werden. Sie, die so gerne aß, wäre gerne auch nur ein einziges Mal wie eine gewöhnliche Bürgerin auf den Markt gegangen und an den ordentlich aufgereihten Artischocken, frischen Salatköpfen, bunten Äpfeln und ähnlichen Köstlichkeiten vorbeigeschlendert. Aber jetzt konnten all diese schönen Bilder sie nicht von ihren Gedanken ablenken. Sie war sehr besorgt.

Die Situation im Königreich war bedenklich. Ihre tolerante Haltung gegenüber den Hugenotten hatte sich gegen sie gewendet, statt die Wogen zu glätten. Das machte die Beziehungen zu Papst Gregor XIII. und zu ihrem Schwiegersohn Philipp II., dem erzkatholischen König von Spanien, noch angespannter.

Es lag Krieg in der Luft, ein Krieg, den sie unter allen Umständen verhindern wollte. Die königlichen Schatztruhen waren leer. Frankreich war nicht in der Lage, die finanziellen Mittel für diese Konfrontation aufzubringen.

Sie wusste nur zu gut, dass einer der Hauptanführer der Hugenotten, Admiral Coligny, Fürsprecher einer französischen Intervention in den spanischen Niederlanden war, um den dortigen Protestanten zu Hilfe zu kommen, die von den Soldaten des Herzogs von Alba massakriert wurden. Katharina missfiel der immer größer werdende Einfluss, den der Admiral auf ihren Sohn, den jungen König Karl IX., ausübte. Sie fürchtete, dass dieser Einfluss unmittelbar in den Krieg führte. Doch der Krieg war nicht ihre größte Sorge. Sie wusste sehr wohl um die große Abneigung, die Admiral Coligny gegen sie hegte. Sie hatte bereits Gelegenheit, seine Heuchelei kennen zu lernen, und traute ihm nicht über den Weg. Zudem fürchtete sie, dass der Einfluss, den der Admiral – der ein großer Staatsdiener zu sein vorgab – auf den schwachen Geist des Königs ausübte, nur ein Ziel hatte: sie endgültig aus dem Kronrat auszuschließen. Es war nicht schwer, Karl IX. von etwas zu überzeugen. Er war nicht nur schwach, sondern auch immer unentschlossen. Auch wenn sie die Mutter des Königs war, so konnte sie sich ihrer Position im Kronrat, jenem Organ, in dem alle wichtigen Entscheidungen getroffen wurden, keineswegs sicher sein. Sie vermutete, dass es dem Admiral ein Leichtes sein würde, den König davon zu überzeugen, dass der Sitz seiner Mutter im höchsten Organ des Königreiches ihn daran hinderte, allein regieren zu können. Aus diesem Grund ließ Katharina ihren Sohn nie mit Coligny allein. Sie fürchtete, der junge Herrscher könnte eine übereilte Entscheidung zu ihrem Nachteil treffen, eine Entscheidung, die ihren Plänen sehr schaden könnte.

Die Hochzeit ihrer Tochter Margarete mit dem Hugenotten Heinrich von Bourbon, König von Navarra, die sie erst vor wenigen Tagen gefeiert hatten, war eine gute Gelegenheit gewesen, alle wichtigen Hugenottenoberhäupter in Paris zu versammeln. Diese Eheschließung hatte dem Papst missfallen und ihn zutiefst verdrossen, ebenso ihren Schwiegersohn, den König von Spanien. Phillip II. hätte eine portugiesische Eheschließung vorgezogen. Er hatte Katharina zu überreden versucht, Margarete mit dem jungen Sebastian, König von Portugal und gläubiger Katholik, statt mit dem Hugenotten Heinrich von Bourbon zu verheiraten. Doch als Katharina erfuhr, dass Sebastian zum Wahnsinn neigte, lehnte sie diese Verbindung entschieden ab. Es wäre nicht vernünftig gewesen, ihre Tochter zu einer von vornherein belasteten Verbindung zu zwingen.

Dieser Samstag, der 23. August, versprach ein wunderbarer Tag zu werden. Bedauerlich nur, dass seit einigen Tagen hochsommerliche Hitze über der Hauptstadt lag. Katharina hätte sich lieber außerhalb der Stadt in einem ihrer Lieblingsschlösser, Chenonceaux oder Chantilly, aufgehalten, sie wäre auf die Jagd gegangen – eine ihrer großen Leidenschaften – oder einfach durch die kühlen Wälder geritten. Bei diesen Gelegenheiten kehrte sie von ihren langen Ausflügen stets erschöpft, aber zufrieden und entspannt zurück. Hier im Louvre war die Atmosphäre hingegen erdrückend. Die Herrscherpflicht, vor dem Hofstaat immer den äußeren Schein zu wahren, interessierte sie schon seit langem nicht mehr. Sie hatte das Gefühl, eine von Intrigen und Verschwörungen verpestete Luft einzuatmen, und fühlte sich von allen Seiten beobachtet. Hätte sie die Möglichkeit gehabt, sie wäre in eine ihrer geliebten Residenzen geflüchtet. Sie stellte sich gerade vor, was sie alles tun könnte, wenn sie sich in einem ihrer Loire-Schlösser befände, als sie jäh aus ihren Gedanken herausgerissen wurde. Die Herzogin von Nemours ließ ihren Besuch ankündigen.

Katharina fühlte sich von diesem Besuch gestört, war aber

bereit, die Herzogin zu empfangen. Sie hasste diese Frau, die sie vor vielen Jahren wie einen Emporkömmling behandelt hatte, ausgerechnet sie, die Nichte zweier Päpste und Erbin der berühmtesten Dynastie Italiens. Und ihre Mutter war sogar mit dem Königshaus von Frankreich verwandt gewesen! Doch ihr blieb keine Zeit, weitere Gedanken an die Vergangenheit zu verschwenden. Die Herzogin trat ein und verbeugte sich tief und respektvoll. Katharina ließ sie in ihrem Unmut länger in dieser Position verharren, als es nötig gewesen wäre. Schließlich erlaubte sie der Herzogin, sich zu erheben.

»Ich höre, Madame«, sagte sie statt eines Grußes. Ihre Stimme war kalt, und der Blick, mit dem sie die Herzogin bedachte, verriet ihre Abneigung. Sie verachtete diese Frau zutiefst und ertrug ihre Anwesenheit nur mit Mühe.

Madame von Nemours hielt dem Blick der Königin stand. Sie fürchtete sie nicht. Sie war die Mutter des Herzogs von Guise, einem der mächtigsten Männer Frankreichs.

»Majestät«, begann sie mit honigsüßer Stimme, »Admiral Coligny rekrutiert Soldaten für seinen Zug in die Niederlande. Er hat schon viertausend Männer zusammen. Seine Majestät, der König, weiß es, hat jedoch bislang nichts unternommen, um es zu verhindern. Wir müssen etwas tun!«

»Wir?«, unterbrach die Königin sie. Ihre schöne Stimme klang kalt und distanziert, und ihr Tonfall war gewollt sarkastisch. Wie konnte die Herzogin es wagen, so mit ihr zu reden? Katharina war sich ihres Ranges immer bewusst gewesen und nicht bereit zuzulassen, dass jemand so mit ihr sprach, auch wenn es sich um eine Verwandte ihrer politischen Familie, der Valois, handelte, wie im Falle von Madame von Nemours.

Die Herzogin errötete und senkte den Blick.

»Verzeiht mir, Majestät, ich wollte sagen …«

»Ich weiß, was Ihr mir sagen wolltet, Madame«, unterbrach die Königin sie schneidend.

Katharina drehte sich um und ging ein paar Schritte auf

und ab, ihr Blick verlor sich abermals in der Seine, als könnte dieser Anblick sie beruhigen. Sie musste nachdenken, dringend nachdenken.

»Von wem habt Ihr diese Information?«, fragte sie und sah die Herzogin dabei an.

»Ganz Paris spricht davon, Majestät. Die Spione meiner Söhne haben es bestätigt.«

Die Spione ihrer Söhne … Die Herzogin nahm kein Blatt vor den Mund. Sie sprach ganz offen von dem imposanten Spionagenetz, das die Familie von Guise in ganz Frankreich aufgebaut hatte, als wäre es das Natürlichste der Welt. Katharina wusste darum. Wie sollte sie auch nicht! Es war unmöglich, es nicht zu wissen. Am Hof wusste man immer über alles Bescheid. Überall lauerten Spione, sogar in ihren eigenen Palästen und ihrer unmittelbaren Umgebung. Katharina wusste ganz genau, dass jede ihrer Handlungen sofort der Familie von Guise weitergetragen wurde. Sie betrachteten sich als die zweitwichtigste Familie Frankreichs. Eine viel zu mächtige Familie, denn sie hatten in der Vergangenheit gewagt, durch die Vermählung einer Nichte, dieser dummen, frivolen und eitlen Maria Stuart, Königin von Schottland, mit ihrem Sohn Franz II. an die Herrschaft zu gelangen. Der vorzeitige Tod des Stammhalters hatte sie in ihrem Machtstreben zurückgeworfen. Aber sie versuchten es weiter mit allen Mitteln. Eines Tages würde sie sich persönlich um die von Guise kümmern und sie alle an den ihnen zustehenden Platz verweisen. Doch jetzt hatte sie über anderes nachzudenken. Sie brauchte die Hilfe dieser Familie, obwohl ihr das zuwider war, es blieb ihr nichts anderes übrig. Die von Guise standen an der Spitze der mächtigen katholischen Kirche. Sie konnte sie nicht übergehen, wenn sie die Angelegenheit mit dem Admiral lösen wollte.

Der gute Admiral und neue Freund ihres Sohnes, des Königs, scharte also Truppen um sich? Zu welchem Zweck? Hatte er etwa noch nicht genug Soldaten? Die Hugenotten hatten mindestens zehntausend Mann vor den Stadtmauern der Hauptstadt stehen, eine wahrlich hohe Zahl und mehr als genug, um die Sicherheit ihrer Oberhäupter garantieren zu können, die zu den Hochzeitsfeierlichkeiten angereist waren. Eine klare Provokation, die sich gegen ihren Sohn Karl IX., und vor allem gegen sie richtete, die gefürchtete Königinmutter. Als wäre das französische Königshaus nicht imstande, die Sicherheit seiner Gäste zu garantieren.

Diese neuerlichen Truppenbewegungen fanden bestimmt nicht statt, um ihren Sohn zu schützen. Da braute sich hinter ihrem Rücken etwas zusammen, davon war Katharina überzeugt. Ihre Intuition hatte sie noch nie im Stich gelassen. Sie spürte, wie Wut in ihr hochstieg. Dieser Verräter, dieser schändliche Coligny! Der König machte einen großen Fehler, wenn er ihm vertraute. Der Admiral war eine Bedrohung für die Krone. Wenn den Hugenotten in den Niederlanden geholfen wurde, bestand nicht nur die Gefahr eines möglichen Krieges mit Spanien. Der Admiral träumte außerdem davon, die neue Religion auch in Frankreich zu etablieren. Coligny war gefährlich, und seine Absichten bargen das Risiko eines neuerlichen Religionskrieges in Frankreich. Die Katholiken würden die Einführung des Protestantismus nie akzeptieren, vor allem der Papst nicht, und noch viel weniger ihr Schwiegersohn, der König von Spanien. Für ihn wäre das ein perfekter Vorwand, um zum Beistand der Katholiken in Frankreich einzumarschieren.

Es gab jedoch noch etwas anderes, das Katharina viel bedeutender erschien: der Einfluss des Admirals auf ihren Sohn. Sie ertrug den Gedanken nicht, von der Macht ausgeschlossen zu werden, die sie als ihr legitimes Recht empfand. Wenn es stimmte, was die Herzogin sagte, hatte sie vielleicht ein Argument, dem König zu beweisen, dass der Admiral nicht der Freund war, der er zu sein behauptete. Warum heimlich mehr Soldaten einziehen? Wusste der König davon? Wenn es so wäre, verstand sie nicht, warum sie nicht darüber informiert worden war. Katharina konnte sich nicht erklären, wie ihr Sohn Karl die Vorherrschaft des Admirals zum Schaden der eigenen Mutter zulassen konnte. Bei allem, was sie für ihn und das Königreich getan hatte. Sie musste sofort eingreifen. Vielleicht war der König nicht informiert, oder er war getäuscht worden über die wahren Motive Colignys. Sie konnte nicht glauben, dass Karl bereit wäre, einen Konflikt mit Spanien zu riskieren, dem Land, in dem seine Schwester Elisabeth herrschte. Da stimmte doch etwas nicht. Es roch nach Verrat. Und wenn es sich tatsächlich um Verrat handelte, dann musste sie ihn unbedingt so schnell wie möglich aufdecken. Wenn Coligny hinter dem Rücken des Königs gehandelt oder ihn über den wahren Grund seiner Maßnahmen im Unklaren gelassen hatte, was für sich genommen schon schwerwiegend genug wäre, hätte die Königinmutter schließlich die richtige Karte in der Hand, um sich seiner endgültig zu entledigen.

Die Worte der Herzogin von Nemours bestätigten ihren Verdacht. Sie argwöhnte schon länger, dass hinter ihrem Rücken Pläne geschmiedet wurden. Karl IX. verhielt sich in Anwesenheit des Admirals merkwürdig. Auch in Staatsangelegenheiten konsultierte er sie nicht mehr wie früher. Er vermied es, ihren Rat zu suchen, obschon sie immer seine wichtigste Beraterin gewesen war. Offensichtlich hörte Karl jetzt auf die Ratschläge anderer. Und wer sollte das sein, wenn nicht der Admiral? Seine häufigen Besuche bei dem jungen und unerfahrenen Herrscher waren verdächtig. Gut möglich, dass Coligny versuchte, den König davon zu überzeugen, sich ihrer Vormundschaft zu entledigen, um allein zu regieren, und dass er beabsichtigte, sich selbst als Ratgeber an seine Seite zu setzen. Katharina konnte nicht zulassen, dass dieser Ketzer, dieser Hugenotte, der nicht einmal den Papst respektierte, sie bei ihrem Sohn ersetzte. Sie musste die Kontrolle über die Situation wiedererlangen, bevor es zu spät war, bevor Karl eine unheilvolle Entscheidung traf. Es stand nicht nur die Sicherheit des Landes auf dem Spiel, sondern ihre Zukunft als herrschende Königin. Katharina wollte und konnte nicht hinnehmen, auf die simple Rolle der Mutter des Königs reduziert und möglicherweise in irgendeine Provinzhauptstadt ins Exil geschickt zu werden. Sie hatte all die vielen Jahre im Schatten des Throns zu sehr gelitten, um nicht ganz genau zu wissen, dass nur die Kontrolle der Macht ihre ungewisse Zukunft retten konnte, koste es, was es wolle. Sie schob ihre Gedanken beiseite und wandte sich an die Herzogin:

»Was wisst Ihr noch, Madame?« Ihr Tonfall klang unbefangen, als hätte die Information, die die Herzogin ihr gerade übermittelt hatte, nicht die geringste Bedeutung für sie.

»Mein Sohn, der Herzog von Guise, hat mich beauftragt, Euch wissen zu lassen, dass er zu Eurer Verfügung steht für jeden Befehl oder Wunsch, den Eure Majestät ihm erteilen möge, um unseren heiligen Glauben zu retten. Es sind viele bereit, ihm zu folgen. Sie warten nur auf Eure Erlaubnis zu handeln.«

Katharina bedachte ihre Gesprächspartnerin mit einem noch härteren Blick, sofern das überhaupt möglich war. Dieser Blick ließ keinen Zweifel offen. Sie verachtete sie. Sie verachtete alle Großen Frankreichs, die sich die Freiheit nahmen zu entscheiden, was gut und was schlecht für das Land war, um dann in der Stunde des Handelns einzuräumen, dass sie die Einwilligung ihrer Regenten brauchten. Ein reiner Vorwand, um ihren Missetaten den Anschein von Legalität zu geben.

Katharina kostete den Triumph ein paar Sekunden lang aus. Ihr, die sie so geringschätzig »die Italienerin« nannten, die von diesen Großen so oft schlecht behandelt, gedemütigt und geschmäht worden war, lagen sie jetzt zu Füßen. Jetzt brauchten sie sie und flehten sie an, auf dass sie ihnen ihre Einwilligung gebe. Tatsächlich waren sie nur Leibeigene.

Sie konnte sich ein kleines Lächeln nicht verkneifen. So

viel Heuchelei war lachhaft: Die Wächter des heiligen Glaubens! Wie konnten sie es wagen! Als wäre das der wahre Grund für die regen Aktivitäten der Familie von Guise. Ein wirklich sehr diplomatischer Vorwand.

»Mir scheint, Herzogin, das habt Ihr schon einmal nicht sehr erfolgreich versucht«, sagte sie leise mit einem Anflug von Ironie in der Stimme.

Die Königin spielte auf das Attentat vor wenigen Tagen an, dessen Zielscheibe Coligny gewesen war. Als dieser nach einem Treffen mit dem König nach Hause zurückkehrte, wurde aus einem Fenster mit einer Hakenbüchse auf ihn geschossen, dabei wurde der Admiral leicht verletzt. Als die Wachen wenig später das Haus durchsuchten, aus dem geschossen worden war, fanden sie nur die noch rauchende Hakenbüchse, aber keine Spur vom Schützen. Er war durch die Hintertür geflohen. Dennoch dauerte es nicht lange, bis man herausfand, dass dieses Haus einem Bediensteten des Herzogs von Guise gehörte. Um sich den Wutausbruch des Königs zu ersparen, blieb der Herzog an jenem Tag vorsichtshalber zu Hause. Hätte er sich sehen lassen, wäre er höchstwahrscheinlich in Arrest genommen worden.

Die Herzogin von Nemours ignorierte den Seitenhieb und schwieg. Sie wusste, dass die Königin keine Gelegenheit auslassen würde, um ihr das misslungene Attentat vorzuwerfen.

»Wollt Ihr vielleicht«, fuhr die Königin fort, »dass das Volk mich dieses Verbrechens bezichtigt, das nur Eure persönliche Rache befriedigen sollte, Madame?«

Die Herzogin schwieg weiter. Es war wirklich nicht ratsam, sich wegen dieser Sache mit der Königin anzulegen, denn es war offensichtlich, dass das Attentat von Verbündeten derer von Guise begangen worden war, und es jetzt, wo sie Katharinas Unterstützung brauchte, zu leugnen, wäre ein falscher Schachzug gewesen. So zog sie es vor, schweigend die Antwort der Königin abzuwarten.

Am Hof wussten alle, dass die Herzogin Coligny hasste und ihn beschuldigte, ihren ersten Mann, den Herzog von Guise, ermordet zu haben. Sie hatte Rache geschworen. Und obwohl die von Guise im Verdacht standen, Anstifter des misslungenen Attentats zu sein, hatte der Skandal auch der Krone irreparablen Schaden zugefügt. Selbst wenn alle wussten, dass Colignys Tod den Rachedurst der Herzogin gestillt hätte, war es vor allem die Königinmutter, der sein Verschwinden zugutegekommen wäre.

Katharina zog es vor, nicht sinnlos gegen die Herzogin zu wettern. Schließlich brauchte auch sie die Unterstützung der Familie von Guise, wenn sie den Admiral ausschalten wollte.

»Ihr könnt nicht ohne die Zustimmung des Königs handeln«, fuhr die Königin mit seltsam ruhiger Stimme fort. »Dafür ist die Angelegenheit zu ernst. Ich gehe gleich zu ihm und rede mit ihm. Ich werde Euch benachrichtigen lassen. Im Augenblick ist es besser, wenn Ihr Euch nicht noch einmal im Palast sehen lasst. Ich werde Euch einen Boten mit meinen Anweisungen schicken.«

Die Königin wandte sich ab und kehrte zum Fenster zurück, ganz so, als würde draußen etwas Wichtigeres ihre Aufmerksamkeit fesseln. Die Herzogin verstand, dass die Unterredung beendet war. Sie verbeugte sich tief und zog sich zurück. Sie hatte die Botschaft ihrer Herrscherin genau verstanden: Die Königin widersetzte sich einem erneuten Mordversuch an Coligny nicht, doch wenn schon gehandelt werden musste, dann sollten diesmal alle notwendigen Vorsichtsmaßnahmen getroffen werden. Eine davon – daran hatte die Herzogin keinen Zweifel – war, zu vermeiden, dass der Hof die beiden Frauen zusammen sah. Ein neuerliches Treffen von Katharina und der Mutter des Herzogs von Guise hätte verdächtig wirken können. An diesem Hof voller Spione stand jede Bewegung der Herrscherfamilie und der Personen, die sie aufsuchten, im Mittelpunkt aller Aufmerksamkeit. Es hätte nicht viel gebraucht, um die Königin mit diesem neuerlichen Komplott in Verbindung zu bringen, denn wer war denn schlussendlich die wahre Nutznießerin dieses Verbrechens?

In den Küchenräumen des Louvre

Samstag, 23. August 1572, 8.00 Uhr

Tinella betrat die Küche. Sie hatte die Schüchternheit, unter der sie die ersten Jahre bei Hofe gelitten hatte, schon lange abgelegt. Die liebevolle Behandlung der Königin hatte sie selbstsicherer gemacht. Sie wusste, dass die übrigen Bediensteten im Palast sie nicht mochten. Die offenkundige Bevorzugung der Herrscherin hatte ihr viel Neid und Feindseligkeit eingebracht, aber das kümmerte sie nicht. Ihr war die Unterstützung der Königin viel wichtiger als die Freundschaft dieser armen Teufel, die ihre Herrscherin immer gerne kritisierten, wenn auch gemäßigter, sobald sie Tinella in ihrer Nähe wähnten.

Die Bediensteten trauten Tinella nicht. Sie fürchteten, dass sie der Königin erzählen könnte, was in der Küche geredet wurde. Wenn auch nur ein einziges Wort davon in die königlichen Gemächer gelangte, konnte sie das nicht nur ihre Stelle, sondern auch ihren Kopf kosten. Sie konnten sich einfach nicht vorstellen, dass es Tinella nie in den Sinn gekommen wäre, dergleichen zu tun. Obwohl sie im Schatten der Herrscherin lebte, vergaß sie nie, dass sie nur eine Kammerzofe war, eine Bedienstete wie alle anderen auch.

Sie war eine junge Frau von mittlerer Größe mit einem hübschen, etwas spröden Gesicht. Das Haar trug sie unter einer Haube, was verhinderte, dass ihre Gesichtszüge zur Geltung kamen, und bewirkte, dass sie wie jede andere Kammerzofe aussah. Die letzten Jahre im Schatten der gefürchteten

Königin hatten ihren Charakter stark geprägt und dazu beigetragen, dass sie eine fügsame und gehorsame Person war, mit wenig Flausen im Kopf und den Füßen fest auf dem Boden sowie begnadet mit einer für ihre Jugend ungewöhnlichen Reife. Doch das hinderte sie nicht daran, wie alle Mädchen ihres Alters davon zu träumen, eines Tages ihren Märchenprinzen zu finden, in den sie sich verlieben und mit dem sie glücklich zusammenleben würde. Allerdings hatte sie es im Gegensatz zu den anderen Mädchen nicht eilig. Sie stand in der Blüte ihrer Jahre und wollte lieber auf den passenden Mann warten, denn sie war davon überzeugt, dass sie ihn eines Tages finden würde. Auch stürzte sie sich nicht wie die meisten ihre Altersgenossinnen in Liebschaften ohne Zukunft, denn sie wollte sich ihre Jungfräulichkeit für den großen Tag bewahren. Da sie von Natur aus eine aufmerksame und nachdenkliche Beobachterin war, war ihr das Liebesgeplänkel in ihrem Umfeld nicht entgangen, und sie fühlte sich zuweilen ausgeschlossen. Doch sie vergaß dabei nie, dass es ihre eigene Entscheidung war, wenn sie lieber auf den richtigen Mann wartete, dem sie sich gleichermaßen mit Körper und Seele hingeben konnte.

Als Tinella die Küche betrat, war das zahlreiche Küchenpersonal wie üblich mit der Zubereitung der Gerichte beschäftigt, die der Königsfamilie und ihren vielen Gästen, die seit Tagen anlässlich der Hochzeit Margaretes am Hof weilten, zum Mittagessen serviert werden sollten. Sie arbeiteten in Gruppen von sieben oder acht Personen, jede mit der Zubereitung eines anderen Gerichtes beschäftigt. Der Raum war erfüllt von lautem Stimmengewirr, das nur übertönt wurde von den Stimmen der Küchenchefs, die ihren Assistenten lauthals Befehle erteilten.

Als Tinella auf die Gruppe zuging, die sie zumeist aufsuchte, merkte sie, wie die Gespräche unvermittelt verstummten. Ganz offensichtlich war das Thema gewechselt worden, und man redete nur über Belangloses, ganz so, als fürchtete man, das soeben Gesagte könne in die oberen Stockwerke zu Ohren »der Italienerin« gelangen. Tinella spürte deutlich, dass das Küchenpersonal ihr misstraute. Sie wusste: Sie werden schlecht über die Königin gesprochen haben, wie immer.

»Guten Tag, Madame Hugier«, sagte Tinella gut gelaunt und tat so, als hätte sie nichts bemerkt. »Was gibt es heute zu essen?«

Madame Hugier war eine dicke Frau, die vor vielen Jahren aus der fernen Bretagne nach Paris gekommen war und die immer abgehetzt und verschwitzt wirkte. Sie hatte den Posten der dritten Beiköchin inne, eine sehr begehrte und einflussreiche Stelle, denn in dieser Position durfte man die Speisen für die königliche Tafel persönlich zubereiten. Eine restriktive Maßnahme, die nicht nur wegen der Ehre, die diesen Köchen gebührte, sondern vor allem aus Gründen der Sicherheit eingeführt worden war, um die Gefahr einer Vergiftung so gering wie möglich zu halten. Der Küchenchef musste den eigenen Kopf hinhalten, wenn die vielen Fleisch- und Geflügelgerichte, die Fasane, Soßen und Torten, die an der königlichen Tafel serviert wurden, nicht die erwünschte Qualität aufwiesen. Für den Fall, dass eine Soße misslang, oder schlimmer noch, ein Gericht den Herrschern Verdauungsprobleme bescherte, trug der Koch die volle Verantwortung – das heißt, einer der zahlreichen Köche, je nachdem, um welches Gericht es sich handelte. Denn Chefköche gab es viele, den Maître Pâtissier, den Maître des Volailles, den Maître des Sauces, den Maître du Gibier und so fort, und jeder war für seine Spezialität persönlich verantwortlich. Einer betreute das Fleisch, ein anderer die Hauptgerichte, wieder ein anderer die Desserts, einer das Gemüse, einer die Soßen …

In der Küche herrschte eine ähnliche Hierarchie und Etikette wie in den oberen Stockwerken, wo jeder Einzelne eine bestimmte Aufgabe hatte, die er pflichtbewusst und stolz ausübte. Tinella gehörte zu keiner der Gruppen, denn sie verrichtete ihre Dienste in den Gemächern der Königinmutter. Im Laufe der Jahre hatte sie, wenn auch keine echte Freundschaft, so doch eine gewisse Sympathie für einige der Menschen entwickelt, mit denen sie täglich zu tun hatte. Madame Hugier war eine von ihnen. Tinella wusste, dass sie ihr nicht ganz trauen konnte, aber sie zweifelte auch nicht daran, dass dieses Gefühl auf Gegenseitigkeit beruhte. Dennoch schätzte sie Madame Hugier, denn sie hatte ihre guten Seiten entdeckt, auch wenn sich oft schlecht gelaunt und eher knurrig war, was aber nichts mit ihr zu tun hatte, denn sie wusste, dass die Köchin alle um sich herum gleich behandelte. Trotz allem hätte Tinella nie daran gedacht, Madame Hugier etwas aus den Gemächern der oberen Stockwerke anzuvertrauen. Sie hatte mehr als einmal erlebt, wie etwas, das in der Küche gesagt wurde, sofort in die oberen Gemächer getragen wurde. Die Küchenräume waren, ebenso wie der übrige Palast, ein wahres Nest von Spionen, und es gab nichts, was die Dienerschaft nicht augenblicklich ihren jeweiligen Dienstherren weitergab. Es war ein Zeitvertreib bei Hofe, über alles, was geschah, im Bilde zu sein, auch wenn es sich um etwas so Belangloses handelte wie die Tatsache, dass ein Mittagessen ohne Salz verlangt wurde oder dass in den Gemächern der Frischvermählten nach Mitternacht noch serviert worden war.

Tinella wusste, dass die Freundschaft der Hugier einen ganz anderen Hintergrund hatte als Zuneigung oder die Gewöhnung an einen Menschen, mit dem man täglich umzugehen pflegte, weil es die Arbeit so verlangte. Es war immer nützlich, jemanden zu kennen, der direkten Kontakt zu den Mächtigen hatte, und ganz besonders zu der allmächtigen Königinmutter von Frankreich.

Madame Hugier hegte heimlich die Hoffnung, Tinella eines Tages ihrem Neffen vorstellen zu können, der vor kurzem erst nach Paris gekommen war, um hier sein Glück zu versuchen. Er war ein attraktiver und gut aussehender junger Mann, dazu charmant und ein gewandter Gesprächspartner. Hin und wieder tauchte er in der Küche auf, unter dem Vorwand, seine geliebte Tante zu besuchen. In Wirklichkeit war er jedoch auf der Suche nach einer warmen Mahlzeit, natürlich umsonst, mit der er bis zum nächsten Tag auskam, ohne sich weiter um die Bedürfnisse seines Magens kümmern zu müssen.

François Hugier, jener Neffe, war ein aufgeweckter junger Mann, selbstsicher und mit wenig Skrupeln ausgestattet, der geschickt allen Schwierigkeiten aus dem Weg zu gehen wusste, die ihm das Leben bescherte, und der im Vertrauen auf seinen guten Stern überzeugt war von seinem Erfolg. Was seine Zukunft anging, so hatte er ganz klare Ziele. Er zweifelte keinen Augenblick daran, dass ihm das Schicksal, dem er seinen stattlichen Körperbau und sein gutes Benehmen zu verdanken hatte, auch weiterhin geneigt sein und ihn eines Tages zu einem reichen und mächtigen Mann machen würde. Seit seiner Ankunft in Paris hatte er dieses Ziel eifrig verfolgt, und dabei heiligte der Zweck die Mittel. Auch wenn sich die Dinge bisher noch nicht so entwickelt hatten, wie er es wünschte, war er davon überzeugt, dass sich das bald ändern würde. Es war nur eine Frage der Zeit und der Fähigkeit, die richtige Gelegenheit zu nutzen, wenn sie sich ergab.

Madame Hugier hatte schon öfter beobachtet, dass sich einige der Mädchen, die mit niederen Aufgaben wie Putzen, dem Säubern von Gemüse oder Geschirrspülen betraut waren, beim Auftauchen ihres Neffen sofort die Hälse verrenkten und alles daran setzten, seine Aufmerksamkeit zu erregen. Wie die Hühner im Stall bei der Ankunft eines schönen Gockels! Sie wetteiferten miteinander, um ihm zu servieren, und ließen sich irgendeine Ausrede einfallen, um sich ihm nähern und ein paar Worte mit ihm wechseln zu können. Madame Hugier beobachtete die Situation aufmerksam aus der Distanz, es sollte nur keine von ihnen so schlau sein und ihren Neffen in die Falle locken, denn das würde ihre schönen Pläne zunichtemachen.

François Hugier fühlte sich wie ein König. Er war sich der Faszination, die er auf das andere Geschlecht ausübte, durchaus bewusst, und er nutzte sie. Doch wenn sich die persönliche Kammerzofe der Königin für ihn einnehmen ließe – so wie all diese flatterhaften Mädchen –, hätte das Madame Hugier nicht im Geringsten missfallen. Mit Tinellas Hilfe könnte François höchstwahrscheinlich eine gute Stelle am Hofe bekommen. Tinella bräuchte die Königin nur direkt darum zu bitten, sie würde ihrer persönlichen Kammerzofe diesen kleinen Gefallen sicher nicht abschlagen. So funktionierten die Dinge auf dieser Welt. Die Gunst der Großen war immer eine Garantie, und wer diese Regeln nicht respektierte, hatte wenig Hoffnung, seinen Posten im Palast zu behalten. Madame Hugier befürchtete, dass Tinella sich in einen dieser italienischen Köche verlieben könnte, die der Königin aus ihrem Land gefolgt waren. Zum Glück wechselten diese häufig. Sie blieben nie lang, denn die intrigante Atmosphäre, die die Küchenräume dieses fremden Hofes ebenso durchdrang wie den übrigen Palast, störte sie und ließ sie oft schon bald in ihre Heimat zurückkehren.

Während Madame Hugier Tinella ein üppiges Frühstück zubereitete, dachte sie über das Wo und Wann eines Zusammentreffens mit ihrem Neffen nach, ohne dass ihre Absichten allzu offensichtlich waren. Vielleicht könnte sie Tinellas Vertrauen gewinnen, indem sie ihr ein wenig von den seltsamen Ereignissen in der Küche erzählte. Sie ließ sie an einem der großen Tische Platz nehmen, an denen das Personal zu essen pflegte. Als sie einen Augenblick allein waren, setzte sie sich zu ihr, und nachdem sie sich vergewissert hatte, dass sie niemand hören konnte, sagte sie leise:

»Ich muss dir etwas erzählen, Tinella, aber nicht hier. Wenn du fertig bist, warte draußen vor der Küche auf mich, an einem Ort, wo dich niemand sehen kann. Ich komme nach, sobald ich kann.«

Tinella nickte wortlos. Was hatte Madame Hugier ihr wohl so Wichtiges und Geheimnisvolles zu sagen? Sie aß schnell und verließ die Küche, wobei sie Madame Hugiers Blick suchte, um ihr zu verstehen zu geben, dass sie sie draußen erwartete.

Sie musste nicht lange warten, nur ein paar Minuten, bis die Köchin auftauchte. Madame Hugier wirkte nervös und schwitzte stärker als sonst. Offenbar hatte sie sich beeilt.

»Ich habe nicht viel Zeit, Tinella, ich werde in der Küche gebraucht«, sagte sie und sah sich dabei ängstlich nach allen Seiten um, ganz so, als fühlte sie sich belauscht. »Aber ich muss dir was sehr Wichtiges sagen.« Sie unterbrach sich, holte hastig Luft und fuhr fort. »Hier braut sich etwas zusammen, etwas Schlimmes und sehr Merkwürdiges. Die Sache scheint wichtig zu sein.«

Tinella sah sie ungläubig und überrascht an. Was wollte Madame Hugier ihr damit sagen?

»Sagen Sie mir, worum es geht, Sie haben nichts zu befürchten«, versicherte sie ihr. »Ich verspreche Ihnen, dass alles unter uns bleibt. Was genau ist passiert?«

»Seit gestern Nacht sind alle Bediensteten der reformierten Fürsten verschwunden«, platzte Madame Hugier schließlich heraus.

So nannte sie alle Fürsten, die sich offiziell für Hugenotten erklärt hatten.

»Keiner von ihnen ist mehr da«, fuhr sie keuchend fort. »Es scheint, als hätten alle Befehl erhalten, den Palast umgehend zu verlassen. Sehr merkwürdig, findest du nicht auch? Weißt du vielleicht mehr? Hast du etwas gehört? Ich bin sehr besorgt.«

Tinella sah die Köchin überrascht an. Nein, sie wusste nichts, und sie hatte auch nichts gehört. Und das war wirklich sehr merkwürdig.

»Ich hatte von all dem keine Ahnung, Madame Hugier.

Kann es nicht sein, dass die Hugenotten wegen des versuchten Attentats auf Admiral Coligny Angst bekommen haben? Doch das betrifft ja nur die großen Herrschaften. Was haben wir damit zu tun?«

»Nein, nein«, die Köchin kam wieder zu Atem. Sie schüttelte den Kopf, um ihren Worten mehr Nachdruck zu verleihen. »Es ist etwas passiert, oder schlimmer noch, es wird etwas passieren. Wir in der Küche machen uns alle Sorgen. Du wirst schon gemerkt haben, dass wir sofort das Thema wechseln, wenn jemand hereinkommt. Es liegt etwas Merkwürdiges in der Luft. Es riecht nach Verrat. Du kannst niemandem trauen. Wenn die reformistischen Bediensteten verschwunden sind, dann bestimmt, weil sie den Befehl dazu erhalten haben, ansonsten hätten sie es nicht gewagt, ihre Posten zu verlassen. Hör dich um, und lass mich wissen, wenn du etwas erfährst. Ich bin wirklich sehr besorgt.«

»Beruhigen Sie sich, Madame Hugier. Wenn ich etwas erfahre, lasse ich es Sie wissen. Gehen Sie jetzt an Ihre Arbeit zurück, sonst bemerkt man noch Ihre Abwesenheit.«

Madame Hugier nickte.

»Du hast Recht, aber bitte, versuche so viel wie möglich herauszufinden, und lass es mich dann wissen, einverstanden?«

»Einverstanden, Madame Hugier, aber machen Sie sich bitte keine Sorgen, sobald ich etwas weiß, werde ich Ihnen Bescheid geben.«

Ohne ein weiteres Wort drehte sich Madame Hugier um und kehrte in die Küche zurück. Sie wirkte eher erschrocken denn besorgt.

Tinella war verblüfft und auch ein bisschen enttäuscht. Im ersten Moment, als Madame Hugier so geheimnisvoll tat, glaubte sie, dass sie endlich über ihren Neffen reden würde, den sie schon einmal in der Küche gesehen hatte. Tinella war nicht dumm und hatte die Absichten der Köchin schon vor einiger Zeit erkannt. Ihre Tricks waren ziemlich simpel, und es bedurfte nicht viel, ihre Pläne zu durchschauen. Andererseits war dieser François zweifellos ein gut aussehender junger Mann. Da sie gehört hatte, wie die Mädchen über ihn sprachen, und gesehen hatte, wie begeistert sie reagierten, wenn Madame Hugier feierlich den Besuch ihres Neffen ankündigte, war sie neugierig geworden. Einmal war sie sogar extra in die Küche hinuntergegangen, um ihn zu sehen, um mit eigenen Augen zu sehen, ob er wirklich so ein stattlicher Mann war, wie die Mädchen behaupteten, denn sie schwärmten regelrecht von ihm.

Hinter einer Tür versteckt hatte sie ihn gemustert. Ja, er war wirklich attraktiv. Sie fühlte sich gleich von ihm angezogen. Zum ersten Mal, seit sie am Hofe war, kreisten ihre Gedanken um eine Herzensangelegenheit. Aber wie sollte ein so hübscher Bursche bei all diesen albernen Gänsen, die um ihn herumschwirrten, ausgerechnet auf sie aufmerksam werden?

Natürlich gehörte sie nicht zu den hübschesten Mädchen im Louvre. Sie war sich ihrer Schwächen wohl bewusst. Überall in Paris gab es hübschere Mädchen, aber sie wusste, dass sie attraktiv war. Die männlichen Bediensteten hatten sie das oft genug wissen lassen. Wenn sie durch die Flure des Louvre ging, gab es immer den ein oder anderen, der ihr bewundernd hinterherpfiff oder mit einer höflichen Bemerkung ihre Aufmerksamkeit erregen wollte. Im Falle des schönen François verhielt es sich jedoch anders. Dieser Bursche hatte ihr vom ersten Moment an gefallen. Und sie hatte sich oft dabei ertappt, an ihn zu denken. Kindereien, sagte sie sich und lachte sich dabei selbst aus. Aber dennoch …

Als Madame Hugier ihr nun verkündete, sie müsse dringend mit ihr reden, hatte sie sich einen Augenblick lang Hoffnungen gemacht, dass sie über ihren Neffen sprechen wollte. Wer weiß, vielleicht hatte sie es nicht gewagt, das Gespräch so direkt auf ihn zu bringen, aber sie hätte ihre Absichten hinter dem Vorwand verstecken können, Tinellas Rat einzuholen.

Tinella wusste, dass Madame Hugiers Neffe in Paris Arbeit suchte. Das hatte sie die Mädchen erzählen hören.

»Ah, wenn es nach mir ginge, hätte er sofort Arbeit«, hatte eine von ihnen gerufen und dann vielsagend aufgelacht.

»Allerdings!«, rief die Nächste. »Ich ließe ihn jede Nacht arbeiten.«

Und alle brachen in Gelächter aus.

Tinella glaubte, dass Madame ihr vielleicht vertraute und sie daher um einen Gefallen bitten würde. Sie war sich fast sicher. An einem dieser Tage würde die Köchin sie bitten, sich für den stattlichen François zu verwenden. Tinella war nicht entgangen, dass Madame Hugiers Freundschaft nicht ganz uneigennützig war. Schließlich hatte Tinella durch ihre Position Kontakt zu vielen wichtigen Personen am Hofe. Schon oft war der eine oder andere dieser wichtigen Leute auf sie zugekommen und hatte sie gebeten, der Königin einen persönlichen Brief zu überreichen. Bittschriften, die die Königin andernfalls nie zu Gesicht bekommen hätte. Diese kleinen Dienstleistungen wurden immer mit einem guten Trinkgeld belohnt, das Tinella gerne annahm. Ein kleines Privileg ihrer Position. Und eine Möglichkeit, für jene Zeiten vorzusorgen, wenn sie sich aus den Diensten der Königin verabschiedete, um sich an einen anderen Ort zurückzuziehen. Vielleicht nach Florenz, das sie nicht kannte, über das aber Wundervolles erzählt wurde. Es war die Geburtsstadt ihrer Mutter und auch die der Königin. Üblicherweise arbeiteten Menschen ihres Standes bis zum Tode für ihre Herrschaften. War die Herrschaft nett und großzügig, war ihnen Unterkunft und Verpflegung bis zu ihrem Lebensende sicher, doch war die Herrschaft von der härteren Sorte, die sich um das Altwerden ihrer Bediensteten nicht scherte, so sah das Ende oft traurig aus. Tinella wusste nicht, was geschehen würde, wenn die Königin starb. Wie würde ihre Zukunft aussehen? Es war besser, vorzusorgen und für den Fall der Fälle ein wenig Geld zu sparen.

Und wenn sich schon die Möglichkeit bot, so wäre es nicht sehr schlau gewesen, keinen Nutzen daraus zu ziehen. Mit ordentlichen Ersparnissen würde es ihr leichter fallen, einen respektablen Ehemann zu finden. Vielleicht einen Notar oder einen der zahlreichen Beamten, die sich am Hofe tummelten. Sie würde keinen schlichten Lakaien heiraten. Davon war sie überzeugt.

Wenn Madame Hugier sie gebeten hätte, sich für ihren Neffen zu verwenden, hätte sie, ohne zu zögern, eingewilligt. Natürlich hätte sie nicht gewagt, sich direkt an die Königin zu wenden. Das nicht, aber sie hätte eine der vielen Hofdamen der Königin angesprochen. Eine Hand wäscht die andere. Da sie in ihrer Position der Königin sehr nah war und ihre Launen kannte, wusste sie, wann die Königin bereit war, zuzuhören und Gefallen zu gewähren, und wann nicht. Alle diese Herzoginnen, Markgräfinnen und Gräfinnen suchten verzweifelt eine Gelegenheit, ein persönliches Treffen mit der Königin zu arrangieren, den richtigen Augenblick abzupassen, um sie um ein geistliches Vorrecht oder einen Posten für einen ihrer Verwandten zu bitten. Tinella konnte ihnen dabei helfen, denn sie wusste, ob und wann die Herrscherin für diese Art Bittgesuche zugänglich war. Es kam ziemlich oft vor, dass die feinen Damen sie um ihre Hilfe baten. Im Gegenzug hätte Tinella sie um einen Gefallen für Madame Hugiers Neffen bitten können. Und der stattliche François hätte es ihr gedankt und sie fortan mit anderen Augen betrachtet. Schließlich ist eine Frau mit guten Beziehungen immer nützlicher als eine Schönheit, die keinerlei Beziehungen hat.

Als Madame Hugier ihr jedoch von dem merkwürdigen Verschwinden der Bediensteten erzählte und nicht von ihrem Neffen, war sie enttäuscht gewesen. Natürlich war es ungewöhnlich, dass alle Bediensteten der Hugenottenfürsten überraschend verschwunden waren. Es war ja nicht so, dass sie viel davon verstand, aber sie hatte Augen und Ohren. Der Königin so nahe zu sein ermöglichte ihr, viele Leute zu sehen. Sie konnte zuhören und verstehen, was sie sich untereinander zuflüsterten, die doppeldeutigen Blicke auffangen, die sich die Hofgesellschaft zuwarf. Der Hofstaat war wie eine kleine Welt, die sich nur um sich selbst drehte, in deren Zentrum Intrigen und Verschwörungen schwelten und deren täglicher Wettkampf darin bestand, der Königin ein Lächeln zu entlocken. Ein solches Lächeln wurde sofort als untrügliches Zeichen dafür gewertet, dass einem die Sympathie und die Gunst der Königin sicher waren. Alle spionierten hinter allen her. Tinella hatte gelernt, jedes Vorkommnis genau abzuwägen, denn am Hofe geschah nichts zufällig. Wenn also die Bediensteten der protestantischen Fürsten aus der Küche verschwunden waren, konnte es keinen Zweifel daran geben, dass sich da etwas zusammenbraute. Sollte etwa ein neues Komplott geschmiedet werden? Aber gegen wen? Gegen eine wichtige Person am Hofe? Den König vielleicht? Oder Königin Katharina?

Sie wusste ganz genau, wie sehr ihre Beschützerin gehasst und zugleich gefürchtet wurde. Die Tatsache, dass anlässlich Prinzessin Margaretes Eheschließung alle Hugenottenoberhäupter in Paris weilten, war schon für sich genommen beunruhigend. Das hatte sie mehr als einmal gehört. War dies vielleicht ein Anzeichen dafür, dass etwas gegen die Königsfamilie geplant wurde? Tinella wusste, dass der Aufenthalt so vieler protestantischer Adliger mit einer beachtlichen Anzahl von Bediensteten und Soldaten im Gefolge von den Parisern nicht gerne gesehen wurde. Das Volk protestierte. Man fürchtete einen Aufstand. In den Küchen und Fluren des Louvre wurde gemauschelt, dass die Anwesenheit eines so großen Gefolges um die Sicherheit des Königs fürchten ließe. Und wenn ein Attentat vorbereitet wurde?

Das plötzliche Verschwinden der Bediensteten der Hugenottenfürsten war kein Zufall. Diejenigen, die etwas ausheckten – es musste sich dabei um etwas wahrlich Wichtiges handeln –, hatten vermutlich die Absicht, ihr gesamtes Personal in Sicherheit zu bringen.

Tinella dachte nach. Wer könnte etwas wissen? Wer könnte ihr Auskunft darüber geben, was da vor sich ging? Es musste jemand aus den Reihen der Protestanten sein oder zumindest eine ihnen nahe stehende Person. Aber wer würde so etwas der persönlichen Kammerzofe der Königin anvertrauen? Wahrscheinlich niemand. Wer auch immer von dem Geheimnis wusste – sollte wirklich die Königin das Ziel sein, würde er ihr sicher nichts erzählen. Doch durfte sie, eine einfache Kammerzofe, die Königin von Frankreich mit ihren Sorgen belästigen? Wie würde Königin Katharina angesichts solcher Vertraulichkeit reagieren? Würde sie Tinella womöglich für verrückt erklären? Würde sie sie entlassen? Doch wenn sie, die bislang wohl als Einzige wusste, was in der Küche geschehen war, ihre Königin nicht persönlich darüber informierte, wie sollte diese dann erfahren, was dort vor sich ging?

Tinella war unentschlossen. Sie wusste nicht, was sie tun sollte. Warum hatte Madame Hugier sie nur in eine so Besorgnis erregende Angelegenheit eingeweiht? Sie hasste Getratsche und Intrigen. Sie grübelte darüber nach, was sie tun könnte. Sie wollte ihre Herrin nicht mit bloßen Gerüchten aus der Küche behelligen. Wenn sich da andererseits wirklich etwas Wichtiges zusammenbraute, durfte sie es nicht unterlassen, die Königin darüber zu informieren. Würde der Herrscherin etwas geschehen, weil sie geschwiegen hatte, wäre ihr kleines Leben keinen Heller mehr wert. Schließlich traf sie eine Entscheidung. Sie würde persönlich zur Königin gehen und sie über das Geschehene informieren. Die würde wissen, welche Maßnahmen getroffen werden mussten.

Während sie in der Küche arbeitete, dachte Madame Hugier an Tinella und ihren Neffen. Zunächst hatte sie die Kammerzofe dazu benutzen wollen, ihrem Neffen dabei behilflich zu sein, eine gute Arbeit zu finden. Ihr Bruder wäre ihr sehr dankbar dafür gewesen, doch jetzt hatte sie andere Pläne mit Tinella. Tinella und François …, das war keine schlechte Idee. Sie wären wirklich ein schönes Paar. Wenn sie sich gefielen, wäre nicht nur ihr Neffe versorgt, sondern auch sie selbst hätte ihre Vorteile davon. Diese Idee ging ihr nicht mehr aus dem Kopf. Wahrlich keine schlechte Idee. Welche Frau würde sich nicht für ihren Mann aufopfern, vor allem, wenn der so schön und stattlich war wie ihr Neffe? Sie musste einen Weg finden, damit sich die beiden kennen lernten. Besser, sie stellte sie persönlich einander vor und vertraute nicht auf den Zufall oder die Hilfe der Vorsehung. Sie hatte bereits eine Idee, wie sie das Zusammentreffen geschickt einrichten konnte. Ja, das sollte sie wirklich tun. Statt Tinella um einen Gefallen zu bitten, musste sie die beiden jungen Leute nur miteinander bekannt machen. Sie würden sich gegenseitig helfen, ohne dass sie jemanden um einen Gefallen bitten musste.

Louvre,
in den Gemächern des Königs

Samstag, 23. August 1572, 8.30 Uhr

Katharina ließ sich dem König ankündigen, doch sie wartete nicht ab, bis seine Majestät bereit war, sie zu empfangen. Hochmütig betrat sie seine Gemächer, ohne dass jemand wagte, sie aufzuhalten. Es war nicht ratsam, sich der noch immer allmächtigen Königinmutter entgegenzustellen. Man lief Gefahr, auf ihrer berühmten schwarzen Liste zu landen und damit weitreichende Folgen zu riskieren.

Katharina überraschte ihren Sohn dabei, wie er, umgeben vom Kreise seiner Edelleute, im Bett frühstückte. Dieser Anblick irritierte sie. Sie war schlecht gelaunt, hauptsächlich wegen des morgendlichen Besuches der Herzogin von Nemours, aber der Anblick ihres Sohnes verstimmte sie noch mehr. Sie ertrug es nicht, dass ihr Sohn die vornehme Erziehung missachtete, die sie ihm hatte angedeihen lassen. Für einen König geziemte es sich nicht, sich derart gehen zu lassen und wie ein gewöhnlicher Bürger im Bett zu frühstücken. Doch sie war nicht zum Streiten hergekommen. Sie bedurfte seiner Hilfe, also beschloss sie, das nachlässige Verhalten ihres Sohnes zu übersehen und zu schweigen. Sie begnügte sich mit einem vorwurfsvollen Blick, der dem jungen König nicht entging. Doch Karl IX. ließ sich nicht erschüttern. Jetzt war er der König, und er tat, wozu er Lust hatte. Er war zweiundzwanzig Jahre alt und regierte seit seinem zwölften Lebensjahr, obwohl ihm Königin Katharina erst vor kurzem offiziell die Regentschaft übertragen hatte.

Seine Mutter konnte jetzt ruhig diesen mürrischen Gesichtsausdruck aufsetzen, den er so gut kannte und der ihn oft hatte erzittern lassen, denn jetzt hatte er neue Freunde und fühlte sich stark genug, sie zu provozieren. Er war der König. Und ihm stand es zu, zu sagen, was ihm passte und was nicht. Zumindest würde er es versuchen.

Katharina wollte mit ihrem Sohn unter vier Augen sprechen. Die Anspielungen der Herzogin von Nemours auf die Vorbereitungen eines zweiten Attentats auf den Admiral hatten sie alarmiert, aber sie hatten sie vor allem verbittert. Sie konnte nicht zulassen, dass sich die Fürsten dieses Königreiches das Recht herausnahmen, diese Art von Initiative zu ergreifen, die nur dem König zustand. Wenn es stimmte, dass Coligny wegen seines Einflusses auf den König eine Gefahr darstellte, dann stimmte es auch, dass sie, die Mutter des Regenten, es sich keinesfalls erlauben konnte, als Hauptverantwortliche für die Ermordung des Admirals zu gelten. Ihre Situation war sehr heikel. Was konnte sie tun, damit sie ihr Ziel erreichte, ohne dass dabei ihr Ruf weiteren Schaden davontrug? Konnte sie den von Guise eine Blankovollmacht ausstellen und zulassen, dass diese die Verantwortung übernahmen? Wäre der König damit wohl einverstanden? Im Moment stand er unter dem ausschließlichen Einfluss des Admirals. Als man ihn von dem Attentatsversuch vor zwei Tagen informiert hatte, hatte er darauf mit einem seiner schrecklichen Ausbrüche reagiert. Er hatte seinen Freund daraufhin persönlich besucht, um ihm zu versichern, dass die Verantwortlichen, wer auch immer diese seien, schwer bestraft würden. Sogar sie, die Königinmutter, hatte sich gezwungen gesehen, ihn zu begleiten und dem niedergeschlagenen Coligny ihr großes Bedauern auszusprechen. Diese Geste hatte sie viel gekostet, aber sie hatte keine andere Wahl gehabt. Wäre sie nicht mitgekommen, hätte das bei den Hugenotten für übles Gerede gesorgt, man hätte mit dem Finger auf sie gezeigt: Seht, die wahre Anstifterin des vereitelten Attentats! Sie war dieser Verpflichtung nur widerwillig nachgekommen. Sie hasste diesen Mann zutiefst. Doch in all diesen Jahren an der Macht hatte Katharina gelernt, sich zu verstellen. Sie konnte ein freundliches Gesicht aufsetzen und zugleich ein doppeltes Spiel spielen. Besser, sie gab vor, seine Freundin zu sein, als sich offen als Feindin zu erklären. Sie konnte warten und zweifelte nicht daran, dass ihre Stunde kommen würde. Früher oder später, mit oder ohne Zustimmung des Königs, würde sie den Admiral ausschalten. Davon war sie fest überzeugt. Sie musste nur die richtige Gelegenheit abwarten. Und die war vielleicht gerade gekommen. Colignys Rekrutierung neuer Soldaten könnte der Vorwand sein, auf den sie gewartet hatte. Wichtig war, dem König begreiflich zu machen, dass der Admiral versuchte, ihn so zu beeinflussen, dass er eine gefährliche Entscheidung gegen die Interessen des Staates traf.

Es war nicht zu übersehen, dass der Admiral ihn davon zu überzeugen versuchte, die Hugenotten zu unterstützen. Eine ausgesprochen riskante Angelegenheit, die den Spaniern, den eifrigen Fürsprechern des katholischen Glaubens, mit der Unterstützung und Finanzierung des Papstes die Gelegenheit gegeben hätte, mit ihren Streitkräften in Frankreich einzumarschieren. Katharina musste ihrem Sohn begreiflich machen, dass die Gefahr eines Bürgerkriegs bestand. Ein Krieg, den sich das Land nicht leisten konnte. Der Zeitpunkt war äußerst ungünstig. Wenn die Information der Herzogin, derzufolge Coligny neue Soldaten zusammenzog, stimmte, warum war der König nicht davon unterrichtet? War er womöglich im Bilde über das, was geschah? Wusste Seine Majestät um den wahren Grund und Zweck dieser neuerlichen Truppenrekrutierungen? Ging es um die Unterstützung der protestantischen Sache oder um etwas anderes? Wurde gar ein Staatsstreich vorbereitet, von dem man die Königinmutter bewusst ausgeschlossen hatte?

Wenn Karl etwas wusste, würde sie einen Weg finden, ihm dieses Wissen zu entlocken. Sie kannte die Kniffe, die sie bei ihrem Sohn anwenden musste. Unter Katharinas Furcht erregendem Blick war Karl einfach unfähig, ein Geheimnis für sich zu behalten. Wenn er mit der Sache zu tun hatte, würde er es zugeben. Katharina musste wissen, was da hinter ihrem Rücken ausgeheckt wurde. Ihr dummer, schwacher und unvorsichtiger Sohn begriff nicht, dass die Katholiken nicht tatenlos zusehen würden, wenn er dem Admiral erlaubte, noch mehr bewaffnete Soldaten zusammenzuziehen. Die Spione der Katholiken waren bereits über die Vorbereitungen informiert. Das hatte die Herzogin in ihren Ausführungen angedeutet. Es war also gut möglich, dass auch sie sich organisierten. Sie musste eine Eskalation dieses religiösen Konflikts um jeden Preis verhindern. Wer konnte die schrecklichen Folgen eines Bruderkrieges vorhersehen?

Sie musste ihrem Sohn vor Augen führen, wie gefährlich es war, die Protestanten zu unterstützen – wie gemäßigt diese Unterstützung auch immer sein mochte. Die Auswirkungen, die das auf internationalem Niveau hätte, wären katastrophal. Doch wäre der König imstande, das zu begreifen? Er war immer so unschlüssig und neigte zu schrecklichen Wutausbrüchen, die sie fürchten ließen, dass er vielleicht an einem weit schlimmeren Übel litte: dem Wahnsinn.

Karls Ausbrüche waren entsetzlich. Nicht genug, dass ihr Sohn schwach, cholerisch und bisweilen zutiefst depressiv war, ihn quälte zudem eine krankhafte Eifersucht auf seinen Bruder Heinrich, den Herzog von Anjou. Hätte er gekonnt, er hätte ihn ermorden lassen. In Gesprächen mit dem König durfte man den Herzog von Anjou auf keinen Fall erwähnen. Katharina wusste, dass dies ausgereicht hätte, die Beziehungen zu ihrem Sohn, dem König, ernstlich zu gefährden, so groß war seine Eifersucht.

Sie hatte die königlichen Gemächer betreten, ohne genau

zu wissen, wie sie die Angelegenheit mit dem Admiral ansprechen sollte. Sie musste einen Weg finden, Karl davon zu überzeugen, diese gefährliche Freundschaft aufzugeben. Der König saß im Schlafgewand in seinem Bett, trank Kaffee und lauschte zerstreut seinen Edelleuten, die angeregt über das Hauptthema aller Gespräche der letzten Tage plauderten: das Attentat. Jetzt schien er ruhiger zu sein. Als er davon erfahren hatte, war er zugleich empört und gekränkt gewesen, dass es jemand gewagt hatte, einem seiner Freunde nach dem Leben zu trachten. Das hatte einen seiner typischen, vernichtenden und unkontrollierten Wutanfälle zur Folge gehabt. Er hatte in jenem Moment wieder einmal alles zerstört, was ihm in die Hände kam, er hatte alle Welt beschimpft und geschworen, sich unerbittlich an den Verantwortlichen zu rächen. Alle um ihn herum hatten wie immer geschwiegen, sie waren an diese, einem König höchst unangemessenen Szenen gewöhnt und warteten resigniert, bis die Wut des Herrschers verrauscht war.

Als man ihm den Besuch seiner Mutter ankündigte, blieb Karl keine Zeit zu reagieren, denn die Königin betrat den Raum, ohne seine Erlaubnis abzuwarten. Als er ihren verärgerten Gesichtsausdruck sah, war sein erster Impuls, aus dem Bett zu springen und sofort auf sie zuzustürzen, um ihr ergeben die Hand zu küssen. Doch er hielt sich zurück. Er wollte den anwesenden Edelleuten demonstrieren, wer dieses Land regierte. Als Katharina sich symbolisch vor ihm verneigte, so wie es das Hofprotokoll vorsah, begrüßte Karl sie vom Bett aus mit einem geradezu anmaßenden Kopfnicken. Der Königin entging das respektlose Verhalten ihres Sohnes nicht, doch sie sah darüber hinweg.

Als Katharina ihren Sohn genauer betrachtete, merkte sie, dass Karl noch immer so angespannt wirkte wie in den letzten Tagen. Vermutlich hatte er wieder eine schlaflose Nacht gehabt.

»Ihr macht mir Sorgen, mein Sohn, Ihr seht nicht gut aus«, begann sie das Gespräch.

»Ich bin nur erschöpft, Madame«, antwortete der König. »Ihr wisst ja, dass ich wenig schlafe. Und die Nachrichten, die ich erhalten habe, tragen wirklich nicht dazu bei, meine Gedanken zu besänftigen. Wisst Ihr vielleicht etwas Neues über das Attentat auf den Admiral? Mir wurde gesagt, dass Ihr schon ganz früh Besuch von der Herzogin von Nemours erhalten habt. Hat Euch die Herzogin etwas mitgeteilt, das wir noch nicht wussten?«

Katharina ärgerte sich über die Frage ihres Sohnes, denn sie bestätigte nicht nur, dass sich Nachrichten wie ein Lauffeuer im Palast verbreiteten – die Herzogin war noch nicht angekündigt, und der König wusste schon, dass sie in ihren Gemächern gewesen war –, sondern dass sich der König zudem erlaubte, sich vor seiner Mutter hämisch darüber auszulassen. Wollte er ihr etwa vorwerfen, dass sie die Herzogin empfangen hatte? Glaubte der König den diffamierenden Stimmen, die sie beschuldigten, selbst die Anstifterin dieses Attentats gewesen zu sein? Sein Tonfall gefiel ihr überhaupt nicht. Wenn sich Karl so verhielt, bedeutete das, dass er ihr etwas vorzuwerfen hatte. Oder war es Colignys negativer Einfluss, der hier spürbar wurde? Statt ihrem Sohn zu antworten, ließ Katharina den Blick über alle Anwesenden schweifen, über einen nach dem anderen. Karls Frage ignorierte sie dabei ganz bewusst. Gab es unter diesen Edelleuten einen, der es gewagt hatte, vor ihrem überraschenden Auftauchen einen Keil zwischen sie und ihren Sohn zu treiben?

Die Anwesenden verneigten sich leicht vor dem inquisitorischen Blick der Königin und sahen zu Boden. Katharina begriff, dass ihr Besuch ein wichtiges Gespräch unterbrochen hatte. Vermutlich hatten sie sich über das Attentat ausgelassen und nach einem möglichen Verantwortlichen gesucht. Gab es unter diesen Edelleuten womöglich einen, der sie verdächtigt hatte, ohne ihren Namen dabei zu nennen? Würden sie das in den königlichen Gemächern wagen? Und ihr Sohn, wie hätte er in einem solchen Fall wohl reagiert? Sein ironischer Tonfall ließ erahnen, dass er nicht unbedingt hinter ihr stand. Er hatte zugelassen, dass seine Höflinge Anspielungen über ihre mutmaßliche Verwicklung in die Angelegenheit gemacht hatten. Wenn bereits die Höflinge es wagten, die Königinmutter in Anwesenheit des Königs zu verdächtigen, konnte man sich vorstellen, was draußen geredet wurde. Das konnte Katharina nicht einfach so hinnehmen. Sie spürte, wie Wut in ihr hochstieg. Im Bruchteil einer Sekunde beschloss sie, die Zügel wieder in die Hand zu nehmen. Sie musste diesen überheblichen Edelleuten unbedingt zeigen, dass sie die Kontrolle über ihren Sohn noch nicht verloren hatte. Sie konnte nicht zulassen, dass man an der Königin von Frankreich zweifelte oder ihren Ruf besudelte. Sie wandte sich wieder ihrem Sohn zu und sagte mit fester Stimme:

»Redet nicht in diesem Ton mit Eurer Mutter, Karl. Die Leute könnten denken, dass Ihr Euer Pflichtgefühl und Eure Mutterliebe vergessen habt.«

Ihr Tonfall war sehr bestimmt, und sie hatte ihm fest in die Augen gesehen. Sie wollte sich vergewissern, dass sie ihren gefürchteten Einfluss auf den Sohn nicht verloren hatte. Sie ahnte oder hoffte zumindest, dass der König es nicht wagte, dem vorwurfsvollen Blick seiner Mutter standzuhalten. Wenn sich Karl rücksichtslos gezeigt hätte, hätte er ihr im selben Tonfall geantwortet.

Doch der König war überrascht, der aggressive Ton seiner Mutter hatte ihn offenbar verunsichert. Eingeschüchtert sah er zu Boden und errötete. Er war unfähig, ihrem Blick standzuhalten. Er hätte es gerne gekonnt. Wie oft war er davon überzeugt gewesen, dass er es schaffen würde. Aber wenn sie dann vor ihm stand, schmolzen seine Vorsätze jedes Mal dahin. Diese fürchterlichen Blicke, die eindrucksvolle Sicherheit, die sie immer zur Schau stellte, ihre majestätische Präsenz waren stärker als jeder seiner Versuche. Wenn er seinen Freund Coligny an seiner Seite gehabt hätte, hätte er ihr vielleicht zu widersprechen gewagt. Der Admiral drängte ihn schon lange, dass er sich der mütterlichen Fürsorge entziehen sollte. Eines Tages würde es ihm gelingen. Und an dem Tag würde er den Stier bei den Hörnern packen und sich ihm stellen, vor allen anderen, damit der gesamte Hof begriff, dass er der König war und dass nur er, der König, die Macht zum Regieren hatte. Er würde auf jede ihrer Bitten mit einem entschlossenen Nein antworten, und dieses Nein würde das Zeichen seiner Befreiung sein. Aber jetzt war der Admiral nicht da. Und er allein fühlte sich nicht stark genug.

Katharina ließ ihm keine Zeit, in seinem tiefsten Innern nach dem nötigen Mut für eine passende Antwort zu suchen. Sie fuhr ungerührt fort:

»Verabschiedet Eure Edelleute, Sire, ich habe etwas Wichtiges mit Euch zu besprechen. Es gehört sich nicht, dass sie von unseren persönlichen Angelegenheiten erfahren.«

Noch bevor der König reagieren konnte, bedachte die Königin die anwesenden Herren abermals mit einem vielsagenden Blick. Es war eine eindeutige Aufforderung, sich zurückzuziehen, der sich die Edelleute nicht zu widersetzen wagten. Alle verneigten sich tief und verließen einer nach dem anderen den Raum.

Nach diesem ersten Sieg, als sie endlich mit ihrem Sohn allein war, entspannte sich Katharina. Sie kannte ihn gut genug, um zu merken, dass er gereizt und nervös war. Sie konnte die Atmosphäre des Misstrauens und der verhaltenen Wut regelrecht spüren, sie hatte sich in der letzten Zeit daran gewöhnt. Sie musste ihn erst beruhigen und beschwichtigen, bevor sie zur Sache kam.

Karl wollte etwas sagen, aber er brachte keinen Ton heraus.

»Ich mache mir Sorgen um Eure Gesundheit, mein Sohn. Ihr müsst ausruhen und die Last der Verantwortung für den Staat auf die Schultern Eurer Mutter abladen. Wer könnte besser Eure Rechte und Privilegien vertreten als ich? Habt Ihr daran etwa gezweifelt?«

Wie immer fühlte Karl sich in Anwesenheit seiner Mutter schuldbewusst, vor allem, nachdem sie ihn mit diesen liebevollen Worten bedacht hatte. Er liebte ihre schöne Stimme, ihre Persönlichkeit beruhigte ihn. Wie hatte er an ihr zweifeln können? Seine Mutter hatte Recht. Wer wäre besser dazu geeignet, seine Vorrechte zu vertreten, als seine Mutter? Sie traf immer den richtigen Tonfall, wenn sie mit ihm sprach. Er bereute seine Gedanken und schämte sich dafür, wie er sie vor seinen Edelleuten behandelt hatte. Sie war seine Mutter. Er hätte sich nicht so herablassend ihr gegenüber verhalten dürfen. Er war schlecht beraten worden. Wieder einmal hatte seine Mutter Recht. Wer könnte ihn besser beraten und seine Pflichten wahrnehmen als sie? Sie hatte immer zu seinem Wohle und zum Erhalt des Thrones gehandelt.

In der Absicht, sich bei ihr zu entschuldigen, ging Karl auf sie zu und küsste zärtlich ihre Hand.

»Verzeiht mir, Mutter, ich wollte nicht…«

Katharina begriff, dass sie die erste Partie gewonnen hatte. Solange sie anwesend war, würde ihr Sohn es nie wagen, sie zur Seite zu drängen. Aber sie wusste auch, dass sich dieser schwache Charakter in ihrer Abwesenheit von jeder stärkeren Person verführen lassen und sich gegen sie stellen könnte. Statt sie zu beruhigen, verwirrte sie die mühsam hervorgebrachte Entschuldigung ihres Sohnes. Wie war es möglich, dass ihr Sohn, der König, nicht zumindest etwas von ihrem Charakter geerbt hatte? Sein Bruder, der verstorbene Franz II., dem er auf den Thron gefolgt war, hatte auch eher seinem Vater Heinrich II. geähnelt. In den Augen des Volkes mächtige Herrscher, aber in Wirklichkeit unfähig, selbst Entscheidungen zu treffen, und immer äußeren Einflüssen ausgeliefert. Was wäre mit diesem Königshaus geschehen, wenn sie die Zügel nicht fest in der Hand gehalten hätte? Katharina spürte, wie Traurigkeit in ihr hochstieg, aber sie fasste sich sofort wieder. Es war jetzt nicht der Zeitpunkt, sich von unergiebigen und sinnlosen Gedanken hinreißen zu lassen. Sie musste sich mit ernsteren und wichtigeren Problemen auseinandersetzen, statt sich in solch einem Augenblick in belanglosen Muttergefühlen zu ergehen.

»Karl, könnt Ihr mir vielleicht etwas Neues über die Verantwortlichen für das Attentat auf den Admiral mitteilen? Ich weiß, dass Ihr eine Untersuchung angeordnet habt. Gibt es hierzu Neuigkeiten?«

Diese Frage interessierte sie nicht wirklich, denn diesbezüglich war sie besser informiert, als es der König selbst je sein könnte, aber Katharina kannte die verschrobene Psychologie ihres Sohnes und wusste, dass sie nicht gleich zu Beginn auf ihr wahres Anliegen zu sprechen kommen durfte. Hätte sie Karl direkt gefragt, ob er etwas über die neuerlichen Rekrutierungen des Admirals wusste, hätte er es möglicherweise verneint und wäre wütend geworden. Ihre Überzeugungskraft hätte dann sicher nicht gereicht, um ihren Sohn dazu zu bringen, ihr zu sagen, was sie wissen wollte. Schließlich hatte Karl einen Narren an Coligny gefressen. Das hatte er mit seiner wütenden Reaktion auf das Attentat deutlich gezeigt. Seinen neuen Freund anzugreifen wäre demnach keine gute Taktik gewesen. In seiner momentanen Verfassung war es besser, ihm Recht zu geben. Es würde sicher nicht schwer sein, ihn später umzustimmen. Das war typisch für ihren Sohn.

»Nichts, Mutter«, antwortete der König fast zärtlich. »Man weiß nur, dass das Haus, aus dem auf den Admiral geschossen wurde, einem Bediensteten des Herzogs von Guise gehört, aber das wisst Ihr ja schon.«

»Das macht den Herzog nicht zum Verdächtigen«, unterbrach ihn die Königin. »Dieser Bedienstete kann genauso gut aus Eigeninitiative gehandelt haben. Die Tat eines Wahnsinnigen. Der Mann, der geschossen hat, kann sich auch nur in das Haus geschlichen haben, um sich dort zu verstecken, er muss nicht der Besitzer sein. Wir können den Herzog nicht ohne Beweise eines so schweren Verbrechens beschuldigen.«

»Ihr habt Recht, Madame. Meine Männer suchen nach Beweisen. Aber wenn es nicht so wäre ...«

»Verurteilen wir niemanden, bevor wir etwas Genaueres wissen, Karl«, unterbrach ihn die Königin erneut. »Den Herzog, einen Verwandten von uns, anzuklagen, wäre eine sehr ernste Angelegenheit und würde weitreichende Folgen für die Krone nach sich ziehen. Wir müssen mit größter Vorsicht handeln. Denkt daran, und erinnert auch Eure Männer daran, sie sollen keine voreiligen Anschuldigungen aussprechen, solange sie keine Beweise in der Hand haben. Unumstößliche Beweise. Wir können nichts riskieren, vor allem jetzt, wo sich alle Hugenottenoberhäupter in der Hauptstadt aufhalten und zehntausend Gefolgsleute vor den Stadtmauern kampieren. Wenn sie sich gegen uns erheben, könnte das einen neuerlichen Bürgerkrieg entfesseln, aus dem wir nicht unbedingt siegreich hervorgehen würden.«

»Das würden sie nicht riskieren«, empörte sich der König. »Oder glaubt Ihr, sie würden es wagen, offen gegen ihren König zu rebellieren? Glaubt Ihr wirklich, dass unsere protestantischen Freunde so weit gehen und meine Befehle missachten würden?«

»Wir haben keine Gewissheit, ob sie es nicht tun würden, Sire. Und ich fürchte, sie tun es, denn wir sind nicht imstande, sie aufzuhalten. Es sind zu viele. Ich frage mich, wozu die vielen Truppenbewegungen? Sie haben über zehntausend Soldaten in den Vorstädten der Hauptstadt versammelt. Und nun berufen sie weitere Männer ein. Wozu? Fürchten sie etwa um ihre eigene Sicherheit? Wollen sie sich vielleicht mit einem

Staatsstreich für das feige Attentat auf den Admiral rächen? Reicht ihnen nicht das Wort des Königs als Garantie für ihre Sicherheit?«

Karl schwieg. Er dachte nach. Katharina begriff, dass sie ins Schwarze getroffen hatte. Der König ertrug es nicht, wenn sein Wort und seine königlichen Vorrechte in Zweifel gezogen wurden. Misstrauen keimte in ihm auf.

»Seid Ihr schon über das, was ich Euch eben berichtet habe, informiert worden?«, fragte die Königin in belanglosem Tonfall.

»Nein, Madame«, antwortete Karl verstimmt. »Ihr seid immer besser informiert als ich.«

»Ich glaube, es ist an der Zeit, dass Ihr anordnet, besagte Informationen überprüfen zu lassen«, fügte die Königin hinzu. »Wenn sie sich bestätigen, müssen wir sofort handeln.«

»Ich werde sofort den Befehl erteilen, dass dies geschieht, Madame. Ich danke Euch, dass Ihr an das Wohl Frankreichs denkt. Ich weiß nicht, was ich ohne Euren wertvollen Rat tun sollte.«

Katharina schwieg nachdenklich. Was wusste Karl wirklich? Sie schenkte den Worten ihres Sohnes kaum Beachtung. Sie musste ihn zum Reden bringen. Die Enthüllung, dass die Hugenotten neue Truppen zusammenzogen, schien ihn überrascht zu haben, aber vielleicht verstellte er sich nur. Seine Reaktion wirkte jedoch eher so, als sei ihm plötzlich etwas aufgefallen, das er vorher nicht wahrgenommen hatte. Ihn zu bitten, die Aussage der Herzogin von Nemours überprüfen zu lassen, war eine gute Idee. So konnte Karl auf seinen Vorrechten bestehen, als wäre es seine Initiative gewesen. Aber Katharina musste einen Weg finden, wie sie Admiral Coligny in ihre Pläne einbeziehen konnte, es musste deutlich werden, dass Coligny die Freundschaft des Königs dazu benutzt hatte, um ihn zu täuschen. Das wäre ein besonders harter Schlag. Eine solche Täuschung, ein solcher Verrat würde bei Karl einen schrecklichen Wutanfall auslösen. Angesichts eines so offensichtlichen Verrats würde er seinen neuen Freund, ohne zu zögern, opfern. Seine Reaktion war, wenn auch nicht vollkommen vorhersehbar, so doch ziemlich genau einzuschätzen. Katharina kannte ihren Sohn gut genug, um zu wissen, dass er auf niemanden hören würde, der ihm vorschlug, denjenigen zu beseitigen, den er als Freund betrachtete – es sei denn, die Argumentation lieferte ein unbestrittenes Motiv: den Verrat.

Während die Königinmutter und ihr Sohn über allerlei redeten, wurden sie von einem dreimaligen Klopfen an der Tür des Gemachs unterbrochen. Die Tür ging auf, und herein kam der Erste Kammerherr des Königs, um anzukündigen, dass drei Ratgeber Ihrer Majestät der Königin, Monsieur von Gondi, der Siegelbewahrer Birague und ein weiterer ihrer Mitarbeiter, Monsieur Tavannes, in einer Angelegenheit von höchster Wichtigkeit dringend um eine Audienz bei Ihrer Majestät gebeten hatten. Obwohl Katharina sich von dieser Unterbrechung belästigt fühlte – die sie für den Moment aus ihrer heiklen Lage rettete –, gab sie, ohne erst die Zustimmung des Königs abzuwarten, Befehl, ihre Ratgeber mogen augenblicklich eintreten. Karl, der in protokollarischen Fragen normalerweise sehr empfindlich war, hatte sich so an die Einmischung seiner Mutter gewöhnt, dass er sich nicht weiter daran störte. Jetzt war nicht der Augenblick für Spitzfindigkeiten. Wenn ihre Ratgeber es wagten, eine Unterredung des Königs mit seiner Mutter zu stören, dann brachten sie sicher wichtige Neuigkeiten.

Nach den üblichen Formalitäten und Höflichkeitsbezeugungen wussten die drei Edelleute nicht, ob sie sich zuerst an den König wenden sollten, wie es das Protokoll verlangte, oder direkt an die Königin, für die ihre Nachricht eigentlich bestimmt war. Sie betrachteten zunächst diesen Hampelmann von König, noch im Nachtgewand, dann die Königin, die wie immer tadellos gekleidet war. Karls Blick war abwesend, als hätte seine Mutter ihm soeben einen scharfen Verweis erteilt. Katharina befreite sie aus ihrer unglücklichen Lage, indem sie direkt fragte:

»Meine Herren, wie lauten diese wichtigen Nachrichten, derentwegen Ihr es wagt, den König in einer Unterredung mit seiner Mutter zu stören? Wir möchten annehmen, dass diese von allerhöchster Brisanz sind.«

Ihre Stimme klang hart und hochmütig. Sie verriet ihre Verstimmung. Die Königinmutter wurde nicht gerne gestört, und noch viel weniger von ihren Bediensteten. Wenn sie es also wagten, diese Anordnung zu übertreten, musste es sich um eine höchst wichtige Angelegenheit handeln. Eine Staatsangelegenheit. Die Anwesenheit des Siegelbewahrers schien dies zu bestätigen.

Monsieur von Gondi, einer ihrer Schützlinge und ihr engster Vertrauter, antwortete:

»Das sind sie in der Tat, Eure Majestät.«

»Dann sprecht, Monsieur von Gondi. Spannt uns nicht auf die Folter«, ermunterte ihn die Königin.

Monsieur von Gondis Blick wanderte zwischen der Königin, die stand, und dem König, der sich schweigend in einen Sessel gesetzt hatte, hin und her. Karl beobachtete die Szene wortlos. Er hätte sich gerne eingemischt, wusste aber nicht, wie. Seine Mutter ließ ihm weder die Zeit, Fragen zu stellen, noch, solche zu beantworten. Sie war der Mittelpunkt aller Aufmerksamkeit. Einen Augenblick lang spürte er die Eifersucht, die an ihm nagte. Seiner Mutter war es vergönnt, dass stets alle Blicke auf ihr ruhten. Aber er verscheuchte den finsteren Gedanken sofort wieder. Er sollte sich glücklich schätzen, eine Mutter zu haben, die solchen Eindruck auf die Welt machte. Niemand hatte ihr Talent, ihre Kraft, ihre Persönlichkeit. In jedem Moment und mit jeder Bewegung strahlte seine Mutter unvergleichliche königliche Würde und Macht aus. Sie war vollkommen. Keiner wusste besser als sie, lediglich mit ihrer Präsenz tiefsten Respekt hervorzurufen. Sie war wirklich eine Königin. Er spürte wieder diese große Bewunderung für sie. Ja, seine Mutter war eine außergewöhnliche Frau. Er war stolz auf sie.

»Es ist so…«, setzte von Gondi an, wobei er König und Königin abwechselnd mit seinen Blicken bedachte, immer noch unsicher, an wen er sich zuerst wenden sollte. Offiziell musste er sich in Anwesenheit des Königs zuerst an ihn wenden. Aber Karl wirkte so träge und abwesend in seinem Sessel… Von Gondi konnte ihm selbstverständlich nicht den Respekt verweigern, indem er ihn ignorierte und sich nur an die Königinmutter wandte. Aber tatsächlich war sie es, die ihn mit aufforderndem Blick ansah. Wie immer leitete sie das Gespräch. Also betrachtete er sie abwechselnd, als würde er mit beiden Herrschern zugleich sprechen.

»Gondi!« Die Königin wurde ungeduldig und bedachte ihn mit einem glühenden Blick. »Kommt endlich zur Sache. Um welche wichtigen Nachrichten handelt es sich?«

»Die Herren Birague, Tavannes und ich wurden soeben von den Herren Gramont und von Bouchavannes, die sich vor ein paar Minuten in den Räumlichkeiten von Admiral Coligny aufhielten, über dessen Gespräche mit seinen Männern informiert, die gegen Ihre Majestät gerichtet waren.«

Er sagte den Satz in einem Atemzug.

»Was für Gespräche?«, fragte der König, als wäre er abrupt aus seiner Schläfrigkeit erwacht, und sprang aus seinem Sessel, als hätte dieser plötzlich Feuer gefangen. »Was für Gespräche, Monsieur von Gondi? Antwortet mir.«

Seine Stimme klang verwirrt. Sie klang wie die Stimme eines Kindes, das auf frischer Tat ertappt worden war. Wie konnten es diese Tölpel wagen, Beschuldigungen gegen seinen Freund Coligny auszusprechen?

»Die Herren von Bouchavannes und Gramont haben uns

versichert«, fuhr Gondi etwas verängstigt fort, »dass im Gemach des Admirals eine Verschwörung vorbereitet wird.«

»Eine Verschwörung?«, fragte Karl ungläubig.

»Ja, Majestät«, antwortete Monsieur von Gondi und sah ihm dabei in die Augen. »Sie haben es uns versichert. Die Herren Bouchavannes und Gramont schwören bei ihrem Leben, dass Admiral Coligny und seine Komplizen weitere Soldaten zu denen hinzuziehen, die bereits vor den Toren der Hauptstadt stehen und von denen Eure Majestät weiß. Offenbar planen Colignys Leute einen Überfall auf den Louvre. Sie haben beschlossen, Eure Majestät, Ihre Majestät, die Königinmutter, und Euren Bruder, den Herzog von Anjou, zu ermorden. Ihr Plan ist es, den König von Navarra auf den Thron Eurer Majestät zu setzen, denn der gehört, wie Eure Majestät weiß, derselben Religion an wie sie. Der König von Navarra scheint ihnen zugesichert zu haben, dass er die protestantische Religion gegen die katholische durchsetzen wird.«

Von Gondi berichtete in einem Atemzug. Er fürchtete die Reaktion des Königs angesichts dieser vertraulichen Nachricht, aber er wusste, dass er mit der bedingungslosen Unterstützung der Königinmutter rechnen konnte. Nur aus diesem Grund hatte er es riskiert, dem Herrscher die Tragweite und den Ernst der Verschwörung darzulegen. Die Reaktion des Königs war in der Tat fürchterlich.

Während Karl gegen die drei Männer wetterte, stand Katharina schweigend daneben und sah ihren Sohn an. Es fiel ihr schwer, den tiefen Abscheu zu unterdrücken, den sie in diesem Augenblick für ihren schwachen Sohn empfand. Sie hasste diese Szenen. Trotzdem hielt sie sich zurück. Sie war daran gewöhnt, sich in diesen Situationen zu beherrschen. Es war besser, wenn Karl sich austobte. Ihm zu widersprechen hätte nichts genützt. Währenddessen hatte sie Zeit nachzudenken. Ob die Nachricht stimmte oder nicht war unwichtig. Es konnte sich um eine arglistige Täuschung handeln, die

Provokateure angezettelt hatten, um den König zu einer Reaktion zu zwingen. Sie erkannte sofort, dass man ihr gerade den Grund lieferte, um endlich gegen den verhassten Admiral vorgehen zu können. Das war die perfekte Rechtfertigung, der ideale Vorwand, um dem König die wahren Absichten seines Freundes vor Augen zu führen und damit seine Meinung über ihn zu ändern. Karl würde diesen Verrat nicht tolerieren. Das war die Gelegenheit, um ihm seine ewige Unentschlossenheit auszutreiben. Diese Gelegenheit durfte sie sich nicht entgehen lassen. Der König musste sich selbst vom Stand der Dinge überzeugen, er musste den Befehl geben, diejenigen zu bestrafen, die sich gegen ihn verschworen hatten. Er hatte allen Grund zu handeln. Katharina begriff, dass diese unerwartete Mitteilung viel wichtiger war als die Enthüllungen der Herzogin von Nemours. Sie wusste, sie würde den König davon überzeugen, dass er jetzt dringend handeln musste. Ohne die Zustimmung des Herrschers, ohne seinen Befehl, konnte sie nichts unternehmen. Und dabei dachte sie nicht nur an den Admiral, denn jetzt konnte man auch gegen die gesamte Führungsriege der Protestanten vorgehen und die Gelegenheit nutzen, sie alle auf ihren Platz zu verweisen. Es würden viele Köpfe rollen, aber auf Befehl des Königs, nicht auf den ihren. Katharina hatte nicht vor, als die Schlächterin der Hugenottenführer in die Geschichte einzugehen. Das war eine Entscheidung, die sie nicht allein zu treffen wagte. Der König musste entscheiden.

»Sire«, wandte sich die Königin schließlich mit säuselnder Stimme direkt an ihn. »Diese Herren bestätigen unseren Verdacht. Es wird gegen Eure Majestät konspiriert. Das dürft Ihr nicht zulassen. Deshalb werden neue Kräfte rekrutiert, deshalb sind sie mit einer so übertriebenen Eskorte aus zehntausend bewaffneten Soldaten zur Hochzeit Eurer Schwester gekommen. Ob sie das Attentat auf Eure Majestät schon da geplant hatten? Die Teilnahme an den Hochzeitsfestlichkeiten war sicher nur ein Vorwand. Sie haben Euer Vertrauen missbraucht. Diese Entscheidung wurde schon vor langer Zeit getroffen, sie hat nichts mit dem Attentat auf den Admiral zu tun. Sie wurden getäuscht, Sire. Wer könnte uns versichern, dass dieses Attentat nicht von ihnen selbst ausgedacht, organisiert und ausgeführt wurde, um so ihr Vorgehen zu rechtfertigen? Ist der Admiral etwa ernsthaft verletzt worden? Nein. Der Schuss aus der Hakenbüchse wurde aus nächster Nähe abgefeuert, und doch war der Admiral nur leicht verletzt. Wie ist das möglich? Sind die Schützen unseres Reiches so schlecht, dass sie unfähig sind, aus nächster Nähe ihr Ziel zu treffen? Jemand hat uns verraten. Im Lichte dieser Nachricht können wir begreifen, welches die wahren Gründe dafür sind, dass sie so zahlreich in unser Land gekommen sind. Die Hochzeit Eurer Schwester mit dem König von Navarra war ein perfekter Vorwand. Der Grund, auf den sie gewartet haben, um gegen Eure Majestät vorzugehen. Wäre dem nicht so, bleibt rätselhaft, warum die Hugenotten nicht unter Eurem Schutz an der Hochzeit teilnahmen, sondern unter dem von zehntausend eigenen Soldaten. Als wäre der König nicht imstande, die Sicherheit seiner Gäste zu gewährleisten … Wir wurden verraten. Welch ein Unglück! Aber wir werden nicht zulassen, dass sie damit durchkommen. Wir werden ihnen zuvorkommen. Unsere eigene Sicherheit steht auf dem Spiel, Sire. Gebt Befehl, sie zu bestrafen, solange uns die Zeit dazu bleibt. Wenn Ihr jetzt keine Entscheidung trefft, werden die Hugenotten die Macht an sich reißen. Sie werden uns alle töten.«

Auch sie hatte diese Worte, ohne Luft zu holen, ausgesprochen. Sie verstummte für einen Augenblick, um zu prüfen, welchen Eindruck sie auf ihren Sohn gemacht hatten.

»Wir müssen schnell handeln«, fuhr sie fort, ohne ihm Zeit zum Nachdenken zu gewähren. »Lasst nicht zu, dass gegen Euch vorgegangen wird. Wir müssen ihnen zuvorkommen. Eure Sicherheit steht auf dem Spiel, und auch Euer Leben. Sie sind zu viele und zu stark, als dass wir sie einfach ignorieren könnten. Sie haben einen Vorwand gesucht, und als sie ihn nicht fanden, haben sie ihn selbst provoziert. Ich habe keinen Zweifel daran, dass die Nachricht von der Konspiration stimmt. Sie bestätigt mir lediglich, was ich schon wusste. Noch bleibt uns Zeit zu handeln, den Staat zu retten ... und uns selbst zu retten.«

Katharina machte eine kurze Pause und sagte dann zu dem entsetzten Karl:

»Es gibt nichts, was das Gegenteil beweist. Wenn wir warten, kann es zu spät sein. Es handelt sich um ein paar Stunden. Eure Majestät muss augenblicklich Befehl zum Handeln geben, damit die Verräter bestraft werden.«

»Und wenn das alles gar nicht stimmt?«, fragte Karl noch immer ungläubig und zögernd.

»Wenn die Information falsch wäre«, fügte die Königin hinzu, »und wir haben keinerlei Grund, die Worte unserer Getreuen anzuzweifeln, dann würden wir zumindest eine Gefahr abwenden, die früher oder später auf uns zukommen wird. Und dann werden wir möglicherweise nicht mehr in der Lage sein, uns zu verteidigen. Ja, Majestät, wir müssen jetzt handeln, und zwar schnell. Gebt Befehl, dass die Drahtzieher der Verschwörung verhaftet werden. Besser noch, lasst sie hinrichten. So verhindern wir weiteren Aufruhr. Wenn die Oberhäupter verschwunden sind, ist ein Aufstand unmöglich. Auf diese Weise versichern wir uns auch der Unversehrtheit unserer Grenzen. Euer Schwager, der König von Spanien, hätte keinen Vorwand mehr, uns seine Soldaten zu schicken, um den heiligen Glauben zu verteidigen. Wir verteidigen uns selbst. Wir benötigen von niemandem Hilfe. So schlagen wir zwei Fliegen mit einer Klappe, Majestät. Wir haben gute Gründe, uns zu verteidigen. Wenn wir es nicht tun, werden sie es tun. Sie werden uns alle umbringen.«

»Aber Madame ...«, sagte der junge König noch immer zögerlich. »Und wenn wir uns irren? Wenn man uns gegeneinander ausspielen will? Die Hugenotten werden es nicht wagen, mich umzubringen. Ich bin ihr König. Ich habe ihnen Beweise meiner Freundschaft und meines Verständnisses gegeben. Wie könnten sie so etwas wagen?«

»Und Ihr, Sire, seid Ihr gewiss, dass es so ist? Wer kann Euch das versichern?«, sagte die Königin, womit sie die Prinzipien ihres Sohnes herausforderte.

Nachdem der König einen Augenblick nachgedacht hatte, ergab er sich dem Offensichtlichen.

»Ihr habt Recht, Madame. Niemand kann mir diese Sicherheit geben.«

»Habt Ihr etwa Angst, Sire? Angst vor Euren eigenen Untertanen?«

Karl spürte, dass sie ihm den Finger in die Wunde gelegt hatte. Er begriff, dass seine Mutter auf seinen Bruder Heinrich, den Herzog von Anjou, anspielte. Er würde nicht zögern. Er würde handeln und sein Ziel erreichen. Plötzlich brach seine schreckliche Eifersucht auf den verhassten Bruder mit aller Gewalt aus ihm heraus. Er explodierte. Er fühlte sich überwältigt von einem fürchterlichen Vergeltungsdurst. Karl war ein unberechenbarer Mensch, wenn er in seinem Stolz gekränkt wurde. Er wollte seiner Mutter und seinem Bruder beweisen, dass es keinen Grund gab, die Protestanten zu fürchten. Er wollte beweisen, dass er es war, der regierte.

Karl wurde Opfer seines eigenen Zorns – wie ein Mann, der sich schwach fühlt, wenn er sich von den Menschen verraten glaubt, denen er meinte vertrauen zu können. In seiner blinden Wut lief er wie ein Besessener schreiend aus dem Gemach.

»Ja, bringt sie um!«, schrie Karl verzweifelt. »Bringt sie alle um! Tötet sie alle! Ich befehle, dass alle Verräter getötet werden! Kein einziger soll mit dem Leben davonkommen!«

Und so verschwand er und ließ die Anwesenden entsetzt

zurück. Katharina hatte gewonnen. Wieder einmal hatte sie bewiesen, dass sie diesen geistesschwachen Sohn zu manipulieren wusste. Sie hatte sich die wichtigste Karte bis zuletzt aufbewahrt. Sie wusste, mit der Eigenliebe des Königs und seiner schrecklichen Eifersucht auf seinen Bruder zu spielen würde Karl provozieren. Der König hatte endlich klein beigegeben und ihren Plänen zugestimmt. Jetzt konnten sie und ihre Ratgeber entsprechend handeln. Sie hatten die Zustimmung des Königs und damit freie Hand.

Louvre,
in den Gemächern des Königs

Samstag, 23. August 1572, 9.15 Uhr

Da sie jetzt das offizielle Einverständnis des Königs hatte, versammelte Katharina sogleich ihre treuesten Gefolgsleute um sich. Es musste eine Entscheidung getroffen werden, wie und wann sie handeln sollten. Außer den bereits anwesenden Messieurs von Gondi, Birague und Tavannes ließ sie eiligst die Herren Gramont, Bouchavannes und Marcel rufen, und um auf keinen Fall die Aufmerksamkeit der im Louvre untergebrachten Hugenotten zu erregen, gab sie genaue Anweisungen, damit die Zusammenkunft streng geheim blieb.

Als schließlich alle versammelt waren, machte sich die Königin, gefolgt von ihren Getreuen, nicht auf den Weg in ihre Gemächer – wie sie es sonst tat –, sondern sie steuerte, um keinen Verdacht zu erregen, auf den Sitzungssaal des Rates in den Gemächern des Königs zu. Wäre die Königin mitsamt ihrem Gefolge in ihre Gemächer im entgegengesetzten Flügel des Louvre zurückgekehrt, hätte es der ganze Hofstaat erfahren. Alle hätten gewusst, dass etwas geschehen würde, und ihre Feinde wären misstrauisch geworden. Sie musste schnell und diskret vorgehen. Die Überraschung war ihre beste Waffe. Die Königin hatte beschlossen, die Spitze des reformistischen Lagers endgültig zu stürzen, indem sie bei den einfachen Gefolgsleuten begann. Wenn erst einmal alle aus dem Spiel waren, da war sich Katharina sicher, würde sie die Macht wieder fest in ihren Händen halten.

Karl – der seiner Mutter einmal mehr die Regierungsgewalt

überantwortet hatte – war noch immer verärgert über das, was er gerade erfahren hatte, und weigerte sich, an der Ratssitzung teilzunehmen. Er war auf die Jagd gegangen. Die Ausübung der Macht hatte er nie gemocht. Er fand sie langweilig. Im festen Glauben, seine Privilegien fürs Erste gesichert zu haben, widmete er sich lieber angenehmeren Beschäftigungen wie der Jagd oder dem Federballspiel. Beim Verlassen des Raumes hatte er wie ein launisches Kind die Tür zugeschlagen und den anderen die schwere Aufgabe überlassen, seinen Thron zu retten und für ihn zu handeln.

Katharina sprühte vor Energie. Sie hatte die Entscheidungsgewalt leichter errungen, als sie geglaubt hatte. Sie hatte angenommen, ihr Sohn sei schwerer zu überzeugen. Das unerwartete Auftauchen ihrer Ratgeber war ein Geschenk des Himmels gewesen. Ein Geschenk der Vorsehung. Sie fühlte sich seltsam zufrieden. Die Macht war ihre Welt, der Antrieb ihres Lebens. Jetzt war sie in ihrem Element. Sie wusste ganz genau, was sie zu tun hatte, wem sie Befehle erteilen musste und wer diese ausführen sollte. Sie musste alles bis ins kleinste Detail organisieren.

Die gerade eingetroffenen Ratgeber wussten noch nicht, dass sie zu einem regelrechten Kriegsrat einberufen worden waren. Doch die Geheimnistuerei, mit der die Königin alles organisierte, ließ die Anwesenden schon bald ahnen, dass wichtige Entscheidungen getroffen werden sollten. Katharina war mit Kalkül vorgegangen. Sie wollte nicht, dass ihr Sohn, der König, dem Rat beiwohnte. Die Anwesenheit dieses Wahnsinnigen wäre nur störend gewesen. Seine Bürgschaft reichte ihr vollkommen. Schließlich musste sie die Angelegenheit auf ihre Weise regeln.

Sie ließ ihren Sohn Heinrich, den Herzog von Anjou, rufen, auch er sollte an der Ratssitzung teilnehmen. Sie wollte, dass Heinrich immer über alles informiert war. Er war der zukünftige Kronerbe. Also war es besser, dass er im Augenblick der Thronfolge gut vorbereitet wäre. Außerdem musste sie ihn vor einem möglichen Putsch beschützen. Wenn der Bruder des Königs von Frankreich in die Hände von Rebellen geriete, wäre das ein harter Schlag für sie. Heinrich war ihr Lieblingskind, mit ihm verstand sie sich am besten. Sie wusste ganz genau, dass Karl, blind vor Eifersucht wie er war, keinen Finger rühren würde, um seinem Bruder das Leben zu retten, sollte dieser in Gefahr schweben.

Die Anwesenheit des Siegelbewahrers Birague, eines ihrer treusten Männer, gab diesem improvisierten Kriegsrat einen Anflug von Legalität. Sie mussten die Regeln respektieren und den Schein wahren für den Fall, dass etwas schiefginge. Als schließlich alle anwesend waren, setzte sich die Königinmutter an das obere Tischende auf den Stuhl, auf dem normalerweise der König saß. Für die Anwesenden gab es keinerlei Zweifel daran, dass sie mit dieser Geste von jetzt an die höchste Autorität beanspruchte. Sie war wieder die mächtige Königin von Frankreich und nicht nur die Mutter des Königs. Niemand, nicht einmal der König, konnte in diesem Moment ihrer Macht etwas anhaben. Die Genugtuung, die sie deswegen empfand, konnte man ihrem Gesicht ablesen. Wieder einmal hatte es Katharina geschafft, ihre unbestreitbaren Qualitäten einer Intrigantin unter Beweis zu stellen. Während noch vor ein paar Stunden nur wenige auf sie gesetzt hätten, hatte sie, schlau wie sie war, erneut bewiesen, dass sie das Machtgefüge ganz genau kannte und dass derjenige, der sie ersetzen könnte, noch nicht geboren worden war. Und es wäre schon gar nicht der stolze Admiral, der sich zu sehr auf seinen guten Stern und seinen Einfluss auf den jungen König verließ, der Katharina de' Medici die Macht entreißen könnte.

Die Königin bedachte jeden einzelnen der anwesenden Herren mit ihrem berüchtigten inquisitorischen Blick. Sie waren ihre treusten Mitarbeiter, obwohl dieses Vertrauen nicht ungebrochen war. Sie kannte die menschlichen Schwächen zu gut, um ihnen voll und ganz zu vertrauen. Vertrauen ist gut, Misstrauen ist besser. Das war ihre Philosophie.

Die Königin erteilte allen das Wort. Sie hörte sich ihre Ansichten und ihre Vorschläge an. Aber nur sie hielt die Entscheidungsgewalt fest in Händen. Sie lenkte, sie befahl, sie verteilte die Aufgaben. Jeder der Anwesenden hatte seine eigene Aufgabe zu erfüllen und durfte sich nicht in die eines anderen einmischen. Am schwierigsten war die Entscheidung, wer hingerichtet und wer verschont werden sollte. Es wurden zwei Listen erstellt. Auf der ersten standen die Namen der Verurteilten und auf der zweiten die der Begnadigten. Jeder der Anwesenden schlug einen Namen vor. Die Liste der armen Verurteilten, die in dieser Nacht in ihren eigenen Betten überrascht werden sollten, war lang. Die Gründe dafür, warum ein Name auf der einen und nicht auf der anderen Liste stand, waren ganz unterschiedlich. Sie, die Königin, würde die letzte Entscheidung treffen. Mit ihrem Federkiel würde sie auf der Liste diejenigen anstreichen, die sie verschonen wollte. Sie musste keine Erklärungen abgeben. Das war ihr gutes Recht.

Der Tag versprach heiß zu werden. Es war Ende August, und durch die offenen Fenster wehte kein Lüftchen herein. Während alle Anwesenden schnaubten, sich beklagten und sich mit Papieren zufächelten, saß die Königin regungslos da. Auch ihr war heiß. Dennoch blieb sie in ihrer königlichen Würde unerschütterlich. Sie wollte keine Sekunde mit derart unwichtigen Problemen verschwenden. Das Leben eines Mannes konnte von einem einzigen Federstrich abhängen, dessen war sie sich durchaus bewusst. Sie entschied über die Zukunft derjenigen, die für einen Aufstand verantwortlich waren, der ihr große Sorgen gemacht hatte. Jetzt war endlich der Zeitpunkt gekommen, sie alle auf ihren Platz zu verweisen, ein für alle Mal. Nie würde sich eine günstigere Gelegenheit bieten. Es war wichtig, sie alle nachts in ihren Betten zu überraschen. Und wie der König so entschieden gesagt hatte: Keiner sollte davonkommen. Alle sollten hingerichtet werden. Die Henker würden in dieser Nacht viel zu tun haben.

Katharina spürte, dass sie von einer göttlichen Mission erfüllt war. Es war ihr bestimmt, den König und den Thron Frankreichs zu retten. Es war eine undankbare Aufgabe, aber jemand musste sie übernehmen. Wer wäre besser geeignet als sie, um in diesen Zeiten die Geschicke des Staates zu lenken? Sie dachte angestrengt nach, wog jede ihrer Entscheidungen sehr sorgfältig ab und prüfte das Für und Wider ihres Planes. Sie wusste, dass die Familie von Guise nicht mehr aufzuhalten wäre, sobald sie in ihrem Kampf gegen die Protestanten freie Hand hatte. Nicht einmal sie selbst fühlte sich imstande dazu. Das war ein Problem, das viele Zweifel aufwarf. Sie war sich der Gefahr, die diese Familie bedeutete, ihres zügellosen Ehrgeizes und ihrer Machtgelüste sehr wohl bewusst. Aber ohne die Hilfe derer von Guise, die das Lager der Katholiken anführten, war es unmöglich, gegen die Hugenotten vorzugehen. Schließlich wählte die Königin das kleinere Übel. Um sie für ihre Anmaßungen zu bestrafen, beschloss sie, ihnen die undankbarste Aufgabe zu übertragen. Sie sollten das zu Ende bringen, was die Familie bereits erfolglos versucht hatte: Admiral Coligny zu ermorden.

Der König von Navarra hingegen, das war Katharina ganz wichtig, sollte keinerlei Schaden nehmen.

»Aber Majestät, er ist doch das Oberhaupt der Hugenotten«, protestierte Birague.

»Erinnert Euch daran, Monsieur, dass er auch der Ehegatte meiner Tochter ist«, erwiderte die Königin.

»Aber Majestät«, drängte Birague, »gerade der König von Navarra ist doch derjenige unter den Protestanten, der es auf den Thron Seiner Majestät des Königs abgesehen hat.«

»Es reicht!«, unterbrach ihn die Königin schreiend. »Der König von Navarra darf keinerlei Schaden nehmen. Das befehle ich Euch, andernfalls zahlt Ihr mit Eurem eigenen Kopf.«

Auf ihrem Schwiegersohn lastete der schwerwiegende Verdacht, mit den Verschwörern gemeinsame Sache zu machen. Doch auch wenn dem wirklich so wäre – und davon war sie eigentlich überzeugt –, wollte sie unter keinen Umständen, dass er auf ihren Befehl hin ermordet wurde. Das könnte sie sich nie verzeihen. Um seine Unversehrtheit zu gewährleisten, mussten alle notwendigen Maßnahmen getroffen werden. Der König von Navarra musste unter strengster Bewachung in seinen Gemächern festgehalten werden. Er durfte diese unter keinen Umständen verlassen, und vor allem durfte er mit niemandem reden. Es musste um jeden Preis verhindert werden, dass er seine möglichen Komplizen informieren konnte.

Neben die Namen der Männer, die ermordet werden sollten, kamen die Namen ihrer Mörder. Jedem Verurteilten wurde ein Henker zugedacht. Der Herzog von Guise wurde mit der Aufgabe betraut, den Admiral zu beseitigen. Die Königin fürchtete eine schnelle und gewalttätige Reaktion seitens der Hugenotten. Es war deshalb unumgänglich, vorzusorgen, um die größtmögliche Sicherheit zu garantieren. Aus diesem Grund wurde der Chef der Sicherheitspolizei von Paris, Claude Marcel, damit beauftragt, für die Wahrung der öffentlichen Ordnung in der Hauptstadt zu sorgen. Es würden alle Zugänge zur Stadt geschlossen werden, um zu verhindern, dass die zehntausend Hugenotten im Umland von Paris ihren Anführern zu Hilfe eilen konnten. Alle Plätze, Kreuzungen und die beiden Seineufer würden von Milizen bewacht werden, an deren Spitze Le Charon stand.

Auf der Place de Grève würde das Gros der Artillerie aufgestellt werden. Darauf bestand Katharina hartnäckig. Marcels Männer sollten den Milizen von Le Charon nicht helfen. Marcel, ein fanatischer Katholik und Mann der Familie Guise, der aber das besondere Vertrauen der Königin genoss, würde sich allein mit seinen Männern um die Ermordung der ausgewählten Hugenotten kümmern. Es war absolut verboten, dass die Männer der Krone an den Hinrichtungen teilnahmen. Man musste die Form wahren und einen möglichen Ausweg offenlassen.

Als Startsignal für die Strafaktion wurde der Glockenschlag des Justizpalastes um drei Uhr nachts bestimmt. Die Königin, gepeinigt von Zweifeln an dem bevorstehenden Angriff, beschloss, sich die endgültige Entscheidung bis zum letzten Augenblick vorzubehalten.

»Ich befehle, dass alles vorzubereiten ist, wie wir es besprochen haben«, erklärte sie, »obwohl ich mir das Recht einräume, im letzten Moment zu entscheiden, ob wir zuschlagen oder nicht.«

Die Männer des Rates sahen sich überrascht an.

»Es könnte im letzten Moment etwas Unvorhergesehenes passieren«, erklärte sie angesichts der skeptischen Blicke ihrer Mitstreiter. »Auch das müssen wir berücksichtigen. Ich wünsche keine sinnlosen Risiken einzugehen und möchte nicht die Sicherheit meiner Leute riskieren.«

»Und wie gedenkt Eure Majestät uns Ihre endgültige Einwilligung zu geben?«, fragte von Gondi.

»Sagt Monsieur von Nancay, dem Hauptmann der Leibgarde Seiner Majestät, er soll sich bei Sonnenuntergang im Hof Cour Cinq Cents unter meinem Fenster einfinden. Wenn er mich zu dieser Stunde – und nur zu dieser Stunde! – mit einem Buch in der Hand am Fenster stehen sieht, ist dies mein Zeichen, dass die Operation durchgeführt wird. Dann müsst Ihr nur noch das Glockenläuten des Justizpalastes abwarten, um …«

Die Königin ließ den Satz unausgesprochen in der Luft hängen, als würde sich ihre Zunge weigern, die finstere Tat in Worte zu fassen.

»So wird es auf Wunsch Eurer Majestät geschehen«, sagte von Gondi, um die Königin aus dieser unangenehmen Lage zu befreien. »Und im Falle, dass der Hauptmann Eure Majestät nicht sieht, wie lautet dann der Befehl?«

Katharina starrte auf einen unbestimmten Punkt am anderen Ende des langen Tisches, ohne zu antworten.

»Und wenn Hauptmann Nancay Eure Majestät nicht sieht, wie lautet dann der Befehl?«, wiederholte von Gondi und sah die Königin an.

Katharina stand wortlos auf und ging zur Tür. Es herrschte gespenstisches Schweigen im Raum. Man hörte nur das Rascheln ihrer schwarzen Röcke. Alle anwesenden Männer standen sofort auf und verbeugten sich tief. Während man ihr die Tür öffnete, drehte sich die Königin zu von Gondi um.

»In dem Falle erwarte ich Euch zur ersten Morgenstunde in meinen Gemächern, Monsieur von Gondi.«

Sie wandte sich ab und verließ den Saal.

Louvre

Samstag, 23. August 1572, 11.30 Uhr

Als die geheime Ratssitzung beendet war, verabschiedete die Königinmutter ihre Ratgeber und beeilte sich, in ihre Gemächer zurückzukehren. Sie wollte nicht, dass ihre lange Abwesenheit Argwohn weckte und die Höflinge zu Klatsch veranlasste. Es war möglich, dass irgendein Spion seinen Auftraggeber bereits darüber informiert hatte, dass die Königinmutter ihre Ratgeber in die Gemächer des Königs einberufen hatte, aber sie wollte diesen Verdacht lieber nicht bestätigt wissen. Eine zu lange Abwesenheit hätte als ungehörig erscheinen können.

Sie ging raschen Schritts, vor ihr die Hunde und hinter ihr ein kleines Grüppchen von Hofdamen, die sie morgens begleitet und im Vorzimmer des Königs auf sie gewartet hatten. Sie alle waren Personen ihres Vertrauens und standen ihr sehr nahe, obwohl Katharina, die ein von Grund auf misstrauischer Mensch war, auch ihnen nur bedingt vertraute.

Sie ging so schnell, als hätte sie es eilig. In Wirklichkeit hatte sie den ganzen Tag vor sich, um eine Entscheidung zu treffen. Die wichtigste Entscheidung ihres Lebens. Eigentlich hatte sie sie schon getroffen. Es würde wie geplant vorgegangen werden. Aber sie wusste, dass jeden Moment etwas Unvorhergesehenes passieren und die ganzen Pläne zunichtemachen könnte. Aus diesem Grund hatte sie sich das Recht vorbehalten, ihre Entscheidung erst im letzten Moment zu besiegeln. Sie ging die endlos langen Flure des Louvre entlang und verfluchte die große Entfernung zwischen den Gemächern des Königs und ihren eigenen im entgegengesetzten Flügel des Palastes. Sie sagte sich, dass sie gegenüber all denen, die ihr begegneten und sich vor ihr verbeugten, keine Besorgnis zeigen durfte, obwohl sie sehr besorgt war. Hatte sie die richtige Entscheidung getroffen? War es richtig gewesen, den König derart unter Druck zu setzen? Und wenn sie sich geirrt hatte? Und wenn sie diesmal ihre berühmte Intuition im Stich gelassen und sie sich beeinflussen hatte lassen? Aber wovon beeinflussen? Von ihrem Machthunger? Ihrem Wunsch nach Rache an dem Mann, der ihren Platz an der Seite ihres Sohnes eingenommen hatte? Oder war es der Verlust des Einflusses bei wichtigen Regierungsentscheidungen? Vielleicht war es ein wenig von allem. Schon bald war sie davon überzeugt, dass die getroffene Entscheidung die beste war, die sie zur Rettung des Königreichs treffen konnte.

Während sie durch die Gänge des Palastes eilte, dachte sie weiter nach. Sie musste einräumen, dass sie sich ein wenig schuldig fühlte, dass sie ein leichter Zweifel quälte, wie immer, wenn sie gewichtige Entscheidungen treffen musste. Zahlreiche Gedanken schossen ihr durch den Kopf. Sie versuchte, die Konsequenzen abzuwägen, die diese Operation mit sich bringen würde. Die Hinrichtung des Admirals könnte einen blutigen Vergeltungsschlag seitens seiner Anhänger zur Folge haben. Vielleicht würde es viel schlimmer werden, als sie sich vorstellen konnte. Aber das Risiko musste sie eingehen. Wenn sie schnell und überraschend vorging, gelänge es ihr vielleicht, eine mögliche Reaktion der Protestanten im Keim zu ersticken.

Sie wollte sinnloses Blutvergießen vermeiden. Aber wie sollte sie das anstellen? In diesen Tagen war Paris voll von Hugenotten, die zu der Hochzeitsfeier ihrer Tochter Margarete gekommen waren. Sie wusste von ihren Spionen, dass die Pariser Bevölkerung, in der Mehrzahl eifrige, gläubige Katholiken, diese Hugenotten verachtete, weil sie einer anderen Religion anhingen. Die Pariser duldeten sie nur, weil sich der Hof den Hugenotten gegenüber so tolerant gezeigt hatte. Hatte sich nicht König Karl IX. höchstselbst eng mit deren Anführer, Admiral Coligny, angefreundet? Und hatte Prinzessin Margarete, die Schwester des Königs, nicht gerade den Hugenotten Heinrich von Bourbon geheiratet? Natürlich gab es keinen Zweifel daran, dass diese Heirat nur von den manchmal unverständlichen Gesetzen der Politik diktiert worden war, aber sie war auch ein untrügliches und deutliches Zeichen der Öffnung. Katharina war sich der Zweifel bewusst, die in den Köpfen ihrer Untertanen reiften, und deshalb fürchtete sie eine gewalttätige Reaktion. Der Massenmord – denn genau das war es, was sie plante – an den Anführern der Hugenotten würde zweifellos die Reaktion der Pariser Bevölkerung provozieren. Sie war sich sicher, dass die Bevölkerung die mit der Hinrichtung beauftragten Milizen unterstützen würde, sobald das Massaker begonnen hatte. Es würde ein wahres Blutbad geben, daran hatte Katharina gar keinen Zweifel. Doch wenn sie die aktuelle Lage betrachtete, gab es keine andere Lösung. Sie mussten alle getötet werden. Wenn nicht, würden sich die Überlebenden des Massakers gegen sie auflehnen, und ihr eigenes Leben wäre in Gefahr.

Ihr fiel plötzlich ein, dass sie ihre Astrologen konsultieren sollte. Sie war im Begriff, eine zu wichtige Entscheidung zu treffen, als dass sie auf ihre Meinung verzichten könnte und im Ungewissen blieb, ob die Sterne ihr gewogen waren. Ihr Gefühl sagte ihr zwar, dass sie es waren, aber sie musste in dieser Sache sichergehen. Die Astrologen würden die quälenden Zweifel ausräumen und ihre Befürchtungen zerstreuen können. Sie würde nach ihnen rufen lassen, sobald sie in ihren Gemächern angekommen war. Nur sie konnten die Königin beruhigen. Sie würden in den Sternen lesen, ob die Entscheidung, so dramatisch und drastisch sie auch war, unter diesen Umständen die richtige war. Das bedeutete natürlich auch, weitere Personen in das Geheimnis einzuweihen, von dem bisher nur wenige wussten. Aber sie vertraute ihnen. Sie war überzeugt von ihrer Treue. Sie würden es nicht wagen, sie zu verraten. Sie wusste, dass diese Wissenschaftler sie zutiefst fürchteten. Sie war immer die mächtige und gefürchtete Königin von Frankreich gewesen. Hätte es jemand gewagt, sie zu verraten, hätte sie keine Sekunde gezögert, ihm den Kopf abschlagen zu lassen.

In den Küchenräumen des Louvre

Samstag, 23. August 1572, 11.30 Uhr

Als Katharina auf dem Weg in ihre Gemächer war, lief einer der Männer, die an der geheimen Ratssitzung teilgenommen hatten, rasch in einen anderen Teil des Palastes.

Er nahm dabei nicht die große Marmortreppe ins Untergeschoss, sondern eine dem Blick des Publikums verborgene Seitentreppe. Er wollte vermeiden, einem Bekannten über den Weg zu laufen. Bei seinem Vorhaben war es besser, dass ihn niemand sah. Als er im Untergeschoss ankam, durchquerte er schnell mehrere Säle und stieg eine halb verborgene Treppe zum unteren Stockwerk hinab, in dem die Bediensteten wohnten. Als er schließlich am Kücheneingang angelangte, vergewisserte er sich vorsichtig, ob ihm auch niemand gefolgt war, und suchte das Küchenpersonal dann forschend nach einem bekannten Gesicht ab.

Die Person, die er suchte, war nicht darunter. Trotzdem hatte er genaue Anweisungen. Sein Kontakt sollte hier auf ihn warten. Es konnte nicht mehr lange dauern. Aber er kam nicht. Dieser Idiot gefährdete seine Sicherheit. Er durfte sich nicht lange hier unten aufhalten. Der Mann dachte einen Augenblick daran, zurückzukehren und alles zu vergessen, aber dann entschied er, doch noch ein paar Minuten zu warten. Er wartete viel länger, als er beabsichtigt hatte. Dieser Kretin. Wenn er wegen dieser Verspätung seine persönliche Sicherheit gefährdete, würde er ihm die Zunge herausschneiden lassen. Das war sicher.

Er war eine Sekunde lang unschlüssig, ob seine Anweisungen klar genug gewesen waren. Vielleicht hatte der Kontaktmann sie gar nicht erhalten? Er wusste nicht, was er tun sollte, noch länger warten oder sofort verschwinden. Aber wenn er ging, würde er den ganzen Tag keine Gelegenheit mehr haben, zurückzukehren. Und wie sollte er dann die dringende Information übermitteln? Doch die Zeit verging, und der Kontaktmann tauchte nicht auf. Wenn er noch länger hier verweilte, lief er Gefahr, von einem Bediensteten erkannt zu werden, dem sein Auftauchen verdächtig vorkommen und der seinen Dienstherrn sofort über diese unerhörte Begebenheit informieren würde.

Als er schon im Begriff war, zu gehen und den Kontaktmann zu verfluchen, tauchte der Mann eng umschlungen mit einer Küchenhilfe auf. Die beiden lachten laut und schamlos. Offenbar hatte der unverschämte Kerl mit dieser Frau in irgendeinem Winkel Unzucht getrieben, um sich die Wartezeit zu versüßen. Auch er hatte sich ein wenig verspätet, denn der Kriegsrat war von der Königin spontan einberufen worden. Der Kontaktmann hatte vielleicht geglaubt, dass er nicht mehr käme. Aber die Aufgabe, die er nun für ihn hatte, war noch viel wichtiger als die ursprünglich vorgesehene. Diese Ratsversammlung war eine große Überraschung gewesen, und er musste seine Auftraggeber so schnell wie möglich darüber informieren.

Als er seinen Kontaktmann endlich erblickte, trat er einen Schritt zurück und stellte sich hinter eine Säule. Er wollte nicht, dass das Mädchen ihn sah. Als sie ungefähr auf seiner Höhe waren, bewegte er sich gerade so viel, dass der Kontaktmann ihn wahrnahm. Dieser hatte sich trotz seines scherzhaften Geplänkels mit dem Mädchen verstohlen umgesehen und nach demjenigen Ausschau gehalten, mit dem er in der Küche verabredet war. Als er ihn entdeckte, verabschiedete er sich rasch von dem Mädchen. Er flüsterte ihr etwas ins Ohr und klopfte ihr übermütig auf das Hinterteil. Das Mädchen lachte auf und verschwand in der Küche. Dann drehte sich der Kontaktmann um und ging zu dem Mann, der ihn erwartete.

»Ich glaubte schon, Ihr kommt nicht mehr, Monsieur«, sagte er anstelle einer Entschuldigung. »Als ich Euch nicht sah …«

»Verstehe, verstehe«, unterbrach ihn der Vertraute der Königin, der sich nicht bemühte, seinen Ärger zu verbergen. Er war wirklich verärgert, sagte aber nichts weiter, denn er musste sich beeilen, bevor ihn jemand hier entdeckte und erkannte.

Der Mann widmete ihm nun seine ganze Aufmerksamkeit. Er hatte dem Mädchen versprochen, es später abzuholen. Aber das konnte warten.

»Sprecht, Monsieur.«

»Hör gut zu«, fuhr der Vertraute der Königin fort und sah sich dabei um. Er wollte ganz sichergehen, dass sie niemand belauschte. Wenn eine Vertraulichkeit dieser Art der Königin oder dem König zu Ohren gekommen wäre, hätte ihn das gewiss sein Leben gekostet. »Sag deinem Auftraggeber, dass bei Sonnenuntergang eine schwarz gekleidete Frau, die der Königinmutter ähneln muss, am Fenster der königlichen Gemächer zum Hof Cour Cinq Cents stehen soll.«

»Und diese Dame, die der Königin ähnelt und die wie sie gekleidet ist«, wiederholte der Kontaktmann, um die Anweisungen besser zu behalten, »soll die eine bestimmte Geste machen?«

»Nein, keine Geste«, fuhr der Vertraute der Königin fort. »Sie soll nur ein Buch in der Hand halten, als würde sie am Fenster lesen.«

»Das ist alles?«, fragte der andere überrascht.

»Das ist alles«, antwortete der Vertraute der Königin lakonisch. »Aber es ist sehr wichtig, dass diese Frau am Fenster des königlichen Gemachs steht, das zum Hof Cour Cinq

Cents hinzeigt, an keinem anderen. Ist das klar? Und denk daran, erst bei Sonnenuntergang.«

»Sonnenklar, Monsieur. Eine Frau gekleidet wie die Königin am Fenster des königlichen Gemachs zum Hof Cour Cinq Cents, bei Sonnenuntergang und mit einem Buch in der Hand«, wiederholte der Kontaktmann das soeben Vernommene, um seinem Gesprächspartner zu signalisieren, dass er die Botschaft richtig verstanden hatte.

»Geh jetzt. Man darf uns nicht zusammen sehen. Das könnte gefährlich sein.«

Der Vertraute der Königin drehte sich ohne ein weiteres Wort um und verschwand über die Treppe, die zum Obergeschoss führte.

François Hugier lächelte. Das war keine schwierige Botschaft. Paris war wirklich eine überraschende Stadt. Schon beim ersten Besuch seiner Tante, die als Beiköchin im Palast arbeitete, war ein Bediensteter auf ihn zugekommen und hatte ihm angeboten, eine Botschaft aus dem Palast zu überbringen. Er wurde gut dafür bezahlt. Seither kam er fast täglich. Unter dem Vorwand, eine warme Mahlzeit auf Kosten der Krone zu bekommen, übermittelte er merkwürdige Botschaften an merkwürdige Personen. Nicht immer verstand er deren Inhalt, aber das war ihm egal.

François Hugier verließ den Louvre und spazierte die Gassen und Straßen entlang, die ihm vertraut waren. Um diese Uhrzeit drängten sich dort viele Menschen. Er war mit sich zufrieden. Es war richtig gewesen, sein Dorf in der fernen Bretagne zu verlassen, wo er hungers gestorben wäre. So viele Stunden harter Arbeit, um kaum genug zum Überleben zu verdienen. Hier war das Leben sehr viel einfacher. Er lächelte bei dem Gedanken, was für ein Glückspilz er doch war.

Als er beim Palast der Herzöge von Guise ankam, ging er zum hinteren Teil des Gebäudes und betrat diesen durch den Bediensteteneingang. Man kannte ihn schon und ließ ihn wie immer ein paar Minuten im Gang warten, bis, wie gewohnt, Monsieur Durandot erschien. Monsieur Durandots Funktion kannte er nicht, aber das war unwichtig, wichtig war, dass dieser nach Erhalt der Botschaft ein paar Münzen aus seinem kleinen Lederbeutel holte. Mit Monsieur Durandot wechselte er praktisch kaum ein Wort. François Hugier überbrachte die Botschaft, und Monsieur Durandot legte ihm wortlos seine Goldtaler in die Hand, ohne sie vorher zu zählen. Sein Auftrag war erledigt, und er konnte in die Taverne gehen und sein Geld ausgeben. Er wurde für das Überbringen einfacher Botschaften großzügig entlohnt. Was sollte ihn der Sinn des Ganzen interessieren? Das war lediglich der exzentrische Zeitvertreib großer Herren. Außerdem fand er in der Küche des Louvre immer sein Vergnügen. Dort gab es etliche Mädchen, die ihm dafür gern zur Verfügung standen. Mit dieser Arbeit konnte er die Pflicht mit dem Vergnügen verbinden. Diesmal war es genauso. Nachdem er die Botschaft übermittelt hatte, überreichte ihm Monsieur Durandot wie gewohnt die Münzen und verschwand wieder. François hatte seinen Auftrag erfüllt. Er machte sich auf den Rückweg zum Louvre.

Inzwischen übermittelte Monsieur Durandot, einer der Sekretäre des Herzogs, im Palast derer von Guise seinem Herrn die Botschaft.

Louvre, in den Gemächern der Königin

Samstag, 23. August 1572, 9.30 Uhr

Tinella war mit allerlei alltäglichen Arbeiten beschäftigt und behielt dabei immer die Tür zu den Gemächern der Königin im Auge, um nicht zu verpassen, wann diese endlich von ihrem Besuch beim König zurückkehrte. Sie hatte gesehen, dass im Vorzimmer wie immer eine Menge Leute darauf warteten, von der Herrscherin empfangen zu werden. Menschen aller Stände und Positionen, die sie um einen Gefallen, einen Auftrag oder ihre Vermittlung bitten wollten, um eine Angelegenheit zu beschleunigen oder einen Gnadenerlass für einen Verwandten in den königlichen Kerkern zu erwirken.

Obwohl die Königin normalerweise schon von den frühen Morgenstunden an Audienzen gewährte, hatte sie an diesem Tag noch nicht damit begonnen. Katharina de' Medici war noch im entgegengesetzten Flügel des Louvre, den Karl IX. bewohnte. Sie war sehr früh gegangen, gleich nachdem sie die Herzogin von Nemours empfangen hatte, um mit ihrem Sohn, dem König, eine wichtige Angelegenheit zu besprechen. Das war an sich nichts Außergewöhnliches, obwohl es schon seltsam war, dass die Königin erst so spät in ihre Gemächer zurückkehrte. Das Treffen hatte wohl länger gedauert als erwartet, und dann hatte die Herrscherin noch den langen Rückweg vor sich, für den man eine gute halbe Stunde brauchte.

Tinella wartete geduldig auf die Rückkehr der Königin und tat so, als müsste sie ein paar Dinge ordnen. Sie wollte einen geeigneten Zeitpunkt abpassen, um allein mit ihr sprechen und ihr mitteilen zu können, was sie von Madame Hugier erfahren hatte. Bei den vielen Leuten, die empfangen werden wollten, würde das nicht leicht sein. Tinella wusste, dass sie die Audienzen nicht stören durfte. Sie musste den richtigen Zeitpunkt abpassen, wenn Katharina sie zwischen zwei Audienzen wegen irgendetwas rufen ließ.

Sie sah, dass die Leute nervös waren. Die plötzliche Entscheidung der Herrscherin, so früh am Morgen ganz außer Plan mit ihrem Sohn zu sprechen, und die Tatsache, dass dieser Besuch so lange gedauert hatte, waren Grund genug für Gerede. Natürlich wusste noch niemand etwas von der Ratsversammlung, die die Königin spontan in den Gemächern des Königs einberufen hatte. In dem großen Vorzimmer der königlichen Gemächer hatten sich in jeder Ecke kleine Grüppchen gebildet. Die Menschen redeten leise, aber man konnte ahnen, dass dieser ungewöhnliche Besuch Gegenstand aller Gespräche war. Offensichtlich hatte jeder seine Meinung, die er auf Gedeih und Verderb vertrat.

Die Herzogin von Nemours, Mutter der Guise-Brüder, ging allein im Saal auf und ab und spielte dabei nervös mit ihren Ringen. Sie hatte den Befehl der Herrscherin bei ihrem morgendlichen Treffen nicht befolgt und war nicht nach Hause gegangen. Die Herzogin wollte unbedingt wissen, welche Entscheidung der König getroffen hatte, um sie ihrem Sohn persönlich zu überbringen. Als Tinella sie entdeckte, dachte sie, dass die Herzogin wahrscheinlich auch auf die Königin wartete. Alle wussten, dass sie schon früh am Morgen von dieser empfangen worden war. Worüber sie wohl geredet hatten? Was war so wichtig gewesen, dass die Herzogin von Nemours so früh am Morgen um eine Unterredung mit der Herrscherin gebeten hatte? Nach dem kurzen Gespräch war die Königin sofort zum König geeilt. Was bedeutete das alles? Die Herzogin war nervös, ganz so, als würde sie auf eine Antwort warten. War sie vielleicht gekommen, um die Königin um einen Gefallen für ihren Sohn, den Herzog von Guise, zu bitten? Doch daran zweifelten die Leute. Alle Welt wusste, dass die Beziehung zwischen der Königin und den von Guise nicht gut war. Um was auch immer die Herzogin die Herrscherin gebeten hatte, es rechtfertigte keineswegs den morgendlichen Überraschungsbesuch der Königin bei ihrem Sohn; es sei denn, es handelte sich um neue Erkenntnisse über das Attentat auf Admiral Coligny vor zwei Tagen. Alle wussten, dass der Schuss aus dem Haus eines Bediensteten der Familie Guise abgegeben worden war. War die zweitwichtigste Familie des Königreichs etwa darin verwickelt? Und hatte die Herzogin von Nemours die Königin vielleicht so früh aufgesucht, um die Aufklärung des Falls zu verhindern?

Die Gespräche waren immer noch nicht verstummt, als plötzlich auch der Herzog von Guise den Saal betrat. Er war in Begleitung des Herzogs von Nevers. Sein Blick schweifte durch den Raum auf der Suche nach seiner Mutter, die er in einer gegenüberliegenden Ecke entdeckte, wo sie stehen geblieben war, um mit einer anderen Dame zu plaudern. Die Herzogin bemerkte das Eintreffen ihres Sohnes sofort und machte ihm ein flüchtiges Zeichen. Es störte sie, dass der Herzog persönlich in den Louvre gekommen war. Für sie war das Auftauchen ihres Sohnes eine Überraschung. Um das Eintreffen der Königin nicht zu verpassen, hatte sie die Eingangstür keinen Moment aus den Augen gelassen, auch wenn sie dabei sehr diskret vorgegangen war. Hätte die Königin den Raum betreten, hätte sie das schon daran gemerkt, dass große Unruhe entstanden wäre. Die Herrscherin war immer in Begleitung vieler Leute. Es war unmöglich, ihr Auftauchen nicht zu bemerken. Eigentlich wollte die Herzogin nicht von ihr gesehen werden. Sie erinnerte sich ganz genau an ihren Befehl. Katharina hatte sich sehr präzise ausgedrückt. Die Herzogin hier anzutreffen hätte ihr bestimmt missfallen, und es war nicht gerade der Augenblick, um die leicht reizbare Königin zu verärgern. Sie brauchten sie, also war es besser, sich gefällig zu zeigen. Die Herzogin von Nemours wusste ganz genau, dass es eine große Ehre war, so früh von der Königin empfangen zu werden. Und die Tatsache, dass Katharina nach diesem Gespräch überstürzt ihren Sohn aufgesucht hatte, ließ erkennen, dass die Situation ihr ebenfalls Sorgen bereitete. Sie hatten einen gemeinsamen Feind, und obwohl die Bande, die sie einten, aus reiner Konvention und gemeinschaftlichen Interessen bestanden, fürchtete die Herzogin, dass das Ganze schiefgehen würde, wenn sie der Königin nicht gehorchte. Dennoch war ihre Neugier größer. Sie musste unbedingt wissen, wie der König reagiert hatte und ob er die Petition unterstützte. Deshalb war sie im Louvre geblieben. Sie wollte sehen, was geschehen würde.

»Habt Ihr mit der Königin sprechen können?«, fragte der Herzog, wobei er seiner Mutter förmlich die Hand küsste.

»Nicht hier, Monsieur. Gehen wir etwas beiseite, wo man uns nicht hören kann.« Sie machte ihm ein Zeichen, ihr zu folgen.

Als sie sicher waren, nicht von indiskreten Ohren belauscht zu werden, fragte der Herzog von Guise seine Mutter noch einmal:

»Habt Ihr die Königin gesehen? Habt Ihr mit ihr sprechen können? Was hat sie gesagt?«

»Wartet, mein Sohn, nicht so hastig. Seht Ihr nicht, dass ich immer noch ganz durcheinander bin? Ja, ich habe die Königin heute früh gesehen. Ich habe ihr die Situation ohne größere Einzelheiten geschildert. Es waren zu viele Leute um sie herum, um so frei sprechen zu können, wie ich es beabsichtigt hatte.«

»Und was hat sie gesagt, Madame?«

»Ich glaube, sie hat verstanden. Aber sie hat sich nicht weiter dazu geäußert. Sie sagte, sie werde mit dem König sprechen, denn ohne seine Zustimmung könne sie nichts tun. Ihre Majestät ist jetzt noch bei ihm. Sie wirkte sehr besorgt über die möglichen Folgen, die diese Angelegenheit für die Krone haben könnte.«

»Die Königin ist ein alter Fuchs, sie ist sehr schlau. Sie weiß ganz genau, dass alle Spuren der Untersuchung zu ihr führen. Sie will die Schuld auf den König abschieben. Was allerdings auch keine schlechte Idee ist. Wenn der König selbst das Attentat befohlen hat, wagt niemand, ihm zu widersprechen, und auch wir wären frei von möglichen Repressalien. Wenn die Königin jetzt ihre Interessen verteidigt, dann verteidigt sie auch unsere. Wir sollten auf ihrer Seite stehen. Habt Ihr ihr gesagt, dass uns die Zeit davonläuft und dass wir es sehr eilig haben? Das gescheiterte Attentat auf den Admiral hat alle in Alarmbereitschaft versetzt. Keiner traut keinem. Wir müssen rasch handeln, bevor sie Paris verlassen. Wir werden nie wieder so eine günstige Gelegenheit haben wie jetzt.«

Der Herzog sprach hektisch, als stünde auch sein Leben auf dem Spiel.

»Beruhigt Euch, Monsieur«, sagte die Herzogin. »Zeigt Eure Unruhe nicht so offen. Jemand könnte Verdacht schöpfen und uns zuvorkommen. Wir müssen so normal wie möglich wirken. Wir dürfen keinen Verdacht erregen. Gehen wir in den großen Saal zurück, und verhalten wir uns so natürlich wie möglich. Wenn die Königin zurückkehrt, werde ich schon einen Weg finden, sie zu beobachten, ohne selbst gesehen zu werden, denn sie hat mir befohlen, den Louvre zu verlassen. Sie sagte, sie würde mich benachrichtigen. Doch ich brauche nur ihren Gesichtsausdruck zu sehen, um zu wissen, ob wir handeln können. Wir werden ihren Befehl nicht abwarten. Das könnte zu lange dauern und uns um den Überraschungseffekt bringen. Die Königin fürchtet uns. Sie wird es sich zweimal überlegen, ob sie uns freie Hand lässt. Geht jetzt. Sie kann jeden Moment zurückkehren, und es ist besser, wenn sie uns nicht zusammen sieht. Merkt Ihr nicht, wie aufgeregt alle sind? Jeder von ihnen hat einen Verdacht, aber sie wissen nichts. Geht schon. Ich schicke Euch einen unserer Männer, der Euch über das Geschehene informiert.«

Der Herzog von Guise verabschiedete sich von seiner Mutter und ging, gefolgt vom Herzog von Nevers, der ein wenig abseits gestanden hatte. An diesem Hof wurden drei Personen, die miteinander redeten, sofort der Verschwörung verdächtigt. Der Herzog von Guise war empört. Es stimmte, dass das gescheiterte Attentat auf den Admiral die Sicherheit aller gefährdete, aber er verstand den Widerstand der Königinmutter nicht. Katharina de' Medici hatte ihr stillschweigendes Einverständnis für das Attentat signalisiert. Zumindest hatten die Verschwörer ihr düsteres Schweigen so interpretiert, nachdem die Herzogin von Nemours sie darüber informiert hatte, dass sie und ihre Freunde bereit seien, die Gefahr, die der Admiral für die Krone bedeutete, zu beseitigen. Katharina hatte begriffen, was das hieß. Aber sie hatte nicht einmal mit der Wimper gezuckt. Sie hatte weder etwas getan noch gesagt, um die Verschwörer von ihrem Plan abzuhalten, auch wenn sie sie nicht direkt dazu ermutigt hatte. Das bedeutete, dass sie einverstanden gewesen war, selbst wenn sie ihre Zustimmung nicht eindeutig zum Ausdruck gebracht hatte. Sie hatte nicht einmal mit dem Kopf genickt. Ihr Gesicht war unerschütterlich geblieben, als würde sie die Sache nichts angehen. Sie schwieg und gab mit ihrem Schweigen zu verstehen, dass das Attentat ausgeführt werden sollte. Wäre die Königinmutter nicht einverstanden gewesen, hätte sie ihre Ablehnung deutlich zu verstehen gegeben. Sie verschanzte sich hinter ihrem Schweigen, das man nur als stilles Einverständnis hatte deuten können.

Trotzdem war die jetzige Situation komplizierter. Die Hugenotten waren gewarnt, und alle zeigten auf die Königinmutter als Hauptanstifterin des Attentats. Das bewies auch ein Vorfall, der sich zwei Tage nach dem Attentat ereignet hatte, als Katharina in den Gärten der Tuilerien spazieren ging und ein Edelmann, ein gewisser Monsieur von Pardaillan, sie mit unübersehbarer Wut beleidigt hatte. Er hatte ihr aus kurzer Entfernung zugeschrien, dass der Angriff auf den Admiral gerächt werden würde, dass die Hugenotten viel Blut fließen lassen würden. Dann war er in der Dunkelheit verschwunden, gerade rechtzeitig, um der Leibwache der Königin zu entwischen. Katharina war außer sich in ihre Gemächer zurückgekehrt. Sie war wütend gewesen. Wenn man es wagte, die Königinmutter zu beleidigen und ihr zu drohen, dann war die Situation ernst. Es gefiel ihr keineswegs, dass man sie für ein Attentat verantwortlich machte, das von anderen geplant und ausgeführt worden war, und das aus Gründen, die nicht die ihren waren.

Sie hatte es vorgezogen, ihrem Sohn zunächst nichts von diesem bedenklichen Vorfall zu erzählen. Sie wollte nicht wie eine dumme alte Frau vor ihm dastehen, die sich beklagte. Dafür schickte sie ihm ihren treuen von Gondi, der den König diskret über die Angelegenheit informierte. Karl reagierte, wie zu erwarten gewesen war, mit einem Wutanfall. Wie konnte man es wagen, die Königinmutter in ihren eigenen Gärten zu beleidigen? War die Situation wirklich so ernst? Es musste gehandelt werden, der Schuldige musste gefasst und bestraft werden, bevor alles noch schlimmer wurde.

Louvre, in den Gemächern der Königin

Samstag, 23. August 1572, 10.30 Uhr

Als sie sah, dass die Königin nicht zurückkehrte, wurde Tinella klar, dass sie sie erst am Abend sehen würde. Es war die Zeit der Audienzen, die immer ein paar Stunden dauerten, anschließend zog die Königin sich mit ihren Sekretären zurück, um ihnen ihre umfangreiche Korrespondenz zu diktieren. Sie würde den ganzen Tag nicht ansprechbar sein. Tinella wusste, sie würde sich noch etwas gedulden müssen. Was sie ihr zu sagen hatte, konnte sie auch später tun. Sie würde es am Abend versuchen, wenn sich die Königinmutter in ihre privaten Gemächer zurückzog. Im Augenblick konnte sie nichts tun. Als sie ihre morgendliche Arbeit erledigt hatte, verließ sie den Louvre zu einem Spaziergang. Die Königin würde ihre Dienste bis zum Abend nicht mehr benötigen. Und im Notfall standen ihr die anderen Kammerzofen zur Verfügung.

Um ihrem Spaziergang ein Ziel zu geben, machte sich Tinella auf den Weg zu einem ihr bekannten Händler, dessen Geschäft sich unweit des Louvre im Judenviertel befand. Sie wusste, dass er dieser Tage von einer Italienreise zurückgekehrt war, wo er von Tuchhändlern in Mantua und Venedig wunderschöne, edle Stoffe kaufte. Diese verkaufte er dann den großen Damen des französischen Adels, die wussten, dass sie bei ihm Waren fanden, die es nirgendwo sonst in Paris gab. Selbst die Königin ließ ihre Kleider ausschließlich aus seinen in Mantua gewebten Stoffen – denen sie ihr Leben lang treu blieb – anfertigen, und mehr als einmal hatte sie den alten

Händler wegen eines Notfalls aufsuchen müssen. Immer war es Tinella gewesen, die die in Auftrag gegebenen Stücke der Königin abholte, daher kannte sie ihn.

Der jüdische Händler war ein Mann von kleiner Gestalt, ohne wirklich klein zu wirken, und er trug einen grauen, sehr gepflegten Bart, was bei einem Mann seines Standes überraschte, da er sonst einen eher vernachlässigten Eindruck machte. Für Tinella war er immer schon ein alter Mann gewesen, wobei sein wahres Alter schwer zu schätzen war. Er war tatsächlich weit über sechzig, hatte die achtzig aber noch nicht erreicht. Niemand kannte sein genaues Alter, möglicherweise nicht einmal er selbst. Darüber scherzte er gerne, nicht ohne eine gewisse Verschmitztheit und Koketterie.

Er trug immer die traditionelle Kippah auf seinem dichten schneeweißen Haar, was ihm ein respektables Aussehen verlieh. Seine Nachbarn schätzten ihn sehr, und sein Ruf und sein guter Geschmack waren weit über die unsichtbaren Grenzen des Judenviertels bis in die noblen Salons des Louvre am Ufer der Seine vorgedrungen.

Tinella erinnerte sich nie an seinen Namen, einen seltsamen und außerdem unaussprechlichen Namen, den sich niemand merken konnte, auch wenn das nicht weiter wichtig schien, denn alle nannten ihn nur den »alten jüdischen Händler«. Unter diesem Namen war er stadtbekannt, alle wussten, um wen es sich handelte.

Auf dem Weg zu dem alten Händler dachte Tinella, sie könnte sich vielleicht einen schönen Stoff für ein Sommerkleid kaufen. An diesem Tag war sie glücklich, ohne einen besonderen Grund dafür zu haben. Sie wollte einfach nur schön sein. Vielleicht fand sie in seinem Geschäft einen hübschen, nicht allzu teuren Stoff, der ihr den Tag erheitern würde. Die Königin hatte ihr mehr als einmal gesagt, dass ihre Garderobe zu nüchtern sei für ein Mädchen ihres Alters, obwohl sie selbst das nicht fand. Doch an diesem Tag war sie bereit, auf die Königin zu hören und sich etwas Neues zu gönnen, wenn sie etwas fände, das ihr besonders gut gefiel. Sie wusste, dass der alte Händler ihr immer einen etwas günstigeren Preis machte, ob aus Sympathie oder, wie sie eher vermutete, weil sie die persönliche Kammerzofe der Königin war.

Sie mochte es sich nur schwer eingestehen, aber es war offensichtlich, dass sie an diesem Tag Lust hatte, ein wenig zu kokettieren. Sie wollte zum ersten Mal gefallen. Natürlich nicht den anderen Mädchen im Palast, sondern einem Mann. Einem ganz bestimmten, einem, den sie nur kurz gesehen, der sie aber sehr beeindruckt hatte. Sie wusste, dass das nur ein Wunsch war, denn sie kannte ihn nicht einmal, aber dieser Wunsch ging ihr seit dem Tag, als sie ihn zum ersten Mal gesehen hatte, nicht mehr aus dem Kopf. Und sie träumte gern von ihm, obwohl es gut möglich war, dass sie ihn nie wiedersehen würde. Doch die Vorstellung, mit ihrem hübschen Aussehen und ihrem guten Geschmack den schmucken François, Madame Hugiers Neffen, zu beeindrucken, beflügelte sie. Sie wusste, dass das töricht war. Es könnte sein, dass sie einander eines Tages vorgestellt würden und er sie nicht eines Blickes würdigte. Damit musste sie rechnen. Aber sie mochte nicht daran denken. Im Augenblick wünschte sie sich nur, ihm zu gefallen. Deshalb fühlte sie sich schön und attraktiv.

Ermutigt von diesen Gedanken beschleunigte sie ihre Schritte und durchquerte rasch das Labyrinth aus kleinen, engen Gässchen, die zum Geschäft des alten Händlers führten. Das Judenviertel war trotz seiner geringen Ausmaße ein wahrer Irrgarten. Tinella kannte die Straßen jedoch ganz genau, und außerdem hatte sie Zeit. Sie war bereit, diesen schönen Sommertag zu genießen. Die Königin würde ihre Dienste erst sehr viel später wieder benötigen, wenn sie schlafen gehen wollte. Sie würde ihr wie jede Nacht beim Ausziehen helfen, ihr das Nachtgewand reichen, das Kleid, das sie tagsüber getragen hatte, weghängen und das Kleid für den nächsten

Tag herrichten. Alle würden sie gleichermaßen schwarz sein. Katharina de' Medici trug seit dem Tod ihres Mannes Trauer.

Dieser 23. August versprach ein besonders schöner Tag zu werden. Obwohl es noch ziemlich früh war, war es schon sehr warm. Nach der Hitze der vergangenen Tage hatte sich die Stadt in den Nächten kaum abgekühlt. Tinella war trotzdem glücklich. Sie atmete die Gerüche der Straßen ein, die die Händler mit kaltem Wasser besprengten, um die Hitze etwas zu mildern und die üblen Gerüche zu neutralisieren, die aus den erhitzten Gassen aufstiegen. Sie hörte das Geschrei der Verkäufer, die vor ihren Geschäften die Qualität ihrer Waren anpriesen. Nachdenklich ging sie weiter, als sie plötzlich eine Gestalt entdeckte, die ihr bekannt vorkam. Der Mann, der pfeifend vor ihr herging ... war das nicht ...? Natürlich war er das! Sie war sich ganz sicher, es war François Hugier. Sie spürte, wie ihr Herz rascher klopfte. Ein heftiges, unkontrollierbares Gefühl stieg in ihr auf. Sie fühlte sich töricht und versuchte sich zu beherrschen. Nur weil sie einen jungen Mann vor sich hatte, brauchte sie sich nicht wie ein kleines Mädchen aufzuführen. Aber war es nicht ein merkwürdiger Zufall, dass sie ihn ausgerechnet dann traf, als sie durch die Straßen von Paris spazierte und an ihn dachte?

Sie hätte sich gerne von ihrem Gefühl leiten lassen und ihn angesprochen, etwas zu ihm gesagt, aber sie wusste nicht, ob das angemessen gewesen wäre, außerdem wusste sie nicht einmal, was sie hätte sagen sollen. Schließlich waren sie einander nie offiziell vorgestellt worden. Was hätte François von einem Mädchen gedacht, das solcherart die Initiative ergriff? Nein, das schien ihr nicht angemessen zu sein. Sie wusste nicht, was sie tun sollte. Sie hätte ihn gerne auf sich aufmerksam gemacht, aber wie? Sie war an so etwas nicht gewöhnt. Ihr wurde klar, dass es eine Dummheit gewesen wäre, ihn so zu überfallen und einfach anzusprechen. Das schickte sich für eine Demoiselle nicht. Und was hätte sie denn auch sagen sollen? Er kannte sie nicht. Er wusste nicht einmal von ihrer Existenz. Wie hätte er wohl reagiert, wenn ihn eine Fremde einfach so auf der Straße angesprochen hätte?

Ohne genau zu wissen warum, beschleunigte sie ihre Schritte. Sie näherte sich ihm und betrachtete ihn aus den Augenwinkeln. François merkte es nicht. Er war in seine Gedanken vertieft und schenkte der Menschenmenge um ihn herum keinerlei Aufmerksamkeit. Da er sie inmitten der vielen Menschen nicht zu bemerken schien, nutzte sie die Gelegenheit, ihn genauer in Augenschein zu nehmen. Sie hatte ihn noch nie so nah vor sich gehabt. Er hatte ein schönes Profil, sehr männlich. Er war groß, mindestens anderthalb Köpfe größer als sie. Sein langes dunkelblondes Haar fiel ihm bis auf die Schultern. Tinella ging noch etwas schneller in der Absicht, ihn zu überholen und sein Gesicht noch etwas besser sehen zu können. Als sie schon ein paar Schritte vor ihm war, überlegte sie es sich jedoch anders und wagte nicht, sich nach ihm umzudrehen. Sie fürchtete, auf diese Weise seine Aufmerksamkeit zu erregen. Sie ging nun noch schneller, löste den Schal um ihre Schultern und ließ ihn wie zufällig fallen. Sie schämte sich ein bisschen dafür, diese alte, typisch weibliche Strategie einzusetzen, aber ihr war nichts Besseres eingefallen. Sie wusste, dass das Blödsinn war, aber wenn es bei den anderen immer funktioniert hatte, warum sollte es jetzt nicht auch bei ihr funktionieren? Sie ging weiter, als wäre nichts geschehen. Sie musste sich zusammenreißen, um sich nicht umzudrehen und nachzusehen, ob der Schal auch wirklich vor François zu Boden gefallen war und ob er ihn vielleicht aufgehoben hatte. Sie ging langsamer. Jetzt würde er sie nicht mehr aus den Augen verlieren inmitten all der Menschen, die zu dieser Stunde die Straßen bevölkerten. Wenn François den Schal hinabfallen gesehen und ihn aufgehoben hatte, müsste er ihr jetzt hinterherrufen …

Sie vernahm eine Stimme hinter sich.

»Mademoiselle, Mademoiselle …«

Tinella drehte sich langsam um, bereit, dem Mann, der sie gerufen hatte, ihr schönstes Lächeln zu schenken. Als sie jedoch das Gesicht des Mannes sah, der ihr den Schal entgegenhielt, änderte sich ihr Gesichtsausdruck schlagartig. Es war nicht François. Der Mann, der ihr lächelnd und freundlich ihren Schal reichte, war ein Unbekannter. Tinella sah den Mann ungläubig an. Sie schenkte ihm ein gezwungenes Lächeln, nahm dankend ihren Schal entgegen und ging weiter ihres Weges, als ob nichts geschehen wäre. Sie wollte diesem Unbekannten keine Gelegenheit geben, ein Gespräch zu beginnen. Ihr blieb kaum Zeit, sich umzuschauen, aber keine Spur von François. Er war verschwunden, als hätte ihn die Menschenmenge einfach verschluckt. Sie ärgerte sich über sich selbst. Wie hatte sie sich so verhalten können? Sie war wirklich ein Dummkopf. Warum war ihr nur dieser Blödsinn eingefallen? Sie fühlte sich lächerlich. Und trotzdem zweifelte sie keinen Moment daran, dass der Mann, den sie vor ein paar Minuten überholt hatte, François gewesen war. Aber wo zum Teufel war er geblieben? Hier gab es weder Geschäfte noch Wirtshäuser, die er plötzlich hatte betreten können. Wo konnte er also sein? Hatte er womöglich etwas vergessen und war zurückgegangen?

Enttäuscht und zugleich verärgert ging sie weiter zum Geschäft des alten jüdischen Händlers. Wenn sie sich verspätete, würde sie ihn vielleicht nicht mehr antreffen, denn der Alte hielt sich nicht immer in seinem Geschäft auf. Manchmal ging er höchstpersönlich mit seinen Stoffballen unter dem Arm zu seinen Kundinnen, um ihnen seine neue Ware zu präsentieren. Es wäre wirklich schade, wenn sie ihn heute nicht mehr antreffen würde.

Als sie das Geschäft betrat, bediente der Alte gerade eine Kundin. Weitere Kunden warteten darauf, bedient zu werden. Eine der Verkäuferinnen erkannte Tinella und begrüßte sie.

»Ich bin sofort bei Ihnen, Mademoiselle«, sagte sie im Vorbeigehen.

Statt einer Antwort lächelte Tinella nur. Sie ließ sich lieber von dem alten Händler selbst bedienen. Er wusste sie gut zu beraten. Von ihm ließ sich Tinella sogar einen Stoff ausreden, selbst wenn er ihr gefiel.

»Nein nein, Mademoiselle Tinella, diesen nicht. Dieser Ton passt nicht zu Ihrer Haut. Nehmen Sie den nicht. Sie sollten eine lebendigere Farbe wählen, die zu Ihrem Lächeln passt.«

Tinella lachte. Sie wusste, dass der Alte sie mochte, auch wenn er ein schlauer alter Fuchs war. Das war seine galante Art, ihr ein Kompliment zu machen.

In diesem Moment erklärte er einer Kundin in aller Ruhe die Qualität und die Vorzüge eines wunderschönen Stoffes. Die Dame war schon etwas älter, und man konnte ihr Lachen im ganzen Geschäft hören. Der Alte hatte bestimmt eine scherzhafte Bemerkung gemacht. Er wusste, wie man Frauen behandelt, und nur wenige verließen den Laden, ohne etwas gekauft zu haben.

Während Tinella darauf wartete, an die Reihe zu kommen, schaute sie sich eher zerstreut als interessiert die wundervollen Stoffballen aus schönem Damast, Leinen und bunt bedruckter Baumwolle an und berührte sie ganz zaghaft, als wolle sie sie streicheln. Sie waren alle viel zu schön für sie. Stoffe für reiche Leute. Für die reichen Pariser Bürgerinnen, die italienische Mode tragen und den Stil der Königin imitieren wollten. Auch wenn sie diese nie persönlich gesehen hatten, wussten sie vom Hörensagen, dass die Königin sehr elegant war. Die reichen Bürgerinnen wollten ihr nicht nachstehen. Obwohl die Königin gewöhnlich nicht durch die Pariser Straßen flanierte, wussten sie auch, dass sie immer tiefschwarz trug. Aber der Schnitt ihrer Kleider – ein jedes anders, auch wenn sie alle gleich wirkten – sowie die prächtigen und geschmackvollen Accessoires machten sie zu einer unbestreitbaren Autorität in der Kunst sich zu kleiden. Sie alle, von der hochadeligen Dame bis zur einfachen, aber wohlhabenden Bürgerin, wollten ihren Stil kopieren. Deshalb besuchten sie eifrig das Geschäft des alten jüdischen Händlers, denn sie hatten gehört, dass er die Königin mit seinen neuesten Stoffen belieferte. Keine von ihnen wollte weniger elegant aussehen als die Herrscherin. Sie imitierten sie in allem. Sie ließen sich aus diesen wunderschönen Stoffen elegante Gewänder schneidern und stellten sich dabei vor, dass die Königin sie persönlich in Händen gehalten hatte, diesen Händen, die, wie es hieß, so schön sein sollten.

Tinella schaute sich zerstreut die aus Italien eingetroffenen Stoffe an, als sie hinter sich eine Männerstimme vernahm.

»Könnten Sie mich beraten, Mademoiselle? Ich würde meiner Tante gerne ein Stück Stoff schenken, aber ich kenne mich mit diesen Dingen nicht aus. Sie haben bestimmt einen exquisiten Geschmack. Können Sie mich beraten? Wie finden Sie diesen hier?«

Tinella drehte sich um, und ihr Herz machte einen Sprung. Sie errötete, als sie erkannte, wem die Stimme gehörte. Es war die Stimme eines attraktiven, großen Mannes mit wunderschönen blauen Augen. Tinella hatte ihn gleich erkannt. Es war François Hugier, der Neffe von Madame Hugier. Sie konnte es kaum glauben. Er war es tatsächlich, und er hatte sie angesprochen. Aber wie war der stattliche François hierhergekommen, ohne dass sie es bemerkt hatte? Vor ein paar Minuten noch hatte sie ihn auf der Straße aus den Augen verloren.

»Das kann ich Ihnen nicht sagen«, stotterte Tinella noch immer fassungslos und verwirrt von ihren Gefühlen. »Das hängt davon ab, wozu ihn Ihre Tante benutzen möchte«, sagte sie und versuchte, sich wieder zu fangen.

»Ich muss gestehen, dass ich das nicht genau weiß«, fuhr François fort. »Vielleicht für ein schönes Kleid. Es soll ein

Geschenk sein. Sie wird selbst entscheiden, was sie damit machen wird.«

Er hatte eine schöne, wohlklingende Stimme. Dieser Mann war wirklich mit großer Attraktivität gesegnet.

Sie plauderten ein Weilchen zwanglos über die Qualität der italienischen Stoffe und andere Belanglosigkeiten. Nur hin und wieder sah ihm Tinella direkt in die Augen. Sie wollte nicht unverschämt oder unhöflich wirken. Er lächelte sie an. Er hatte wunderschöne Zähne und einen sehr sinnlichen Mund. Es war ja nicht so, dass sie viel Ahnung von fremden Mündern hatte, aber François' Mund kam ihr besonders anziehend vor. Sie hatte schon viele hübsche Männer gesehen, aber oft zeigten diese ein gelbliches und teilweise lückenhaftes Gebiss, sobald sie den Mund öffneten. François hingegen hatte ein strahlend weißes Lächeln.

Er betrachtete sie amüsiert. Einen Augenblick lang befürchtete Tinella, dass François ihre alberne List mit dem Schal auf der Straße durchschaut hatte und sie jetzt damit aufziehen würde. Schon der bloße Gedanke daran ließ sie erröten, aber dann verscheuchte sie diesen Gedanken. Viel wahrscheinlicher war, dass François nur mit ihr flirtete. Das war seine Art, ein Mädchen zu verführen, mit diesem unwiderstehlichen Lächeln auf den Lippen. Aber vielleicht auch nicht. Vielleicht war das einfach seine Art. Wie auch immer, sie fand ihn unwiderstehlich. Sie taten so, als würden sie sich die Stoffe ansehen, wenn auch eher oberflächlich und ohne sich wirklich für sie zu interessieren, bis der alte Händler seine Kundin fertig bedient hatte und Tinella zu François' großer Überraschung ausgesprochen überschwänglich begrüßte. Es war offenkundig, dass er sie gut kannte, und nicht nur, weil sie schon ein paarmal in seinem Geschäft gewesen war. Er wusste genau, wer sie war, und behandelte sie deshalb mit besonderem Respekt und einer gewissen Zuneigung. Das tat er aber nicht nur, weil er es für klug hielt, gute Beziehungen zu einer Person zu pflegen, die der Königin so nahe stand – ein Detail, von dem François zum damaligen Zeitpunkt noch nichts wusste.

»Womit kann ich Euch dienen, schöne Tinella?«, fragte der alte Händler lächelnd, nachdem er sie begrüßt hatte. Er sprach Italienisch, weil er dachte, es gefiele der jungen Frau. Damit bewirkte er auch eine gewisse Komplizenschaft zwischen ihnen. »Seid Ihr vielleicht gekommen, um Euch den Stoff für ein hübsches Hochzeitskleid auszusuchen?«, fuhr er scherzend fort. »Eine so schöne junge Frau wie Ihr dürfte nicht wenige Anwärter haben … Außerdem seid Ihr heute in netter Begleitung.«

Tinella errötete. Sie mochte es nicht, wenn sie vor Fremden auf Italienisch angesprochen wurde. Sie war in Frankreich geboren und fühlte sich als Französin. Sie wollte nicht auch als Ausländerin betrachtet werden, wie sie es von ihrer Mutter und ihrer Herrin, Königin Katharina, gehört hatte, obwohl Letztere viel länger in Frankreich lebte als in ihrem eigenen Land.

»Nein, noch nicht«, antwortete Tinella im Versuch, sich aus der Affäre zu ziehen. »Ich bin noch zu jung zum Heiraten, Monsieur …« Sie merkte, dass sie sich wieder einmal nicht an den Namen des Händlers erinnerte, also fuhr sie, ohne Luft zu holen, fort: »Und außerdem habe ich keinen Verlobten. Dieser Herr ist nicht mit mir gekommen. Wir haben uns nur ein Weilchen unterhalten, als Ihr noch beschäftigt wart.«

Bei ihren letzten Worten hatte sie ein wenig die Stimme gehoben in der Absicht, dass François, der nur ein paar Schritte hinter ihr stand, sie hören konnte. Der junge Mann hatte sich nicht weit von ihr entfernt, damit ihm nichts von dem Gespräch entginge. Ab und zu warf er einen Blick auf das Mädchen, ganz so, als begutachte er ihr Äußeres.

Der alte Händler lächelte François verschwörerisch an und nahm Tinella beim Arm, um sie in einen anderen Winkel des Geschäfts zu führen.

»Die neuesten Stoffe liegen hier hinten«, sagte er.

Anschließend wandte er sich an François:

»Ich werde gleich bei Euch sein, Monsieur, sobald ich die Demoiselle bedient habe. Seid so freundlich und wartet einen Moment. Aber wenn Ihr es eilig habt, kann Euch auch eine meiner Verkäuferinnen bedienen.«

»Ich habe es nicht eilig«, erwiderte François. »Ich werde warten.«

Während der Alte ihr die Ware zeigte, plauderten sie eine Weile miteinander. Schließlich ließ sich Tinella zu einem schönen roten Damast überreden, bezahlte und verließ langsam und eher lustlos das Geschäft, nicht ohne einen letzten Blick auf François zu werfen. Der junge Mann schien sich weiter hinten im Geschäft die neue Ware anzusehen. Hätte er sich umgedreht, hätte sie sich höflich verabschiedet, wie man es tut bei Menschen, mit denen man kurz geplaudert hat. Doch der junge Mann schien jedes Interesse an ihr verloren zu haben, also nahm sie ihr Paket und verließ das Geschäft. Es wäre einer jungen Frau nicht angemessen gewesen, noch einmal nach hinten zu gehen, um sich zu verabschieden. Besonders, da sie sich zum ersten Mal und zudem ganz zufällig begegnet waren. Schließlich wusste er nicht, dass sie ihn bereits kannte. Für ihn war es das erste Zusammentreffen gewesen. Jetzt, wo sie ihn aus der Nähe gesehen und sogar mit ihm gesprochen hatte, würde sie ihn in der Küche gewiss wieder antreffen.

Sie machte sich also ein wenig enttäuscht auf den Rückweg zum Louvre. Sie schwebte eher, als dass sie ging. Sie konnte es sich nicht erklären, aber sie war glücklich. Die kurze Enttäuschung, den Laden verlassen zu müssen, ohne dass er sie noch einmal angesehen hatte, war schnell vergessen. Sie war glücklich, weil sie mit ihm gesprochen hatte. Sie fühlte sich, als schwebe sie auf Wolken, und war aufgeregt, ohne wirklich zu wissen warum. Sie hatte den stattlichen François ganz zufällig kennen gelernt, und noch dazu hatte er sie angesprochen. Er hatte Interesse an ihr gezeigt, sie glaubte, dass sie ihm gefallen hatte, auch wenn sie nur über Banalitäten gesprochen hatten. Schließlich war sie wirklich nicht hässlich, wenn sie es recht bedachte.

Als die Ladentür sich hinter ihr geschlossen und sie sich leichten Schrittes auf den Heimweg gemacht hatte, hatte François ihr durch das Schaufenster nachgesehen. Er hatte sie die ganze Zeit nicht aus den Augen gelassen. Er ließ die Verkäuferin stehen und ging zu dem alten Händler, der die Stoffballen wieder wegräumte, die sich auf dem Verkaufstresen stapelten.

»Kennt Ihr das Mädchen, das gerade gegangen ist?«, fragte er so beiläufig wie möglich.

»Natürlich«, erwiderte der alte Händler lächelnd. »Ein hübsches und anständiges Mädchen. Ich kenne sie praktisch seit ihrer Geburt. Ich habe schon ihrer armen Mutter gedient. Möge Gott ihr beistehen, der armen Frau!« Der alte Händler war offensichtlich müde, er zog sich einen Stuhl heran und ließ sich darauf fallen, als wollte er damit zu verstehen geben, dass er sich eine kleine Pause verdient hatte. Er redete gerne, er erzählte Geschichten aus dem Leben der vielen Menschen, die er kennen gelernt hatte. Dieser Bursche schien ein guter Junge zu sein, und – so viel meinte der Alte eben beobachtet zu haben – er schien sehr an Tinella interessiert zu sein. Wer wäre das nicht! Sie war wirklich ein hübsches Mädchen und außerdem anständig. Er verstand nicht, warum eine so hübsche junge Frau noch nicht verheiratet war und ihre ganze Zeit darauf verwandte, ihrer Herrin zu Diensten zu sein, selbst wenn es sich dabei um die mächtige Königinmutter handelte. Er seufzte tief und ließ sich dann von seiner Geschwätzigkeit hinreißen.

»Ich kannte ihre Mutter gut. Sie war viele Jahre meine Kundin gewesen, und sie war es auch, die mich dazu veranlasst hatte, Stoffe aus ihrem Heimatland Italien zu importieren, denn sie fand die Stoffe aus Flandern, die ich damals verkaufte, zu schwer und zu trist. Ich weiß nicht warum, aber sie wurde Tinella genannt, obwohl das nicht ihr richtiger Name war. Eine junge Italienerin, nicht sehr hübsch, aber von großer Intelligenz, scharfsinnig, eine dieser eher hässlichen, aber faszinierenden Frauen. Sie war viele Jahre zuvor aus Italien gekommen, im Gefolge von Königin Katharina, die zu ihrer Hochzeit nach Frankreich reiste. Sie war die persönliche Kammerzofe Ihrer Majestät. Sie kam oft her und kaufte die neuesten Stoffe, die aus ihrer Heimat eintrafen. Eines Tages bemerkte ich, dass sie schwanger war. Ich wunderte mich, denn ich wusste nicht, ob sie verheiratet war oder nicht. Vielleicht war sie es nie gewesen, aber das ist unwichtig. Das ist eine andere Geschichte. Ich habe nie erfahren, wer der Vater des Kindes ist. Als die Kleine geboren wurde, starb Tinella. So etwas passiert. Unglücklicherweise bergen Geburten immer ein gewisses Risiko. Ich glaube, es war dieses furchtbare Kindbettfieber, versteht Ihr? Nun denn, so ist das Leben. Jedenfalls war das Mädchen gesund. Und da die Königin Tinella sehr geliebt hatte, kümmerte sie sich selbst um die Kleine. Erst wurde sie einer Familie anvertraut, und später in der Pubertät ließ Ihre Majestät sie an den Hof kommen und die Stelle ihrer Mutter einnehmen. Und dort ist sie noch immer. Sie ist die persönliche Kammerzofe Ihrer Majestät. Leute, die im Palast arbeiten, haben mir versichert, dass die Königin sie so liebevoll behandelt, als wäre sie ihre Tochter. Darin hat die Kleine großes Glück gehabt. Ich glaube, ihr wirklicher Name ist Katharina, aber alle nennen sie Tinella. Ist komisch, nicht wahr, dass sie nicht nur den Posten ihrer Mutter, sondern auch ihren Spitznamen geerbt hat. Alle nennen sie so, ich kann Euch nicht sagen, wieso.«

Der Alte machte eine Pause und schüttelte den Kopf, als wollte er sich an noch etwas erinnern.

»Habt Ihr etwas gefunden, womit ich Euch dienen kann?«, fragte er dann, das Thema wechselnd. Sein Geschäftssinn gewann nun wieder die Oberhand.

»Nein, noch nicht«, antwortete François nachdenklich. Er war in Gedanken bei Tinellas Geschichte und nicht bei dem Geschenk, das er seiner Tante machen wollte.

»Seid Ihr verheiratet?«, fragte der Händler ihn plötzlich.

»Nein, ich bin nicht verheiratet«, antwortete François lächelnd.

»Ah! Sucht Ihr vielleicht ein Geschenk für eine junge Zofe? Ein stattlicher Mann wie Ihr muss doch sehr gefragt sein. Wisst Ihr, als ich jung war …«

François hörte dem Alten nicht zu. Er wusste jetzt, was er wissen wollte. Er verabschiedete sich von dem alten Händler mit einer Entschuldigung und verließ das Geschäft. Vielleicht holte er Tinella noch ein. Sie konnte noch nicht weit sein. Im Grunde gefiel sie ihm. Sie war anders als die anderen. Und außerdem, war sie nicht die persönliche Kammerzofe der allmächtigen Königinmutter von Frankreich?

Auf den Strassen von Paris

Samstag, 23. August 1572, 12 Uhr

Tinella hatte das Geschäft verlassen und kehrte nachdenklich und ein wenig verwirrt in den Louvre zurück. Sie war so durcheinander, dass sie nicht wusste, ob sie sich beeilen sollte, um so schnell wie möglich zu ihrer Arbeit zurückzukehren, oder ob sie ihrem Bedürfnis nachgeben und herumspazieren sollte, um in Ruhe darüber nachzudenken, was mit ihr geschehen war. Auch wenn es ihr schwerfiel, es sich einzugestehen, sie war aufgeregt. Das zufällige Zusammentreffen mit Madame Hugiers Neffen im Geschäft des alten Händlers, die paar Banalitäten, die sie ausgetauscht hatten, und vor allem die Tatsache, ihm, wenn auch nur einen Augenblick lang, so nahe gewesen zu sein, hatten sie durcheinandergebracht. Außerdem freute sie sich darüber, dass François seinerseits das Gespräch gesucht hatte. Obwohl sie eigentlich nur Floskeln ausgetauscht hatten, war das Wichtigste, dass er sie angesprochen hatte. Er schien Interesse an ihr zu haben. Tinella machte sich keine großen Illusionen über die wahre Absicht des jungen Mannes. Wahrscheinlich würde François es bei jedem Mädchen versuchen, das einigermaßen hübsch war. Aber das war nicht so wichtig. Ihr war nur wichtig – als wäre das ein Grund für ihren eigenwilligen Stolz –, dass er Interesse an ihr gezeigt hatte, dass sie aus welchem Grund auch immer seine Aufmerksamkeit erregt hatte. Auch wenn sie davon überzeugt war, dass sie nur eine von vielen war, so war sie doch immerhin eine dieser vielen. Und das schmeichelte ihr zweifellos.

Doch jetzt sollte sie rasch in den Palast zurückkehren. Es war schon spät, und sie musste sich bald wieder an die Arbeit machen. Und was, wenn die Königin sie in ihrer Abwesenheit gebraucht hatte? Wenn sie sie hatte rufen lassen, als sie nicht da war? Zum ersten Mal in ihrem Leben, einem Leben, das gänzlich ihrer Herrscherin und Beschützerin gewidmet war, spürte Tinella tief in ihrem Innern, dass diese nicht mehr der wichtigste Mensch in ihrem Leben war. Und schließlich hatte sie keinen Dienst und ihre freie Zeit gut zu nutzen gewusst.

Tinella wunderte sich über ihre Gedanken. Bisher hatte sie nur an die Königin gedacht, daran, der alten Herrscherin, die sie immer gut behandelt hatte, zu dienen und ihr gefällig zu sein. Noch nie waren die Bedürfnisse der Königin weniger wichtig gewesen als ihre eigenen. Zum ersten Mal überraschte sie sich dabei, an sich selbst zu denken. Der Königin zu dienen war bisher der Mittelpunkt ihres Lebens gewesen. Zum ersten Mal dachte sie zuerst an sich und konnte nicht verhindern, dass ihre Gedanken wieder um diesen großen, stattlichen Mann mit dem dunkelblonden Haar, den blauen Augen und diesem männlichen Gang kreisten, der ihr so gut gefiel. Ja, sie dachte an diesen François, den das Schicksal ihr über den Weg hatte laufen lassen, und versuchte sich an jedes Wort zu erinnern, das er zu ihr gesagt hatte. Der Klang seiner schönen Stimme hallte noch in ihren Ohren wider. Die Unterhaltung war eigentlich ganz banal gewesen, aber das war unwichtig, die Erinnerung daran machte sie glücklich.

Trotzdem sollte sie jetzt aufhören, solchen Blödsinn zu denken, um wieder das Mädchen zu sein, das immer voll und ganz in seiner Arbeit aufging. Ihr fiel das Gespräch mit Madame Hugier in der Küche wieder ein. Sie musste so schnell wie möglich mit der Königin über die Angelegenheit sprechen. Das Treffen mit François hatte sie das ganz vergessen lassen. Es könnte für die Herrscherin wichtig sein. Sie schämte sich dafür, sie in den Hintergrund gedrängt zu haben, um von einem gut aussehenden Fremden zu träumen.

Als sie endlich in den königlichen Gemächern eintraf, erfuhr sie, dass die Königin gerade dem Gesandten Seiner Heiligkeit eine Audienz in ihrem Schreibzimmer gewährte. Wahrscheinlich würde es noch eine ganze Weile dauern, und die Königin würde schlecht gelaunt sein, wie immer, wenn sie diesen Gesandten empfing. Sie hatte Tinella beim Umkleiden einmal anvertraut, dass der Gesandte es gewagt hätte, sie offen zu kritisieren und ihr im Namen des Heiligen Vaters ihre tolerante Haltung gegenüber den Protestanten vorzuwerfen. Die Königin war wütend gewesen, doch Tinella hatte ihr nur schweigend zugehört und es nicht gewagt, die Herrscherin mit ein paar tröstenden Worten zu beruhigen. Das gehörte nicht zu ihren Aufgaben, und es war gut möglich, dass Königin Katharina es nicht gefallen hätte, wenn ihre Kammerzofe sich herausnahm, ihr Ratschläge zu erteilen. Also hatte sie ihr schweigend zugehört und sie ihrer Empörung Luft machen lassen, als wäre sie gar nicht anwesend. So etwas passierte manchmal, und wenn sich die Königin beruhigt hatte, ging sie zur gewohnten Konversation über, als wäre nichts geschehen.

Im Augenblick durfte die Königin also nicht gestört werden. Tinella lenkte sich mit kleinen, unwichtigen Beschäftigungen ab. Aber das Umfeld der Herrscherin und alles, was mit ihrer Person und ihren Bediensteten zu tun hatte, waren so streng organisiert, dass niemand auch nur die geringste Eigeninitiative ergreifen konnte. Ihre Aufgabe bestand darin, sich ausschließlich um die Person Ihrer Majestät zu kümmern. Für die übrigen Aufgaben gab es Dutzende anderer Personen, Kammerzofen, höchste Hofbeamte, Diener, die alle ausgesprochen eifersüchtig über ihre Pflichen und ihre kleinen Vorrechte wachten. Im Augenblick konnte sie lediglich die Zeit totschlagen, indem sie zum zigsten Mal das Kleid ausbürstete, das die Königin an diesem Abend tragen würde und das bereitzulegen sie ihr schon am frühen Morgen angeordnet hatte. Katharina wollte immer, dass alles vorbereitet und bis in kleinste Detail organisiert war. Sie hasste Improvisationen, selbst wenn es sich nur um Fragen bezüglich ihrer Garderobe handelte. Sie war in diesem Punkt nicht sehr anspruchsvoll. Ihre Kleider wirkten alle gleich, ewig schwarz wegen ihrer langen Trauerphase, auf die sie bestand. Sie unterschieden sich nur durch kleine Stickereien oder den Stoff, den sie immer sehr sorgfältig auswählte. Jeden Morgen, wenn sie erwachte, ließ Katharina ihre persönliche Kammerzofe wissen, welches Kleid sie an diesem Tag zu tragen wünschte. Die einzige Marotte, die sie sich gestattete, war die Auswahl ihres Schmucks, obwohl sie am Ende doch immer denselben trug – zumindest glaubten das die Höflinge: mehrere Perlenkolliers von außergewöhnlicher Reinheit und unvergleichlicher Größe, die sie aus all den Dutzenden auswählte, die sie besaß.

Tinella überlegte noch einmal, welche Entschuldigung sie der Königin vortragen könnte, sollte diese sie für ihre Abwesenheit rügen. Sie bezweifelte jedoch, dass ihre Herrin überhaupt Notiz von ihrem Fehlen genommen hatte, erstens, weil sie an diesem Tag zu beschäftigt wirkte, als dass sie es hätte bemerken können, und zweitens, weil Ihre Majestät sie immer nachsichtig behandelt hatte, als wäre sie eine ihrer eigenen Töchter. Vielleicht sogar mit noch größerer Zärtlichkeit, denn sie war bei der Erziehung ihrer eigenen Kinder immer sehr streng gewesen. Sie hatte ihnen eine exzellente geistige Erziehung angedeihen lassen, da sie von Geburt an dazu bestimmt waren, die Throne verschiedener anderer europäischer Länder einzunehmen. Ihre Wünsche waren erfüllt worden. So war es auch geschehen. Eine ihrer Töchter war die Königin von Spanien, eine andere Großherzogin von Savoyen, die dritte Großherzogin von Lothringen, und die vierte hatte gerade den König von Navarra geheiratet. Das war das Schicksal der Töchter eines so wichtigen Herrschers, wie es der König von Frankreich war.

Hätte die Königin Tinella ihre Abwesenheit vorgeworfen, hätte sie antworten können, eine kleine Pause gemacht zu haben. Sie hätte den Louvre verlassen, um ein wenig Luft zu schnappen und durch die Straßen zu bummeln. Hatte nicht die Königin selbst sie mehr als einmal dazu aufgefordert, hinauszugehen, sich unter Menschen zu begeben? Die Herrscherin wiederholte ständig: »Du musst ausgehen, Tinella, Leute in deinem Alter treffen. Ich möchte nicht, dass du deine freie Zeit in Gesellschaft einer alten Frau wie mir verbringst. Du musst dein Leben genießen, ich lebe nicht ewig. Was soll aus dir werden, wenn ich eines Tages nicht mehr bin? Geh, geh hinaus, lerne Menschen kennen, lerne zu lieben.«

Bei diesen letzten Worten hatte Tinella aus dem Gesicht der Königin – diesem blassen, außerordentlich fein geschnittenen Gesicht – große Zärtlichkeit herausgelesen. Katharina hatte sich für ihr Alter sehr gut gehalten, obwohl ihr gesunder Appetit sie schließlich ziemlich dick werden ließ. Tinella wusste, dass die Königin sie sehr schätzte, und diese Zuneigung beruhte auf Gegenseitigkeit. Es wäre ihr nie in den Sinn gekommen, ihre Position auszunutzen. Katharina hingegen machte sich wegen Tinellas zu großer Ergebenheit Sorgen. Sie hoffte, dass Tinella einen stattlichen Mann kennen lernen und sich in ihn verlieben würde. Um alles Weitere würde sie sich kümmern. Tinella brauchte sich um ihre Zukunft keine Sorgen zu machen, selbst wenn es sie, die Königin, nicht mehr gäbe. Der Gedanke an ihren eigenen Tod machte ihr Angst, und sie vermied es nicht nur, daran zu denken, sondern sie verbat sich auch entschieden, dass in ihrer Gegenwart darüber gesprochen wurde. Sie glaubte, dass allein der Gedanke daran Unglück bescherte. Trotzdem hatte sie für die Zukunft ihres Patenkindes vorgesorgt, denn sollte sie einmal nicht mehr sein, wäre es gut möglich, dass sich niemand um Tinella kümmerte. Deshalb hatte Katharina im Stillen darüber nachgedacht und den Männern ihres Vertrauens die entsprechenden Anweisungen gegeben. Auch wollte sie nicht, dass Tinella allein bliebe, sie wünschte, dass sie einen guten Mann fände und heiratete. Schließlich war sie attraktiv. Zum Glück hatte sie nicht die Hässlichkeit ihrer Mutter geerbt, aber ihre Intelligenz und ihren Großmut. Die Königin hatte nie erfahren, wer wirklich der Vater dieses Mädchens war, das Geheimnis hatte die arme Mutter mit ins Grab genommen, aber sie vermutete, dass es einer der vielen Soldaten gewesen war, die sich am Königshof aufhielten – vielleicht einer ihrer Leibwächter? Es musste ein attraktiver Mann gewesen sein, denn das Mädchen hatte augenscheinlich sein Aussehen geerbt. Außerdem musste es jemand aus ihrem Umfeld sein, denn Tinellas Mutter hätte, anders als ihre Tochter, sicher keinen Mann durch ihr Äußeres betört. Nur jemand, der um ihre Position wusste, konnte sie geschwängert haben. Einer, der sie benutzt hatte, vielleicht in der Hoffnung, einen Vorteil davon zu haben. Wie dem auch sei, er hatte keine Möglichkeit gehabt, seine Träume wahr werden zu lassen, denn die Arme starb bei der Geburt ihrer Tochter. Niemand hatte die Vaterschaft an der Kleinen beansprucht, was bestätigte, dass es wahrscheinlich jemand aus dem Palast war, der es nicht wagte, der Königin diese Niederträchtigkeit zu gestehen. Es war wohl auch besser so, denn was hätte das Kind von so einem Vater zu erwarten gehabt?

Die Königin hatte das Neugeborene – wie sie von Geburt an eine Waise – auf ihren Namen, Katharina, taufen lassen, als handle es sich um eine Garantie für die Zukunft. Doch im Laufe der Jahre nannte das gesamte Personal sie, sehr zum Leidwesen der Königin, liebevoll beim Namen ihrer Mutter: Tinella. Schließlich hatte die Königin es aufgegeben. Sie nannte sie nur dann Katharina, wenn sie allein waren. Ja, sie wünschte sich einen guten Ehemann für dieses Mädchen. Einen, der sie glücklich machen könnte. Es sollte ihr nicht wie ihr selbst ergehen, sie wusste, was es heißt, an der Seite eines Mannes zu leben, der sie nie geliebt und immer verachtet hatte. Nein, für die kleine Katharina wünschte sich die Königin einen guten Mann. Sie wollte, dass sie glücklich wurde. Aber nicht wie ihre Mutter, die die Liebe nur als einen flüchtigen Moment kennen gelernt hatte, vermutlich stehend in der Dunkelheit eines Abstellraums, ohne die Zärtlichkeit einer liebevollen Umarmung, ein animalischer, vulgärer Akt. Die Vorstellung machte sie traurig und wütend zugleich. Und sie wusste nicht, ob das daran lag, dass sie diese Gefühle an ihre eigene Ehe erinnerten, die jeder Liebe oder Leidenschaft entbehrte und die sie nur eingegangen war, weil man es ihr befohlen hatte und sie um ihre Verpflichtungen wusste. Doch sie war schließlich die Königin. Von den Großen dieser Welt verlangte man nicht, ihre Ehepartner zu lieben. Es zählte nur die Pflicht allein. Doch das Leben ihrer Dienstboten folgte anderen Gesetzen. Sie konnten sich den Partner aussuchen, mit dem sie ihr Leben teilen wollten. Zumindest theoretisch, denn die Königin musste sich eingestehen, dass sie nicht genau wusste, wie die Praxis aussah. Sie hatte keinerlei Erfahrung mit dieser Welt. Sie musste allein ihrem Vorstellungsvermögen vertrauen, denn niemand hatte ihr je erklärt, wie diese Welt funktionierte. Wer hätte es auch wagen sollen, wer hätte die Kühnheit besessen, der Königin offen von solch privaten Dingen zu erzählen? Niemand. Nicht einmal, als sie selbst noch jung war.

Sie hatte schon immer in einem vornehmen Umfeld gelebt. Zuerst am päpstlichen Hof in Rom bei ihrem Onkel Papst Clemens VII. – und natürlich sprach man mit der Nichte des Papstes nicht über derartige Dinge. Später am Hof von Florenz, an dem auch ihre Vettern lebten. Der kurze Aufenthalt in dieser Stadt war einer der glücklichsten Zeitabschnitte ihres unglücklichen Lebens gewesen. Dort hatte sie sich besonders zu ihrem Vetter Hippolyt hingezogen gefühlt, dem schönen Hippolyt, wie sie ihn nannte. Ihre Hofdamen hatten sich über sie lustig gemacht und sie ausgelacht. Sie sagten, sie hätte sich verliebt, aber sie war zu jung und wusste nichts von der Liebe. Es stimmte, dass sie aufgeregt war, wenn sie ihn sah. Sie suchte seine Nähe. Hippolyt war liebevoll und zudem sehr schön. Groß, wohl proportioniert, mit langem, dunklem Haar und harmonischen Gesichtszügen, leidenschaftlich und großmütig. Das Bild eines kräftigen, mutigen Mannes. Der Maler Tizian war an den Hof berufen worden, um ein Porträt von ihm anzufertigen. Er hatte ihn wie einen Edelmann gemalt und seine Schönheit und seine prächtige Haltung festgehalten. Er war wunderbar. Selbst Bembo hatte ihn in seinen *Lettere* erwähnt: Er sprach von ihm als »die schönste unter den schönen Blumen«.

Eine Zeit lang hatte es geheißen – und Katharina hatte natürlich sofort davon erfahren –, dass ihr gemeinsamer Onkel, der Papst, daran denke, sie miteinander zu verheiraten. Natürlich nicht aus gefühlsmäßigen, sondern aus politischen Erwägungen, denn diese Verbindung hätte zwei Medici-Zweige wiedervereint. Aber schließlich kam die Hochzeit nicht zustande, und Katharina musste auf ihre erste Liebe verzichten. Im politischen Spiel des Heiligen Stuhles war sie ein zu wichtiges Mosaiksteinchen, um für eine simple Familienzusammenführung geopfert zu werden. Doch die Königin von Frankreich erinnerte sich mit einer gewissen Wehmut an jene fernen Jahre ihrer Jugend, als sie in der Gesellschaft des schönen Hippolyt so glücklich gewesen war. Die Königin wusste, dass es ein Jugendtraum gewesen war, aber sie freute sich auch bei dem Gedanken, dass sie vielleicht irgendwann am Glück ihrer Kammerzofe teilhaben konnte, die wie eine Tochter für sie war. Ihre leiblichen Töchter hatten dieses Glück nicht gehabt. Wie sie selbst waren auch ihre Töchter der Staatsräson geopfert worden.

Während Tinella nachdachte, verging die Zeit, aber die Königin kehrte nicht zurück. Bei dem Gedanken an das, was ihr Madame Hugier anvertraut hatte, wurde sie unruhig. Und wenn es sich um etwas wirklich Dringliches handelte? Sollte tatsächlich etwas passieren, würde sie sich das nie verzeihen können. Sie musste so schnell wie möglich mit ihrer Herrin reden. Als sie im Nebensaal endlich lautes Gemurmel hörte, wusste sie, dass die Königin den Gesandten des Heiligen Stuhls verabschiedet hatte und nun im Begriff war, sich in ihre Privatgemächer zurückzuziehen. Das war der geeignete Augenblick, sie anzusprechen. Tinella stellte sich neben die Tür, so konnte sie die Königin nicht übersehen, wenn sie eintrat. Sie beabsichtigte, ihr ein diskretes Zeichen zu geben. Die Königin würde es verstehen und einen Weg finden, sich einen Augenblick von ihrem Gefolge zu entfernen. Und genau so geschah es. Als Katharina de' Medici den Salon betrat und alle Anwesenden sich mit gesenktem Blick tief verbeugten, hob Tinella den Kopf gerade so weit, dass ihr Blick den der Königin traf, ohne dass es jemand bemerkte. Ein weiterer Austausch von Zeichen war nicht nötig. Die Herrscherin begriff sofort, dass ihre Kammerzofe ihr etwas mitteilen wollte. Sie ließ sich nichts anmerken, lächelte die Anwesenden an und zog sich unverzüglich zurück.

Tinella wartete darauf, zur Königin gerufen zu werden. Sie wusste, dass sie ihr Zeichen richtig gedeutet hatte, und tatsächlich musste sie nicht lange warten. Ihr wurde mitgeteilt, dass die Königin ihre Dienste benötigte.

Als sie allein waren, fragte die Königin sogleich:

»Was ist passiert, Tinella? Willst du mir etwas sagen?«

Ihr Tonfall war sanft, fast mütterlich. Wenn sie beide allein waren, fürchtete Katharina nicht, ihre Zuneigung für ihr Patenkind zu zeigen. In Anwesenheit von Dritten tat sie das nie, weil sie unter den restlichen Bediensteten, die sie mit der gebotenen Distanz und zuweilen mit einer gewissen Härte behandelte, keinen unnötigen Neid heraufbeschwören wollte. Sie hatte schon Tinellas Mutter sehr gemocht, und jetzt empfand sie dieselbe Zuneigung für deren Tochter. Sie war es gewesen, die sich von dem Augenblick ihrer Geburt an um sie gekümmert hatte. Sie hatte sie in einer Familie ehemaliger Dienstboten angemessen unterbringen und erziehen lassen. Nur wenige Dienstboten im Palast wussten, dass Tinella in Wirklichkeit ihr Schützling war. Das war für ein Dienstmädchen völlig undenkbar, auch wenn es niemand entgangen war, dass die Königin sie eher wie eine Patin als eine Herrin behandelte.

Tinella beeilte sich, der Königin zu berichten, was ihr Madame Hugier über das Verschwinden sämtlicher Dienstboten der Hugenottenprinzen gesagt hatte. Sie wusste, dass sie nur ein paar Minuten hatte. Als die Königin die Nachricht vernommen hatte, änderte sich ihr Gesichtsausdruck schlagartig. Tinella sah es sofort. Das freundliche Lächeln war im Bruchteil einer Sekunde einer harten, nachdenklichen Miene gewichen. Es war das Gesicht, das die Herrscherin normalerweise nur in der Gegenwart Dritter aufsetzte. Diese Veränderung fiel nur den Menschen auf, die sie wie Tinella sehr gut kannten.

»Die Dienstboten der Hugenotten sind also aus der Küche verschwunden«, stellte sie nachdenklich fest, als würde sie mit sich selbst reden. »Wann war das?«

»Heute Morgen, Majestät. So hat es mir Madame Hugier gesagt. Sie fand das merkwürdig und hat es mir gleich erzählt. Deshalb habe ich geglaubt, es sei vielleicht wichtig, dass Eure Majestät darüber Bescheid weiß.«

»Und wer ist Madame Hugier?«, fragte die Königin.

»Die Beiköchin, Majestät. Sie arbeitet schon seit Jahren in Eurer Küche. Ich habe mich ein wenig mit ihr angefreundet«, stotterte Tinella im Zweifel darüber, ob es richtig war, der Königin von ihrer Beziehung zu Madame Hugier zu erzählen.

»Es war richtig, dass du es mir gesagt hast, Katharina. Ich weiß noch nicht, was das bedeutet, aber etwas bedeutet es gewiss. Halt immer schön Augen und Ohren offen. Und wenn du etwas siehst, das dir auch nur ein wenig seltsam vorkommt, gib mir unverzüglich Bescheid. Suche meinen Blick, wie du es vorhin getan hast. Und wenn ich beschäftigt bin, finde einen Weg, wie du dich mir nähern kannst. Bitte Katharina, in diesem Moment kann alles wichtig sein. Jedes seltsame Vorkommnis. Hast du verstanden?«

»Natürlich Majestät.«

»Und weil wir gerade davon sprechen, hör mir gut zu, Katharina.« Das Gesicht der Königin hatte nun wieder jenen gewohnten Ausdruck angenommen, in ihrem Blick las Tinella ihre mütterliche Zuneigung. »Ich möchte, dass du heute Nacht, wenn du mich zum Schlafen umgekleidet und gekämmt hast, bei mir bleibst, hier in meinen Gemächern. Entferne dich unter keinen Umständen. Du kannst auf einem der Diwane schlafen. Aber du darfst meine Gemächer unter keinen Umständen verlassen. Hast du mich verstanden?«

Tinella wunderte sich über die Eindringlichkeit der Königin. Sie hatte sie noch nie darum gebeten, bei ihr zu schlafen.

»Ja, Majestät, ich habe Euch verstanden. Ich darf Eure Gemächer heute Nacht, nachdem ich Euch umgekleidet und gekämmt habe, nicht verlassen.«

»Ist gut«, bestätigte die Königin. »Du kannst jetzt gehen. Bitte Katharina, gib mir sofort Bescheid, wenn du irgendetwas siehst, das du merkwürdig findest.«

»Seid unbesorgt, Majestät. Ich werde tun, was Ihr angeordnet habt.«

Das Gespräch war beendet. Tinella verbeugte sich tief, als die Königin den Salon verließ, um sich wieder den Menschen zu widmen, die im Vorzimmer auf sie warteten.

In den Küchenräumen des Louvre

Samstag, 23. August 1572, 13.15 Uhr

Nachdem die Königin gegangen war, entspannte sich Tinella. Es war richtig gewesen, ihr zu vertrauen. Sie dachte über ihre Worte nach. Es schien sich also tatsächlich etwas zusammenzubrauen, wenn die Königin sie so ausdrücklich darum bat, ihre Gemächer nicht zu verlassen. Seit sie ihre Dienste im Palast angetreten hatte, war sie noch nie um so etwas gebeten worden, nicht einmal, als die Königin krank war, hatte sie ihr befohlen, die ganze Nacht nicht von ihrer Seite zu weichen. Außerdem war Tinella die Veränderung im Gesichtsausdruck der Herrscherin nicht entgangen. Die Nachricht vom plötzlichen Verschwinden der protestantischen Dienstboten hatte ihr überhaupt nicht gefallen. Zweifelsohne lag der Grund hierfür nicht einfach darin, dass die Dienerschaft anderweitig beschäftigt und deswegen nicht im Palast aufgetaucht war, um ihrer Herrschaft zu dienen.

Jetzt musste Tinella entscheiden, ob sie Madame Hugier benachrichtigte oder nicht. Aber was sollte sie ihr sagen? Eigentlich wusste sie nichts, außer, dass die Königinmutter bestürzt auf die Nachricht reagiert hatte und dass sie ihr befohlen hatte, ihre Gemächer in dieser Nacht nicht zu verlassen. Doch das konnte sie Madame Hugier nicht sagen, dann hätte sie die Königin verraten, denn auch wenn ihr die Herrscherin nicht ausdrücklich untersagt hatte, jemandem von ihrem Gespräch zu erzählen, so verstand sich das von selbst. Schließlich beschloss Tinella, nichts zu sagen. Sollte in dieser

Nacht etwas geschehen, wäre sie in den königlichen Gemächern sicher, und was Madame Hugier anbelangte, ihr konnte nichts passieren, denn sie verbrachte die Nacht nicht im Palast, sondern zu Hause. In ihren eigenen vier Wänden wäre sie in Sicherheit.

In diese Gedanken vertieft machte sie sich auf den Weg in die Küche. Im Augenblick benötigte die Königin ihre Dienste nicht. Und hatte sie sie nicht ohnehin gebeten, Augen und Ohren offenzuhalten? Und welcher Ort wäre wohl geeigneter dafür, Neuigkeiten zu erfahren, als die Küche? Und wo konnte sie außerdem wie zufällig dem stattlichen Neffen von Madame Hugier über den Weg laufen?

Tinella betrat pfeifend die Küche. Sie war ausgezeichneter Stimmung. Die Sorgen der Königin hatte sie vorübergehend beiseitegeschoben, um an etwas sehr viel Reizvolleres zu denken: François Hugier.

Ihre Überraschung war groß, als der erste Mensch, den sie in der Küche entdeckte, kein anderer war als François, der sich angeregt mit seiner Tante unterhielt. Als sie Tinella hereinkommen sah, winkte Madame Hugier sie heran.

»Komm her, Tinella, ich möchte dir meinen Neffen François vorstellen«, sagte die Beiköchin ganz förmlich und fast feierlich, als würde sie ihr den Bischof ihres Landes präsentieren, und zeigte dabei auf François. Sie war sichtlich zufrieden. »François«, sagte sie und zeigte dabei auf Tinella. »Ich möchte dir Katharina vorstellen, die persönliche Kammerzofe Ihrer Majestät, der Königinmutter, aber hier nennen wir sie alle Tinella wie ihre arme Mutter.«

François zeigte sein schönstes Lächeln.

»Mir scheint, wir kennen uns schon«, sagte er, als hätte ihr Zusammentreffen vor vielen Jahren stattgefunden. »Oder irre ich mich?«

»Nein, du kannst sie nicht kennen«, mischte sich Madame Hugier im Brustton der Überzeugung ein. »Du hast vielleicht mal andere Dienstboten von ihr sprechen hören, auch wenn Tinella selbst kein Dienstmädchen ist«, fühlte sich die Beiköchin verpflichtet klarzustellen, als wollte sie ihrem Neffen die Wichtigkeit dieser jungen Frau begreiflich machen. »Tinella ist die persönliche Kammerzofe Ihrer Majestät und hat immer direkten Zugang zu ihr.«

Die beiden jungen Leute sahen sich lächelnd an und waren sich wortlos einig, Madame Hugier nicht wissen zu lassen, dass sie sich vor ein paar Stunden im Geschäft des alten Händlers kennen gelernt hatten. Tinella, weil sie aufgeregt war, und François, weil er seine Tante glauben lassen wollte, dass es ihr Verdienst sei, ihm die persönliche Kammerzofe der Königinmutter vorgestellt zu haben. Ihr lag doch offensichtlich so viel daran.

Die drei setzten sich an einen freien Tisch und plauderten über dies und jenes. Plötzlich wurde François ziemlich nervös, erhob sich mit einer banalen Entschuldigung vom Tisch und ging einen Augenblick hinaus. Währenddessen erging sich Madame Hugier in einem unendlichen, detaillierten Monolog über die armen, aber ehrwürdigen Verwandten in der Bretagne. Tinella verfolgte über ihre Schultern hinweg bewundernd François' katzenhaften Gang. Seine Bewegungen waren geschmeidig und doch männlich. Tinella wusste nicht warum, aber er gefiel ihr sehr. Obwohl sie einräumen musste, dass sie ihn kaum kannte, fühlte sie sich von diesem Mann angezogen. Ja, natürlich war dieser François sehr attraktiv. Und nach den paar Worten, die sie mit ihm gewechselt hatte, wirkte er auch noch sympathisch. Wenn seine Tante nicht dabei gewesen wäre, hätten sie sich bestimmt etwas besser kennen lernen und über andere Dinge als die armen, aber ehrwürdigen Verwandten in der Bretagne reden können.

Tinella, die François mit dem Blick gefolgt war, wurde plötzlich auf die Person aufmerksam, mit der er vor der Küchentür redete. Es war ein Mann fortgeschrittenen Alters. Er wirkte nicht wie ein Dienstbote, obwohl sie ihn aus dieser Entfernung nicht genau sehen konnte, hatte sie das im Gefühl.

»Hast du Durst?«, fragte Madame Hugier sie plötzlich. »Ich hole mir eine Limonade. Soll ich dir eine mitbringen?«

»Danke, Madame Hugier, eine Limonade wäre jetzt gut. Bei dieser Hitze in den letzten Tagen löscht sie den Durst am besten.«

Eigentlich hatte Tinella keinen Durst, aber es kam ihr ganz gelegen, dass Madame Hugier einen Augenblick wegging, so hatte sie genug Zeit herauszufinden, mit wem François Hugier redete.

»Ja, nicht wahr?«, sagte Madame Hugier, als sie aufstand, um die Getränke zu holen. »Schließlich haben wir August, und was wäre der August ohne die Hitze?«

Und mit diesen Worten ging sie schlurfend davon, wie sie es für gewöhnlich tat.

Nachdem Tinella sich vergewissert hatte, dass Madame Hugier sie nicht sehen konnte, stand sie rasch auf, getrieben von ihrer Neugier, und ging zu der Seite der Küche, wohin François verschwunden war. Hätte sie jemand dabei beobachtet, hätte sie sich schnell eine Ausrede ausdenken müssen. Als sie sich François und dem Unbekannten näherte, wandte sie sich nach rechts und versteckte sich hinter einem Schrank mit Tellern und anderen Utensilien, damit die beiden sie nicht sehen konnten. Von dort aus konnte sie François' Gesprächspartner zwar besser sehen, aber verstehen konnte sie ihn nicht.

Sie kannte ihn nicht persönlich, aber sie hatte ihn schon oft in den Salons der Königsfamilie gesehen. In diesem Moment konnte sie sich nicht genau daran erinnern, wer er war, aber sie war sich sicher, dass sie ihn schon in Begleitung einer anderen Person gesehen hatte. Er musste ein hoher Beamter sein, aber er gehörte nicht zum Hofstaat, dessen war sie sich sicher, denn dort kannte sie alle, zumindest vom Sehen.

Gewiss war es höchst seltsam, dass eine Person dieses

Ranges sich in der Küche aufhielt und mit François plauderte, von dem sie wusste, dass er keinen Posten im Palast innehatte. Was hatte François mit ihm zu tun? Wie konnte ein junger Mann, der erst vor kurzem aus der Provinz gekommen war, einen Mann kennen, dessen Rang so viel höher war als sein eigener? Doch was Tinella am meisten überraschte: Die beiden schienen etwas auszuhecken.

Sie schaute sich kurz um und sah Madame Hugier mit der Limonade und zwei Gläsern zurückkehren. Sie wollte nicht beim Lauschen ertappt werden, also lief sie rasch zurück und setzte sich wieder an den Tisch, gerade rechtzeitig, als auch François zurückkehrte. Er wirkte zufrieden, als hätte er eine gute Nachricht erhalten.

Die drei plauderten noch eine Weile miteinander. In Wahrheit lauschten die beiden jungen Leute den endlosen Monologen der Tante, die von den Verwandten in der Bretagne erzählte und betonte, wie wichtig es sei, dass die Jugend sich darauf besann, eine Familie zu gründen. Hin und wieder warfen sich Tinella und François verschwörerische Blicke zu. Tinella war etwas besorgt über die kurze Szene, die sie beobachtet hatte. Das Gesicht des Mannes, mit dem François vor der Küche geflüstert hatte, ging ihr nicht aus dem Kopf, und sie fragte sich die ganze Zeit, was die beiden wohl für eine Beziehung zueinander hatten. Schließlich verabschiedeten sich die drei voneinander.

Auf dem Weg zurück in die königlichen Gemächer fiel Tinella plötzlich ein, wem das Gesicht des unbekannten Mannes in der Küche gehörte. Jetzt wusste sie wieder, wo sie ihn gesehen hatte. Er war einer der Ratsherren. Ein ganz wichtiger Mann, der oft in Begleitung von Monsieur von Gondi war, einer der mächtigen Berater der Königinmutter. Was hatte dieser hohe Würdenträger in der Küche zu suchen? Und wie war es möglich, dass François ihn kannte? Was sollte sie tun? Das war wirklich ungewöhnlich. Ausgesprochen ungewöhnlich. Die Königin hatte ihr ausdrücklich befohlen, sie über alle ungewöhnlichen Vorfälle zu unterrichten. Was sollte sie jetzt tun? Die Königin informieren? Sie wusste, was sie der Herrscherin schuldig war, wusste aber auch, dass François da in etwas hineingeraten sein könnte. Vielleicht war es gar nicht so wichtig. Schließlich konnte François von einem Familienmitglied empfohlen worden sein. Vielleicht war der Ratsherr der Freund eines Freundes und deshalb in die Küche gekommen, um ihn zu treffen, da es François nicht erlaubt war, durch die Flure der oberen Stockwerke des Louvre zu spazieren. Außerdem wusste nur sie von diesem Treffen. Niemand sonst hatte es bemerkt, und deshalb konnte auch niemand der Königin berichten, dass sie, Tinella, Zeugin eines Treffens zwischen einem der königlichen Ratsherrn und einem unbekannten jungen Mann geworden war und beschlossen hatte, diese Begegnung zu verschweigen. Und wenn es sich nun um eine Falle handelte, die ihr ein Neider gestellt hatte, um der Königin zu beweisen, dass sie niemandem vertrauen konnte, nicht einmal ihrer persönlichen Kammerzofe? Ihre privilegierte Position weckte viel Neid. Die Leute waren zu allem bereit, um jemanden zu verletzen, den sie beneideten. Als sie die königlichen Gemächer betrat, war sie noch unschlüssig, was sie tun sollte. Plötzlich wurde ihr mitgeteilt, dass die Königin sie brauchte. Tinella ging schneller und fand sich bei Ihrer Majestät ein. Als sie allein waren, begann Tinella, ohne einen weiteren Gedanken daran zu verschwenden, ob sie das Richtige tat oder nicht, der Königin zu berichten, was sie gesehen hatte. Sie erzählte ihr von dem Ratsherrn und seinem verdächtigen Auftauchen in der Küche. François erwähnte sie nicht. Sie sagte ihr nur, dass sie den Ratsherrn gesehen habe, der am Eingang zur Küche mit einem Mann geredet habe, von dem sie allerdings nur den Rücken gesehen habe.

Nachdem sie Tinella für ihre Treue gedankt und ihr gesagt hatte, sie könne sich zurückziehen, reagierte die Königin schnell. Sie war eine Frau, die schon genug Erfahrung mit den Intrigen am Hofe hatte, um nicht zu wissen, dass eine so ungewöhnliche Begebenheit wie das Auftauchen eines hohen Würdenträgers im Untergeschoss der Dienerschaft und im Gespräch mit einem Unbekannten eine ernste Gefahr bedeuten konnte. Und sie vertraute Tinella. Wenn sie sagte, dass sie ihn gesehen hätte, dann stimmte es. Daran gab es nichts zu rütteln. Sie ließ sofort den Hauptmann ihrer Leibgarde zu sich kommen und befahl ihm, den Ratsherrn zu überprüfen. Um seine Komplizen nicht zu alarmieren, musste er unauffällig verhaftet und dann gefoltert werden, bis er gestand, was einer seines Standes an so einem ungewöhnlichen Ort verloren, mit wem er gesprochen und was er gesagt hatte. Die Königin wollte wissen, was der andere Mann mit der erhaltenen Information machen sollte und wem sie eigentlich zugedacht war. Und wenn der Ratsherr erst einmal gestanden hatte, sollte er augenblicklich als gemeiner Verräter hingerichtet werden. Ohne großes Aufheben. Es war wichtig, nicht mehr Verdacht oder Kritik als nötig heraufzubeschwören. Dieser Mann hatte die Krone verraten. Er hatte den König und sie selbst in Gefahr gebracht. Das war Grund genug, um die schwerste aller Strafen zu verdienen: den Tod. So hatte es die Königin befohlen, und so würde es geschehen.

Zufrieden, diese Angelegenheit so schnell gelöst zu haben, gab Katharina letzte Anweisungen für die Aktion dieser Nacht. Die Türen des Louvre sollten um zehn Uhr verschlossen werden. Danach dürfte niemand mehr herein oder hinaus. Zudem befahl sie der Wache, dafür zu sorgen, dass ihr Schwiegersohn, der König von Navarra, seine Gemächer weder verlassen noch mit jemand sprechen konnte, und sie ließ die Wachen um die Gemächer aller königlichen Familienmitglieder herum verstärken, besonders um die des Königs. In dieser Nacht sollte sich niemand einem Familienmitglied nähern können. Unter keinen Umständen.

Erst, als sie die letzten Befehle erteilt hatte, verspürte Katharina den Wunsch, sich ein wenig auszuruhen. Diese Nacht würde lang werden. Besser, sie teilte sich ihre Kraft gut ein. Sie würde sie brauchen. Also zog sie sich in ihr Schlafgemach zurück und ließ Tinella rufen, damit sie ihr beim Auskleiden und Kämmen half. Aber überraschenderweise war Tinella nicht aufzufinden. Sie war verschwunden. Wo steckte dieses Mädchen nur? Sie hatte ihr doch ausdrücklich gesagt, sie solle die königlichen Gemächer unter keinen Umständen verlassen. Verwirrt ließ sie sich von einer anderen Kammerzofe helfen. Im Moment hatte sie an anderes zu denken, als sich darüber Sorgen zu machen, wo Tinella stecken könnte.

Paris

Samstag, 23. August 1572, 14 Uhr

François fühlte sich gestört, als sein Kontakt im Louvre ihn erneut sprechen wollte, während er gerade mit Tinella plauderte. Wann immer er sich in der Küche aufhielt, achtete er aufmerksam auf die Tür, falls ihn zufällig jemand zu sprechen wünschte. Seine neue »Arbeit« erforderte größte Diskretion. So hatte man es ihm gesagt. Bisher war er allerdings nur gelegentlich gebraucht worden. Dennoch hatten sich in letzter Zeit die Kontaktaufnahmen gehäuft, und schon öfter hatte er mehrmals am selben Tag Botschaften aus dem Louvre überbringen müssen. Er beklagte sich nicht, schließlich war das eine gute Gelegenheit, etwas Geld zu verdienen.

Diesmal hatte er das Auftauchen dieses Mannes zufällig bemerkt, und dass er ihn so kurze Zeit später wieder hier sah, hatte ihn nervös gemacht. Sein häufiges Kommen und Gehen vom Louvre zum Palast derer von Guise könnte verdächtig wirken. Gab es so viele Geheimnisse, die aus dem Palast geschleust werden mussten? Worum handelte es sich diesmal? Eigentlich nichts besonders Wichtiges. Dieser Mann hatte ihn nur gebeten, dringend Monsieur Durandot aufzusuchen.

Als der Kontaktmann erschienen war, hatte François mit Tinella und seiner Tante gesprochen. Madame Hugier hatte ihn dem Mädchen offiziell vorgestellt, denn sie konnte ja nicht ahnen, dass sie sich bereits kennen gelernt hatten. Er hatte sich etwas gewundert, dass Tinella verschwiegen hatte, dass sie sich am selben Morgen im Geschäft des Stoffhändlers getroffen hatten. Er kannte den Grund für ihr Verhalten nicht, aber ihr Schweigen zeigte ihm, dass sie sehr diskret war.

Sie gefiel ihm. Sie war anders als die anderen Mädchen. Sie hatte eine gewisse Klasse. Man merkte, dass sie an den Umgang mit Menschen der höheren Stände gewöhnt war, denn sie hatte ihr Benehmen dem ihren angepasst. Sie war hübsch, hatte einen wohlgeformten Körper und ein schönes Gesicht, rein und frisch. Und sie wirkte nicht, als würde sie viele Männer kennen. Er hatte gesehen, wie leicht sie errötete, wenn er mit ihr sprach, wahrscheinlich war sie noch Jungfrau. Man merkte, dass sie nichts Arglistiges an sich hatte, ganz im Gegensatz zu den Mädchen, mit denen er normalerweise anbändelte. Das waren einfache Mädchen, immer zu einem flüchtigen Liebesabenteuer bereit. Mit ihr war das anders. Tinella hatte bestimmt noch mit keinem Mann geschlafen, davon war er überzeugt. Der Gedanke daran, dass sie noch Jungfrau war, regte sein Interesse noch zusätzlich an. Die anderen Küchenmädchen zierten sich nicht groß, mit ihnen kam er immer direkt zur Sache.

Bei Tinella nicht. Sie war eines dieser Mädchen, die sich für ihren zukünftigen Ehemann bewahrten, auch wenn es auf ihn nicht so gewirkt hatte, als wollte sie unbedingt heiraten. Ihm selbst war diese Idee noch nie durch den Kopf gegangen. Er fühlte sich noch zu jung. Jetzt, wo er gerade erst angefangen hatte, die Reize und das Vergnügen der Fleischeslust auszukosten, die eine große Stadt wie Paris ihm boten, hatte er nicht die geringste Absicht, für ein einziges Mädchen auf dieses wunderbare Geschenk Gottes zu verzichten.

Doch die Hartnäckigkeit, mit der seine Tante ihm Tinella vorgestellt und mehrfach betont hatte, dass sie die persönliche Kammerzofe der Königin sei, hatte ihn begreifen lassen, dass Tinella eine gute Partie war. Sie hatte eine gute Position im direkten Umfeld der Königin und erhielt wahrscheinlich eine gute Entlohnung, zu der hin und wieder ein Geschenk kam, denn er hatte schon oft gehört, dass die Dienstboten von ihren adligen Herren Geschenke erhielten. Wenn Tinella wirklich, wie seine Tante angedeutet hatte, die große Gunst der Königin genoss, war es gut möglich, dass sie aus ihrer Position Nutzen zu ziehen wusste. Sie wirkte nicht dumm, im Gegenteil, sie wirkte eher schlau. Wenn er es recht bedachte, war die Idee zu heiraten vielleicht doch nicht so entlegen. Er sollte sie in Betracht ziehen. Wäre die persönliche Kammerzofe der mächtigen Königin von Frankreich seine Frau, würde es ihm viel leichter fallen, eine gute Arbeit zu finden. Eine sicherere und dauerhaftere Beschäftigung als Botengänge für korrupte Herren.

Ja, diese Möglichkeit sollte er durchaus in Betracht ziehen. Vorerst musste er sich allerdings um anderes kümmern. Der Mann aus dem Palast – wie er ihn nannte, weil er seinen Namen nicht kannte – hatte ihm wieder ein Zeichen gegeben. Er hatte wieder eine Botschaft, die François Monsieur Durandot überbringen sollte. François, der instinktiv die Tür im Auge behielt, hatte ihn an der Küche vorbeihuschen sehen. Er wusste, das war das Zeichen. Er musste sich ihm nur diskret nähern. Ihm war sofort klar gewesen, dass er ihn suchte, denn dieser Mann hatte sonst in den Küchenräumen nichts verloren. Unter einem Vorwand stand François auf und ging zu ihm. Er wollte nicht, dass Tinella oder gar seine Tante wegen seiner Kontakte im Louvre Verdacht schöpften. Seine Tante hätte diese Art von Diensten nicht gebilligt. Sie wäre sicher bestürzt gewesen und hätte ihm verbieten können, sie weiter in der Küche aufzusuchen. Das wäre eine Katastrophe gewesen, denn seine Tante war sein Vorwand für das Betreten des Louvre. Ihr hatte er es zu verdanken, dass er ein und aus gehen konnte, ohne Aufmerksamkeit zu erregen, und er konnte sich nicht erlauben, diesen Vorzug zu verlieren.

Nachdem er sich von seiner Tante und Tinella verabschiedet hatte, machte er sich auf den Weg zum Palast derer von

Guise. Zum zweiten Mal an diesem Tag ging er denselben Weg. Er glaubte zwar nicht, dass jemand von seinen Aktivitäten wusste, fand es aber klug, hin und wieder einen anderen Weg zu wählen. Zum Glück war der Palast derer von Guise nicht weit entfernt. Wenn man schnell ging, waren es fünfzehn Minuten. Es war ein wunderschöner Tag. Die Nachmittagshitze hatte ihren Höhepunkt erreicht. Hätte er mehr Zeit gehabt, wäre er an der Seine entlangflaniert, wo die Luft frischer war. Die Seineufer waren ein bevorzugter Ort von Liebespaaren, die ein diskretes und romantisches Plätzchen suchten. Einmal hatte er ein Mädchen ans Seineufer geführt, eines der ersten, das er in Paris kennen gelernt hatte. Damals war er noch ein Romantiker gewesen, und die Hinterlist hatte sich noch nicht seiner Sinne bemächtigt. Aber dann hatte ihn das Mädchen gelangweilt. Die Arme hatte sich Hoffnungen gemacht und geglaubt, dass der romantische Spaziergang am Ufer der Seine der Beginn einer ernsten und dauerhaften Beziehung sei, aber François wollte sich nur amüsieren. Er dachte gar nicht daran, eine Beziehung einzugehen. Er hatte die Bretagne nicht verlassen, um sich in Paris in den Hampelmann irgendeines Mädchens zu verwandeln, das unbedingt heiraten wollte. Er wollte das Leben genießen. Vielleicht könnte er mit Tinella dort einmal spazieren gehen. Alles hing von dem Verlauf ihrer Beziehung ab, wenn es denn zu einer kommen sollte, dessen war er sich jedoch noch nicht so sicher. Das Mädchen schien interessiert, aber er konnte nicht genau sagen, wie weit ihr Interesse gehen mochte. Und was konnte er ihr schon bieten?

Er war noch in seine Gedanken vertieft, als er vor der Rückfront des Palastes ankam. Er grüßte den Wächter am Dienstboteneingang mit einer Handbewegung und betrat den Flur, wo ihn Monsieur Durandot gewöhnlich empfing.

Der tauchte schon nach wenigen Minuten auf, was darauf schließen ließ, dass er ihn bereits erwartet hatte. Monsieur Durandot bedeutete ihm grußlos, ihm zu folgen. Sie betraten einen kleinen Saal gleich neben dem Eingang, dessen Fenster zum Innenhof zeigten. Die Tür dieses Saales war meist verschlossen, deshalb hatte François sie noch nie wahrgenommen.

»Es ist gut, dass du so schnell gekommen bist«, sagte Monsieur Durandot ohne Einleitung. »Ich habe einen wichtigen Auftrag für dich.«

»Natürlich, ich nehme nicht an, dass Ihr mich nur habt kommen lassen, um mich zu grüßen«, antwortete François ironisch.

»Spar dir deine Kommentare«, erwiderte Monsieur Durandot missmutig. »Spiel nicht den Schlauen. Wenn dir die Arbeit nicht gefällt, kannst du in dein Scheißkaff in der Bretagne zurückkehren und hungers sterben.«

Er war wirklich mehr als verstimmt. François nahm an, dass Monsieur Durandot einen schlechten Tag oder Ärger gehabt hatte. So hatte er ihn noch nie erlebt. Seine letzten Worte hatten äußerst abfällig geklungen. Glaubte er etwa, François sei ein armer Hungerleider, der seine Dienste anbot, um ein paar erbärmliche Taler zu verdienen? Glaubte er etwa, er könnte keine andere Arbeit finden? Eine richtige Arbeit? François merkte, dass er Monsieur Durandot hasste. Er hatte ihn immer schlecht behandelt, wie einen Niemand. Wer glaubte er zu sein, andere so zu behandeln? War ihm seine Beziehung zu den Herren Herzögen vielleicht zu Kopf gestiegen? Eines Tages würde er ihn dafür bezahlen lassen. Ja, bestimmt, er würde sich für so viel Arroganz rächen.

»Ihr müsst Euch nicht gleich so aufregen, Monsieur Durandot«, erwiderte François beleidigt. »Sagt mir, um was es sich handelt.«

Monsieur Durandot änderte seinen Tonfall. Er merkte, dass es vielleicht ein Fehler war, diesen armen Pechvogel so herablassend zu behandeln. Aber dieses Gefühl war stärker als er. Seit er ihn kannte, ertrug er das überhebliche Verhalten dieses Burschen nicht, der sich so sehr bemühte, sorglos zu wirken, der diese vier Taler, die er für seine Botengänge bekam, jedoch in Wirklichkeit dringend brauchte. Sobald er könnte, würde er ihn davonjagen. Bevor dieser Fatzke aufgetaucht war, hatte er die Gunst aller Kammerzofen im Palast genossen, der jungen und der nicht mehr ganz so jungen, aber noch immer gut aussehenden Frauen. Doch was interessierte ihn das schon? Er wollte sich nur vergnügen. Das gehörte zu den Vorzügen seiner Position. Sie hingegen glaubten, dass sie einen Vorteil daraus ziehen könnten, wenn sie sich mit dem persönlichen Sekretär des Herzogs einließen. Diese dummen Geschöpfe.

Doch seit dieser junge Mann aufgetaucht war, wiesen sie ihn ab. Jetzt reichte ihnen der persönliche Sekretär des Herzogs nicht mehr. Sie wollten mehr. Sie wollten Liebe. Sie wollten von einem schönen, athletischen Körper wie dem dieses Kretins geliebt werden. Sie begnügten sich nicht mehr mit den flüchtigen Treffen, versteckt hinter einer der Türen, wo sie der persönliche Sekretär des Herzogs vögelte. Alles Huren. Das waren sie. Huren. Im Grunde war er auf diesen armen Schlucker eifersüchtig. Soweit seine Erinnerung zurückreichte, hatte er selbst als junger Mann nicht so viel Begeisterung hervorgerufen.

Wenn er Gelegenheit dazu hätte, würde er sich dieses Dummkopfs entledigen. Eine dieser Bestien, die er mit der Schmutzarbeit beauftragte, würde ihn sich vornehmen. Es bedurfte nur eines Zeichens, eines Blicks, und dieser François würde mit durchgeschnittener Kehle auf dem Grunde der Seine landen. Wer würde ihn finden? Niemand würde sein Verschwinden bemerken. Vielleicht diese Tante, die in der Küche des Louvre arbeitete, aber sie würde schon bald denken, dass ihr undankbarer Neffe seinen Verpflichtungen nicht nachgekommen oder hinter einem Frauenrock her war.

Doch im Augenblick musste er warten, er brauchte ihn noch. Er hatte keinen anderen, der seine Aufträge ausführen konnte, und er hatte nur wenig Zeit. Vor allem gab es sonst niemanden, der so leicht durch den Dienstboteneingang des Louvre schlüpfte wie dieser junge Bursche. Also musste er ihn freundlich behandeln, zumindest so lange, bis er hatte, was er wollte. Dann würde er sich höchstpersönlich um ihn kümmern.

»Schau, mein lieber Junge«, fuhr er freundlicher fort, »ich habe einen ganz wichtigen Auftrag für dich. Einen vertraulichen Auftrag. Ich habe dabei an dich gedacht, weil du ein intelligenter Bursche bist und ich weiß, dass ich mich auf dich verlassen kann. Heutzutage kann man ja niemandem mehr vertrauen.«

Monsieur Durandot schüttelte den Kopf, um seinen Worten mehr Nachdruck zu verleihen. Sein Tonfall war jetzt sehr vertraulich, aber François ließ sich nicht von seinem Stimmungswechsel und dem süßlichen Ton täuschen. Er glaubte keinen Moment, dass Monsieur Durandot ihm vertraute, und dachte: Was für ein Heuchler, gleich behauptet er noch, er möchte mich zum Sohn haben. Aber das sagte Monsieur Durandot nicht. Er hatte seinen Tonfall lediglich entschärft, um sicherzustellen, dass der Busche den Auftrag annahm. Nichts weiter.

»Gut, François«, fuhr er fort. »Erinnerst du dich an das Päckchen, das du gestern aus der Rue de la Vieille Ferraterie abgeholt und zu mir gebracht hast?«

»Natürlich.«

»Gut. Das Päckchen war eigentlich nicht für mich bestimmt. Es ist ein Geschenk. Damit will ein Herr in hoher Position jemanden im Louvre überraschen, jemanden auf ganz hohem Niveau.«

Er machte eine Pause, als suchte er die richtigen Worte, um ihm zu erklären, worauf er hinauswollte.

»Wir wollen dich bitten… Der wichtige Auftrag, den wir dir anvertrauen…, besteht darin, das Päckchen zu überbringen.«

»Aber wie soll einer wie ich einer Person auf ganz hohem Niveau ein Paket überbringen, ich kenne doch niemanden im Louvre?«, fragte François verblüfft. »Ich komme höchstens in die Küchenräume. Weiter war ich noch nie. Sie lassen mich nicht durch. Wie soll ich das anstellen? Wollt Ihr vielleicht, dass ich das Päckchen diesem Herrn … diesem Edelmann gebe, der Euch die Botschaften schickt?«

»Nein, François, nicht diesem Herrn. Wie ich schon sagte, es ist eine Überraschung. Du musst dieses Päckchen besagter Person persönlich überbringen. Du musst dir etwas einfallen lassen, damit sie es auf ihrem Sekretär findet. Nur das.«

»Auf ihrem Sekretär?«, rief François. »Aber auf wessen Sekretär? Wie ich Euch schon sagte, habe ich keinen Zugang zu den oberen Stockwerken. Ich war bisher nur in der Küche, und das nur unter dem Vorwand, meine Tante zu besuchen, sonst würde ich nicht mal dorthin kommen.«

»Deshalb ist der Auftrag so wichtig und vertraulich. Du musst einen Weg finden. Richte es dir so ein, dass das Päckchen von jemandem, der Zugang zu den oberen Stockwerken hat, auf den Sekretär besagter Person gelegt wird.«

»Ist es zu viel verlangt, zu erfahren, wer diese besagte Person ist?«, fragte François verwirrt. Was zum Teufel verlangte Monsieur Durandot da von ihm? Dachte er vielleicht, dass jeder einfach so im Louvre herumspazieren konnte, als wäre er dort zu Hause?

»Gut«, antwortete Monsieur Durandot etwas verlegen. Wenn er diesen süßlichen Gesichtsausdruck aufsetzte, machte seine Zunge merkwürdige Bewegungen, und sein Speichel brachte seltsame Geräusche hervor, die François irritierten. »Natürlich sage ich dir den Namen der Person, für die das wundervolle Geschenk ist.«

Es entstand ein kurzes Schweigen, während dessen Monsieur Durandot François nicht ansah. Als er weitersprach, waren seine letzten Worte beinahe nur noch ein Flüstern.

»Also, das Päckchen muss mit größter Diskretion, ich wiederhole, mit größter Diskretion auf den Sekretär … auf den Sekretär Ihrer Majestät, der Königinmutter, gelegt werden.«

Abermals Schweigen. François starrte Monsieur Durandot mit weit aufgerissenem Mund an, während dieser seine Fingernägel fixierte, als wollte er seine Maniküre überprüfen.

»Auf den Sekretär Ihrer Majestät der Königinmutter?«, wiederholte François ungläubig, als wollte ihm seine Zunge nicht gehorchen. »Seid Ihr verrückt geworden? Ihr wollt, dass ich ein Päckchen in den Louvre bringe und ungesehen auf den Sekretär Ihrer Majestät der Königin lege? Seid Ihr verrückt geworden, Monsieur Durandot? Wisst Ihr eigentlich, was Ihr da von mir verlangt? Wie könnt Ihr erwarten, dass ich so etwas tue? Das ist völlig unmöglich. Wenn ich in der Nähe der königlichen Gemächer erwischt werde, schneiden sie mir die Kehle durch, ohne erst nach meinem Namen zu fragen. Wie soll ich da hinkommen? Nein, nein, das ist absolut unmöglich.«

»Natürlich«, fuhr Monsieur Durandot sanfter denn je fort, »gibt es eine erkleckliche Entschädigung für dich, wenn du es schaffst.«

François war bestürzt. Er konnte nicht glauben, dass man von ihm verlangte, in die geheimsten und am strengsten bewachten Räume im ganzen Königreich einzudringen. Was für ein schlechter Scherz war das?

»Ihr nehmt mich auf den Arm, nicht wahr, Monsieur Durandot? Ihr wollt meine Zuverlässigkeit auf die Probe stellen, ist es das?«

»Keineswegs, mein Junge, ich meine es ernst. Die Person, die Ihrer Majestät dieses Geschenk schickt, riskiert viel, und deshalb ist sie bereit, sehr gut zu bezahlen, wirklich sehr gut. Das ist nicht mit den paar Talern zu vergleichen, die du bisher verdient hast. Es handelt sich um eine beträchtliche Summe, die es dir ermöglicht, für lange Zeit angenehm zu leben. Außerdem wäre es empfehlenswert, wenn du nach Erledigung des Auftrags eine Zeit lang verschwindest, sagen wir, ein, zwei Jahre. Geldprobleme wirst du nicht haben. Darum kümmern wir uns.«

François war verwirrt. Die letzten Worte Durandots klangen eher nach einer Drohung als nach einem Versprechen.

»Und wenn ich es nicht mache?«, wagte François zu fragen. »Was passiert dann mit mir?«

»Nun ja…« Durandots Miene war nun hart wie Stein, es war der Ausdruck eines Mannes, der zu allem bereit war, um sein Ziel zu erreichen. »In diesem Falle würden wir dir nie wieder etwas anvertrauen. Höchstwahrscheinlich würden wir dann auf deine Dienste verzichten.«

François malte sich rasch seine Zukunft aus, und die schien ihm nicht sehr viel versprechend. Er stellte sich vor, kein Geld und keine Arbeit zu haben und auf der Straße um Almosen betteln zu müssen. Er hätte nicht in den Louvre zurückkehren können und auch keinen Zugang zu den Küchenräumen mehr gehabt. Vorbei mit den hübschen Mädchen und den guten warmen Mahlzeiten. Er hätte sogar auf seine Pläne mit der persönlichen Kammerzofe der Königin verzichten müssen, die in seinem Kopf reiften. Die persönliche Kammerzofe der Königin? Natürlich! Wie dumm von ihm! Warum hatte er nicht gleich an sie gedacht? Sie könnte ihm helfen. Wer hatte denn Zugang zum Schreibzimmer der Königin, wenn nicht ihre persönliche Kammerzofe? Sie wusste sich in dem Umfeld gewiss zu bewegen. Es war praktisch ihr Zuhause. Wer außer ihr konnte ihm sonst helfen?

»Und darf man erfahren, wie hoch die Entschädigung sein wird?«, fragte er mit einem Anflug von Unbefangenheit, als wäre das nicht so wichtig.

»Das ist der interessanteste Teil der Angelegenheit«, antwortete Monsieur Durandot und sah den Widerstand des Burschen schon gebrochen. »Die Entschädigung kannst du selbst festlegen. Mein Herr ist bereit, dir zu zahlen, was du verlangst.«

François starrte ihn ungläubig an.

»Was ich verlange?«, wiederholte er, um sich zu vergewissern, ob er richtig gehört hatte. »Wollt Ihr damit sagen, dass er mir jede Summe gibt, die ich verlange?«

»So ist es, mein Junge. Das beweist sein Vertrauen und seine Zuneigung zu dir. Wie du siehst, habe ich ihm von dir erzählt. Ich habe ihm versichert, dass du ein absolut vertrauenswürdiger Mann bist. Ein Mann, auf den man zählen kann. Er zweifelt nicht daran. Er hat sofort zu mir gesagt: ›Gib deinem Schützling, was er verlangt. Ich möchte, dass der, der für mich arbeitet, zufrieden ist.‹«

François glaubte diesem Schwindler kein Wort. Aber die Versuchung war groß. Er bräuchte sich lange Zeit keine Sorgen mehr zu machen. Außerdem, hatte Monsieur Durandot nicht gesagt, dass er sich für eine Weile zurückziehen müsste? Mindestens zwei Jahre? Doch es gab da noch einen Punkt, der ihn beunruhigte. Wenn diese Herren heimlich ein Päckchen auf dem Sekretär der Königinmutter hinterlegen wollten, war sein Inhalt ganz sicher zweifelhafter Natur. Es musste sich um etwas Gefährliches handeln. Er erinnerte sich plötzlich an die Worte des Alten, der ihm in jener Nacht das Päckchen ausgehändigt hatte: »Ihr dürft es unter keinen Umständen mit den Händen berühren. Und wenn Ihr der Versuchung nicht widerstehen könnt, tut es nicht ohne Handschuhe.« Damals hatte er diesen Worten keine weitere Beachtung geschenkt, denn niemand hatte ihn gebeten, das Päckchen zu öffnen. Er sollte es nur abholen und abgeben. Doch jetzt war das anders. Man verlangte von ihm, dieses Päckchen erneut an sich zu nehmen, und nicht nur das, er sollte es außerdem keiner Geringeren als der großen, mächtigen Königin von Frankreich überbringen. Er setzte sein Leben aufs Spiel. Im Geiste überschlug er rasch: Wie viel könnte sein Leben wert sein?

Louvre

Samstag, 23. August 1572, 15.15 Uhr

Bevor er die Küche betrat, wollte François Hugier die große Ledertasche, die er über der Schulter trug, verstecken. Normalerweise kam er mit leeren Händen. Hätte man ihn mit dieser Tasche gesehen, hätte es Fragen nach ihrem Inhalt geben können, also war es besser, nicht damit gesehen zu werden. Er hatte sich eine kleine Strategie ausgedacht, aber vorher musste er die Tasche verstecken. Dann würde er Tinella um Hilfe bitten. Er wusste noch nicht, wie er es anstellen sollte, sie zu überreden, aber es würde ihm schon etwas einfallen. Für den Fall, dass er die Tasche schnell holen müsste, sollte das Versteck leicht erreichbar und in der Nähe der Küche sein, da er sich ja nicht frei im Louvre bewegen konnte. Er kannte einen einigermaßen sicheren Ort, eine Truhe, die unter der Treppe vor dem Kücheneingang stand. Die Truhe hatte er schon vor längerer Zeit entdeckt und darauf geachtet, ob sie hin und wieder geöffnet wurde. Doch sie schien dort vergessen worden zu sein. Er fand, das war ein idealer Platz für ein Versteck. Die Truhe war groß genug, es hätte sich ein kleiner Mann zusammengekauert darin verstecken können. Als er sie öffnete, sah er, dass sie, bis auf den Staub, der sich in ihrem Innern angesammelt hatte, leer war. Sie stand offenbar schon lange dort, weshalb es eher unwahrscheinlich schien, dass sie ausgerechnet jetzt jemand benutzen wollte, wo François sie zu seinem vorübergehenden Versteck auserkoren hatte.

Nachdem er die Tasche in die Truhe gelegt hatte, schloss er

sie vorsichtig und vergewisserte sich dabei, dass ihn niemand beobachtete. Danach betrat er lächelnd die Küche. Er hatte großen Appetit und hätte gern etwas gegessen. Er sah weder seine Tante noch sonst ein bekanntes Gesicht, also setzte er sich auf seinen gewohnten Platz und wartete. Früher oder später würde sie schon auftauchen.

Er musste einen Weg finden, wie er sich mit der Kammerzofe der Königin in Verbindung setzen konnte. Das Schwierigste stand ihm noch bevor. Wie sollte er sie dazu überreden, die Tasche in das Schreibzimmer der Königin zu bringen? Ihm waren schon verschiedene Möglichkeiten eingefallen, aber keine hatte ihn wirklich überzeugt. Er dachte noch darüber nach, als ihn eine Bewegung aufspringen ließ. Zwei Männer hatten sich der Truhe genähert und zogen sie hervor. Er lief zu ihnen.

»Wo wollt ihr mit dieser Truhe hin?«, schrie er. Die beiden Männer sahen sich überrascht an. Wer war das, der sie anschrie, als würden sie ihm seine Mahlzeit stehlen? Sie kannten ihn nicht, obwohl er ihnen flüchtig bekannt vorkam. Sie hatten ihn irgendwo schon einmal gesehen. Höchstwahrscheinlich ein Kammerdiener. Im Palast arbeiteten so viele Menschen, dass es praktisch unmöglich war, alle zu kennen.

»Wir wurden beauftragt, sie in die Schreibstube der Sekretäre hochzubringen«, erwiderte der aufgewecktere der beiden Männer, während der andere mit den Schultern zuckte, als wollte er sagen: Und was geht uns das an?

»Wie es scheint, ist die Truhe oben kaputt, und die Herren Sekretäre brauchen ein Möbelstück für ihre Papiere. Warum? Gibt es ein Problem damit?«

François dachte fieberhaft nach. Ihm war klar, wenn er nicht rasch handelte, würde die Tasche unvermeidlicherweise in den Händen der Herren Sekretäre landen. Sie hätten sie beim Öffnen der Truhe bestimmt entdeckt. Und dann wären sie spielend leicht auf ihn gekommen. Das Risiko konnte er nicht eingehen, aber er konnte die Tasche auch nicht einfach vor den Augen der beiden Männer herausnehmen. Monsieur Durandot hatte ausdrücklich gesagt, er solle sich vergewissern, dass derjenige, der das Buch in den Louvre brachte, nicht gesehen wurde. Außerdem wirkten diese beiden Männer nicht sehr selbstsicher. Wahrscheinlich waren sie zwei arme Laufburschen, die man beauftragt hatte, die Truhe zu holen, weil sich jemand daran erinnert hatte, sie unter der Treppe gesehen zu haben. Da ihm nichts Besseres einfiel, beschloss er, es zu riskieren und sein Glück zu versuchen.

»Ich habe euch schon erwartet«, log er mit breitem Lächeln. »Mir wurde gesagt, dass ihr kommt. Ich werde euch begleiten. Ich habe noch andere Truhen, wenn diese nicht geeignet sein sollte. Aber vorher tragen wir sie nach oben und sehen, ob sie brauchbar ist. Wenn nicht, müsst ihr sie wieder runtertragen, und wir gehen eine andere holen.«

Die beiden Männer zuckten gleichgültig die Achseln, hoben die Truhe an und trugen sie die Treppe hinauf. François folgte ihnen wortlos. Er fürchtete, ein Wort zu viel könnte ihn verraten. Wenn diese beiden keinen Verdacht geschöpft hatten, war es besser, zu schweigen. Im oberen Stockwerk bogen die drei Männer in einen langen Flur nach links ein. Auf dem Weg trafen sie ein paar Kammerdiener, die beschäftigt waren und sie zu François' großer Erleichterung überhaupt nicht beachteten. Sie durchquerten mehrere Säle, und immer, wenn sie andere Dienstboten trafen, senkte François den Kopf. Er kam schon zu lange in die Küche, und jemand hätte ihn erkennen können, er durfte es also nicht riskieren, erwischt zu werden. Es hätte gereicht, dass einer der Kammerdiener ihn ansprach und fragte, was zum Teufel er hier verloren hätte. Das wäre das Ende gewesen. Er kannte die Regeln des Palastes. Niemand, der nicht zum Personal gehörte, durfte so einfach in den Fluren herumspazieren. Er folgte den beiden Männern mit der Truhe, und der Weg kam ihm unendlich lang vor. Der

Palast war wirklich groß. François prägte sich Anhaltspunkte ein, um später allein zurückzufinden. Seine Gedanken rasten. Sein Einsatz war sehr riskant gewesen. Was machte er hier nur? Wie konnte er die Ledertasche aus der Truhe holen, ohne diese beiden Männer misstrauisch zu machen? Er hatte keinen Plan, er wusste nicht genau, wo er war und wohin er ging. Und natürlich hatte er nicht die geringste Ahnung, wie er zu den Gemächern der Königin gelangen konnte. Er wusste nicht einmal, in welchem Flügel des Palastes er sich befand. Er versuchte seine Gedanken zu ordnen, als ihn plötzlich jemand von hinten ansprach. Ihm stockte der Atem. Er wagte nicht, sich umzudrehen. In der Hoffnung, dass ein anderer François gemeint war, ging er weiter, als hätte er nichts gehört.

»Aber François, bist du taub?«, sagte die Männerstimme hinter ihm und legte ihm eine Hand auf die Schulter, um ihn aufzuhalten.

François drehte sich langsam um. Er schwitzte. Das Schlimmste, was ihm hätte passieren können, war passiert. Man hatte ihn erkannt.

Er sah den Mann, der ihn anlächelte, verblüfft an. Er kannte ihn nicht. Zumindest wusste er nicht gleich, wer dieser Mann war, der ihm die Hand entgegenstreckte und ihn überschwänglich begrüßte.

»François, erkennst du mich nicht? Ich bin Henri. Erinnerst du dich nicht an mich? Wir haben als Kinder miteinander gespielt. Du warst immer mein Herr und ich dein Vasall. Was haben wir gelacht.«

François versuchte sich zu erinnern. In Gedanken durchkämmte er rasch die Vergangenheit, und es dauerte nicht lange, bis es ihm einfiel. Das war dieser blonde Junge aus seinem Dorf in der Bretagne. Jetzt wusste er es wieder. Nie hatte jemand mit ihm spielen wollen, weil er so weichlich gewesen war. Ihn hatte das nicht gestört, denn im Gegensatz zu seinen anderen Spielkameraden hatte Henri immer das getan, was er von ihm verlangte. Er war ihm sehr ergeben gewesen und hatte ihn regelrecht angebetet, was François schon als Kind nicht missfallen hatte. Und es war Henri gewesen, der den hitzigen François zu Beginn der Pubertät in das Spiel der Sexualität eingeführt hatte. Später war Henri dann eines schönen Tages verschwunden. Er hatte das Dorf verlassen, um die bösen Zungen, die ihn diffamierten, zum Schweigen zu bringen. Es hieß, dass der kleine Henri sich nicht für Mädchen interessierte und dass ihm stattdessen Männer gefielen.

François betrachtete Henri aufmerksam. Er hatte nichts mehr mit diesem Bürschchen gemein, das ihr Heimatdorf vor vielen Jahren verlassen hatte. Er war noch immer blond, aber er hatte sich verändert. Er war vornehmer und selbstsicherer geworden. Er trug einen prächtigen Gehrock nach der neuesten Mode und darüber auffälligen, möglicherweise teuren Schmuck. François schoss durch den Kopf, dass er im ganzen Leben nicht genug verdienen würde, um sich einen solchen Gehrock leisten zu können. Was hatte Henri getan, um in solchem Luxus zu schwelgen? Es musste ihm sehr gut ergangen sein. Henri lächelte und zeigte dabei seine perfekten weißen Zähne. Er war ein attraktiver junger Mann und hatte bestimmt viel Erfolg.

»Was zum Teufel machst du hier im Louvre?«, fragte er ihn, während die beiden Männer die Truhe absetzten und an die Wand gelehnt auf ihn warteten.

»Wie du siehst, wenig«, erwiderte François, wobei er darauf achtete, dass die beiden Männer ihn nicht hören konnten. Doch die beiden unterhielten sich miteinander. Zwei junge Burschen, denen diese kleine Verschnaufpause gerade recht kam. »Meine Tante, ich weiß nicht, ob du dich an sie erinnerst, arbeitet hier in der Küche. Ich gehe ihr zur Hand. Ich wurde gebeten, diese beiden mit der Truhe nach oben zu begleiten. Und du, was machst du hier? Wie's scheint, ist es dir nicht schlecht ergangen. Du bist angezogen wie ein feiner Herr.«

Henri lachte laut auf. Er hatte ein wunderbares Lachen.

»Ja, François, ich kann mit Recht behaupten, dass es mir nicht schlecht ergangen ist.«

»Aber was machst du im Louvre?«, bohrte François nach, überrascht von dem guten Aussehen des alten Spielkameraden. Er hatte ihn völlig vergessen und hätte ihn wahrscheinlich nicht einmal erkannt, wenn ihn dieser nicht angesprochen hätte.

»Das will ich dir später gern erklären, aber jetzt muss ich gehen, ich werde erwartet. Wenn du fertig bist mit dem Transport der Truhe, komm zurück, und warte hier auf mich«, sagte Henri und zeigte auf eine große Tür gegenüber der Haupttreppe. François hatte sie nicht bemerkt, weil er über die Personaltreppe gekommen war.

»Und was ist hinter dieser Tür?« fragte er ahnungslos. »Warum stehen so viele Leute davor?«

Henri lächelte und merkte, dass der provinzielle François noch nicht sehr vertraut war mit dem Louvre.

»Diese Tür, lieber François, ist einer der Eingänge zu den königlichen Gemächern.«

»Willst du damit sagen, dass der König oder die Königin durch diese Tür gehen?«, fragte François überrascht und betont unschuldig.

»Nein, sie benutzen eine andere Tür, am entgegengesetzten Ende dieses Flügels des Louvre. Durch diese treten nur die Höflinge, Personen, die für den Hof arbeiten, Lieferanten und ähnliche Leute.«

»Aber kommt man von hier zu den privaten Gemächern?«, fragte François interessiert.

»Kann sein. Obwohl das eigentlich unmöglich ist. Es gibt strenge Sicherheitsvorkehrungen. Von hier kommt man nur zu den offiziellen Sälen, in denen Feierlichkeiten abgehalten werden.«

»Gut, Henri«, sagte François, um die Unterhaltung zu beenden. Er wollte nicht, dass Henri Verdacht schöpfte, er würde ihn ja später sehen. Wenn noch etwas von dem Einfluss übrig war, den er auf den Jungen gehabt hatte, würde er ihm jede Information entlocken, die er brauchte. »Jetzt muss ich weiter, man erwartet mich mit der Truhe. Wir sehen uns später, hier vor dieser Tür.«

François ging mit den beiden Trägern zusammen weiter. Er hatte noch keine Ahnung, wohin sie gingen, aber eines war klar, von diesem Teil des Palastes aus würde er sein Ziel nicht erreichen können.

Henri sah François mit einem wohlwollenden Lächeln nach. Dieser Junge hatte ihm immer gefallen, seit sie als Kinder zusammen gespielt hatten. Jetzt war er ein Mann, und jene Qualitäten, die man schon an dem Jugendlichen hatte erahnen können, waren nun vollends ausgereift. Er war ein hübscher Kerl. Henri mochte seinen katzenhaften Gang. Er lächelte bei dem Gedanken an das schicksalhafte Treffen. Was für ein Zufall, dass sie sich im Louvre begegnet waren. Auf den ersten Blick war es François nicht so gut ergangen wie ihm, aber das ließe sich ändern, denn er hatte da eine Idee …

Als sie die Schreibstube der Sekretäre erreichten, wurden die drei Männer von einem Majordomus erwartet.

»Ah, da seid Ihr ja endlich! Wie konntet Ihr für das Herschaffen dieser Truhe so lange brauchen?«, brummelte er, wobei er seine Konzentration auf den Zustand der Truhe richtete und François gar nicht beachtete, der die Gelegenheit nutzte, um schnell zu verschwinden. Er hatte sich die Lage der Schreibstube genau eingeprägt. Er musste einen Weg finden, so schnell wie möglich zurückzukehren, und er musste darauf vertrauen, dass inzwischen niemand die Truhe öffnete, um sie zu säubern, und dabei die verfluchte Tasche entdeckte.

Als François an die Stelle zurückkehrte, wo er sich mit Henri treffen sollte, erwartete ihn sein alter Spielkamerad bereits. Ohne ihm Zeit zum Luftholen zu lassen, nahm ihn dieser am Arm und zog ihn mit sich.

»Komm, ich will dir jemanden vorstellen«, sagte er und beschleunigte seinen Schritt.

»Wo gehen wir hin?«, fragte François.

»Das ist eine Überraschung«, antwortete Henri. »Ich möchte dir eine wichtige Persönlichkeit vorstellen. Wenn du weiterkommen willst, musst du wichtige Leute kennen, sonst erreichst du nie etwas. Vertrau mir. Ich weiß, wie man sich in dieser Welt bewegt.«

François sagte nichts mehr. Er dachte, das sei sein Glückstag. Wenn es Henri offensichtlich so gut ging, warum sollte er sich nicht von ihm führen lassen? Endlich war ihm das Glück gewogen.

Ohne dass jemand sie fragte, wohin sie wollten, gingen sie durch die große Tür in einen Salon voller Menschen. Es wirkte, als würden alle auf etwas warten. Offensichtlich war Henri bekannt. François beobachtete, wie mehrere Personen ihn mit einem leichten Kopfnicken grüßten.

»Was machen alle diese Leute hier?«, fragte François und folgte seinem Freund schnellen Schrittes.

»Sie warten darauf, von irgendeinem Beamten empfangen zu werden. Es sind Lieferanten oder Bürger, die um einen Gefallen, eine Gunst oder einen Auftrag bitten. Ist alles dabei, aber mach dir keine Sorgen. Folge mir, denn in meiner Begleitung wird dich niemand ansprechen.«

Sie durchquerten den großen Salon, dann einen etwas kleineren und dann noch einen. Sie alle waren voller Menschen. François beobachtete, wie beeindruckt einige der Wartenden angesichts der Erhabenheit dieses Raumes waren. Das musste auch ihr erster Besuch im Louvre sein. Ihre Gesichter wirkten sehr ernst, als sie sich im Raum umsahen, als würde ihr Leben von dieser möglichen Audienz abhängen. Doch je weiter Henri seinen Begleiter führte, desto geringer wurde ihre Zahl, bis sie im letzten Saal auf ein halbes Dutzend Edelleute geschrumpft war. François fiel auf, dass diese Männer schweigend dasaßen und darauf warteten, an die Reihe zu kommen, während die Menschen in den anderen Sälen standen und lauthals miteinander redeten. Das mussten Männer eines gewissen Standes sein, möglicherweise war der ein oder andere Hoflieferant darunter. Hin und wieder rief ein Sekretär den Namen des Begünstigten, dem die Ehre zuteilwurde, empfangen zu werden. Nicht alle hatten dasselbe Glück. Wer nicht empfangen wurde, musste am nächsten Tag wiederkommen und sein Glück versuchen, oder gar am übernächsten. Und so ging das dann weiter, mitunter wochenlang. Alles hing davon ab, wie gut die Beziehungen waren, die man zu den Hofbeamten hatte. Manche wurden nie empfangen. Sie kehrten enttäuscht zu ihren Verpflichtungen zurück, einige in die fernen Provinzen, aus denen sie gekommen waren in der Hoffnung, ihre Angelegenheiten zu klären, und verfluchten die Bürokratie und die Hofbeamten, die sie im Vorzimmer tagelang, vielleicht sogar wochenlang hatten warten lassen, ohne sie je zu empfangen. François hatte schon öfter Klagen von Personen gehört, deren Hoffnungen sich nicht erfüllt hatten. Jetzt verstand er, warum. Es waren so viele, zu viele, die um einen Gefallen baten.

Er folgte Henri eine Treppe hinauf, die dem Blick der Wartenden verborgen war. Auf ihrem Weg hatten sie mehrere Wachen getroffen, die sie, als sie Henri erkannten, passieren ließen. Von der Treppe aus gingen sie durch einen langen Flur auf eine Tür zu, die reich verziert war. Zwei Wachen begrüßten Henri, öffneten ihm nach dezentem Klopfen und ließen ihn eintreten. François folgte ihm. Hinter ihnen schlossen die Wachen die Tür wieder. Sie befanden sich jetzt in einem prächtig ausgestatteten Salon. François hatte noch nie in seinem Leben so viel Luxus gesehen. Überall im Raum standen wertvolle Möbel, sah man außergewöhnliche Wandteppiche und allerlei Zierrat aus Silber. Wohin er auch blickte, sah François Reichtum, Überfluss, guten Geschmack. Er hatte sich nicht vorstellen können, dass es solche Dinge tatsächlich gab.

In der Mitte des Saales standen mehrere Edelleute, alle elegant gekleidet. Als Henri eintrat, drehte sich der in der Mitte um. Ohne Henri, den er zweifellos gut kannte, weiter zu beachten, fiel sein Blick auf François, den er aufmerksam betrachtete. Obwohl er nicht sehr groß war, beeindruckte seine Präsenz, und François begriff schnell, dass es sich um eine wichtige Persönlichkeit handelte, schon wegen des Respekts, den die anderen ihm entgegenbrachten. Henri ging zu ihm und verbeugte sich tief. Dann trat er ein paar Schritte zurück und zeigte auf François.

»Hoheit, darf ich Euch meinen Freund François vorstellen, von dem ich Euch schon erzählt habe?«

François war sprachlos. Hatte Henri Hoheit gesagt? Wer war denn dieses Männlein, das da vor ihm stand und ihn freundlich anlächelte? Er musste nicht lange auf die Antwort warten. Henri stellte sie einander vor. Feierlich sagte er:

»François, du hast die Ehre, vor Seiner Königlichen Hoheit, Prinz Heinrich, Herzog von Anjou, Erbe der Krone Frankreichs, zu stehen.«

François versuchte sich in einer respektvollen Verbeugung. Da er sich noch nie zuvor verbeugt hatte, imitierte er Henris Bewegung, so gut es ihm möglich war. Schließlich war das nicht so schwer. Er hatte keine Ahnung, wie man die großen Herren behandelte, aber er hatte beobachtet, wie sich Henri verhielt, und bemühte sich nun, sich nicht allzu tolpelhaft anzustellen. Es war ihm offenbar gar nicht so schlecht gelungen, denn der Prinz deutete ein Lächeln an, trat auf ihn zu und streckte ihm die Hand entgegen, damit er sie küssen konnte.

»Ihr hattet Recht, Henri«, sagte der Prinz und musterte

François von oben bis unten. Seine Stimme war merkwürdig. Sie wirkte gar nicht wie eine Männerstimme, eher wie ein kraftloses Hauchen, das den Mund durch seltsam gespitzte Lippen verlässt. Wer diese Stimme hörte, ohne den Menschen dabei zu sehen, hätte denken können, es handle sich um eine Frauenstimme. »Euer Freund ist wirklich ein attraktiver Mann.«

Ein Spaziergang durch den Louvre

Samstag, 23. August 1572, 15.20 Uhr

Tinella war sehr besorgt. Sie wusste nicht, was sie tun sollte. Wenn die Königin ihr befohlen hatte, diese Nacht in ihren Gemächern zu bleiben, dann deshalb, weil etwas passieren würde. Etwas Gefährliches. Deshalb wollte die Königin, dass sie bei ihr blieb, es war der sicherste Ort im ganzen Louvre. Katharina hatte an sie gedacht. Sie machte sich Sorgen um ihre Sicherheit. Tinella rührte die Fürsorge der Königin. Sie hatte damit erneut ihre Zuneigung bewiesen.

Dennoch machte sich Tinella um etwas ganz anderes Sorgen. Wenn diese Nacht im Louvre wirklich gefährlich werden konnte, mochte sie gar nicht daran denken, was außerhalb des Palastes geschehen könnte. Was braute sich da zusammen, wenn die Königin sich persönlich darum kümmerte, ihre Kammerzofe in Sicherheit zu bringen? Da draußen gab es einen Menschen, der ihr inzwischen wichtig war und der ebenfalls in Gefahr schweben könnte, einen Menschen, den sie vor dieser möglichen Gefahr retten musste. Der Mensch, um den sie sich Sorgen machte und für den sie ein ganz bestimmtes Gefühl hegte, war kein anderer als François. Wo konnte er im Augenblick sein? Sie musste ihn so schnell wie möglich finden und warnen. Er musste sich in dieser Nacht unbedingt in Sicherheit bringen. Was würde mit ihm geschehen, wenn er den Ereignissen ausgeliefert wäre? Sie würde ihn vielleicht nie wiedersehen. An diese Möglichkeit mochte sie gar nicht denken.

Unauffällig verließ Tinella die königlichen Gemächer durch den Dienstbotenausgang. Sie wusste nicht, wo sie François suchen sollte, aber sie glaubte, es sei eine gute Idee, in der Küche anzufangen. Wenn François nicht dort wäre, hätte sie Madame Hugier unter einem Vorwand fragen können, wo sich ihr Neffe aufhielt. Bestimmt wäre Madame Hugier bei einer solchen Frage überrascht gewesen, denn schließlich hatte sie die beiden gerade erst einander vorgestellt. Gut möglich, dass sie Tinella fragen würde, warum sie François suchte. Doch das spielte nun keine Rolle. François schwebte möglicherweise in großer Gefahr, wenn sie ihn nicht warnen könnte. Sie würde sich schon eine passende Ausrede einfallen lassen. Sie wusste noch nicht, was, aber irgendetwas würde ihr schon in den Sinn kommen. Jetzt war nicht der Moment für Spitzfindigkeiten. Wichtig war nur, dass François erfuhr, dass etwas Ernstes im Gange war. Er musste wachsam sein und einen sicheren Ort finden, wo er die Nacht verbringen könnte. Wenn die Sache später aufgeklärt werden würde und Tinella die Gelegenheit dazu haben sollte, könnte sie ihm immer noch erklären, warum sie so besorgt gewesen war.

Sie beschleunigte den Schritt. Der Weg nach unten in die Küchenräume war ihr noch nie so lang vorgekommen. Sie wollte nicht laufen, denn das hätte möglicherweise Verdacht erregt. Wäre sie einer anderen Kammerzofe begegnet, so hätte die sicher gefragt, weshalb sie es so eilig hatte. Sie wusste, dass sie alle Treueprinzipien gegenüber ihrer Herrscherin verriet. François zu warnen war schon für sich genommen ein ernster Verstoß. Sie konnte nicht auch noch den ganzen Louvre alarmieren.

Sie nahm eine Abkürzung durch eine lange Galerie, die zu den großen Empfangssälen führte. Normalerweise ging sie hier nie durch, denn das war dem Hauspersonal verboten, aber sie nahm an, dass sie einmal gegen dieses Verbot verstoßen durfte. Sie ging schnell und mit gesenktem Kopf, um nicht erkannt zu werden. Hin und wieder sah sie sich verstohlen um. Sie wollte sichergehen, dass sie niemanden traf, den sie kannte. Und tatsächlich begegnete ihr niemand. Die Palastangestellten benutzten diesen Durchgang nicht. Plötzlich blieb sie abrupt stehen. In der Menschenmenge, die sich durch die Galerie bewegte, erkannte sie eine vertraute Gestalt. Sie konnte das Gesicht nicht sehen, weil die Person mit dem Rücken zu ihr stand, aber sie war sich ganz sicher. Sie kannte diese Person. Aber das war unmöglich. Spielte ihr ihre gehetzte Wahrnehmung womöglich einen bösen Streich? Sie blieb stehen und versuchte, die Gestalt näher in Augenschein zu nehmen. Nein, sie hatte sich nicht geirrt. Das war keine Erscheinung. Sie kannte diesen Gang sehr gut. Es war François' katzenhafter Gang.

Was hatte er hier verloren? Jemand wie er durfte diesen Teil des Louvre nicht betreten. Neben ihm ging ein weiß gekleideter Edelmann. Sie kannte ihn nicht, doch obgleich sie ihn nur von weitem sah und auch er ihr den Rücken zuwandte, wirkte er wie eine Person von Rang. Bestimmt war er kein Palastangestellter und noch viel weniger ein Beamter. Was hatte François mit diesem Herrn zu tun? Tinella blickte ihnen neugierig nach. Sie sah, wie der Edelmann François am Arm packte und ihn in jenen ersten großen Salon führte, in dem sich die Besucher von niederem Stand und die Lieferanten tummelten. Sie hatte diesen Raum noch nie betreten, das war ihr nicht erlaubt. Was hatte eine Kammerzofe wie sie im Empfangssaal der niederen Würdenträger, Bürger und Bittsteller verloren, die hier ihr Glück versuchen wollten? Tinella wusste nicht, was sie tun sollte. Es war ihre Absicht gewesen, François zu warnen, damit er sich in Sicherheit brachte, doch er war hier und spazierte ganz ruhig in Begleitung eines Edelmannes, den sie noch nie gesehen hatte, durch die Säle des Louvre. Genau bedacht konnte sie wirklich nicht alle Personen kennen, die sich im Louvre aufhielten, auch wenn ihr viele Gesichter bekannt waren. Vor allem die der Höflinge, die die Königin aus dem einen oder anderen Grund aufsuchten. Sie war so an das Leben im Louvre gewöhnt, dass Tinella mit der Zeit gelernt hatte, sich die Gesichter und die Namen der Personen einzuprägen. Um sich besser an sie zu erinnern, ordnete sie sie nach ihrer Wichtigkeit. Da waren die nächsten Familienangehörigen der Königin sowie andere Mitglieder der königlichen Familie und ihr Gefolge, dann die Höflinge von hohem Rang, die einen Posten am Hof innehatten, die kannte sie alle, und zuletzt diejenigen, die nur manchmal auftauchten, im Allgemeinen Freunde oder Verwandte einer einflussreichen Person, die von dieser am Hof eingeführt wurden. Für alle anderen war es viel schwieriger, zur königlichen Familie vorzudringen. Nahezu unmöglich. Diese Letzteren kannte sie nicht. Im Geiste verglich Tinella sie mit den zahlreichen Lieferanten und den Kleinbürgern von Paris oder den Leuten des niederen Landadels.

Sie wartete einen Augenblick, um zu sehen, ob die beiden Männer zurückkehrten. Wenn sie zusammen zurückkehrten, würde sie warten, bis sich dieser unbekannte Edelmann, der François so freundschaftlich behandelte, entfernt hätte. Erst dann würde sie zu ihm gehen. Sie würde ihn nach unten führen, durch einen dieser Flure für die Dienstboten, die sie so gut kannte. Ihr fiel auf, dass sie an »ihren François« gedacht hatte, und lächelte. Sie hatte ihn schon zu dem ihren gemacht, obwohl sie ihm in Wirklichkeit erst zweimal begegnet war. Ein bisschen früh, um ihn den Ihren zu nennen. Vielleicht ging sie zu überstürzt vor. Vielleicht hatte François schon eine Freundin, oder schlimmer noch, er war einer anderen bereits fest versprochen. Jetzt, wo sie darüber nachdachte, wurde ihr bewusst, dass sie diese Möglichkeit bislang nicht in Erwägung gezogen hatte. Doch sie verwarf diese sogleich wieder. Wäre François gebunden gewesen, hätte er sie nicht so behandelt, mit dieser Aufmerksamkeit und diesem Interesse, das er ihr bei ihrem ersten Treffen entgegengebracht hatte. Tinella war nicht entgangen, dass sie ihn in gewisser Weise auch anzog. Schließlich war sie eine Frau. Und außerdem konnte sie mit Madame Hugiers Unterstützung rechnen. Wäre François tatsächlich einer anderen versprochen gewesen, wüsste sie das. Auch wenn Madame Hugier es nicht ausgesprochen hatte, ließ sie doch durchblicken, welche Absichten sie mit den beiden jungen Leuten verfolgte. Tinella schob diesen Gedanken beiseite. Die Zeit würde ihr Recht geben. Im Augenblick war es wichtiger, François zu warnen, damit er sich in Sicherheit bringen konnte. Er durfte sich hier nicht sehen lassen. Es war dem Personal nicht gestattet, sich an diesem Ort aufzuhalten, und er gehörte nicht einmal zum Personal.

Tinella zog sich diskret in eine Ecke zurück, von wo aus sie die Tür beobachten konnte, hinter der François verschwunden war, und wartete. Währenddessen trieb sie wieder die Frage um: Was machte François hier, und wer war dieser Edelmann?

Die Zeit verging, und François kehrte nicht zurück. Tinella wartete eine ganze Weile, die ihr wie eine Ewigkeit vorkam. Vielleicht eine Stunde, womöglich mehr. François war nicht wieder in dieser Tür aufgetaucht, die sie aufmerksam bewachte, und auch den Edelmann hatte sie nicht gesehen. Es war gefährlich, noch länger an diesem Ort zu verweilen. Je mehr Zeit verging, desto größer war die Wahrscheinlichkeit, dass jemand sie erkannte und fragte, was sie hier verloren hatte, so weit weg von den Gemächern der Königin. Sie musste eine Entscheidung treffen. Sie konnte nicht länger warten. Aus welchem Grund mochte sich François hier aufhalten? Konnte es sein, dass er eine Verabredung hatte oder ein Treffen mit einem der Hofbeamten? Aber wer hätte ihm das ermöglichen sollen? Madame Hugier bestimmt nicht. Sie verfügte nicht über die notwendigen Beziehungen, deren es bedurfte, um zu einem der Hofbeamten vorgelassen zu werden. Hatte dieser Edelmann ihm die Audienz ermöglicht? Aber wer war er?

War François ihm empfohlen worden? Von wem? Sosehr sie auch ihren Kopf anstrengte, ihr fiel nichts ein, das sie hätte beruhigen können. Wie war es außerdem möglich, dass dieser Herr so vertraut mit François umging, dass er ihn an seinem Arm durch die Flure des Louvre führte? Das war ein Zeichen großer Vertraulichkeit, fast von Vertrautheit. Es war nicht üblich, dass Protegés am Arm geführt wurden, wenn man sie zu einer Audienz geleitete.

Sie machte sich auf den direkten Weg zur Küche, um mit Madame Hugier zu reden. Sie würde ihr im Vertrauen mitteilen, dass sich tatsächlich etwas zusammenbraute, auch wenn sie nicht wüsste, was, und dass sie sich in Sicherheit bringen müsste. Und vor allem sollte sie ihren Neffen mitnehmen.

Louvre, in den Gemächern des Herzogs von Anjou

Samstag, 23. August 1572, 17.30 Uhr

François erwachte mit fürchterlichen Kopfschmerzen. Er wusste nicht, wo er sich befand. Es dauerte ein paar Minuten, bis er gewahr wurde, dass er in einem Bett lag. Er war vollkommen nackt, hatte aber nicht die geringste Ahnung, was passiert und wie er hierhergekommen war. Er hatte nur starke Kopfschmerzen und Schwierigkeiten, die Augen zu öffnen. Von Müdigkeit überwältigt versuchte er mehrfach, sich zum Aufwachen zu zwingen. Jedes Mal, wenn er die Augen öffnete, fühlten sich seine Lider so schwer an, dass er sie wieder schloss. Er fühlte sich nur imstande, sich dem Schlaf zu ergeben. Sein ganzer Körper schmerzte, als hätte ihn jemand geschlagen. Während er versuchte, diesem bedauerlichen Zustand zu entkommen, roch er ein intensives Parfüm. Ein Parfüm, das er nicht kannte. Sogar die Bettwäsche roch nach frischem Lavendel. Erst dann merkte er, dass er nicht in seinem eigenen Bett lag. Er hatte keine so feine, parfümierte Bettwäsche. Er richtete sich etwas auf, obwohl ihn das übermenschliche Anstrengung kostete, schob mühsam den sorgfältig zugezogenen, schweren Baldachin zur Seite und erkannte, dass es draußen hell war. Aber was für ein Tag war heute? Er hatte keinerlei Erinnerungen an die vergangene Nacht. Er sah sich um. Der Raum war luxuriös ausgestattet. So schlaftrunken er auch war, kostete es ihn nur wenig Mühe zu erkennen, dass dies nicht sein Zimmer war. Aber wo war er dann? Und was hatte er nackt in einem fremden Bett verloren? Er versuchte sich zu erinnern, aber es gelang ihm nicht. Er spürte nur diese starken Kopfschmerzen. Er betrachtete seine Umgebung und bemerkte, wie sich etwas neben ihm bewegte. Er war nicht allein im Bett. Rasch hob er die Bettdecke, um herauszufinden, mit wem er dieses unbekannte Bett teilte, und dann zeichnete sich auf seinem eben noch verschlafenen Gesicht ungläubige Überraschung ab: Es war ein Mann.

François betrachtete das Gesicht des schlafenden Mannes und erkannte ihn sofort: Es war der Herzog von Anjou. Er lag mit dem Bruder des Königs von Frankreich im Bett. Panisch richtete er sich auf. Was machte er im Bett des Bruders des Königs von Frankreich? Er versuchte sich zu erinnern, und langsam erwachte sein Gedächtnis aus seinem tiefen Schlaf. Nach und nach erinnerte er sich. Zuerst an Henri, seinen Jugendfreund, dann daran, dass ihn dieser mit dem Herzog von Anjou bekannt gemacht hatte, und dann an den Wein, den vielen Wein. Doch wie er in dieses Bett gekommen war, das wusste er nicht. Er musste voll wie eine Haubitze gewesen sein. Deshalb diese Kopfschmerzen, obwohl er Wein normalerweise gut vertrug. Es musste an der Mischung all dieser Weine gelegen haben. Und ganz besonders an diesem letzten Wein, ein Wein, den er noch nie getrunken hatte. Einen offensichtlich sehr geschätzten Weißwein aus der Champagne. Er erinnerte sich daran, dass sie alle zusammen eine Menge Flaschen geleert hatten. Wahrscheinlich fühlte er sich deshalb so verwirrt. Er sprang aus dem Bett und suchte seine Kleider, sie waren über den ganzen Raum verteilt, und er fragte sich, ob er sich selbst ausgezogen hatte oder andere. »Gütiger Himmel!«, murmelte er und begann sich hastig anzuziehen. Bei dem Gedanken daran, was vorgefallen sein könnte, fühlte er sich beschämt. Noch nie war ihm so etwas passiert, zumindest nicht mehr, seit er als Junge mit seinem Freund Henri gespielt hatte. Er begriff plötzlich vieles. Deshalb hatte sich Henri so gefreut, ihn wiederzusehen. Er war der Kuppler des Prinzen geworden, der ihm diskret die Liebhaber zuführte.

Während François überlegte, was alles passiert sein könnte, beschlichen ihn Zweifel. Hatte es wirklich funktionieren können? Er war noch nie mit einem Mann zusammen gewesen, und da er so betrunken gewesen war … Doch diese Frage sollte ihn jetzt nicht weiter beschäftigen. Er ertappte sich bei einem Lächeln. Zu dem Schuldgefühl für das, was passiert sein könnte, gesellte sich ein anderes Gefühl, das sich in seinem noch schläfrigen Verstand breitmachte: Stolz. Er war mit dem Bruder des Königs von Frankreich im Bett gewesen. Auch wenn er sich an nichts erinnerte, war ihm bewusst, dass er einen großen Schritt weitergekommen war. Einen Schritt, den er nie für möglich gehalten hätte: Geliebter des Herzogs von Anjou zu werden. Sollte der Herzog zufrieden gewesen sein … dann war das wirklich eine wichtige Bekanntschaft! Jetzt begriff er, warum der gute Henri so erfolgreich war.

Trotz allem wollte er dieses Zimmer so schnell wie möglich verlassen. Er musste ein Weilchen allein sein und nachdenken. Und in einer ihm fremden Atmosphäre konnte er nicht denken. Um im Einklang mit sich selbst zu sein, brauchte er eine vertraute Umgebung, die besser zu seinem bisherigen Leben passte. Lautlos zog er sich an. Er wollte den Herzog nicht wecken, damit dieser keine Gelegenheit zu einem Gespräch hatte, das François nur peinlich gewesen wäre.

Er verließ den Raum und war kaum ein paar Schritte gegangen, als plötzlich wie aus dem Nichts ein Mann auftauchte.

»Hier entlang, wenn ich bitten darf«, sagte der Mann und machte ihm ein Zeichen, ihm zu folgen.

François stellte keine Fragen und folgte dem Mann widerspruchslos. Er vermutete, er sei ein Beauftragter des Prinzen oder ein Mann seines Vertrauens, der Befehl erhalten hatte, ihn ungesehen aus den königlichen Gemächern zu schleusen. Und so war es auch. Nachdem sie mehrere Flure und verwaiste Säle durchquert hatten, gelangten sie durch eine halb versteckte Tür in einen Innenhof des Palastes. Der Mann wies ihm wortlos den Ausgang am anderen Ende des Innenhofs. Er trat beiseite, um François vorbeizulassen, und als dieser gehen wollte, sagte er zu ihm:

»Einen Augenblick, bitte.«

Dann zog er einen Lederbeutel aus seiner Weste.

»Ein Geschenk Seiner Hoheit«, sagte er und hielt ihn François hin.

Überrascht ergriff François den Beutel, der ziemlich schwer war, und sah den Mann verwirrt an. Er wollte noch etwas sagen, aber der Mann ließ ihm keine Zeit dazu.

»Bis zum nächsten Mal, Monsieur«, verabschiedete sich dieser und zog mit einem komplizenhaften Lächeln die Tür hinter sich zu.

Es war fünf Uhr nachmittags, und die Sonne schien noch kräftig. Zum Glück lag dieser Teil des Innenhofes bereits im Schatten. Neugierig öffnete François den Beutel. Er war voller Goldtaler, mehr, als er sich jemals hätte vorstellen können. Es war zweifelsohne sein Glückstag. Mit diesem Beutel hatte ihm der Prinz seine … Dienste honoriert. Unwillkürlich sah er zu den Fenstern im ersten Stock hinauf. Er sah niemanden, aber er stellte sich vor, dass ihn jemand beobachtete. Er schloss den Beutel, steckte ihn in seine Jackentasche und machte sich pfeifend auf den Weg zu der Tür, die ihm der Mann gezeigt hatte. Der Anblick der Goldtaler hatte sein Gewissen beruhigt. Er hatte zwar immer noch starke Kopfschmerzen, aber er spürte, dass das Geschehene die Mühe wert gewesen war. Das Leben in Paris war wirklich einfach.

Plötzlich spürte er ein Ziehen im Magen. Er hatte Hunger. So viel Aktivität hatte ihn hungrig gemacht. Pfeifend ging er in Richtung Küche. Er war davon überzeugt, dass er dort etwas zu essen bekäme. Glücklich lächelnd befühlte er seine Jacke, um sich zu vergewissern, ob der Beutel mit den Goldtalern, die er so unerwartet verdient hatte, auch gut aufgehoben war. Er hatte keinerlei Gewissensbisse, im Gegenteil, der Gedanke an das, was möglicherweise geschehen war, steigerte seine Libido. Doch jetzt sollte er das Menü wechseln. Er hatte Lust, mit einer hübschen Frau zu schlafen, nicht zuletzt, um sich seiner Männlichkeit zu vergewissern. Bei dem Gedanken an einen sinnlichen weiblichen Körper fiel ihm Tinella ein. Er hätte dieses Mädchen, das er in dem Geschäft des Tuchhändlers kennen gelernt hatte, gerne wieder getroffen. Die Kammerzofe der Königin, die ihm seine Tante schmackhaft machen wollte. Er hatte die Machenschaften seiner Tante gleich durchschaut. Sie war ziemlich plump vorgegangen. Sie wollte, dass er zur Vernunft käme, und glaubte, die persönliche Kammerzofe der Königin wäre eine gute Partie für den stattlichen, aber glücklosen Neffen aus der Bretagne. Um ehrlich zu sein, war das Mädchen nicht übel. Er hätte ihr gerne einen Besuch abgestattet, einen jener Besuche, die die Mädchen jedes Mal glücklich und erschöpft zurückließen. Doch wenn seine Tante glaubte, dass er glücklos sei, war sie im Irrtum, und zwar gewaltig. Hätte er sich vor ein paar Stunden noch damit zufriedengegeben, die Kammerzofe Ihrer Majestät zu ehelichen, war jetzt alles anders, ganz anders. Warum sich mit der Kammerzofe der Königin zufriedengeben, wenn er den leiblichen Sohn der Königin haben konnte? Auch wenn es nicht dasselbe war, würde er durch den Tausch nur gewinnen. Man konnte die beiden Verbindungen nicht miteinander vergleichen, aber das konnte er seiner Tante natürlich nicht sagen. Es war sein Geheimnis. Ein Geheimnis, das er mit seinem Jugendfreund Henri teilte.

Als er sich an die letzten Stunden erinnerte, dachte er, dass dieser Henri ein Lügner war. Er hatte ihn dem Prinzen vorgestellt. Bestimmt war alles von vornherein geplant gewesen. Als Henri ihn im Louvre traf, hatte er gleich erkannt, dass François dem Prinzen gefallen und dass sein Freund eine gute Einnahmequelle sein würde. Deshalb hatte er sich so bemüht. François lächelte. Er wusste nicht, ob er ihn verprügeln oder ihm dankbar sein sollte. Wahrscheinlich beides. Jedenfalls wusste Henri noch nicht, dass er sich seinen schlimmsten Feind ins Haus geholt hatte. Als sie sich zufällig trafen, hatte François gespürt, dass er eifersüchtig war auf Henris Erfolg. Er hatte nicht verstanden, wie jemand, den das Gerede der Leute dazu gezwungen hatte, sein Dorf zu verlassen, eine so gute Position in Paris erlangt hatte und es sich leisten konnte, solch kostbare Kleider zu kaufen und zu tragen. Doch jetzt, wo er wusste, wie der Weg zum Erfolg aussah, würde er, François Hugier, es viel besser machen, er würde ihn übertrumpfen und ihn aus dem Herzen des Thronerben von Frankreich verdrängen. Eine Gelegenheit wie diese ergab sich nicht jeden Tag. Und dies war wirklich eine einzigartige Gelegenheit.

Jetzt wusste er endlich, wie man zum Erfolg gelangte. Auf dem Weg in die Küche entwickelte François einen Plan, um das Herz des Herzogs von Anjou zu erobern. Denn das war seine Absicht. Vorher musste er jedoch einen Weg finden, um wieder mit Henri Kontakt aufnehmen zu können. Er würde seinen Freund dazu benutzen, in den intimen Kreis des Herzogs aufgenommen zu werden. Eine Hand wäscht die andere. Hatte Henri nicht auch ihre Freundschaft dazu benutzt, den morbiden Prinzen für sich einzunehmen? Er war ohne sein Einverständnis wie eine Ware behandelt worden. Jetzt, wo ihm das klar geworden war, wollte er den größten Nutzen daraus ziehen. Er wollte reich sein, auch wenn das bedeutete, mit dem Herzog von Anjou das Bett zu teilen. Und der Geruch von frischem Lavendel in diesem feinen Bettzeug hatte ihm ausnehmend gut gefallen.

In den Küchenräumen des Louvre

Samstag, 23. August 1572, 17.45 Uhr

Als Tinella die Küche betrat, war keine Menschenseele zu sehen. Die große Geschäftigkeit, die stets um die Mittagszeit herrschte, war vorüber, und die Vorbereitungen für das Abendessen hatten noch nicht begonnen. Die Köche machten eine Pause, und von Madame Hugier war nirgends eine Spur zu sehen. Nur ein paar arme Küchenhilfen waren noch da, die die Spuren des Mittagessens beseitigten. Tinella war wütend. Sie musste mit jemandem reden. Unglücklicherweise hatte sie keine Freundin, mit der sie ihre Sorgen teilen konnte. Sie wollte schon in die Gemächer der Königin zurückgehen, als sie plötzlich François erblickte, der pfeifend den Hof überquerte. Er schien guter Laune zu sein, und das ärgerte sie noch mehr, weil sie so dumm gewesen war und sich unnötige Sorgen um ihn gemacht hatte. Als François sie sah, ging er lächelnd auf sie zu.

»Tinella, was machst du denn hier?«, fragte er mit seinem schönsten Lächeln.

»Vielleicht sollte ich dir diese Frage stellen«, erwiderte sie sarkastisch.

Der leicht aggressive Tonfall des Mädchens war François nicht entgangen. Hatte er etwa etwas Falsches getan, oder war Tinella einfach nur schlecht gelaunt?

»Ist etwas passiert, wovon ich nichts weiß?«, fragte er vorsichtig. »Warum diese unfreundliche Begrüßung? Wenn ich dich beleidigt haben sollte, dann sag es mir bitte, denn das war nicht meine Absicht.«

Er starrte sie mit seinen großen blauen Augen an, und Tinella konnte der Faszination, die diese Augen auf sie ausübten, nicht widerstehen. Sie verhielt sich wie eine dumme Gans. Warum hatte sie so aggressiv zu ihm sein müssen? Was konnte François dafür, dass sie über eine Stunde vor der Tür des Empfangssaals auf ihn gewartet hatte? Schließlich war das ihre Entscheidung gewesen. Er wusste ja nicht einmal etwas davon. Tinella beruhigte sich und lächelte ihn an.

»Verzeih mir, das hat nichts mit dir zu tun. Ich bin nur ein bisschen nervös. Ich bin spät fertig geworden und wollte nur schnell etwas essen, weil ich halbtot bin vor Hunger, aber es ist niemand da. Wenn ich Hunger habe, bin ich immer schlecht gelaunt.«

François glaubte ihr diese fromme Lüge. Auch er bekam schlechte Laune, wenn er hungrig war.

»Ich bin auch hier, um etwas zu essen. Ist meine Tante nicht da?«

»Ich habe sie nicht gesehen.«

»Gut, dann mache ich dir einen Vorschlag. Da wir beide Hunger haben und uns hier offensichtlich niemand etwas zu essen gibt, warum suchen wir uns dann nicht ein nettes Plätzchen? Ich lade dich ein.«

»Aber …« Sie zögerte.

»Nichts aber. Lass uns gehen.« Er ergriff ihre Hand und zog sie in den Hof Richtung Palastausgang.

Tinella ließ sich widerstandslos mitnehmen. Schließlich hatte sie auch nichts zu tun, und es war eine gute Gelegenheit, mit ihm allein zu sein. So konnte sie ihn endlich besser kennen lernen.

Es war später Nachmittag, und die Sonne hatte ihren Höchststand bereits hinter sich gelassen. Trotzdem war es noch sehr heiß, und Tinella musste sich anstrengen, um mit François Schritt zu halten, der, ohne es zu merken, mit seinen langen Beinen doppelt so große Schritte machte wie sie. Tinella fürchtete, sich zu sehr zu erhitzen und nachher völlig verschwitzt anzukommen, deshalb ergriff sie seinen Arm, damit er langsamer ging. Als François ihre Hand spürte, streichelte er sie sanft, als wollte er sagen: »Halt dich gut fest, damit ich dir nicht davonlaufe.«

Die beiden jungen Leute suchten einen gemütlichen Ort und fanden ihn schließlich, nachdem sie eine gute halbe Stunde durch die Hauptstadt geirrt waren. Es war eine kleine Taverne, die François kannte, am Ufer der Île de la Cité, gleich hinter der imposanten Kathedrale. Als sie das Lokal betraten, war es fast leer, und sie setzten sich in eine verschwiegene Ecke.

»Was darf ich den beiden Turteltäubchen bringen?«, fragte der Wirt, als er den Tisch abwischte.

Tinella errötete vor Glück. Der Lokalbesitzer hielt sie für ein Liebespaar. Das erfüllte sie mit Stolz, auch wenn dieses Gefühl nur einem kleinen Irrtum des Wirtes zu verdanken war. Noch nie hatte sie jemand für eine Verliebte gehalten. Und sie war auch noch nie am Arm eines Mannes spazieren gegangen, wie sie es gerade mit François getan hatte. Er schien dieses kleine Missverständnis gar nicht bemerkt zu haben und bestellte für sie beide. In Anbetracht der späten Stunde mussten sie sich mit dem zufriedengeben, was noch übrig war.

Sie aßen mit großem Appetit und redeten viel dabei. Tinella hatte wenig zu erzählen. Außer in den Jahren ihrer frühen Kindheit, die sie bei einer Familie außerhalb der Stadt verbracht hatte, hatte sie immer im Schatten des Louvre gelebt. Als sie alt genug gewesen war, hatte die Königin sie in den Louvre holen lassen, damit sie in ihre Dienste trat. Doch Tinella faszinierten vor allem die Geschichten von François. Er erzählte von seiner Familie in der Bretagne, vom harten Leben auf dem Land und der extremen Armut der Menschen dort. Sie besaßen nichts, und ihr Leben war mühsam, deshalb war er, als sich die Gelegenheit bot, in die Stadt gegangen, um sein Glück dort zu suchen. Es reichte, eine regelmäßige Arbeit zu finden, besser noch mit Unterkunft und Verpflegung. Er erzählte ihr, dass seine Tante, Madame Hugier, vor vielen Jahren einen jungen Soldaten auf der Durchreise geheiratet hatte und ihm in die Hauptstadt gefolgt war. Doch ein paar Monate später war sie kinderlos zur Witwe geworden. Sie war eine mittellose Frau gewesen, hatte aber das Glück gehabt, als Beiköchin im Louvre anfangen zu können. Eine schwere und schlecht bezahlte Arbeit, auf die sie jedoch sehr stolz war. Nicht jeder genoss das Privileg, Ihren Majestäten das Essen zuzubereiten. Obwohl sie schon so lange im Louvre arbeitete, hatte sie noch nie die Gelegenheit gehabt, die Herrscher persönlich in Augenschein zu nehmen, nicht einmal von weitem. Doch schon die Tatsache, dass sie in den Stockwerken über ihr hin- und hergingen, erfüllte sie mit Stolz. Sie hatte das Gefühl, ihr Leben mit ihnen zu teilen.

Ihr Traum war, dass die Königin sie eines Tages rufen ließe, um sie für ihre Kochkunst zu loben, aber sie wusste ganz genau, dass dies nie geschehen würde, denn die Herrscher kannten die Menschen in den unteren Stockwerken nicht. Sie hatten nie von ihr gehört und wussten nicht einmal, dass sie existierte. Aber Madame Hugier war trotzdem glücklich. Und in den Briefen, die sie einem Amtsschreiber für ihre Verwandten im Dorf diktierte, erzählte sie immer von der großen Ehre, die sie empfand, weil sie den Herrschern von Frankreich so nah war.

Je mehr François erzählte, desto besser gefiel er Tinella. Er hatte große Pläne, eigentlich nichts Konkretes, aber er war sich seiner viel versprechenden Zukunft sicher.

»Und du? Wie siehst du deine Zukunft?«, fragte er sie unvermittelt. »Hast du irgendwelche Pläne?«

Tinella wunderte sich, dass sie diese einfache Frage nicht beantworten konnte. Eigentlich hatte sie noch nie an ihre Zukunft gedacht. Es war ihr nicht in den Sinn gekommen, langfristige Zukunftspläne zu schmieden. Ihre Dienste bei der Königin nahmen ihr ganzes Leben und ihre ganze Zeit in Anspruch. Sie hatte sich nie gefragt, ob sie mit diesem Leben zufrieden war oder ob ein anderes besser wäre.

»Nein, daran habe ich noch nicht gedacht«, antwortete sie schüchtern. »Welche Pläne sollte eine einfache Kammerzofe wie ich schon haben?«

»Ich weiß nicht«, sagte François. »Zu heiraten, beispielsweise, Kinder zu bekommen. Alle Mädchen träumen davon. Alle wollen heiraten und Kinder haben. Du nicht?«

»Ich bin noch sehr jung. Und außerdem, meinst du nicht, dass ich erst mal einen Verlobten finden sollte?«

Bei ihren letzten Worten errötete Tinella leicht. Sie wollte nicht, dass François glaubte, sie lege einen Köder aus, um über das Thema zu reden. Und tatsächlich griff der junge Mann das sofort auf.

»Aber wie ist es möglich, dass du noch keinen Verlobten hast? Ein so hübsches Mädchen wie du sollte einen Haufen Anwärter haben«, sagte François mit einem Lächeln auf den Lippen. »Ich kann nicht glauben, dass es noch keiner gewagt hat, dich zu bitten, mit ihm auszugehen. Du musst doch im Palast jede Menge junge Männer kennen. Ist es möglich, dass es noch keiner gewagt hat, sich dir zu erklären? Oder hat dir vielleicht keiner gefallen?«

Tinella fühlte sich in die Enge getrieben, aber sie musste zugeben, dass François Recht hatte. Sie dachte kurz darüber nach: Hatte sie schon einmal jemanden getroffen, der ihr gefallen hatte? Wenn sie ehrlich war, nein, den Mann hatte sie noch nicht getroffen. Vielleicht war es so, wie François gesagt hatte, vielleicht hatte sie noch niemanden kennen gelernt, der ihr so gut gefallen hatte, dass eine Verlobung denkbar gewesen wäre. Sie versuchte, von sich abzulenken, sie wollte nicht im Mittelpunkt des Gesprächs stehen.

»Und wie steht's mit dir? Du hast doch bestimmt schon

viele Mädchen kennen gelernt, wie kommt es, dass du noch nicht versprochen bist?«

François lachte auf.

»Ja, stimmt schon, ich habe viele Mädchen kennen gelernt«, sagte er und zeigte beim Lächeln seinen schönen Zähne. »Aber verlobt bin ich nicht.«

Er wollte keine Einzelheiten preisgeben. Er kannte das weibliche Geschlecht gut genug, um zu wissen, dass Gespräche dieser Art immer eine gewisse Eifersucht hervorriefen. Dieses Mädchen war nicht wie die anderen. Er wollte sie mit den Geschichten seiner Abenteuer nicht vergraulen. Und außerdem erzählte man einer Frau, die man hofierte, solche Dinge nicht. Damit gibt man höchstens vor seinen Freunden an, aber nicht vor Frauen. Das gehörte sich nicht.

Während sie aß, betrachtete er sie aus dem Augenwinkel, damit sie sich nicht beobachtet fühlte. Sie war wirklich schön. Je länger er sie ansah, desto mehr faszinierte sie ihn. Wie war es möglich, dass er nicht früher auf sie aufmerksam geworden war? Sie hatte eine zarte Haut, die wirkte, als sei sie aus Porzellan, große dunkle Augen und wunderschöne Hände. Unter dem Korsett erahnte man die jungen, festen Brüste. Ja, Tinella war wirklich ein Leckerbissen. Er spürte, wie Verlangen in ihm aufstieg. Die Kopfschmerzen waren verschwunden. Er hätte gerne jetzt, in diesem Moment, mit ihr geschlafen. Würde sie es wohl zulassen? Er verscheuchte den Gedanken sofort wieder. Er wollte nicht gleich alles wieder zerstören. Dieses Mädchen verdiente es, anders behandelt zu werden, nicht wie die Küchenmädchen, mit denen er sich normalerweise in irgendeinem unbelebten Winkel des Palastes vergnügte, mal im Stehen hinter einer Tür, mal auf Knien hinter den Waschtrögen. Ihm war jeder Ort recht, um seine unersättliche Lust zu befriedigen.

Sie beendeten ihre Mahlzeit und beschlossen, der Verdauung mit einem Spaziergang an den Seineufern nachzuhelfen.

Um diese Uhrzeit waren die Ufer der Seine bevölkert von Paaren, die ein schummriges Plätzchen suchten. Tinella kam zwar nicht oft her, sie kannte die Ufer aber gut und wusste ganz genau, was hier geschah, weshalb sie sich etwas unbehaglich fühlte. François gefiel ihr, aber sie wollte nicht, dass es so schnell ging. Sie wollte sich verlieben. Doch wenn sie es recht bedachte, war vielleicht nur sie es, die dergleichen im Sinn hatte. Vielleicht hatte François ganz andere Interessen. Hatte er nicht gerade gesagt, dass er viele Mädchen kennen gelernt, aber keine Verlobte hatte? Tinella war ganz durcheinander. Lag es am Wein, den sie in der Taverne getrunken hatten? Ihr war ein wenig schwindelig, und sie beschloss, sich einfach treiben zu lassen, ohne den Geschehnissen zuvorkommen zu wollen.

»Gefalle ich dir?«, fragte François sie plötzlich ohne jede Vorwarnung, während sie langsam dahinspazierten.

Die Frage überraschte sie und ließ sie aufs Neue erröten. Sofort wurde ihr klar, dass ihr Erröten sie verriet. Sie versuchte, die Unterhaltung auf weniger gefährliches Terrain zu lenken.

»Interessiert dich das? Warum solltest du mir gefallen?«, fragte sie ein wenig kokett. »Obwohl ich damit nicht sagen will, dass du mir nicht gefallen könntest«, fügte sie sofort hinzu, als hätte sie ihre Worte bereut.

»Ich frage dich das, weil ich gestehen muss, dass du mir sehr gefällst«, sagte François und sah ihr dabei in die Augen. Er wusste, dass diese Methode immer funktionierte. Die Mädchen konnten der Faszination seines Blicks selten widerstehen. Aber Tinella ging nicht in die Falle. Obwohl sie ihn mochte, wollte sie ihre Karten nicht so schnell auf den Tisch legen. Es wäre ein zu feuriges Geständnis geworden.

»Versuchst du mich zu erobern?«, fragte sie und sah ihm dabei in die Augen. »Dann muss ich dich warnen, ich bin keine leichte Beute.«

François war sprachlos. Das Mädchen hielt seinem Blick

felsenfest stand. Diese Tinella war wirklich anders. Also spielte er seine wichtigste Karte aus, die der Ehrlichkeit.

»Ich würde dich gerne erobern, ja«, sagte er leise und schlug die Augen nieder.

Tinella war sprachlos. Ihr Gesicht leuchtete. Sie strahlte. Ein solches Geständnis hatte sie nicht erwartet. Ohne dass sie etwas dafür hatte tun müssen, hatte sie den Mann erobert, der ihr von allen am besten gefiel und der sie hatte träumen lassen. Sie sah ihn unendlich zärtlich an. In dem Moment hätte François alles von ihr verlangen können. Aber er sagte nichts. Er begnügte sich damit, sie anzusehen und ihre Antwort auf sein unvermitteltes Geständnis abzuwarten. Als er ihr strahlendes Gesicht sah, wusste er, dass seine Gefühle erwidert wurden. Es gab keinen Zweifel, er hatte Tinella erobert.

Sie schlenderten ziellos durch die Straßen von Paris. Tinella wusste, dass sie bald zu ihrer Arbeit zurückkehren musste, aber sie wollte diesen magischen Augenblick noch ein wenig genießen. Sie wäre bestimmt rechtzeitig zurück. Wenn die Königin sie dringend benötigen sollte, wären da noch die anderen Kammerzofen.

Beide bemerkten die Soldaten, die überall in der Stadt durch die Straßen zogen, doch sie kümmerten sich nicht weiter darum. Sie hatten an ganz andere Dinge zu denken. Und während sie vollauf damit beschäftigt waren, einander zu umwerben, merkten sie nicht, dass ihr Spaziergang sie immer weiter vom Palast wegführte.

Palast der Herzöge von Guise

Samstag, 23. August 1572, 18 Uhr

Der Mann verließ den Palast der Herzöge von Guise durch den Dienstboteneingang und mischte sich unter die Menschen auf den belebten Pariser Straßen. Hin und wieder drehte er sich verstohlen um und vergewisserte sich, dass ihm niemand folgte. Aber an diesem heißen Nachmittag entdeckte er in der Menschenmenge kein auch nur flüchtig bekanntes Gesicht. Er ging die Rue de la Faisanerie entlang und weiter in Richtung Louvre. Es war drückend heiß. Seit Jahren war es im August nicht so heiß gewesen. Sein Hemd war vollkommen durchnässt. Der Mann führte das auf die Hitze zurück. Doch die Hitze war nicht der Grund für seine Anspannung. Als ihm ein Obstverkäufer mit seinem Karren entgegenkam, blieb er stehen, um sich einen Apfel zu kaufen. Eigentlich hatte er keinen Hunger, aber es war eine einfache Methode, um herauszufinden, ob ihm jemand folgte. Er redete mehr als nötig mit dem Obstverkäufer und sah sich dabei vorsichtig um. Sollte ihm jemand gefolgt sein, so hatte er ihn nicht gesehen. Der Mann hielt es eigentlich für ziemlich unwahrscheinlich, dass ihn jemand beobachtete, doch wenn es so wäre, musste die Person sehr geschickt sein. Schließlich verabschiedete er sich freundlich von dem Obstverkäufer, den so viel Höflichkeit überraschte, und ging weiter in Richtung Louvre.

Als er endlich den Palast ausmachen konnte, beschloss er, diesen auch zu betreten, denn von drinnen konnte er viel leichter herausfinden, ob ihm jemand gefolgt war.

Der Mann grübelte: Litt er allmählich unter Verfolgungswahn, oder war es richtig, niemandem zu trauen? Er sah überall Spione. Doch vermutlich war es besser, unter Verfolgungswahn zu leiden, als das Risiko einzugehen, wirklich von jemandem verfolgt zu werden. Sein Leben stand auf dem Spiel, und auch wenn es für die Menschheit nicht allzu viel Wert hatte, war es ihm schon wichtig. Nicht, dass sein Leben ihn bislang sonderlich glücklich gemacht hätte. Es gab gewiss bessere. Er hätte zum Beispiel eine bessere Arbeit finden und eine brillante Karriere machen können. Aber dazu hatte ihm die Gelegenheit gefehlt. Hunderte Menschen kamen wie er täglich aus allen Regionen Frankreichs in die Hauptstadt in der Hoffnung, hier ein besseres Leben zu führen. Doch Paris hatte schon so manchen enttäuscht. Wenn man keine Beziehungen hatte, konnte das Leben auch hier schwer und bitter sein. Er hatte es am eigenen Leib erfahren. Es war mühsam gewesen, dahin zu kommen, wo er jetzt war, auch wenn ihn seine Arbeit mitunter verdross. Aber das würde sich jetzt ändern. Wenn das, was er geplant hatte, gelingen würde, wäre ihm seine neue Herrschaft sehr dankbar für seine Dienste. Er könnte dann eine besser bezahlte Stelle antreten, eine verantwortungsvollere Arbeit mit der Aussicht, reich zu werden, so wie ausnahmslos alle anderen, die wichtige Ämter bekleideten. Er hatte viele dieser Männer kennen gelernt. Deshalb wusste er, wie die Dinge liefen. Er war hoffnungsfroh und voller Zuversicht. Das war der Grund, warum er eingewilligt hatte, sich an dieser Verschwörung zu beteiligen: Er wollte reich werden.

Politik interessierte ihn nicht. Das war eine Angelegenheit der großen Herren, die ständig darum stritten, ein Stückchen der Macht an sich zu reißen, das sie dann am nächsten Tag genauso schnell wieder verlieren konnten, je nachdem, wie ihnen der König gesonnen war. Außerdem kosteten politische Spiele viel, sehr viel Geld, das er nicht hatte. Doch diese großen Herren mit ihren unerschöpflichen Mitteln interessierte die finanzielle Seite nicht. Sie dachten nur an ihren eigenen Vorteil und daran, wie die neu erworbene Macht zu bewahren sei, selbst wenn sie dabei einen Bürgerkrieg in Kauf nehmen mussten. Schließlich gab es immer andere, arme Leute wie ihn, die mit neuen Abgaben und neuen Steuern auf Waren, die ohnehin schon mehr als teuer waren, die Rechnung bezahlten. Und weil er genau wusste, was er zu erwarten hatte, spürte er im tiefsten Innern, dass er nie einer von ihnen sein würde. Das war ein geschlossener Kreis, unerreichbar für ihn, so hoch seine Ansprüche auch sein mochten. Doch eine gute und einträgliche Stelle mit lebenslanger Absicherung war sicher in greibarer Nähe. Das hatte man ihm versprochen. Nicht in diesen Worten, aber er hatte es so verstehen wollen. Man hatte ihm gesagt, wenn er der Sache treu bliebe, würde er entschädigt werden. Welche andere Art der Entschädigung als eine lukrative Position konnten die Kriegsherren gemeint haben? Eine Stelle mit Verantwortung. Vielleicht als Befehlshaber der Milizen? In diesen Zeiten wurden die Posten ziemlich schnell verteilt. Natürlich waren es immer dieselben, die sie für sich beanspruchten, aber er war sich sicher, dass auch etwas für ihn herausspringen würde. Er musste der Sache nur treu bleiben. Religionsfragen interessierten ihn nicht. Es war jetzt modern, Protestant zu sein. Viele Prinzen waren konvertiert. Wenn die neue Religion gut genug für einen Prinzen war, warum dann nicht auch für ihn? Wenn sogar der Hochadel seine Religionszugehörigkeit wechselte wie die Unterhemden, um seine ganz persönlichen Interessen zu wahren, warum sollte er es ihnen nicht gleichtun?

Gedankenverloren steuerte er auf den Haupteingang des Louvre zu. Er ging rasch und ohne von den Wachen beachtet zu werden hinein. Die Soldaten waren gerade damit beschäftigt, einen Wagen voller Lebensmittel zu kontrollieren, die für die Küche bestimmt waren. Ein Soldat warf ihm einen flüchtigen Blick zu, fragte ihn aber nichts. Wahrscheinlich hatte er sich von seiner Kleidung täuschen lassen. Schließlich war er keiner dieser armen Hungerleider, die auf den Pariser Straßen herumlungerten. Er hatte schon einen passablen Posten, und seine Kleidung bewies das eindeutig.

Als er durch die erste Tür gegangen war, richtete er sich nach rechts zum Innenhof und blieb stehen. Er wartete ein paar Minuten. Sollte ihm jemand gefolgt sein, müsste er gleich auftauchen. Niemand. Beruhigter ging der Mann weiter. Er durchquerte den großen Innenhof des Louvre und hastete am Südflügel des Palastes entlang, der zur Seine hinzeigte. Wenn er auf dieser Seite der Mauer entlangging, konnte er ein wenig Schatten genießen. Er hielt einen Moment inne, um Luft zu schnappen und die neuen Arbeiten zu bewundern, die die Königinmutter in Auftrag gegeben hatte. Im Norden des Palastes, der zum Viertel Sablonnière hin offen war, knapp fünfhundert Meter vom Hof de la Cour Carrée entfernt, hatte die Königin den Bau eines neuen Schlosses veranlasst. Es sollte Palast der Tuilerien heißen, denn am Ende dieses Parks stand eine Ziegelfabrik.

Er ging die neue Galerie du Bord de L' Eau entlang, die noch nicht fertig war. Hierbei handelte es sich nur um eine Verlängerung des Louvre, die die Königinmutter bauen ließ, um die beiden Gebäude am Seineufer miteinander zu verbinden. So konnte die Königin von einem Palast zum anderen gehen, ohne einen Fuß ins Freie zu setzen. Der Mann dachte, wenn der Palast der Tuilerien erst einmal fertig gestellt und die Königin eingezogen wäre, hätte die alte Herrscherin einen langen Fußweg bis zum Louvre. Doch was interessierte ihn das schon. War es etwa seine Angelegenheit, wenn sich die Königinmutter einen derart weitläufigen Palast bauen ließ?

Ihm schoss ein grausamer Gedanke durch den Kopf, und er lächelte vor sich hin. Wenn alles gut und nach Plan ginge, war es sehr unwahrscheinlich, dass die Königin etwas von ihrem neuen Palast haben würde.

Um das Unglück nicht herauszufordern, dachte er lieber nicht daran. Gelegentlich wünschte er sich inbrünstig etwas, das sich dann nicht erfüllte, und das schmerzte ihn immer sehr. Er schob die Gedanken beiseite und ging weiter auf den Neubau zu. Er kannte hier einen Ausgang aus dem Louvre. Er wurde wenig genutzt, weil er ziemlich weit weg lag vom Mittelpunkt des Palastgeschehens. Er musste einen weiteren Innenhof durchqueren und dabei sein Gesicht der erbarmungslosen Sonne aussetzen, weswegen er instinktiv schneller ging. Schließlich war er bei dem Ausgang angelangt. Davor stand ein Dutzend von der Sonne und der Untätigkeit erschöpfter Wachposten. Sie redeten und lachten miteinander und beachteten ihn nicht weiter, als er rasch und grußlos an ihnen vorbeihuschte. Er interessierte sie nicht. Sie hatten keinen strikten Befehl erhalten, alle festzuhalten, die den Louvre verließen. Ihre Aufgabe war es, diejenigen zu kontrollieren, die hineinwollten, nicht die, die ihn verließen. Der Mann sah sich um und ging noch etwas schneller. Jetzt befand er sich in der Rue de Béthiny, die den Louvre im Westen umschloss. Auch diese Straße war voller Menschen, und der Mann nahm an, dass er so problemlos in der Menge untertauchen konnte.

In der Absicht, seinen möglichen Verfolger zu täuschen, ging er an seinem Ziel, dem kleinen Palais, vorbei. Dann bog er in die erste Gasse auf der rechten Seite ein, ein kurzes Sträßchen, das angenehm kühl war, weil die umstehenden Paläste verhinderten, dass die Sonnenstrahlen um diese Tageszeit ihren Weg hierhin fanden. In diesem Moment war die Gasse menschenleer, und der Mann ging bis zur nächsten Straßenecke weiter. Wieder blieb er stehen, um sich zu vergewissern, dass ihm niemand folgte. Als er niemanden sah, wandte er sich nach rechts und betrat das Gebäude durch die Hintertür.

Der Mann war ein regelmäßiger Besucher dieses Palais. Aus Sicherheitsgründen kam er nicht allzu oft, aber diesmal musste er seinen Prinzipien untreu werden, um an einem Treffen mit einem der wichtigsten Anführer der Hugenottenbewegung, Admiral Coligny persönlich, teilzunehmen.

Nachdem er nur wenige Minuten gewartet hatte, wurde er ins Schreibzimmer des Admirals geführt.

Admiral Coligny lag umringt von seinen treuesten Mitarbeitern auf einem Diwan. Ihn schmerzte noch die Wunde, die er von dem Attentatsversuch vor zwei Tagen davongetragen hatte. Doch er war außer Lebensgefahr. Tatsächlich hatte die Kugel aus der Hakenbüchse ihn nur an der Hand verletzt. Es war praktisch vor seiner Haustür passiert, um elf Uhr morgens, als er in Begleitung von fünfzehn seiner Gefolgsleute vom Louvre zurückkehrte und jemand aus dem Fenster des Nachbarhauses auf ihn geschossen hatte. Im ersten Moment hatte sich Coligny darüber empört, dass ihn jemand so hasste, dass er ihn umbringen ließ. Aber dann stellte sich heraus, dass das Attentat nicht nur eine große Dummheit gewesen war, sondern, aus politischem Blickwinkel betrachtet, eine durchaus willkommene Gelegenheit, die er nun zu seinem Vorteil nutzen konnte. Der König hatte ihm seine Aufwartung gemacht und seine große Empörung zum Ausdruck gebracht. Er hatte ihm außerdem seine Freundschaft und Wertschätzung versichert. Er hatte sogar eine Untersuchung angeordnet. Die Schuldigen würden hart bestraft werden. Nicht ohne eine gewisse Befriedigung hatte der Admiral gesehen, wie die Königinmutter – die er zutiefst hasste – sich hatte erniedrigen und den König zu seinem Besuch bei dem berühmten Verletzten begleiten müssen. Auch sie hatte Empörung geheuchelt, doch das hatte Coligny ihr nicht abgenommen. Viele zweifelten an ihren Worten, weil sie ihre Abneigung gegen den Admiral genau kannten. Sie wussten, wie sehr sie ihn hasste, weil er den König unter seinen Einfluss gebracht hatte. Alle hielten sie für die Anstifterin dieses Attentats. Wenn dem wirklich so sein sollte, dann würde die vom König angeordnete Untersuchung das ans Licht bringen, daran zweifelte Coligny nicht. Sie war die wahre Schuldige.

Der Admiral streckte dem Mann, der gerade den Saal betreten hatte, seine gesunde Hand hin. Er war bester Laune.

»Herzlich willkommen, mein Freund. Ihr bringt mir gute Nachrichten, hoffe ich«, sagte er lächelnd.

»Guten Tag, Admiral«, erwiderte der Mann sichtlich erleichtert. »Ich teile Euch mit, dass die Aktion, die Ihr mir anvertraut habt, im Gange ist.«

»Wirklich?«, vergewisserte sich der Admiral interessiert und zog dabei eine Augenbraue hoch.

»Euer ›Geschenk‹ ist schon im Louvre«, verkündete der Mann zufrieden. »Ein Mann meines Vertrauens hat es persönlich dorthin gebracht. In diesem Augenblick müsste es schon auf dem Sekretär der Königin liegen. Mit ein wenig Glück blättert die Italienerin bereits darin.«

Der Mann lachte nervös. Er war von seinen Worten selbst nicht ganz überzeugt, hoffte aber, dass es wirklich so war. Andernfalls würde er es schon bald erfahren. Im Augenblick war es besser, zu glauben, dass das Buch seinen Adressaten erreicht hatte. Sollte der Plan trotzdem scheitern, konnte man das auf tausend Gründe schieben. Aber jetzt vor dem Oberhaupt der Hugenotten durfte er keine Zweifel zeigen.

»Vertraut Ihr Eurem Mann voll und ganz?«, fragte der Admiral besorgt. »Können wir beruhigt sein?«

»Zweifelt nicht daran«, versicherte der Mann. »Mein Bote ist ein Mann von größtem Vertrauen. Ich habe ihm schon andere delikate Aufträge überantwortet, und er hat sie immer erfolgreich ausgeführt. Außerdem ist er sehr diskret. Er würde sich lieber bei lebendigem Leib verbrennen lassen, als auch nur ein Wort zu verraten. Er ist sich im Klaren, dass sein Leben keinen Pfifferling mehr wert ist, wenn er uns betrügt. Außerdem weiß er nichts von uns. Er glaubt, das Buch sei ein Geschenk des Herzogs von Guise für Ihre Majestät. Zumindest habe ich ihm das weisgemacht.«

Coligny und seine Männer verfielen in schallendes Gelächter.

»Das ist wirklich gut, mein Freund. Ihr seid ein Genie«, sagte der Admiral offensichtlich beruhigt und zufrieden. »Wenn diese Betrügerin das Buch durchblättert, haben wir endlich freie Hand. Sie behindert schon zu lange unsere Pläne. Unsere Freunde in Flandern sind am Ende. Sie bedürfen dringend unserer Unterstützung. Ich hatte den König schon fast davon überzeugt, ihnen zu helfen. Wäre diese verfluchte Frau nicht gewesen, wären unsere Truppen schon auf dem Weg zu ihnen. Aber sagt mir, mein Freund, seid Ihr absolut sicher, dass dieses Buch keinen, der es durchblättert, überleben lässt?«

»Nicht einmal den Teufel selbst, Admiral«, bestätigte der Mann im Brustton der Überzeugung. »Die Person, die ich damit beauftragt habe, hat mir versichert, dass es seine Wirkung jahrelang behält. Wenn wir unser Ziel erreicht haben, wäre es vielleicht empfehlenswert, es zurückzuholen und zu verbrennen«, wagte der Mann vorzuschlagen, als würden ganz plötzlich seine Skrupel geweckt, ein Gefühl, das er gar nicht kannte.

»Das werden wir dann schon sehen«, erwiderte Coligny nachdenklich. »Vielleicht habt Ihr Recht. Jetzt fehlte uns nur noch, dass einer der Unsrigen seine Nase in Dinge hineinsteckt, die ihn nichts angehen. Aber alles zu seiner Zeit. Im Augenblick müssen wir die Wirkung unseres Geschenks abwarten. Vielleicht zeigt die Königin es gleich ihrem Sohn, dem König. So würden wir zwei Fliegen mit einer Klappe schlagen.«

Alle Anwesenden brachen wieder in schallendes Gelächter aus.

»Das wäre ein gelungener Schachzug«, sagte einer von ihnen.

»Vielleicht sollten wir dem König empfehlen, es zu lesen«, sagte ein anderer lachend.

»Gut, meine Herren, überstürzen wir nichts«, sagte der Admiral und übernahm wieder die Kontrolle über die Situation. »Wichtig ist, unser Ziel zu erreichen: diese verdammte Italienerin aus dem Weg zu schaffen. Um ihr Söhnchen kümmern wir uns später. Vergesst nicht, meine Herren, dass der König uns noch nützlich sein kann. Zumindest habe ich noch einen gewissen Einfluss auf ihn. Karl tut alles, was ich von ihm verlange. Jetzt fehlte uns nur noch, dass auch er uns verlässt! Mit Heinrich auf dem Thron wären die Dinge ganz anders. Ich glaube nicht, dass dieser Perversling uns nach Gutdünken walten lassen würde. Er würde sicher Wege finden, uns Schwierigkeiten zu machen. Er ist viel schlauer als sein Bruder, und ich traue ihm nicht.«

Dann drehte er sich zu seinen Mitstreitern um und sagte:

»Trumont, habt Ihr den vertraulichen Bericht über die intimen Beziehungen des Herzogs von Anjou vorbereitet?«

»Er ist fertig, Admiral«, erwiderte Trumont. »Der entkommt uns nicht. Ich habe alles bedacht. Den Tag, die Stunde und die Namen der Männer, die sein Bett teilen. Nach der Zahl seiner Liebhaber zu urteilen, ist er wirklich unersättlich. Meine Spione informieren mich über alles, was er tut, Minute für Minute. Auch sie mussten mit ihm schlafen, um sein Vertrauen zu gewinnen. Deshalb bezahlen wir sie so gut.«

Wieder lachten alle. Jemand wollte einen Witz erzählen, aber Coligny unterbrach ihn sofort.

»Bitte, meine Herren, etwas mehr Ernst. Erinnert Euch daran, dass wir ernstzunehmende und vertrauensvolle Zeugen brauchen«, sagte der Admiral. »Wir wollen keine Leute, die aus Angst einen Rückzieher machen. Nur die Furcht vor einem großen Skandal könnte den Herzog von Anjou dazu bringen, auf seine Thronrechte zu verzichten. Erst dann hätte unser Kandidat freien Zugang zum Thron.«

Die Anwesenden diskutierten nun die Möglichkeit einer Thronfolge ihres Kandidaten, Heinrich von Navarra. Nach allen Valois Erben war er der natürliche Anwärter auf die Krone von Frankreich, deshalb hatte er, wenn auch ungern, die Tochter Katharina de' Medicis geheiratet. Die Hochzeit war ein echtes Meisterwerk der Diplomatie gewesen.

Um sich die Unterstützung der Protestanten zu sichern –

denen sich Königin Katharina in der Tat nie entgegengestellt hatte –, hatte die Herrscherin beschlossen, die Vermählung ihrer Tochter Margarete mit dem Hugenottenanführer, dem König von Navarra, Heinrich von Bourbon, Vetter und Erbe der Valois, vorzuverlegen. Dafür hatte sie Karls Zustimmung erzwingen müssen. Die tiefkatholische Bevölkerung von Paris hatte nicht verstehen können, warum der König seine Schwester einem Oberhaupt der Protestanten anvertraute, gegen die sie in den vorangegangenen Religionskriegen so unerbittlich gekämpft hatten. Das heizte die von der sommerlichen Hitze aufgeladene Atmosphäre noch zusätzlich auf. Die Hochzeit von Heinrich von Navarra und Margarete von Valois war dennoch am 18. August mit großem Pomp in der Kathedrale zu Notre-Dame gefeiert worden, und weitere Festlichkeiten, Bankette, Bälle und Spektakel waren diesem Ereignis gefolgt, wie es sich für eine königliche Vermählung gehörte.

Eigentlich war die kirchliche Trauung eine Farce gewesen. Die Brautleute waren zu Opfern der Politik und anderer übergeordneter Interessen geworden, die auf dem Spiel standen. Außerdem praktizierten beide verschiedene Religionen. Margarete war als Tochter Frankreichs Katholikin und Heinrich Protestant. Sie gaben sich das Jawort im Freien vor dem Hauptportal der Kathedrale, wo sie vor einem extra dafür errichteten Altar niederknieten. Danach betraten die Neuvermählten gemeinsam die Kathedrale, wo die Messe abgehalten wurde. Man hatte vereinbart, dass Heinrich nicht daran teilnehmen sollte, um sein protestantisches Gefolge nicht zu beleidigen, weshalb er während der Messe in den verschiedenen Kirchenschiffen von Notre-Dame herumschlenderte. So wurde der Schein gewahrt. Von außen betrachtet, wurde der Glaube beider Eheleute respektiert.

»Ihr vergesst von Alençon«, rief einer der Anwesenden und meinte damit Katharinas vierten Sohn Franz, Herzog von Alençon und Thronfolger nach seinen Brüdern.

»Um den brauchen wir uns nicht zu sorgen«, sagte ein anderer. »Ich glaube nicht, dass er bei seinem Gesundheitszustand noch lange lebt.«

Er spielte damit auf die Tuberkulose an, an der Katharinas jüngster Sohn vor einiger Zeit erkrankt war.

»Gut, mein Freund«, wandte sich der Admiral wieder an den zuletzt Eingetroffenen. »Haltet mich auf dem Laufenden über jedwede Regung. Und wenn Euch Neuigkeiten aus dem Louvre zu Ohren kommen, lasst sie mich gleich wissen, zu welcher Stunde auch immer. Schließlich ist es gut möglich, dass Euer Herr, der Herzog von Guise, über das plötzliche Hinscheiden der Königinmutter sofort informiert wird.«

»Seid unbesorgt«, beruhigte ihn Durandot lächelnd. »Sobald die Nachricht von ihrem Tod eintrifft, werdet Ihr es als Erster erfahren.«

Durandot verabschiedete sich und zog sich zurück. Er verließ das Palais des Admirals und machte sich auf den Weg zum Palast der Herzöge von Guise. Diesmal nahm er jedoch einen anderen Weg. Er war länger, aber er führte nicht durch allzu belebte Straßen. Es war besser, vorsichtig zu sein.

Der Admiral hatte zufrieden gewirkt. Bestimmt würde er ihn mit einer hohen Position entschädigen, wenn der Plan, die Königin von Frankreich zu ermorden, geglückt wäre. Jetzt hieß es, darauf hoffen, dass dieser arrogante François sein Versprechen hielt und das Buch wirklich an einem Ort deponierte, wo es der Königin in die Hände fallen würde. Die Wahrscheinlichkeit war gering, aber wenn ihr Blick dennoch auf den Buchtitel fiele, dann bestand kein Zweifel daran, dass sie es in die Hand nehmen und durchblättern würde. Das Interesse der Königin an esoterischen Themen war bekannt. Deshalb hatte er den alten Hexer aus der Rue de la Vieille Ferraterie ausdrücklich darum gebeten, ein derzeit sehr beliebtes Buch zu kopieren: Die Prophezeiungen eines gewissen Michel de Nostredame, besser bekannt als Nostradamus. Die

Königin war eine überzeugte Schülerin dieses Mannes. Wenn sie ein Buch mit seinem Namen sähe, könnte sie der Versuchung, es aufzuschlagen, nicht widerstehen. Dann wäre sie in die Falle getappt.

Durandot musste sich nicht besonders anstrengen, um sich vorzustellen, wie sich die alte Herrscherin an den Hals griff, während sie erstickte. Sie wäre sofort tot. Ihn amüsierte die Vorstellung, wie die mächtige Königin von Frankreich dank ihm auf die Knie sank. Wenn sie erst einmal ausgeschaltet war, konnte Admiral Coligny wieder seine Macht über den schwachen König ausüben. Und er bekäme seine Belohnung. Aber jetzt hing alles von diesem Kretin ab. War es klug gewesen, diesem François zu trauen? Schließlich kannte er ihn nicht so gut, wie er vor wenigen Minuten gegenüber dem Admiral behauptet hatte. Doch er hatte keinen anderen zur Hand gehabt. Wer wäre schon so dumm gewesen und hätte sich dazu überreden lassen, ein vergiftetes Buch in den Louvre zu schleusen, in der Absicht, die Königin von Frankreich zu töten?

Und sollte die Sache schiefgehen, und François würde mit dem Buch in der Hand verhaftet werden, würde er, Durandot, leugnen, ihn zu kennen. Gut möglich, dass François unter Folter die Namen aller, die er in Paris kannte, preisgäbe. Seiner würde bestimmt ans Licht kommen. Aber wer würde einen Sekretär des erzkatholischen Herzogs von Guise verdächtigen? Es gab keine Zeugen für die Aushändigung des Buches. Sein Wort stand gegen das Wort von François. Und wer würde dem Wort eines arbeitslosen Pechvogels glauben?

Louvre,
in der Schreibstube der Sekretäre

Samstag, 23. August 1572, 19 Uhr

Majordomus Gilbert Maurier, zuständig für die Schreibstube der Sekretäre Ihrer Majestät der Königin, hatte Befehl erhalten, die Truhe reinigen zu lassen, die soeben aus der Küche hochgetragen worden war, und sie in eine Ecke der Schreibstube zu stellen, wo sie von den Herren Sekretären zur Aufbewahrung von Dokumenten genutzt werden konnte. Als Maurier einen jungen Diener namens Jean vorbeikommen sah, hielt er ihn an. Jean war ein Neuling, der immer die Hände in die Hosentaschen steckte, um schwere Arbeiten zu vermeiden, denn sein Motto lautete: Je weniger ich tue, desto besser.

»Hör mal, Jean, da du wie üblich nichts zu tun hast, mach diese Truhe hier sauber«, befahl ihm Maurier mit strengem Blick. Dieser Bursche machte ihn nervös. Wenn es dringende Arbeiten zu verrichten galt, war Jean nie aufzufinden. Glaubte er vielleicht, im Louvre zu arbeiten bedeutete, auf Staatskosten zu leben, ohne etwas dafür tun zu müssen?

»Ist ja gut, ist ja gut«, murrte der Diener. »Ich kümmere mich darum, Monsieur Maurier. Sie werden sehen, ich werde sie so lange polieren, dass sie wie neu wirkt.«

»Wird auch besser sein. Sie muss richtig sauber sein, damit sich die Herren Sekretäre nicht beschweren können, denn sie wollen ihre Dokumente darin aufbewahren. Wenn du fertig bist, zeig sie mir. Ich will sehen, ob du einmal imstande bist, eine Arbeit gut zu machen.«

Als der Majordomus sich entfernte, fluchte Diener Jean leise und beschimpfte ihn, ohne dass dieser es hören konnte.

Jean fuhr lustlos mit dem Lappen über die verstaubte Truhe. Er wusste nicht, ob er sie auch von innen sauber machen sollte, doch um sich eine weitere Abmahnung wegen seiner Arbeitsmoral zu ersparen, öffnete er sie, um zu sehen, ob sie innen auch verstaubt war. Tatsächlich. Aber es war nicht der Staub, der seine Aufmerksamkeit erregte, denn zu seiner Überraschung war sie nicht leer, wie er geglaubt hatte, sondern es lag eine große Ledertasche darin, so ähnlich wie die, die manche Händler über der Schulter trugen.

»Was zum Teufel ist das?«, rief er erstaunt.

Er sah sich um, ob es jemanden gab, den er fragen konnte, was er mit dieser Tasche tun sollte. Der Majordomus hatte ihm nichts von einer Tasche gesagt und was er damit tun sollte. Noch ein Problem. Da es in der Nähe niemanden gab, der ihm diese Entscheidung abnehmen konnte, nahm er die Tasche einfach heraus. Schließlich sollte er die Truhe sauber machen, er konnte ja später immer noch fragen, was er mit der Tasche tun sollte. Sie war schwerer, als er vermutet hatte. Das bedeutete, dass etwas darin war. Nur, Papiere wogen nicht so schwer.

Er dachte, dass ihn das nichts anginge, legte die Tasche beiseite und machte sich daran, den Staub wegzuwischen. Als er fertig damit war, schloss er die Truhe wieder. Was sollte er jetzt mit der Tasche machen? Sie wieder da hinlegen, wo er sie gefunden hatte, oder verkünden, dass die Truhe sauber sei und dass er in ihrem Innern diese Tasche gefunden hatte? Er entschied sich dafür, die Tasche auf die Truhe zu legen. So würde er sich daran erinnern zu fragen, was er damit tun sollte. Er wollte schon Monsieur Maurier rufen, um ihm mitzuteilen, dass er mit der Truhe fertig sei, als die Neugier ihn schließlich doch übermannte. Was konnte sich in einer so schweren Tasche befinden? Was war schon so schlimm daran, einen Blick hineinzuwerfen? Er wollte nur seine Neugier befriedigen. Er sah sich um, und als er niemanden erspähte, öffnete er die Tasche.

In der Tasche steckte etwas, das in ein Tuch gewickelt war. Was zum Teufel konnte das sein? Seine Neugier wuchs. Vielleicht war es etwas Wertvolles, das jemand vergessen hatte. Der viele Staub in der Truhe ließ vermuten, dass sie schon lange nicht mehr benutzt worden war. Wahrscheinlich hatte derjenige, der die Tasche hineingelegt hatte, sie völlig vergessen.

Das Tuch stank. Es war ein merkwürdiger Geruch, als wäre der Inhalt verdorben. Einen Moment dachte er daran, es zu lassen und den Gegenstand wieder in die Tasche zu stecken. Aber seine Neugier war größer. Er begann das übel riechende, feuchte Tuch abzuwickeln. Vielleicht war es vergammelt, weil es so lange in der Tasche gesteckt hatte. Plötzlich beschlich ihn ein Zweifel. Und wenn es etwas Verzaubertes wäre, so etwas, das die Hexen zubereiteten, um ihre Flüche zu verschicken? Er hatte davon gehört, bevor er seine Dienste im Louvre antrat. Es hieß, die Königinmutter sei süchtig nach schwarzen Messen und der Hexerei. Ihm war von merkwürdigen, vergammelten Leintüchern erzählt worden, die mit den Toten zusammen auf den Friedhöfen begraben wurden und die die Hexen bei ihren nächtlichen Prozessionen im Kerzenschein suchten. Mit merkwürdigen Gegenständen wie Hühnerkrallen oder getrockneten Kröten wurden sie Menschen geschickt, die der böse Blick treffen sollte. Er spürte einen Schauer über seinen Rücken jagen. Schon der bloße Gedanke ließ ihm die Haare zu Berge stehen. Instinktiv legte er das Paket auf die Truhe.

Doch die Neugier war mächtiger. Er nahm es wieder in die Hand und wickelte das Tuch erst vorsichtig und dann immer schneller ab, bis er das Paket schließlich ganz ausgewickelt hatte. Er war ungeduldig, den Inhalt zu sehen, bevor jemand auftauchte und es ihm wegnahm. Und er ahnte, dass man den Inhalt, was auch immer es sein mochte, nicht teilen konnte. Er würde ihn behalten. Er hatte beobachtet, wie sich die Kammerdiener hin und wieder heimlich kleine Gegenstände aus dem Palast aneigneten, die auf irgendwelchen Möbelstücken lagen, Silberlöffel, einen Teller oder eine Vase mit dem Wappen des Hauses Valois, die sie dann verkauften. Gegenstände von geringem Wert, die nie jemand vermisste. Seit Jahren schon war in den unterschiedlichen Residenzen der Herrscherfamilie keine Kontrolle mehr durchgeführt worden, man hatte den Überblick verloren. Ab und zu wurde der eine oder andere völlig unschuldige Kammerdiener bezichtigt, eine Vase oder einen Teller zerbrochen und es nicht gemeldet zu haben, aber weitere Folgen hatte das meist nicht.

Das Tuch war mit einer gallertartigen Substanz getränkt, die an den Fingern klebte. Vielleicht sollte das den Inhalt schützen. Schließlich hielt er zu seiner großen Überraschung ein großes Buch in der Hand. Das war alles? Was sollte er mit einem so alten Buch anfangen? Er wollte darin blättern, aber die Seiten waren verklebt. Er konnte nicht lesen, aber in seiner Neugier wollte er unbedingt herausfinden, um was es sich handelte. Er befeuchtete sich die Fingerspitzen und begann, die ersten Seiten voneinander zu lösen. Es war eine mühsame Angelegenheit, weil immer gleich vier Seiten aneinander klebten. Auf jeder Seite war ein seltsames Bild, dessen Bedeutung der Diener nicht verstand. Einige waren koloriert, andere waren einfarbig. Unter jeder Abbildung stand ein Text, geschrieben in einer wunderschönen Handschrift, und am Anfang eines jeden Kapitels war der erste Buchstabe viel größer geschrieben als die anderen, sodass er über sechs oder sieben Zeilen des folgenden Abschnitts reichte, und er war üppig rot und purpurfarben verziert.

Jean hatte nicht die geringste Ahnung, wovon das Buch handelte, aber er war davon überzeugt, dass es großen Wert besaß. Wenn er gewusst hätte, wem es gehörte, hätte er es zurückgegeben und wahrscheinlich einen schönen Finderlohn dafür erhalten. Aber leider war nichts weiter in der Tasche, das auf den Besitzer hinwies. Vielleicht würde er einen interessierten Antiquar finden, der ihm für das Buch eine Menge Geld geben würde.

Er wusste nicht, was er tun sollte. Im Augenblick wäre es sicher das Beste, seinen Fund gut zu verstecken, damit kein anderer Kammerdiener das Buch fände. Jetzt konnte er es nicht aus dem Palast schaffen. Er hatte Dienst, und es könnte ihn jemand sehen und verraten. Ja, das war das Beste. Er musste ein sicheres Versteck für die Tasche finden. Früher oder später würde sich eine Gelegenheit bieten, das Buch aus dem Palast zu schmuggeln. Aber wo sollte er es verstecken? An einem Ort, der nicht leicht zu entdecken war. Er sah sich um und erforschte sämtliche Winkel des Raumes. Es gab nichts, wo es nicht gleich entdeckt worden wäre. Während er noch darüber nachdachte, hörte er, wie sich Schritte näherten. Es kam jemand. Er musste schnell entscheiden, was er mit dem Buch machen sollte, und schob es, ohne weiter darüber nachzudenken, unter das Sitzkissen eines Sessels. Später, wenn er Zeit hätte, würde er es holen und an einem sicheren Ort verstecken. Die Schritte kamen immer näher. Ihm blieb gerade noch genug Zeit, die Tasche und das Tuch mit dem Fuß unter einen der großen Vorhänge an der Tür zu schieben und sich vor die Truhe zu knien, um den Anschein zu erwecken, als wolle er ihr den letzten Glanz verleihen, als Majordomus Maurier den Raum betrat.

»Bist du fertig mit der Truhe?«, wollte Maurier wissen. »Es ist gar nicht nötig, dass du dich so abmühst. Es ist kein sonderlich wertvolles Möbelstück. Schließlich verwahren die Herren Sekretäre ihre Papiere darin, und die werden sie dann ohnehin vergessen.«

»Ich poliere noch einmal darüber«, erwiderte Jean. »Ich

bin mir sicher, dass sie den Herren Sekretären gefallen wird und dass sie keinen Grund zur Klage haben.«

»Das hoffe ich«, sagte der Majordomus resigniert.

Er warf einen Blick auf die Truhe. Sie wirkte ziemlich sauber. Die Herren Sekretäre hätten bestimmt nichts zu beanstanden.

»Gut, dann stell sie jetzt da hinten hin«, fügte er hinzu.

»Ich allein?«, rief der Diener. »Aber die wiegt bestimmt eine Tonne! Ich kann sie nicht allein tragen. Immerhin haben sie auch zwei Männer hierher getragen.«

»Na gut«, meinte der Majordomus. »Ich werde dir jemanden schicken, der dir hilft.«

Er verschwand auf der Suche nach einem anderen Diener. Jean war wirklich zu nichts nütze.

Als der Majordomus gegangen war, wurde dem Diener übel. Er atmete schwer. In seinem Kopf drehte sich alles. Er setzte sich auf die Truhe, um sich zu beruhigen. Er begriff nicht, was mit ihm los war. Er hatte plötzlich heftige Bauchkrämpfe und fiel schmerzerfüllt zu Boden. Ihm blieb keine Zeit, darüber nachzudenken, was er am Morgen gegessen hatte und was diese Krämpfe verursachte. Er bekam keine Luft mehr, als würde ihm eine unsichtbare Hand den Hals zudrücken. Er wollte um Hilfe rufen, aber aus seiner Kehle drang kein einziger Laut. Er krümmte sich verzweifelt und hielt sich den Bauch, als merkwürdiger Schaum aus seinem Mund quoll. Im Bruchteil einer Sekunde dachte er an den Fluch der Hexen und an das verrottete Tuch. Aber er konnte den Gedanken nicht zu Ende führen, er war bereits tot.

Als Majordomus Maurier mit einem anderen Diener zurückkehrte, fand er ihn leblos und in sich zusammengekrümmt in einer Zimmerecke vor, sein Gesicht blau verfärbt. Nach der ersten Überraschung und als er keine Wunden entdecken konnte, glaubte der Majordomus, dass der Diener Jean wohl etwas gegessen hatte, das ihm nicht bekommen war. Schließlich war er kein Arzt, und dieser Mann hatte nur Probleme gemacht. Er ließ die Leiche wegschaffen. Jean war immer ein Nichtsnutz gewesen.

Louvre,
in den Gemächern der Königin

Samstag, 23. August 1572, 20.30 Uhr

Der Nachmittag dieses 23. Augustes verging, ohne dass die Königin eine endgültige Entscheidung getroffen hatte. Ununterbrochen dachte sie darüber nach, was sie tun sollte, und wog das Für und Wider der geplanten Operation ab. Doch sosehr sie sich auch bemühte, sie sah keine andere Lösung. Die Lage hatte sich in den letzten Tagen dramatisch zugespitzt. Wenn sie nichts unternahm, würde ihre Position mit der Zeit immer schwächer werden, bis sie völlig schutzlos wäre, endgültig von der Macht ausgeschlossen und möglicherweise schon bald abgeschoben in eine ihrer geliebten Residenzen an der Loire. War sie darauf vorbereitet, ausschließlich die Rolle der Königinmutter zu spielen? Der bloße Gedanke daran, keinerlei Macht mehr zu besitzen, erschreckte sie. Sie traute ihrem Sohn, dem König, nicht zu, den Heerscharen anderer katholischer Herrscher die Stirn zu bieten, die bereitstanden, ihren Glaubensbrüdern zu Hilfe zu eilen, während die Staatstruhen ewig leer waren und Hunger das Land geißelte, was weitere Herde der Unzufriedenheit gegen den König und seine tolerante Politik gegenüber der neuen Religion aufflammen ließ. Es konnte jeden Moment einen Aufstand geben, deshalb war es unumgänglich, das Land mit eiserner Hand zu führen. Und welche Hände waren besser dazu geeignet als die ihren? Auf der anderen Seite, gab es nicht doch eine Lösung, die ohne Blutvergießen auskam?

Bei Sonnenuntergang hatte sie noch immer keine Entscheidung getroffen. Den ganzen Nachmittag hatte sie ihren Sekretären ihre umfangreiche Korrespondenz diktiert. Sie musste Papst Gregor XIII. beschwichtigen und ihm versichern, dass sie immer eine gläubige Katholikin gewesen sei und nicht zuließe, dass der Protestantismus den katholischen Glauben in Frankreich verdrängte. Sie wusste, dass das alles Lügen waren. Sie hätte versucht, sich mit den Reformisten zu einigen, und hätte ihre Praktiken toleriert, wenn sie so den Frieden hätte wahren können. Aber das konnte sie dem Papst natürlich nicht schreiben. Auch musste sie das hitzige Ansinnen ihres Schwiegersohnes, des erzkatholischen Königs von Spanien, verhindern, der bereitstand, in Frankreich einzumarschieren, sollte die reformistische Religion toleriert werden. Phillip II. suchte nur nach einem Vorwand, um auf französisches Gebiet vorzudringen, seit längerem bat er um die Erlaubnis, mit seinen Truppen durch Frankreich marschieren zu können. Das war der schnellste Weg zu seinen Besitzungen in Flandern, wo sich die Reformisten gegen die spanische Vorherrschaft aufgelehnt hatten.

An all das dachte sie, als sie den großen Saal betrat, der zum Hof Cour Cinq Cents hin lag. Plötzlich blieb sie wie versteinert im Türrahmen stehen. An einem der großen Fenster stand die Herzogin von Angoulème und genoss die letzten Sonnenstrahlen des Tages. Sie hatte ein Buch in der Hand. Genau so, wie sie es ihren Ratgebern gesagt hatte. Von weitem hätte man diese Frau mit der Königin verwechseln können. Die Herzogin trug schwarz wie sie. Katharina wollte schreien, doch sie brachte kein Wort heraus, kein Ton drang aus ihrer Kehle. Sie hätte die Herzogin gerne zurechtgewiesen: »Verschwindet von hier, Madame!«, aber wie hätte sie das rechtfertigen sollen, ohne sich selbst zu verraten? Sie begriff, dass die Würfel gefallen waren. Ihre Astrologen waren nicht rechtzeitig eingetroffen, sie hatte sie nicht mehr konsultieren können. Doch das Schicksal lauerte bereits in einem Winkel und war bereit, sie zu überfallen, wenn sie es am wenigsten erwartete. Katharina blieb stumm. Vielleicht war ja noch Zeit, die Herzogin rufen zu lassen und sie von diesem Fenster wegzulocken. Vielleicht hatte sie noch niemand dort gesehen, und die Situation war noch zu retten. Aber Katharina unternahm nichts. Sie ließ das Schicksal walten. Die Entscheidung, die sie nicht hatte treffen können, war von höheren Mächten getroffen worden.

War es purer Zufall, oder hatte jemand diese Täuschung absichtlich herbeigeführt, um ihre Entscheidung zu erzwingen? Sie wusste nur zu gut, was auf dem Spiel stand. Es waren viele, die eine rasche Beseitigung der Hugenotten wünschten. Ein Rückzieher war jetzt nicht mehr möglich. Jemand hatte ihr die Entscheidung abgenommen. Katharina begriff, dass sie hereingelegt worden war, dass sie jemand getäuscht hatte, der genauestens über ihre Anweisung Bescheid wusste, der ihren letzten Ausweg kannte, den sie sich für eine endgültige Entscheidung vorbehalten hatte. Man wollte sie in dem Glauben lassen, dass sie es war, die die Befehle gab, während es doch in Wirklichkeit verborgene Kräfte waren, ein Staat im Staat, der die wirklichen Entscheidungen traf. Sie war nur ein Instrument. Ein Sündenbock, dem man die Schuld geben konnte, wenn es schlecht ausging. »Wir haben die Entscheidungen der Königin ausgeführt«, würden sie sagen. Die Hugenotten sollten um jeden Preis vernichtet werden, ob sie einverstanden war oder nicht. Plötzlich fiel ihr die Herzogin von Nemours ein. Sie war davon überzeugt, dass diese verfluchte Intrigantin dahintersteckte. Katharina verfluchte sich selbst dafür, dass sie sich so hatte täuschen lassen. Sie war nicht die allmächtige Königin, die sie zu sein glaubte. Um sie herum gab es nichts als Intrigen und verborgene Mächte, die sich ihrer Kontrolle entzogen. Zu viele Menschen mit zu vielen Interessen, die gegen die ihren standen. Unmöglich, sie alle zu kontrollieren.

Sie hatte nicht den geringsten Zweifel daran, wem diese Situation nützen würde: dieser verdammten Familie von Guise, allesamt Intriganten. Sie waren immer gegen sie gewesen. Die von Guise übten im Verborgenen eine Macht aus, die größer war als ihre. Sie musste einen Weg finden, dem ein Ende zu setzen. Ihre eigene Sicherheit und die ihrer Kinder stand auf dem Spiel. Der König war in den Händen dieser Leute nur eine Marionette. Sie kontrollierten alles und jeden. Wieder einmal wurde ihr bewusst, dass sie niemandem vertrauen durfte. Absolut niemandem.

Unten im Hof stand Monsieur von Nancay, der Hauptmann der Leibgarde Seiner Majestät des Königs, und er hatte lange zu den Fenstern der Gemächer der Königinmutter hochgesehen, bis er ihre Silhouette erkannte. Sie war wie immer schwarz gekleidet und las ein Buch. Das war das Zeichen, auf das er gewartet hatte. Er hatte keinen Zweifel daran. Gelassen ging er in die Kaserne zurück. Da er jetzt das Zeichen erhalten hatte, konnte er seinen Soldaten die letzten Befehle erteilen. In dieser Nacht würde es etliche Hugenotten weniger in Frankreich geben. Aber was interessierte ihn das? Er befolgte nur seine Befehle.

Auf den Strassen von Paris

Samstag, 23. August 1572, 20.30 Uhr

Fernab der unheilvollen Ereignisse schlenderten François und Tinella durch die Straßen von Paris. Es war ein wunderbarer Sommerabend. Den ganzen Tag über war es brütend heiß gewesen. Nach dem Abendessen verließen die Menschen ihre Häuser und bevölkerten die Straßen auf der Suche nach ein wenig frischer Luft. Sie konnten nicht wissen, dass auf der anderen Seite der Seine, hinter der beeindruckenden Fassade des Königspalastes, der mit seinen majestätischen Ausmaßen alle anderen Gebäude überragte, die letzten Vorbereitungen getroffen wurden für das, was als die längste und blutigste Nacht von Paris in die Geschichte eingehen sollte.

Der Zauber des Augenblicks hatte Tinella das Zeitgefühl verlieren lassen. Sie wusste, dass sie schon seit einer Weile in den Louvre hätte zurückkehren und ihre Arbeit verrichten müssen, aber dieses neue, leidenschaftliche Gefühl hatte sich ihrer vollständig bemächtigt, die Verliebtheit hatte ihr Pflichtbewusstsein, das bis vor kurzem ihr Lebensmittelpunkt gewesen war, in den Hintergrund gedrängt. Das Leben schien ihr endlich gewogen zu sein, und sie hatte beschlossen, es bis zum letzten Tropfen auszukosten. Endlich hatte sich die Chance ergeben, von der sie geträumt, an die sie aber nie so recht geglaubt hatte. Auch wenn sie das bisher nie offen gezeigt hatte, ihr Wunsch war es, einen Mann zu finden, mit dem sie Augenblicke der Zärtlichkeit teilen konnte, Augenblicke wie diesen. Zum Teufel mit der Königin! Sie wollte jetzt nicht an sie denken und verscheuchte das Bild von der alten Königin in ihrer üblichen Trauerkleidung und der erstickenden Atmosphäre am Hofe aus ihren Gedanken. Sie wollte den Zauber des Augenblicks nicht zerstören, wer wusste schon, wann sich wieder solch eine Gelegenheit bieten würde! François gefiel ihr, und zwar sehr. Je länger sie mit ihm redete, desto besser gefiel er ihr. Als er ihre Hand nahm, erfüllte sie ein seltsames, aufregendes Gefühl, das ihr unbekannt war. Die Dienste der Königin konnten warten. Die alte Herrscherin hatte eine große Schar an Kammerzofen. Sie würde also nicht allein sein. Was machte es schon, wer ihr beim Auskleiden half? Tinella wollte ihr Leben genießen, zumindest ein Weilchen. François wirkte so verliebt wie sie selbst, ein Gefühl, das Tinella mit allen Fasern mit ihm teilen wollte. Für nichts in der Welt wollte sie sich diese Stunden entgehen lassen.

Ziellos bummelten sie Hand in Hand durch die Straßen. Die Nacht war wunderbar. Die luftige Frische lud dazu ein, ins Freie zu gehen. Es war einer der heißesten Tage des Jahres gewesen. Sie kamen durch Straßen und Gässchen, in denen Tinella noch nie gewesen war, unbekannte Stadtviertel, von deren Existenz sie nichts gewusst hatte. Trotz der vielen Jahre, die sie in der Hauptstadt lebte, kannte Tinella nur die nähere Umgebung des Palastes, in der sie gewöhnlich zu tun hatte. Ihr war nie in den Sinn gekommen, weiter zu gehen, vielleicht, weil es nicht nötig gewesen war. Für sie war es eine Entdeckungsreise, und sie war glücklich, dass ausgerechnet François ihr dieses ganz andere Paris zeigte.

Die Häuser waren kleiner und bescheidener als im Zentrum. Auch die Menschen waren anders. Es schien, als bräuchte man nur um eine Straßenecke zu biegen, um eine unbekannte Welt zu betreten. Als sie zufällig an einem der vielen Säulengänge vorbeikamen, schob François sie zärtlich weg von den indiskreten Blicken ins Halbdunkel, nahm ihre Arme, drückte sie sanft auf ihren Rücken und presste sich dann an sie, als wäre sie seine Beute. Er drückte seine Brust an ihre Brüste, sah ihr fest in die Augen, als wollte er ihr etwas sagen, und küsste sie dann plötzlich, zuerst zärtlich, dann immer gieriger, getrieben von einer unkontrollierbaren Leidenschaft. Sie ließ sich mitreißen. Den ganzen Nachmittag hatte sie auf diesen Moment gewartet und sich gefragt, wann er käme. Sie ließ sich treiben und ergab sich voll und ganz diesem wollüstigen, leidenschaftlichen Rausch. Er war viel größer als sie, und Tinella fühlte sich viel zerbrechlicher, als sie in Wirklichkeit war. Sie befreite ihre Arme und legte ihre Hand auf François' kräftige Brust. Sein muskulöser Oberkörper war beeindruckend. Als er sie küsste, fuhr er ihr unter das Mieder, über ihre kräftigen Arme und streichelte ihr übers Haar. Er ließ dem leidenschaftlichen Strudel in seinem Innern freien Lauf und tastete plötzlich mit den Händen nach ihren Brüsten. Tinella verspürte einen Anflug von Scham über diese Zudringlichkeit, noch nie hatte jemand ihre Brust gestreichelt. Aber sie widersetzte sich nicht. Denn wenn sie es recht bedachte, hatte sie auch noch nie ein Mann in der Öffentlichkeit geküsst. Wenn in dem Moment ein Bekannter vorbeigekommen wäre, wäre sie vor Scham gestorben. Sie war an diese Art von Zärtlichkeiten nicht gewöhnt. Aber zum Glück kam niemand vorbei. Sie waren schließlich nur zwei Verliebte, die sich im Halbdunkel eines Bogens küssten.

François schob sie an die Wand, beugte sich über sie und küsste ihren Hals, wobei er ihr die Bluse öffnete und ihre Brüste entblößte. Er beugte sich noch tiefer, küsste ihre Brüste und fuhr ihr mit der Zungenspitze über die Brustwarzen. Erst über die eine, dann über die andere, wieder zurück zur ersten und dann wieder zur zweiten, was sie vor Lust erzittern ließ. Dann spürte sie, wie seine Hand ihren Rücken hinabglitt und bei ihren Pobacken angelangte. Mit der anderen Hand streichelte er zärtlich ihren Bauch und fuhr mit einem Finger weiter hinunter auf der Suche nach ihrer intimsten Stelle. Tinella ahnte, was geschehen würde. Sie ergriff sanft, aber bestimmt sein Handgelenk und hielt es fest.

»Nein, François, ich bitte dich, nicht hier. Es könnte uns jemand sehen.«

»Mach dir keine Sorgen, es wird niemand vorbeikommen. Um diese Uhrzeit kehren die Bürger in ihre Häuser zurück«, erwiderte er und küsste sie leidenschaftlich.

»Nein, François, ich bitte dich.«

Er löste sich ein wenig von ihr. Obwohl er in diesem Moment nicht gerne unterbrach, dachte er, wenn es geschah, dann sollte es schön und romantisch sein. Keine schnelle Befriedigung in einer dunklen Straßenecke, wie er es von Soldaten gehört hatte, die sich mit Frauen von zweifelhafter Moral vergnügten.

»Es ist schon spät, François, wir müssen in den Louvre zurückkehren. Die Königin erwartet mich.«

»Später«, erwiderte er voller Leidenschaft und ließ seine Beute nicht frei. »Mach dir keine Sorgen, wir kommen schon rechtzeitig, bevor sie die Tore schließen.«

Tinella richtete sich plötzlich auf. Wie dumm von ihr! Wie hatte sie vergessen können, dass die Tore geschlossen wurden? Um zehn Uhr waren sie alle verschlossen. Wenn sie zu spät zurückkehrte, müsste sie draußen bleiben. Und die Königin, was würde die Königin sagen?

»François«, sagte sie mit fester Stimme, sie hatte sich wieder gefangen. »Wir müssen sofort in den Louvre zurückkehren. Ich darf nicht zu spät kommen, ich kann die Königin nicht warten lassen.«

Ihre letzten Worte ließen ihn endlich reagieren. Die Königin. Die Tore des Louvre. Es stimmte, wenn man Tinella aussperrte, wäre das eine Katastrophe. Sie mussten vernünftig sein. François gab seine Beute frei. Er strich seine Jacke glatt und stopfte sein Hemd in die Hose. Als er fertig war, half er dem Mädchen, das Mieder zuzuschnüren.

»Du hast Recht, Tinella. Ich habe mich von der Leidenschaft hinreißen lassen, es ist wirklich schon sehr spät, und du musst in den Louvre zurück. Wir sollten uns beeilen.«

Sie machten sich auf den Rückweg. Tinella kam er viel länger vor, denn auf dem Hinweg hatte sie, so unbekümmert, wie sie gewesen war, nicht darauf geachtet, wie weit sie sich vom Zentrum entfernt hatten. Als es immer dunkler wurde, beschleunigten sie ihre Schritte. Es war schon fast Nacht, und es waren nur noch wenige Menschen auf der Straße. Um diese Uhrzeit waren die meisten bereits in ihre Häuser zurückgekehrt. Als sie in die Nähe des Palastes kamen, wurden sie auf die ungewöhnlichen Truppenbewegungen aufmerksam. Zahlreiche Soldaten und Milizen bezogen Stellung um den Palast herum. Es waren viel mehr als gewöhnlich. Als sie endlich am Dienstboteneingang, den Tinella normalerweise benutzte, angelangten, war er verschlossen. Sie klopften mehrmals, aber niemand antwortete.

»Wie seltsam«, sagte Tinella. »Es ist immer eine Wache da, die den Zuspätgekommenen aufmacht.«

Sie klopften noch einmal und warteten ein paar Minuten, in denen das Mädchen immer nervöser wurde. Sie beschlossen, es an einer anderen Tür zu versuchen. Es war dem Personal zwar verboten, einen anderen Eingang zu benutzen, aber da der Dienstboteneingang verschlossen war, ließ man sie vielleicht dort ein.

»Versuchen wir es am Haupteingang«, sagte sie nervös. »Vielleicht kenne ich einen der Wachposten, und er lässt mich ohne große Umstände hinein.«

»Wenn du hier arbeitest und lebst, dann lassen sie dich bestimmt hinein«, sagte François, um sie zu beruhigen.

»Das hoffe ich, ich bin noch nie so spät gekommen.«

Als sie um den ganzen südlichen Teil des Palastes zur Vorderfront, die zum Platz hinzeigte, herumliefen, sahen sie die Wachen. Es waren sehr viel mehr als gewöhnlich. Sie bewachten die ganze nördliche Fassade, als warteten sie auf einen Befehl. Die Soldaten ließen sie wortlos vorbei, aber als sie vor dem Haupteingang standen, fanden sie ihn ebenfalls verschlossen vor. Die Wachposten sahen sie an.

Tinella ging auf einen jungen Offizier zu, offensichtlich war er der Kommandant der Truppe, und sagte zu ihm:

»Ich bin Kammerzofe Ihrer Majestät der Königin. Ich muss meinen Dienst antreten.«

Der Offizier sah sie an, kannte sie aber nicht.

»Tut mir leid, Mademoiselle, aber um diese Uhrzeit kann man den Palast nicht mehr betreten. Wenn Sie hier arbeiten, müssten Sie das wissen.«

»Aber ich lebe hier«, erwiderte Tinella ungeduldig. »Die Königin erwartet mich.«

»Tut mir leid, Mademoiselle«, sagte der Offizier freundlich, aber bestimmt. »Ich habe einen Sonderbefehl erhalten. Heute Nacht darf niemand den Palast verlassen oder ihn betreten.«

»Einen Befehl?«, wiederholte das Mädchen im Begriff, zu explodieren. »Befehl von wem? Seit wann kann jemand seinen Dienst nicht antreten, weil man ihn nicht einlässt?«

»Befehl vom König«, erwiderte der Offizier. »Jetzt entschuldigen Sie mich, Mademoiselle, ich habe zu tun.« Er ließ Tinella mit offenem Mund stehen, machte auf dem Absatz kehrt und entfernte sich, um den gerade eingetroffenen Milizen Befehle zu erteilen.

»Das kann nicht sein.« Tinella hatte Tränen in den Augen, als sie sich an François wandte. »Was tue ich hier, wo die Königin mich doch erwartet?«

»Versuchen wir es an einer anderen Tür«, schlug François vor. »Vielleicht treffen wir dort auf einen weniger strengen Wachposten, vielleicht sogar einen, der dich kennt und einlässt.«

»Einverstanden, versuchen wir es«, erwiderte Tinella resigniert. »Aber wir müssen uns beeilen.«

Sie liefen die paar hundert Meter zur nächsten Tür. Dort kamen sie erschöpft und verschwitzt an. Die angenehme Frische der Nacht war wie weggeblasen.

Auch den Offizier, der diesen Eingang bewachte, kannte sie nicht. Er war freundlicher als sein Kollege, aber auch er gab nicht nach.

»Tut mir leid, Mademoiselle. In einer anderen Nacht hätte ich vielleicht ein Auge zudrücken können, aber heute ist es absolut unmöglich. Ich habe strikte Befehle.«

Tinella setzte ihren ganzen Charme ein, um den jungen Offizier zu überzeugen, erreichte aber trotz ihrer Hartnäckigkeit nichts. Der Offizier blieb ungerührt. In dieser Nacht schien es unmöglich, in den Palast zu gelangen. Befehle waren Befehle.

»Da ist etwas im Busch«, sagte François nachdenklich. »Es wird besser sein, wenn wir uns einen anderen Ort für die Nacht suchen. Morgen kommen wir dann in aller Frühe zurück, und du kannst zu deiner Arbeit zurückkehren.«

»Ich weiß nicht«, sagte Tinella nachdenklich. »Das hier ist wirklich sehr seltsam. So etwas ist noch nie passiert.« Plötzlich erinnerte sie sich an die Warnung der Königin: »Du darfst meine Gemächer unter keinen Umständen verlassen!«, hatte sie zu ihr gesagt. Die Königin musste gewusst haben, dass es in dieser Nacht Ausschreitungen geben würde. »Ich glaube, du hast Recht. Wir sollten besser nicht hierbleiben. Aber wohin könnten wir gehen? Kann ich mit zu dir?«, wagte das Mädchen vorzuschlagen.

»Ich weiß im Augenblick auch keine andere Lösung«, sagte François und ergriff ihre Hand. »Lass uns gehen. Besser, wir verschwinden, solange noch Zeit dazu ist.«

Sie kehrten um, liefen jetzt aber nicht mehr so schnell. Niemand wartete auf sie. Sie überquerten ein weiteres Mal Pont Royal und gingen in Richtung Süden. François hatte keine eigene Wohnung. Noch nicht. Seit seiner Ankunft in Paris hatte er ein Zimmer im Haus einer Witwe angemietet, die ihm empfohlen worden war und die am Stadtrand lebte. Wenn die Witwe Schwierigkeiten machen sollte, konnten sie noch immer zu seiner Tante ausweichen.

Unterwegs trafen sie auf weitere Truppen. Überall standen Soldaten und Milizen herum, die sie vorher nicht gesehen hatten. Es wirkte, als stünde ein Staatsstreich bevor. Die Soldaten bewachten die Hauptstraßen, alle Brücken und großen Plätze. Sie sahen die Artillerie vorrücken und auf offenen Plätzen Stellung beziehen. Was zum Teufel war hier los? Er brachte das alles nicht mit Monsieur Durandot in Verbindung. Und noch viel weniger mit dem geheimnisvollen Buch, das er in den Louvre gebracht hatte. Um ehrlich zu sein, hatte er es völlig vergessen. Auch Tinella war ausgesprochen besorgt. Eigentlich war sie eher erschrocken als besorgt. Nicht rechtzeitig in den Louvre zurückgekehrt zu sein war unklug gewesen. Das wurde ihr jetzt klar. Die Königin hatte ihre Abwesenheit bestimmt bemerkt und würde sich Sorgen um sie machen. Wenn nicht, wieso hatte sie ihr dann so eingeschärft, ihre Gemächer nicht zu verlassen? Katharina wusste demzufolge, dass in dieser Nacht etwas passieren würde. Sie hatte es ihrer Kammerzofe nicht direkt sagen können, aber sie hatte sie diskret gewarnt. Und sie war so dumm gewesen, nicht auf sie zu hören. Während sie weitergingen, sah sie François an und begriff, dass auch er sich Sorgen machte. Er war schweigsam und abwesend. Der Arme, was wusste er schon. Er hatte keine Ahnung von den gefährlichen Spielen der Politik. Tinella wusste, dass er sich um sie sorgte. Sie empfand Rührung für diesen Mann und drückte seine Hand ganz fest, in der Absicht, ihn zu bestärken. François war so in seine Gedanken vertieft, dass er es nicht einmal merkte. Während er mit großen Schritten neben ihr herging, starrte er auf einen unsichtbaren Punkt in der Ferne. Wenn ihnen Soldaten entgegenkamen, versteckten sie sich instinktiv in einem Hauseingang. Dann konnten sie einen Augenblick ausruhen und für den weiten Weg Atem holen.

Es dauerte lange, bis sie zu François' Zimmer in einem bescheidenen Viertel am Rande der Stadt gelangten. Es war ein zweistöckiges Haus ohne jeden Reiz, ganz ähnlich den anderen Häusern in der Straße.

Um die Witwe nicht zu wecken, steckte François leise den Schlüssel ins Schloss. Er drehte ihn zweimal um, und mit einem kleinen Handgriff öffnete sich die Tür geräuschlos. François schob Tinella sanft ins Hausinnere und schloss die Tür zweimal hinter sich ab.

Im Flur war es dunkel, doch François zündete die Kerze, die neben der Tür stand, nicht an. Er bewegte sich sicher an diesem wohlbekannten Ort, nahm Tinella bei der Hand und führte sie ins Obergeschoss, darauf bedacht, dass das Mädchen über nichts stolperte. Sie gingen eine Treppe hinauf. Einige Stufen knarrten, und François fürchtete, die Witwe zu wecken. Die Hauseigentümerin war bei der Vermietung des Zimmers sehr deutlich gewesen. Keine Besuche, besonders keine Damenbesuche. Als sie auf halber Höhe der Treppe angekommen waren, hörten sie hinter einer Tür auf der linken Flurseite lautes Schnarchen, ein Zeichen dafür, dass die Witwe fest schlief. François nahm an, dass nicht mal ein Kanonenschuss sie geweckt hätte. Sie gelangten zu der Tür am anderen Ende des Flures. François öffnete sie und ließ Tinella in sein Zimmer eintreten. Es war ein bescheidenes Zimmer, mit einem unbequemen und schmalen Einzelbett an der Wand. Daneben stand ein Nachttisch, auf dem wiederum eine Karaffe Wasser und eine Schüssel standen, und auf der anderen Seite unter dem Fenster gab es einen Tisch und einen Stuhl. Seine wenigen Habseligkeiten waren auf dem Bett verstreut, ein paar andere Dinge hingen über der Stuhllehne. Das Zimmer war mehr als bescheiden, aber es war sauber. Die Witwe brachte es in Ordnung, wenn sie sah, dass es nötig war. Normalerweise betrat sie dieses Zimmer nicht, das war Teil der Vereinbarung gewesen, aber dieser stattliche Junge aus der fernen Provinz hatte ihre Sympathie geweckt, und sie behandelte ihn in gewisser Weise wie einen eigenen Sohn.

Sie hatte zwei Söhne, beide Soldaten. Einer war im ersten Religionskrieg gefallen, während der andere an einem unbekannten Ort in Frankreich den Hugenotten diente. Es hatte ihr nicht gefallen, dass sich ihr Sohn auf die Seite dieser Ketzer geschlagen hatte. Nur die Tatsache, dass er es nicht aus Überzeugung getan hatte, sondern aus rein ökonomischen Gründen, tröstete sie. Er war ein Söldner und verkaufte sich an den Meistbietenden. In dem Falle waren es die Hugenotten, die ihm den besseren Sold zahlten, und er hatte es sich nicht zweimal überlegt.

Das hatte er einem seiner Freunde erzählt, der seinen Dienst als Offizier im Königspalast leistete, wo er erbärmlich entlohnt wurde. Aber dieser, ein gewisser Jean Lagarigue, hatte sich nicht vom Geld überzeugen lassen.

»Vergiss es, glaub mir«, hatte er ihm geantwortet. »Es ist besser, auf der Seite des Königs zu stehen. Diese Ketzer haben den Papst und den König von Spanien gegen sich. Du willst doch nicht wegen vier erbärmlicher Taler sterben?«

»Ich habe nicht die geringste Absicht zu sterben, nicht einmal für einen Beutel voller Gold. Das Leben ist ein zu wertvolles Geschenk, um es aufs Spiel zu setzen. Ich tue das nur eine Zeit lang. Ich will ordentlich Geld anhäufen und mich dann zurückziehen. Mit dem, was ich verdiene, werde ich eine Weile leben und meiner Mutter helfen können. Aber wenn du mich nicht begleiten willst, hoffe ich nur, dass wir uns nicht an entgegengesetzten Fronten auf dem Schlachtfeld wiedersehen. Ich würde es sehr bedauern, wenn ich dir den Kopf abschlagen müsste.«

Die beiden Freunde lachten über den Scherz. Doch der Offizier des königlichen Heeres, der seinem König aus Überzeugung treu diente, hatte den Scherz nicht so witzig gefunden. Ihn störte nicht so sehr, dass sein Freund des Geldes wegen auf die Seite der Hugenotten wechselte. Ihn störte vielmehr, dass er Partei ergriff für eine Armee, die nicht der wahren Religion diente. Das hatte der Pfarrer am letzten Sonntag in der Messe gepredigt. Nur die katholische Religion war die wahre Religion. Alle, die sich den Protestanten zuwandten, waren Ketzer und mussten auch als solche bestraft werden. Der Tag des Jüngsten Gerichts würde für diese Verdammten, die es wagten, Sankt Petrus nicht zu gehorchen, schon bald kommen. Der junge Offizier Jean Lagarigue schwieg. Er wollte wegen einer Glaubensfrage keinen unsinnigen Streit mit einem Freund. Aber er hatte sich diesen letzten Satz seines Freundes gemerkt: »Ich würde es sehr bedauern, wenn ich dir den Kopf abschlagen müsste.« Der junge Offizier würde nicht zulassen, dass das passierte. Vorher würde er ihm seinen Kopf abschlagen, und nicht, weil er Geld dafür bekäme.

Als Tinella und François sicher in François' Zimmer angekommen waren, überfiel Tinella wieder die Angst, weil sie der Königin nicht gehorcht hatte. Wie hatte sie sich nur so gehen lassen können? Sie sah sich um. In der Dunkelheit wirkte das Zimmer noch beklemmender. Beim Anblick der spärlichen Einrichtung verspürte sie einen Anflug von Enttäuschung. Ihr war zum Weinen zumute, aber sie schluckte die Tränen schnell hinunter. Natürlich hatte sie nicht geglaubt, dass François in einem Palast wohnte, aber auf die traurige Wirklichkeit war sie nicht vorbereitet gewesen. Dieser Junge besaß eindeutig nichts, außer sich selbst. Nicht, dass sie eine besonders gute Partie war, doch soweit sie sich erinnern konnte, hatte sie nicht einmal in ihrer Kindheit solche Armut gekannt. Auch wenn sie nur Kammerzofe war, hatte sie zumindest das Glück gehabt, in gewisser Weise das Schicksal ihrer Herrin zu teilen, wenn auch als ihre Dienerin, und hatte in einigen der schönsten Paläste der Welt gelebt. Von frühester Kindheit an war sie es gewöhnt, gut gekleidet und ernährt zu sein. Sie hatte die unglaublichsten Schmuckstücke gesehen. Armut hatte sie nie kennen gelernt. Sie war zu klein gewesen, um sich an ihre Adoptiveltern zu erinnern, doch wer immer sie auch gewesen sein mochten, sie hatten nicht in solch armseligen Verhältnissen gelebt.

Dank der Unterstützung der Königin hatten sie es immer gut gehabt. Tinella hatte das Gefühl, dass die Welt über ihr zusammenbrach. Sie wäre gern ihrem Instinkt gefolgt und aus dieser miserablen Kammer, diesem erbärmlichen Haus und diesem elenden Viertel weggelaufen, um sich in ihre kleine, heile Welt im Louvre zu flüchten, als wäre das alles nur ein böser Traum gewesen. Sie bereute es, vor den Toren des Palastes nicht hartnäckiger gewesen zu sein, sie hätte weinen, flehen, schreien müssen, falls nötig. Es wäre ihr bestimmt jemand zu Hilfe gekommen. Jetzt, allein in diesem schrecklichen Zimmer, war sie verzweifelt und verwirrt. Sie schluckte ihre Tränen hinunter. Weinen hätte ihr gutgetan, aber sie beherrschte sich. Sie wollte François nicht beleidigen. Sie fürchtete, er könnte spüren, dass diese Tränen nicht aus Wut darüber vergossen wurden, dass man sie aus dem Louvre ausgesperrt hatte, sondern, weil sie sich in dieser erbärmlichen Kammer befand.

François zog sie an sich und küsste sie, als hätte er ihr Unbehagen gespürt. Langsam fühlte sich Tinella besser. Sie brauchte Trost, und François' Küsse waren wahrlich Balsam für ihre Seele. Sie schämte sich sogar für ihre Gedanken. Tinella ließ sich küssen und streicheln, und als er sie auszuziehen begann, widersetzte sie sich nicht. Sie war ihm dankbar dafür, dass er die einzige Kerze im Raum ausgelassen hatte, denn sie hatte sich noch nie vor einem Mann ausgezogen, und sie empfand eine gewisse Scham, obwohl sie wusste, dass es irgendwann geschehen würde.

Sie ließ sich von seinen erfahrenen Händen führen. Als sie völlig nackt war, nahm François sie in den Arm und führte sie zum Bett. Er legte sie zärtlich hin und sich selbst daneben, wobei er sie die ganze Zeit küsste. Nach und nach zog auch er sich aus. Zuerst die Jacke, dann das Hemd. Tinella verfolgte aufmerksam jede seiner Bewegungen. Als auch er ganz nackt war, legte er sich auf sie, und Tinella spürte die Wärme seines muskulösen Körpers mit der ihren verschmelzen. Sie bildeten eine Einheit, und während er sie weiter küsste und streichelte, wurde auch sie aktiv, zuerst schüchtern und dann immer selbstsicherer. Sie streichelte seine Brust, fuhr langsam seine Arme bis zu den wunderbaren Schultern hinauf und presste ihn dann fest an sich. Er ergriff ihre Arme, legte sie um seinen Nacken und drang langsam in sie ein. Tinella verspürte beim Eindringen seines mächtigen Gliedes erst einen leichten Schmerz, aber als François sich langsam hin- und herbewegte, wuchs ihr Begehren, und sie verlor plötzlich jede Scham. Sie spürte, wie sie jegliche Kontrolle verlor, und ergab sich dem Rausch der Fleischeslust, dieser Lust, die François so meisterlich beherrschte. Manchmal hielt er inne, um gleich darauf fortzufahren und noch tiefer in sie einzudringen. Sie wünschte sich, dieser Moment möge ewig andauern, und fühlte sich vollständig als die Seine. Ihre Zweifel waren wie durch Zauberhand verschwunden, sie vergaß sogar den schrecklichen Anblick dieses Zimmers. Sie ließ sich von der Wollust hinwegtragen, ihre Zähne bohrten sich in sein Fleisch, und sie drückte diesen muskulösen Körper fest an sich. Endlich wusste sie, was es heißt, mit jemandem zu schlafen.

Dem ersten Orgasmus folgte ein zweiter und dann ein dritter. François war ein außergewöhnlicher Liebhaber. Als er sich schließlich mit einem unkontrollierten Aufbäumen in sie ergoss, hatte sie das Gefühl zu sterben. Ihre Körper waren verschwitzt und erschöpft von den Strapazen der Liebe, aber entspannt und glücklich. Tinella legte den Kopf an die schweißgebadete Schulter ihres Geliebten. Sie ließ sich von seinem Geruch einhüllen. Seine Bartstoppeln kratzten sie ein wenig an der Stirn, aber das störte sie nicht. Sie war glücklich, und sie erinnerte sich an die Küchenmädchen, wenn sie mit glänzenden Augen von ihren Verlobten erzählten. Sie hatte diese Mädchen früher nie verstanden. Jetzt verstand sie sie. Die Dumme war sie gewesen, weil sie diese Mädchen für oberflächlich und leichtfertig gehalten hatte. In dieser Nacht war auch sie endlich eine Frau geworden.

Sie fiel schon bald in einen tiefen und verdienten Schlaf. Der Tag war aufregend gewesen. Wer hätte gedacht, dass sie sich am Morgen im Geschäft des jüdischen Händlers kennen lernen und am Abend schon Geliebte sein würden?

Sie schlief den Schlaf der Gerechten. Als sie ein paar Stunden später aufwachte, lag sie allein im Bett. François war verschwunden. Wie lange hatte sie geschlafen? Sie wusste es nicht. Draußen wurde es bereits hell. Das erste Tageslicht fiel durch die Ritzen der Fensterläden. Sie erinnerte sich nicht daran, sie geschlossen zu haben. Das musste François getan haben, als er aufgestanden war. Sie sah sich um, noch immer ein wenig überrascht und verwirrt, und entdeckte, dass seine Kleider verschwunden waren. Das bedeutete, dass François sich angezogen hatte und ausgegangen war. Vielleicht war er nur in der Küche, um etwas zu trinken. Sie wartete ein Weilchen, aber als er nicht zurückkehrte, zog sie sich ebenfalls an. Wenn François jetzt zurückgekommen wäre, sie hätte die berauschende Erfahrung der letzten Nacht gerne wiederholt. Sie wusste nicht, was sie tun sollte. Und wenn statt François nun die Witwe ins Zimmer käme? Was sollte sie dann sagen?

Nachdem sie sich fertig angezogen hatte, setzte sie sich auf die Bettkante und wartete. Um diese frühe Stunde hinauszugehen wäre unvernünftig gewesen. Außerdem, wo sollte sie hin? Sie wusste, dass sie erst bei Tag in den Louvre zurückkehren konnte, denn vorher würde man sie nicht einlassen. Wenn sie es sich recht überlegte, wusste sie nicht einmal, wo sie war. Sie erinnerte sich nicht an die Straßen, durch die sie gekommen waren. Und warum war François mitten in der Nacht ausgegangen und hatte sie allein in einem fremden Haus zurückgelassen? Wo war er bloß hingegangen? Was hatte er mitten in der Nacht, nachdem er mit ihr geschlafen hatte, so Wichtiges zu erledigen, besonders in dieser Nacht, in der er sein Leben riskieren könnte? Mit all diesen Soldaten auf den Straßen war es wirklich nicht der geeignete Zeitpunkt, um frische Luft schnappen zu gehen. Sie spürte Angst in sich aufsteigen, weil sie mitten in der Nacht allein in einem fremden Haus war. Aber die Angst wurde sofort von dem Gedanken vertrieben, dass François in Gefahr schweben könnte. Es fielen ihr wieder die Worte der Königin ein: »Du darfst meine Gemächer unter keinen Umständen verlassen.« Aber was konnte sie schon tun? In diesem Moment gelang es ihr ja nicht einmal, auf sich selbst aufzupassen. In ihrer Ohnmacht und Unfähigkeit, zu handeln, streckte sie sich auf dem Bett aus und schlief wieder fest ein.

Louvre,
in der Stube der Wachposten

Samstag, 23. August 1572, 22 Uhr

Der Offizier Jean Lagarigue im Dienste des Königs zog ein überraschtes und besorgtes Gesicht, als ihm gegen zehn Uhr abends mitgeteilt wurde, dass der Hauptmann der Leibgarde Seiner Majestät, Monsieur Nancay, ihn dringend zu sprechen wünschte. Seit er seinen Dienst im Palast versah, war er noch nie auf so unübliche Weise mitten in der Nacht zu seinem Vorgesetzten gerufen worden. Fast hatte es den Anschein, als handele es sich um eine Privatangelegenheit. Sein erster Gedanke war, dass er vielleicht irgendeinen Verstoß begangen hatte, an den er sich jedoch nicht erinnern konnte. Vielleicht hatte er einen wichtigen Hofbeamten nicht mit dem gebührenden Respekt gegrüßt, und der hatte sich nun bei seinem Vorgesetzten beschwert. Dann dachte er, das sei Blödsinn, denn wegen eines schlichten Verweises hätte man ihn nicht um diese Uhrzeit rufen lassen. Am wahrscheinlichsten war, dass der Hauptmann ihn um einen persönlichen Gefallen bitten oder ihn mit einer Mission von höchster Vertraulichkeit beauftragen wollte und ihn deshalb so spät rufen ließ.

Beflissen machte er sich auf den Weg zur Amtsstube seines Vorgesetzten, und seine Überraschung war groß, als er feststellen musste, dass er nicht der einzige Offizier war, der um diese unpassende Uhrzeit gerufen worden war. Im Vorzimmer des Offiziers warteten schon viele andere Kameraden darauf, empfangen zu werden, und es kamen weitere, einige im Eiltempo, andere gemächlicher. Manche wirkten ziemlich verschlafen, denn sie waren aus dem ersten Tiefschlaf gerissen worden, andere schienen besorgt zu sein. Sie alle hatten sich gewundert. Es war nicht normal, dass man sie mitten in der Nacht zusammenrief, beinahe verschwörerisch, als handle es sich um ein geheimes Treffen. Es musste etwas wirklich Außergewöhnliches geschehen sein, das diese Zusammenkunft rechtfertigte. Sie wechselten fragende Blicke und tauschten leise spöttische Bemerkungen aus, denn sie alle waren gebeten worden, sich so rasch wie möglich und mit größter Diskretion einzufinden.

Sie mussten nicht lange warten. Kurz darauf tauchte Hauptmann Nancay auf und bat sie, ihm in sein großes Amtszimmer zu folgen. Normalerweise ließ er sie nacheinander eintreten, aber offensichtlich war dies eine besondere Nacht und er beabsichtigte, allen Anwesenden gleichzeitig den Grund für die ungewöhnliche Versammlung zu nennen. Doch sein Arbeitszimmer war zu klein für sie alle.

»Meine Herren«, begann er, sobald sich alle eingefunden hatten. »Ich habe Sie rufen lassen, um Ihnen die Befehle Seiner Majestät des Königs zu überbringen.«

Fast eine Stunde lang erteilte Nancay jedem Einzelnen präzise Befehle, die er auszuführen hatte. Er erklärte ihnen, dass ein Komplott aufgedeckt worden sei. Die Hugenotten hätten sich in der Absicht, Seine Majestät, König Karl IX., zu ermorden, gegen sie verschworen. Er sagte ihnen auch, dass eine Strafaktion beschlossen worden war, um besagtes Komplott zu vereiteln und alle Verantwortlichen dafür zur Rechenschaft zu ziehen. Er betonte das Wort »alle«, es dürfte keiner entkommen. Er überreichte ihnen eine Kopie jener berühmten Liste, auf der die Namen aller Personen standen, die in dieser Nacht hingerichtet werden sollten. Und obwohl hinter jedem Namen der Name eines Vollstreckers stand, präzisierte er:

»Vergewissern Sie sich, dass die Befehle wortwörtlich ausgeführt werden, dass keiner dieser Rebellen, der es gewagt hat, Seiner Majestät dem König nach dem Leben zu trachten, überlebt oder gar entkommt. Wenn nötig, zögern Sie nicht, bis zum Äußersten zu gehen. Im letzten Moment könnte dem mit der Hinrichtung beauftragten Mann der nötige Mut fehlen. Es ist unerlässlich, dass wirklich alle Verschwörer getötet werden.«

Hauptmann Nancay sagte ihnen nicht, dass er Befehl erhalten hatte, nur diejenigen zu töten, deren Namen auf der Liste standen. Er nahm sich die Freiheit heraus, diesen Befehl zu erweitern auf alle, die auch nur irgendwie mit den Hugenotten zu tun hatten.

»Wenn Sie irgendein Zeichen des Widerstandes sehen, ich wiederhole, irgendein Zeichen des Widerstandes, zögern Sie nicht: Töten Sie alle. Für das Wohl und den Schutz Seiner Majestät und für den Frieden unseres Landes. Die Stunde der göttlichen Strafe ist gekommen, und Sie sind sein ausführender Arm. Die heilige Kirche wird es Ihnen danken, dass Sie die Ordnung in unserem armen Land wiederhergestellt haben. Gott schütze den König!«

»Gott schütze den König!«, riefen nun alle einstimmig.

Der Offizier Jean Lagarigue war damit beauftragt, Aufständische zu kontrollieren und eines der Viertel im Süden der Hauptstadt, auf der anderen Seite der Seine, zu durchkämmen. Man hatte die Information erhalten, dass sich einer der Hugenottenanführer in diesem Viertel aufhielt. Zwar wusste man nicht genau, in welchem Haus er sich versteckte, aber da Jean Lagarigue das Gebiet gut kannte, weil er dort Freunde hatte, zweifelte der Hauptmann keinen Augenblick daran, dass er ihn auch zu dieser späten Stunde finden, überrumpeln und töten würde. Dass sein Name nicht auf der Liste stand, war unwichtig. Diese Nacht war vortrefflich dazu geeignet, alte Rechnungen zu begleichen, die schon zu lange offen waren. Einer mehr oder weniger, was machte das schon, wenn niemand überprüfen konnte, ob die Hinrichtung eines Menschen tatsächlich direkt und persönlich vom König befohlen worden war. Hauptmann Nancay hatte eigenhändig die Namen einiger seiner persönlichen Feinde hinzugefügt. Seine Offiziere wussten davon nichts, denn sie kannten die Befehle des Königs nicht.

Jeder Offizier sollte seine Männer unverzüglich informieren. Es war von größter Wichtigkeit, dass die Operation erfolgreich ausgeführt wurde und dass die Befehle geheim blieben, denn nur so konnte man den Überraschungseffekt nutzen. Zudem sollten alle Aktionen gleichzeitig durchgeführt werden. Das Startsignal war, wie vereinbart, der Glockenschlag des Justizpalastes um drei Uhr. Um die Aktionen der Milizen nicht zu beinträchtigen, war es wichtig, dass niemand vor dem vereinbarten Startsignal die Initiative ergriff. Sollte jemand gegen diese Anweisungen verstoßen, konnte das dem Erfolg der Operation unwiderruflich schaden.

Nachdem sie ihre Befehle erhalten hatten, kehrten die Männer auf ihre Posten zurück. Sie hatten noch viel vorzubereiten, bis sie aktiv werden konnten. Sie mussten nicht nur ihre jeweiligen Männer instruieren und die Aufgaben auf sie verteilen, sondern sie mussten auch ihre Waffenlager überprüfen und sich darum kümmern, dass jeder ihrer Männer eine weiße Armbinde bekam, die er am rechten Arm tragen musste. Jeder einzelne Mann, ob Soldat oder Miliz, musste mit genügend Waffen und Munition ausgestattet werden, denn diese Nacht würde lang werden.

Louvre, in den Gemächern der Königin

Samstag, 23. August 1572, 22 Uhr

Als die Königin nach einem langen, anstrengenden Tag vollkommen erschöpft und endlich allein war, ließ sie sich in ihren Lieblingssessel in ihrem Privatsalon fallen, dessen Fenster zur Seine hinzeigten. Sie fühlte sich wie erschlagen und zugleich aufgeregt. An jedem anderen Tag hätte sie ihre Kammerzofen rufen lassen und ihnen befohlen, ihr beim Auskleiden zu helfen und das Nachtgewand überzuziehen. Dann wäre sie ins Bett gegangen und in einen tiefen, erholsamen Schlaf gesunken. Aber dieser Tag war nicht wie jeder andere. In dieser Nacht begann die Säuberungsaktion, von der sie so lange geträumt hatte. In dieser Nacht würden alle ihre Feinde auf einen Schlag ausgelöscht werden. Ihre Macht wäre zumindest für einige Zeit gesichert. Sie war so müde, dass sie sich am liebsten ein Nickerchen gegönnt hätte, aber sie wusste, dass sie sich das leider nicht erlauben durfte. Heute Nacht nicht. Sie würde noch viele Nächte zum Ausruhen haben. Jetzt musste sie nur auf den Beginn der Strafaktion warten. Er war auf drei Uhr nachts angesetzt. Es blieben nur noch wenige Stunden bis dahin, aber es war noch viel zu tun.

Sie verspürte den Wunsch, mit ihrem bevorzugten Ratgeber, Monsieur von Gondi, zu reden. Er sollte ihr Mut zusprechen und sie beraten, ihr sagen, was in den nächsten Tagen zu tun sei und wie sie ihre Macht noch besser absichern könnte. Um diese Uhrzeit befand er sich wahrscheinlich in seinem schönen Haus. Sie ließ ihn eiligst rufen.

Er war tatsächlich zu Hause und gerade damit beschäftigt, große Mengen von Dokumenten und Briefen im Kamin zu verbrennen. Die unmittelbar bevorstehenden Ereignisse hatten ihn auf den Gedanken gebracht, besser keine verräterischen Spuren zu hinterlassen für den Fall, dass die Sache nicht wie erwartet ausginge. Er hatte noch einen guten Freund auf der gegnerischen Seite, auf den er, wenn nötig, zählen konnte. Aus diesem Grund hatte er darum gebeten, dass der Name dieses Freundes von der Liste gestrichen wurde. Er hatte seine Bitte mit einem simplen Vorwand begründet, der der schlauen Herrscherin nicht entgangen war. Trotzdem hatte Katharina es vorgezogen, darüber hinwegzugehen, und den Namen dieses Freundes von der Liste gestrichen. Wenn Monsieur von Gondi sie um diesen Gefallen bat, würde er schon gute Gründe dafür haben. Wer weiß, ob ihr der glückliche Schützling nicht irgendwann einmal dienlich wäre.

Als Monsieur von Gondi den Gesandten der Königin in der Tür auftauchen sah, glaubte er einen Augenblick, er wollte ihn verhaften. In diesen Zeiten wusste man nie, was passieren könnte. Deshalb war er ausgesprochen erleichtert, als man ihm sagte, dass Ihre Majestät die Königin ihn persönlich bitten ließ, sich eiligst im Louvre einzufinden. Er sollte ihm sofort folgen. Auf der Straße erwartete ihn eine Kutsche der Krone. Der Anblick der Kutsche mit dem Königswappen beruhigte Monsieur von Gondi. Das war ein deutliches Zeichen, dass er nicht ins Gefängnis gebracht wurde. So wichtig war er nun auch wieder nicht, dass man sich solche Umstände machen würde, um ihn in den Kerker zu werfen.

Als sie im Louvre ankamen, wurde er durch eine Geheimtür direkt in die persönlichen Gemächer der Königinmutter geführt. So erfuhr niemand etwas von dem nächtlichen Treffen mit der Herrscherin.

Er traf die Königin bei der Lektüre ihrer umfangreichen Korrespondenz an, der sie sich im Schein unzähliger Kerzen widmete, obwohl es noch gar nicht dunkel war. Von Gondi kannte die Königin gut und dachte, ihre Sehkraft hätte vielleicht nachgelassen. Schließlich war sie schon fünfundfünfzig. Jetzt wirkte Katharina entspannter als am Morgen. Als sie ihn eintreten sah und die Geheimtür hinter ihm wieder geschlossen wurde, legte die Königin die Briefe beiseite, hob den Kopf und begrüßte ihn mit einem freundlichen Lächeln.

»So viele Geheimnisse habt Ihr zu verbergen, Monsieur von Gondi?«, fragte die Königin, ihr Lächeln verriet die Ironie in ihren Worten.

»Geheimnisse? Ich verstehe nicht, Majestät«, antwortete Monsieur von Gondi vorsichtig.

»Spielt jetzt nicht den Naiven, Monsieur von Gondi. Mir wurde gesagt, dass Ihr gerade Papiere verbrannt habt, als mein Gesandter eintraf«, fuhr die Herrscherin immer noch lächelnd fort. »Habt Ihr etwa geglaubt, Ihr würdet eingesperrt? Ihr müsst ein sehr schlechtes Gewissen haben ... oder viele Feinde.«

Von Gondi suchte verzweifelt nach einer Ausrede, als die Königin plötzlich laut auflachte. Sie war entschieden guter Laune und hatte Lust zum Scherzen.

»Ich habe nur ein paar Papiere geordnet, Majestät«, sagte von Gondi ernst. »Wenn die Hugenotten heute Nacht in mein Haus eindringen, ist es besser, wenn sie nichts Kompromittierendes finden, zu meinem Wohl und dem Eurer Majestät«, fügte er spitzfindig hinzu.

»Ich sehe, Ihr seid sehr klug, Monsieur von Gondi, aber das reicht nicht. Diese Papiere, wie Ihr sie nennt, hättet Ihr früher verbrennen sollen. Denkt immer daran, dass es besser ist, keine Spuren zu hinterlassen, das könnte sehr gefährlich werden.«

»Ich werde daran denken, Majestät.«

»Reden wir jetzt über ernstere Dinge«, fuhr die Herrscherin fort. »Ich habe Euch heute Abend nicht kommen lassen, um mit Euch über verbrannte Papiere zu plaudern. Wir müssen unsere Pläne ändern.«

»Ist etwas passiert, worüber Eure Majestät mich informieren sollte?«, fragte von Gondi besorgt.

»Ja, tatsächlich, Monsieur von Gondi, etwas sehr Merkwürdiges ist passiert, über das ich mit Euch reden wollte.«

Die Königin erhob sich von ihrem Sessel und ging ans Fenster. Sie sah gerne, wie bei Einbruch der Dunkelheit in den Häusern und Palästen am Seineufer nach und nach die Lichter angingen.

»Es sind zwei Dinge passiert, die unsere besondere Aufmerksamkeit verdienen.«

»Ich bin ganz Ohr, Majestät.«

Von Gondi war neugierig. Was konnte so wichtig sein, dass es rechtfertigte, so kurz vor den Ereignissen, die sich in wenigen Stunden entfesseln würden, mitten in der Nacht von der Königin gerufen zu werden?

»Vor allem«, fuhr die Königin fort, »gibt es einen Verräter unter uns. Jemand, der heute Morgen bei der Ratssitzung anwesend war.«

»Ein Verräter unter uns?«, rief von Gondi erstaunt. »Was lässt Eure Majestät vermuten, dass uns jemand verraten hat?«

»Ich vermute nicht, Monsieur von Gondi, ich bin mir sicher«, sagte die Königin bestimmt und sah ihrem Gegenüber in die Augen.

Die Königin erzählte dem Mann ihres Vertrauens, dass der Hauptmann der Leibgarde Seiner Majestät wenige Stunden zuvor, zu genau dem Zeitpunkt, den sie für das endgültige Startsignal der Operation vereinbart hatten, die Herzogin von Angoulème am Fenster gesehen hatte – gekleidet wie sie, die Königin, und mit einem Buch in der Hand. Genauso, wie es abgesprochen war.

»Kann es sich nicht um einen Zufall handeln, Majestät? Einen merkwürdigen, wenn auch sehr verdächtigen Zufall?«

»Glaubt Ihr an Zufälle, Monsieur von Gondi?«, fragte die Königin ernst. »Ich nicht.«

»Soll ich die Herzogin verhaften und befragen lassen?«

»Das hätte gerade noch gefehlt! Dann würde ganz Paris erfahren, dass die Herzogin aus dem Louvre gebracht wird. Nein, Monsieur von Gondi, um die Herzogin kümmern wir uns später. Wichtiger ist zu erfahren, wer von denen, die heute Morgen an der Ratssitzung teilgenommen haben, diese Information weitergegeben hat, und wem.«

»Ich werde die Bewegungen aller, die an der Ratssitzung teilgenommen haben, verfolgen und überprüfen lassen, Majestät. Ich verspreche Euch, dass er uns nicht entwischen wird«, versicherte ihr von Gondi, der über den Verrat außer sich war. Auch er glaubte nicht an Zufälle, schon gar nicht in einem Fall wie diesem.

Katharina ging ein paar Schritte ins Innere des Raumes. Jetzt wurde ihr Gesicht vom Schein der Kerzen erleuchtet, und von Gondi sah, dass ihre Augen in einem außergewöhnlichen Licht strahlten. Er hatte diese Frau immer für ihre Fähigkeiten und ihren eisernen Willen bewundert. Die Königin hatte die Macht, ihn zu verwirren. Sie war zweifellos eine ungewöhnliche Frau mit vielen Facetten und Qualitäten. Jetzt wurde ihm klar, dass die Königin angesichts der bevorstehenden Schlacht, die in dieser Nacht entfesselt würde, nicht das geringste Zeichen von Nervosität zeigte. Doch obwohl sie so erstaunlich gelassen wirkte, erkannte Gondi in ihren leuchtenden Augen, dass die Aktion sie stimulierte. Diese Frau liebte es, Macht auszuüben, daran bestand kein Zweifel. Sie war zu allem fähig, solange sie die Zügel fest in den eigenen Händen hielt. Ja, es war entschieden besser, auf ihrer Seite zu stehen und nicht auf der ihrer Gegner.

»Ich überlasse Euch die Angelegenheit, mein lieber Gondi«, fuhr die Königin fort, was ein wenig den Eindruck erweckte, als wäre ihr der Verrat gleichgültig. »Aber es gibt noch etwas

Merkwürdiges, über das ich informiert wurde und von dem ich nicht weiß, ob es etwas mit dem Verrat zu tun hat.«

»Worum handelt es sich, Madame? Ihr wisst, dass Ihr mir blind vertrauen könnt.«

Katharina lachte. Ja, die Königin war wirklich gut gelaunt an diesem Abend. Sie sah Monsieur von Gondi, ohne etwas zu erwidern, fest in die Augen. Ihr Blick sprach für sich. Von Gondi verstand die Botschaft: Versucht nicht, mich zu hintergehen. Wenn Ihr es versucht, lasse ich Euch die Augen ausstechen und bei lebendigem Leibe vierteilen.

»Wusstet Ihr, Monsieur von Gondi, dass die Hugenottenprinzen ihr ganzes Personal aus unserer Küche abgezogen haben? Es ist kein einziger protestantischer Diener mehr im Louvre. Was sagt Euch das?«

»Ich weiß nicht, was ich dazu sagen soll, Madame. Das ist zweifelsohne sehr merkwürdig.«

Gondi war verblüfft über die Effizienz des königlichen Spionagenetzes. Diese Frau wusste wirklich über alles, was in jedem Winkel des Landes und selbst in ihrer Küche geschah, Bescheid.

In dieser Nacht erhielt Monsieur von Gondi genaue Anweisungen. Katharina gab Befehl, die geplante Operation gegen die Hugenotten um anderthalb Stunden vorzuziehen. Wenn die Protestanten etwas wussten, konnte man sie nur überraschen, indem man die Uhrzeit vorverlegte. Der Hauptmann der Leibgarde des Königs sollte nicht auf das Läuten der Glocke vom Justizpalast warten, sondern schon beim Glockenschlag von Saint-Germain l'Auxerrois um halb zwei beginnen.

Louvre, in den Gemächern der Königin

Samstag, 23. August 1572, 22.30 Uhr

An diesem Abend ließ sich Katharina eine leichte Mahlzeit bringen. Sie, die leidenschaftliche Feinschmeckerin, aß lieber etwas Leichtes, denn sie glaubte, diese Nacht würde lang werden.

Nach dem Essen zog sie sich in ihre privaten Gemächer zurück, um sich ein wenig auszuruhen. Trotz ihrer Müdigkeit war sie zu aufgeregt und nervös, um schlafen zu können. Sie wusste, dass sie in den nächsten Stunden wachsam sein musste und bereit, sich jedweder Unwägbarkeit zu stellen, die ihr schnelles Eingreifen verlangte.

Es war daher sinnvoll, vorher noch ein wenig zu ruhen. Als sie sich zurückgezogen hatte, ließ sie ihre persönliche Kammerzofe Tinella rufen. Aber zu ihrer Überraschung war Tinella nirgends zu finden. Sie ließ sie überall suchen. Nichts. Tinella war nicht aufzutreiben. Sie hatte ohne ihre Erlaubnis den Louvre verlassen. Die Königin war verstimmt. Das hatte Tinella noch nie getan, niemals. Einen Augenblick dachte sie, es könnte ihr etwas passiert sein. In all diesen Jahren war Tinella nie ihrem Dienst ferngeblieben, nicht einmal, wenn sie krank gewesen war. Die treue Kammerzofe hatte sogar noch mit Fieber darauf bestanden, zu arbeiten, so groß war ihre Ergebenheit. Erst auf ausdrücklichen Befehl der Königin hatte sie sich ins Bett begeben und ihre Krankheit auskuriert. In diesem Punkt war Katharina unbeugsam geblieben. Sie hatte sie erst wieder in ihren Gemächern sehen wollen, als sie wieder völlig gesund gewesen war. Deshalb verstand sie diese plötzliche Abwesenheit nicht. Und hatte sie ihr nicht ausdrücklich befohlen, gerade heute Nacht unter keinen Umständen ihre Gemächer zu verlassen? Wie konnte sie es wagen, ihr nicht zu gehorchen!

Diskret ließ sie den Hauptmann ihrer Leibwache, Graf Antoine von Salou, rufen und beauftragte ihn damit, Tinella inner- und außerhalb des Louvre zu suchen und sie um jeden Preis zu finden. Die Königin fürchtete, dass Tinella so unvernünftig gewesen sein könnte und den Palast verlassen hatte, sodass sie sich nun in großer Gefahr befand. Es war nicht der geeignete Zeitpunkt für nächtliche Spaziergänge. Aber aus welchem Grund hatte das Mädchen den Palast ausgerechnet in dieser Nacht verlassen? Katharina war besorgt. Sie schätzte Tinella sehr und hätte es nicht ertragen, wenn ihr etwas passiert wäre. Mehr als einmal in dieser Nacht rief sie den Grafen von Salou zu sich, um nach Neuigkeiten zu fragen. Nichts, keine Spur von Tinella. Es war ziemlich unwahrscheinlich, dass sie sich im Louvre aufhielt, man hätte sie schon bald gefunden. Sie musste unter irgendeinem Vorwand ausgegangen sein. Um zehn Uhr waren alle Palasttüren geschlossen worden und würden es die ganze Nacht über bleiben. Wenn Tinella weggegangen war, würde sie bis zum nächsten Tag nicht mehr zurückkehren können.

Der Hauptmann der Leibwache ließ sie außerhalb des Palastes suchen. Aber Paris war groß. Wo könnte eine junge Kammerzofe hingegangen sein? Sie kannte wenige Menschen außerhalb des Louvre, ihr Leben hatte sich immer in seinem Innern abgespielt. Er bedachte auch die Möglichkeit, dass Tinella in dieser drückend warmen Nacht zum Luftschnappen ans Seineufer gegangen sein könnte und dabei die Zeit vergessen hatte. Aber das war auch nicht sehr wahrscheinlich. Nachts war das Ufer kein sicherer Ort, und sie würde das natürlich wissen. Um sicherzugehen, hatte er befohlen, sie auch dort zu suchen, doch ohne jeden Erfolg.

Als Hauptmann von Salou die wachsende Unruhe der Herrscherin spürte, ließ er die Suche ausdehnen auf Orte, an die er vorher nicht gedacht hatte, so ließ er nun auch Kirchen und Klöster durchsuchen. Das Mädchen hätte auch zu jemandem gegangen sein können, der sie hatte rufen lassen. Wenn sich die Königin so besorgt zeigte, war es gut möglich, dass er für das Auffinden der unbedachten Kammerzofe belohnt werden würde. Aber Antoine von Salou machte sich keine großen Hoffnungen. Er war schon älter und hatte viele Erfahrungen gemacht. Er wusste, wenn ein Mädchen unter merkwürdigen Umständen verschwand, steckte immer ein Mann dahinter. Diese jungen Mädchen verliebten sich leicht, und mehr als eines war mit seinem Liebhaber durchgebrannt. Er persönlich bezweifelte, dass das bei Tinella der Fall war. Sie wirkte nicht wie eine dieser unverantwortlichen jungen Frauen, die so unbedacht handelten. Doch gänzlich auszuschließen war es nicht. Wer konnte schon ahnen, was in den Köpfen dieser jungen Mädchen vor sich ging? Aber Tinella kannte er gut. Sie leistete der Königin seit Jahren treue Dienste, schon vor seinem Aufstieg zum Hauptmann der Leibwache. Er hatte sie auf die Welt kommen sehen und jeden ihrer Schritte verfolgt, wenn auch nur von weitem und ohne je sein Interesse an der Kleinen verraten zu haben.

Er hatte auch ihre Mutter gekannt, sogar näher. Es war nicht gerade eine Liebesgeschichte gewesen, nur ein paar intime Zusammentreffen in fernen schwülwarmen Sommernächten, als die Zeit nicht vergehen wollte und die Nacht sich für amouröse Abenteuer anbot. Tinellas Mutter hatte seine Nähe gesucht. Der junge Antoine von Salou hatte das Interesse, das er in dieser Italienerin mit dem eher hässlichen Gesicht und dem sinnlichen Körper geweckt hatte, schon lange gespürt. Sie hatte einen intelligenten Blick, und es hieß, dass sie Königin Katharina sehr nahe stünde. Ihr Interesse für den damals jungen, kräftigen Unteroffizier war auch seinen

Kameraden nicht entgangen, die ihn lachend aufzogen: »Da kommt die Italienerin auf der Suche nach einem französischen Penis.« Tatsächlich war Tinellas Mutter gelegentlich bei den Wachen aufgetaucht. Sie hatte immer eine Flasche Wein, etwas Süßes oder eine Frucht mitgebracht, Dinge, die sie dem jungen Unteroffizier errötend schenkte. Es war ihre Art, ihn zu umwerben. Und Antoine von Salou ließ sich hofieren. Er hatte nichts zu verlieren, aber viel zu gewinnen. Als Frau gefiel ihm die Kammerzofe der Königin nicht, doch die Langeweile der Tatenlosigkeit und die milde Nacht hatten die Gelegenheit geboten. Und das schwache Fleisch hatte ein Übriges getan. Nur ein paar Monate später hatte der Unteroffizier bemerkt, dass das Mädchen schwanger war. Er hatte nicht mit Gewissheit sagen können, ob diese Schwangerschaft eine Folge ihrer kurzen, flüchtigen Episode war oder ob die Kammerzofe der Königin noch eine ernstere und dauerhaftere Beziehung mit einem anderen Mann hatte. Er hatte nichts von ihr oder den Menschen gewusst, mit denen sie zu tun hatte. Der junge Antoine hatte nie die Gelegenheit gehabt, mit ihr über die Angelegenheit zu sprechen, und die Kammerzofe hatte ihn nie wissen lassen, ob ihr Zustand Frucht ihrer kurzen Affäre war. Bei der Geburt des Kindes war es zur Tragödie gekommen. Wie es zu jenen Zeiten oft geschah, war die Kammerzofe bei der Geburt gestorben und hatte das Neugeborene als Waise zurückgelassen.

Tagelang hatte Antoine die Frage geplagt: War dieses kleine Wesen seine Tochter? Wenn es so war, warum hatte die Mutter es ihm nie gesagt? Sie hatte neun Monate lang Zeit dazu gehabt. Während der Schwangerschaft hatte das Antoine wenig gekümmert, denn er war davon überzeugt gewesen, dass sie ihn mit ihrem Schweigen endgültig aus der Sache heraushalten wollte. Anders hatte er sich ihr Verhalten nicht erklären können. Erst, als er erfahren hatte, dass die arme Tinella gestorben war, hatte ihn die Angelegenheit wieder interessiert.

Es war wirklich eine heikle Sache gewesen. Wem hatte sie etwas anvertraut? Wer könnte von dem kurzen Abenteuer – denn er wagte es nicht, es Beziehung zu nennen – gewusst haben, wenn selbst er es vor seinen Kameraden geheim gehalten hatte? Er hatte nicht gewusst, ob Tinella sich jemandem anvertraut hatte. Er hatte weder ihre Freundinnen noch ihre nächsten Verwandten gekannt. Die junge Mutter hatte ihr Geheimnis mit ins Grab genommen und Antoine mit einer nagenden Ungewissheit zurückgelassen.

Um den Zweifel auszuräumen oder um sein schlechtes Gewissen zu beruhigen, hatte Antoine von Salou die Gelegenheit genutzt, als er eines Tages eine der Kammerzofen der Königin getroffen hatte, und sie gefragt, ob sie etwas Genaueres über den Vater des kleinen Wesens wüsste.

»Nein, wir wissen nichts«, hatte die Zofe geantwortet. »Tinella hat sich nie einer von uns anvertraut.«

»Habt ihr einen Verdacht?«, hatte Antoine weiter nachgebohrt, um jeden Zweifel zu zerstreuen.

»Nicht den geringsten«, hatte das Mädchen mit Bestimmtheit geantwortet. »Wir wussten nicht einmal, dass Tinella jemand kennen gelernt hatte. Sie war sehr diskret und zurückhaltend mit persönlichen Dingen. Ihre einzige Vertraute war die Königin. Aber wir glauben nicht, dass Ihre Majestät weiß, wer der Vater ist, denn sie hätte den Mann bestimmt rufen lassen, wenn sie seinen Namen gekannt hätte. Um dem armen Geschöpf wenigstens einen Vater zu geben.«

Antoine von Salou erschauerte und wagte nicht, weiter nachzuhaken, um keinen Verdacht zu erregen. Wenn Tinella Ihre Majestät eingeweiht haben sollte, war es besser, es dabei zu belassen. Und so hatte der Hauptmann das Schicksal der Kleinen von weitem verfolgt. Er hatte sich gefreut, als er sah, wie liebevoll sich die Herrscherin um die Erziehung der Kleinen gekümmert und sie als Jugendliche an ihre Seite geholt hatte. Obwohl er nichts tun konnte, verfolgte er stolz die Fortschritte des Mädchens, das er insgeheim »seine Schutzbefohlene« nannte, weil ihm kein passenderer Ausdruck einfiel.

Wenn er sie traf, was meist zufällig passierte, forschte er in ihren Zügen, ihrem ovalen Gesicht, der Form ihrer Nase oder den vollen Lippen nach einem vertrauten Merkmal, einer flüchtigen Ähnlichkeit mit ihm, etwas, das den nagenden Zweifel in ihm ausräumen könnte. Aber er entdeckte nichts. Wenn Katharina – wie sie nach dem Willen der Königin getauft worden war, auch wenn alle sie wie ihre Mutter Tinella nannten – wirklich seine Tochter war, hatte sie nichts vom Aussehen ihres Vaters geerbt. Sie ähnelte ihrer Mutter, auch wenn sie viel hübscher und reizender war als diese. Nur ein Merkmal hielt die Ungewissheit lebendig: Ihre Mutter hatte dunkles Haar gehabt, aber Katharina war blond, dunkelblond, genau wie Hauptmann von Salou.

Ihr merkwürdiges Verschwinden hatte nicht nur die Königin alarmiert. Auch er machte sich Sorgen, und wer auch immer ihr Vater sein mochte, er bemühte sich sehr, sie zu finden. Doch bisher war die Suche erfolglos geblieben. Tinella war nirgends zu finden.

Louvre,
im Schreibzimmer der Königin

Sonntag, 24. August 1572, 0.10 Uhr

Katharina hatte ihre engsten Mitarbeiter in ihrem Schreibzimmer versammelt, dieselben, die am Morgen des Vortags an der Ratssitzung teilgenommen hatten. Es fehlte nur der Mann, der kurz zuvor wegen Hochverrats festgenommen worden war und der nun im königlichen Kerker verhört und gefoltert wurde. Hatte der Verräter Zeit gehabt, ihren Feinden Einzelheiten zu übermitteln, die die Operation gefährden könnten? Sie hatte angeordnet, dass man sie sofort informierte, wenn der Mann gestanden hatte. Sie wollte ein vollständiges und ehrliches Geständnis, nicht so eines, das die Kerkermeister einem Verdächtigen normalerweise entlockten. Die Königin wollte kein Risiko eingehen, auch wenn es jetzt schon zu spät war, die Operation einzustellen. Ihre Rettung hing von der eineinhalbstündigen Vorverlegung ab. Auch wenn ihre Feinde womöglich von ihren Plänen unterrichtet waren, würden sie doch keine so unvermittelte Reaktion von ihr erwarten. Das war der Vorteil, wenn man die alleinige Macht besaß. Sie brauchte die Meinung anderer nicht, nicht einmal die ihres Sohnes, des Königs. Sie traf die Entscheidungen. Katharina wollte, dass alles wie vereinbart ablief. Es stand zu viel auf dem Spiel. Deshalb hatte sie ihre engsten Mitarbeiter einberufen. Es war ihr wichtig, sie bei sich zu haben, falls sie sich mit weiteren Unwägbarkeiten konfrontiert sähen.

Und dann war da noch die undichte Stelle im Kreise ihrer Vertrauten, die sie sehr irritiert hatte. Sie traute niemandem.

Wenn sich ein weiterer Verräter unter ihren Getreuen befinden sollte, ließe sich die Situation viel einfacher meistern, wenn sie alle im Blick hatte.

Als die Ratgeber im Palast eintrafen, wurden sie direkt ins Schreibzimmer der Königin geführt. Sie empfing sie im Stehen, aufrecht wie ein Pfahl. Sie trug eines ihrer üblichen Witwenkleider, ein ganz ähnliches wie vor dreizehn Jahren, als ihr Mann bei einem Duell zu Tode gekommen war. Wenig Schmuck, nur die Perlenkolliers, die sie so mochte. Die Perlen, die sie in jener Nacht trug, waren wegen ihrer Größe und Reinheit besonders schön. Dieses Kollier war das Hochzeitsgeschenk ihres Onkels, Papst Clemens VII., gewesen. Sie hatte es ausgesucht, weil es ihr Glück brachte. Und das würde sie in dieser Nacht brauchen.

Ihr ernstes Gesicht war undurchdringlich. Katharina war ausgesprochen angespannt, obwohl sie es gut zu verbergen wusste. Sie, die immer eine Meisterin der Verstellungskunst gewesen war, musste sich sehr anstrengen, um ihre Wut und ihre Enttäuschung über diesen Verrat, den sie noch nicht verwunden hatte, zu unterdrücken, ebenso wie sie auch die Unruhe zu verbergen suchte, die sie angesichts der bevorstehenden Nacht quälte. Zweifel peinigten sie. War es richtig gewesen, eine Operation dieses Ausmaßes anzuordnen? Hatte sie das Risiko und die Konsequenzen richtig eingeschätzt? Sie benötigte eine neuerliche Bestätigung und musste wissen, ob ihre Ratgeber davon überzeugt waren, dass es wirklich die beste Lösung war. Wenn etwas schiefginge, würde sie ihr schlechtes Gewissen auf sie laden. Deshalb wollte sie alle bei sich haben. Beim geringsten Zweifel würde sie die Aktion abblasen. Zumindest glaubte sie, das tun zu können, und das beruhigte sie.

Für diese besondere Gelegenheit hatte die Königin doppelt so viele Kerzenleuchter aufstellen lassen wie gewöhnlich. Das Schreibzimmer erstrahlte in taghellem Licht. Wenn sie in der Nacht arbeitete, reichte ihr normalerweise das Licht einiger weniger Kerzen. Im Halbdunkel fühlte sie sich wohl und in der richtigen Stimmung, um über die Dokumente nachzudenken, die ihr ihre Sekretäre vorlegten. Aber dies war ein besonderer Tag. Deshalb wollte sie ihre Ratgeber genauestens beobachten und herausfinden, ob diese augenscheinlich so undurchdringlichen Gesichter, die sie so gut und schon so lange kannte, ein Gefühl von Schrecken, Angst oder Ungewissheit erkennen ließen. Ihre Reaktion würde ihr schon zeigen, ob es unter ihnen noch einen gab, der sie verraten würde.

Als alle Ratgeber nach den vorgeschriebenen Verbeugungen auf drei Schritte Distanz gegangen waren, ließ die Königin einen nach dem anderen vortreten und sich die Hand küssen. Ohne ein einziges Wort zu verlieren, begrüßte sie alle mit einem leichten Kopfnicken. Nachdem jeder zu seinem Platz an dem großen Tisch gegangen war, an dem sie sich üblicherweise versammelten, blieben sie schweigend hinter den Stühlen stehen und warteten darauf, dass die Königin sich setzte und die Versammlung eröffnete. Katharina kochte vor Wut. Eine heimtückische Wut, die sie nur mühsam unterdrücken konnte. Wie war es möglich, dass dieser niederträchtige Mensch sie verraten hatte? Jetzt fürchtete sie, dass es noch einen Verräter unter ihnen geben könnte. Wenn es so wäre, würde sie das bald herausfinden. Und wer es auch immer sein mochte, seine Strafe würde schrecklich und beispielhaft ausfallen. Eine wirksame Methode, die anderen darauf hinzuweisen, was sie erwartete, sollten sie es ebenfalls wagen, die Königin zu verraten.

Als sie ihr die Hand küssten, durchbohrte sie jeden Einzelnen mit ihrem durchdringenden Blick. Sie wollte, dass sie sich schuldig fühlten, auch wenn sie keinen Grund dazu hatten. Bestimmt hatte jeder Einzelne von ihnen etwas zu bedauern. Katharina wusste ganz genau, dass sie alle ihre Position dazu nutzten, um sich hinter ihrem Rücken zu bereichern. Aber das war ihr egal. Das war eine tief verwurzelte Gewohnheit am Hofe, die zu tolerieren sie sich verpflichtet sah, auch wenn sie sie missbilligte. Doch Verrat ertrug sie nicht. Über ihre Habgier konnte sie hinwegsehen – die konnte sie sowieso nicht verhindern –, aber Verrat konnte sie nicht zulassen. Bevor ihre Berater eingetroffen waren, hatte sie den Hauptmann ihrer Leibwache zu sich gerufen und ihm genaue Anordnungen erteilt: Keiner der Anwesenden durfte ohne ihre ausdrückliche Erlaubnis das Schreibzimmer verlassen, und wenn einer nicht gehorchte, sollte er sofort festgenommen werden.

Es waren alle da, dieselben Männer, die sich auch heute Morgen zusammengefunden hatten. Nur ihr treuer Diener Monsieur von Gondi fehlte. Katharina erwartete ihn stehend, ohne die leiseste Regung. Obwohl sie von Natur aus misstrauisch war, zweifelte sie nicht an ihm, denn von Gondi hatte ihr seine Treue eindeutig demonstriert. Doch das reichte Katharina nun nicht mehr. Sie wollte absolute Gewissheit über die Treue aller, die ihr dienten. Und von Gondi war von diesem Gebot nicht ausgeschlossen. Zumindest war er intelligent genug, das zu wissen. Wie sollte sie jemandem vertrauen können, nachdem sie in all den Jahren, die sie nun schon in Frankreich lebte, nichts anderes getan hatte, als Komplotte und Intrigen aufzudecken, die sich gegen ihre Person richteten? Schon als Herzogin von Orléans und Gattin des zweitältesten Sohnes des Königs von Frankreich, und auch später noch als Thronfolgerin und schließlich Königin hatte sie erlebt, wie viele Menschen sich von ihr abgewandt hatten, wenn sie der Ansicht waren, dass sie ihren Interessen nichts mehr nützte. Sie kannte die menschlichen Schwächen zu gut, um ihnen zu vertrauen. Das war eine der Regeln, die sie am päpstlichen Hof ihres Onkels gelernt hatte. Ein Lektion, die sie nie vergessen würde. Vertrauen war gut, Misstrauen war besser.

Während sie auf Monsieur von Gondi warteten, der sich

immer verspätete, wurde die Atmosphäre im Schreibzimmer der Königin immer angespannter, und nur die Hustenanfälle des Siegelbewahrers Birague, der seinen Husten nicht beherrschen konnte und damit seine Nervosität offenbarte, durchbrachen die Stille. Der Siegelbewahrer errötete und blinzelte unauffällig zur Königin hinüber, als wollte er sich entschuldigen, doch als einzige Antwort warf ihm Katharina einen inquisitorischen Blick zu. Warum hatte der Siegelbewahrer diesen nervösen Husten? Katharina sah überall Verschwörer und Verräter. Unter ihrem Blick senkte der Mann den Kopf und hielt sich ein Taschentuch vor den Mund, um seinen Husten zu unterdrücken. Er fühlte sich klein, als würde der königliche Blick ihn wie durch Zauberhand schrumpfen lassen.

Die Atmosphäre war nun äußerst angespannt, und selbst die Königin fühlte sich unbehaglich. In dem Bewusstsein, dass sie ihre königliche Würde wahren musste, und um ihre Ungeduld zu verbergen, ging sie ein paar Schritte im Raum auf und ab. Sie musste unter allen Umständen die Ruhe bewahren, und das würde sie. Stärker denn je zuvor bewies Katharina ihre unglaubliche Selbstbeherrschung, wie sie es in Momenten großer Anspannung immer tat. Ihr Gesicht war undurchdringlich. Die Königin von Frankreich konnte, wollte und durfte nicht die geringste Schwäche zeigen, unter keinen Umständen, vor allem nicht vor ihren engsten Mitarbeitern. Sie wusste, dass sie schon durch ihre Anwesenheit Respekt einflößen musste, damit sie ihr blind gehorchten und ihre Befehle nicht anzweifelten, sondern mit größter Gewissenhaftigkeit ausführten. Sie durfte keinen Augenblick Schwäche oder die geringste Unschlüssigkeit zeigen, ihre Feinde hätten das sofort ausgenutzt. Das war eine ihrer Grundregeln, und die hatte sich bislang noch immer bestätigt.

Die Königin spürte ihre wachsende Unruhe angesichts der Verspätung von Gondis und war im Begriff, die Geduld zu verlieren und ihre Wachen nach ihm zu schicken. Um sich abzulenken, konzentrierte sie sich darauf, ihren Puls zu kontrollieren und zu verhindern, dass das Papier in ihrer Hand zitterte. Hin und wieder warf sie einen nachdenklichen Blick darauf. Es war die unheilvolle Liste, die sie an diesem Morgen allen ausgehändigt hatte, mit den Namen derjenigen, die in dieser finsteren Nacht zur Rettung des Königreiches – und ihrer Rettung! – sterben sollten.

Endlich traf Monsieur von Gondi ein. Er betrat keuchend den Raum, war erhitzt und verschwitzt, weil er hatte laufen müssen. Er verfluchte die langen Flure des Louvre. Die Entfernungen waren wirklich viel zu groß für einen Mann seines Alters.

»Ihr habt mich lange warten lassen, Monsieur von Gondi«, rügte die Königin ihn in einem Tonfall, der scherzhaft klingen und die Spannung lösen sollte.

Die Ankunft ihres bevorzugten Ratgebers hatte sie verändert. Die Königin wirkte nun deutlich entspannter. Bis zum letzten Moment hatte sie an ihm gezweifelt und befürchtet, dass seine Verspätung ein Zeichen für seine Flucht sein könnte. Als sie die Treue ihres Schützlings bestätigt sah, war sie froh, ihn jetzt an ihrer Seite zu haben. Sie wollte diesen Mann, der an diesem Tag schon mehrmals in den Louvre geeilt war, nicht unnötigerweise verärgern. Die restlichen Ratgeber wunderten sich über ihren Stimmungswechsel. Ihre Begrüßung klang eher nach einem Scherz denn einem Verweis.

Von Gondi murmelte ein paar unverständliche Worte der Entschuldigung. Er war noch ganz außer Atem. Er verneigte sich und ging ohne weitere Formalitäten – er hatte den Handkuss vergessen und die Herrscherin mit ausgestrecktem Arm stehen lassen – zu seinem Stammplatz zur Rechten der Königin. Katharina warf einen hoffnungslosen Blick gen Himmel und schüttelte leicht den Kopf. Das war ein Zeichen außerordentlichen Wohlwollens für ihren bevorzugten Ratgeber. Schließlich setzte sie sich auf ihren Platz am Kopfende des

Tisches, und die anderen taten es ihr gleich. Die Versammlung konnte endlich beginnen.

»Meine Herren …«, begann die Herrscherin, doch ihre Worte verhallten im Raum, während sie die Gänsefeder zur Hand nahm, diese ruhig ins Tintenfass tauchte und spontan einen Namen von der Liste strich.

Die Ratgeber versuchten wortlos auf das Papier zu schielen, um herauszufinden, wer der Glückliche war, dem ohne sein Wissen das Leben geschenkt wurde. Doch dann änderte die Königin ihre Meinung und tauchte den Federkiel mit abwesendem Blick erneut in das Tintenfass und schrieb den Namen wieder auf die Liste. Der Unbekannte war nur ein paar Sekunden lang gerettet gewesen.

»Meine Herren«, wiederholte die Herrscherin, »ich habe Euch heute Nacht hierher einberufen, um in Anbetracht der Operation, die unsere Milizen schon bald einläuten werden, Eure Sicherheit zu gewährleisten.«

Die Männer sahen sich an, sichtlich überrascht über den Sarkasmus der Königin. Sie hatte sie heute Nacht sicher nicht herbestellt, um sie vor einem möglichen Racheakt ihrer Feinde zu bewahren.

»Monsieur von Gondi«, sprach die Königin weiter und wandte sich, die Blicke der anderen ignorierend, wieder an ihren bevorzugten Ratgeber. »Abgesehen davon, dass Ihr Eure Königin habt warten lassen und immer zu spät zu den Ratsversammlungen erscheint, möchte ich von Euch eine klare und präzise Antwort auf folgende Frage hören: Sind wir wirklich überzeugt von dem, was wir tun? Habt Ihr alle Konsequenzen, die die Aktion heute Nacht haben wird, sorgfältig erwogen?«

Monsieur von Gondi rutschte auf seinem Stuhl hin und her. Die direkte Frage der Königin überraschte ihn. Wollte die alte Füchsin die Verantwortung für das Geschehen etwa auf ihn abwälzen?

»Ehrlich gesagt, fürchte ich, den tieferen Sinn Eurer Frage

nicht verstanden zu haben, Majestät«, erwiderte er verblüfft. »Wenn Eure Majestät auf einen möglichen Racheakt seitens der Hugenotten anspielt, muss ich Euch sagen, dass es höchstwahrscheinlich einen geben wird, vielleicht nicht sofort, aber es wird ihn geben, sobald sie sich wieder organisiert und neue Anführer ernannt haben.« Er hatte seine Antwort keuchend hervorgebracht, weil er sich noch immer nicht von seinem Lauf durch die Palastflure erholt hatte. »Doch wenn Eure Majestät das internationale Echo meint«, fuhr er gleich darauf fort, »glaube ich nicht, dass die Hinrichtung des einen oder anderen Hugenotten und Feindes der Krone Frankreichs unsere Freunde und Verbündeten sonderlich interessiert. Ich würde sogar behaupten, dass Euer Schwiegersohn, Seine erzkatholische Majestät, sich mehr als zufrieden zeigen wird, ganz zu schweigen vom Wohlwollen Seiner Heiligkeit, des Papstes.«

Katharina starrte wieder auf das Papier, das vor ihr lag. Es gab etwas an dieser Liste, das sie nicht ganz überzeugte. War es wirklich notwendig, alle diese Männer zu töten? Sie war unschlüssig, was sie tun sollte. Sie spürte die Last der Verantwortung für das, was geschehen sollte, und fürchtete, das größere Übel statt des kleineren gewählt zu haben. Endlich brach sie ihr Schweigen und fragte ernst:

»Monsieur von Gondi, ich wiederhole meine Frage zum letzten Mal. Sind wir wirklich überzeugt von dem, was wir tun?«

Die Ratgeber sahen sich gegenseitig befremdet an, wagten aber nicht, einzugreifen oder diesen seltsamen Dialog zwischen der Königin und dem ersten Ratsherrn zu unterbrechen. Sie waren verwirrt.

»Warum stellt mir Eure Majestät diese Frage?«, erwiderte Gondi schließlich nach einer kurzen Denkpause. »Ist die Frage vielleicht doppeldeutig? Denkt Ihr etwa, es gibt eine andere Lösung, um den König zu retten?«

»Genau das ist es, was ich wissen wollte«, sagte die Königin, sah die Anwesenden an und fuhr fort: »Ich frage auch Euch, meine Herren. Könnt Ihr mir versichern, dass es keine andere Lösung zur Rettung des Königs gibt?«

Im Verlauf des Nachmittags dieses 23. Augustes war die Königin zwischen zwei Möglichkeiten hin- und hergerissen gewesen: den Befehl für die Operation zu geben oder sie noch rechtzeitig abzublasen. Ihr Gerechtigkeitssinn ließ sie schwanken. Würde ein Massenmord an allen protestantischen Anführern das gefährdete Königreich Frankreich wirklich vor der Gefahr eines neuerlichen Religionskrieges bewahren? Wenn sie bereit gewesen wäre, den Niederlanden zu helfen, wie Admiral Coligny vorgeschlagen hatte, würde das zweifellos bedeuten, dass ihr Schwiegersohn, der König von Spanien, einen Vergeltungskrieg angezettelt hätte. Frankreich war im Augenblick nicht in der Verfassung, einen neuen Konflikt auszutragen. Besser war es, ein paar Tote in Kauf zu nehmen, auch wenn es ein paar Dutzend sein würden, denn bei einem Krieg wären es viel mehr. Das war das geringere Übel. Außerdem rettete es den König und die Krone. Katharina brauchte ihre ganzen Ressourcen, Militärs und Finanziers, um diesen Thron zu retten, auf den so viele Anspruch erhoben. Abgesehen von den legitimen Erben, ihren Söhnen, hätte auch der protestantische König von Navarra als blutsverwandter Vetter gerne den Thron bestiegen, ebenso wie ein anderer Vetter, der erzkatholische Herzog von Guise.

Nach einer langen Diskussion hatte sich Katharina um halb zwei in der Nacht dieses unseligen 24. Augustes, dem Tag des heiligen Bartholomäus, schließlich überzeugen lassen. Ihre Gewissensbisse waren verflogen. Es würde nach ihren Anweisungen vorgegangen werden. Einige Ratgeber bestanden darauf, den Namen ihres Schwiegersohnes, des Königs von Navarra, als Feind Nummer eins auf die Liste zu setzen, aber in diesem Punkt blieb Katharina unbeugsam. Sie wollte sich nicht die Hände mit dem Blut ihrer Familie besudeln. Außerdem wäre es politisch ein großer Fehler gewesen. Heinrich von Navarra aus dem Haus der Bourbonen zu ermorden würde bedeuten, den verhassten Brüdern von Guise die Tür zu öffnen. Darüber ließ sie nicht mit sich reden. Solange sie lebte, würden die von Guise auf keinen Fall den Thron besteigen. Der König von Navarra durfte unter keinen Umständen angerührt werden. Er war ihre letzte Bastion gegen die von Guise. Er sollte in seinen Gemächern eingeschlossen und streng bewacht werden.

Sie gingen zum letzten Mal die Anordnungen durch. Um zehn Uhr waren die Türen des Louvre ebenso wie alle Zugänge zur Stadt verschlossen. Die Milizen unter dem Kommando von Le Charon hatten auf allen Brücken Stellung bezogen und kontrollierten alle Durchfahrten, während die Männer von Marcel die Barkassen besetzt hielten, um zu verhindern, dass die Rebellen den Fluss überquerten. Die Hugenotten durften keinen Zufluchtsort finden. Nach und nach gelangten Meldungen aus allen Winkeln der Hauptstadt auf den Tisch der Königin. Alle Plätze waren unter Kontrolle. L'Hôtel de Ville, das Rathaus von Paris, würde mit Kanonen verteidigt werden. Allen Männern war befohlen worden, sich Fackeln zu besorgen und die weiße Armbinde zu tragen, damit man sie besser von den Geächteten unterscheiden konnte. So wäre es einfacher, die Männer der eigenen Seite in der Dunkelheit der Nacht zu erkennen, und man würde unnötige Opfer vermeiden.

Die Königin sah zum letzten Mal die Liste durch. Es standen fünfzig Namen darauf. Daneben die Namen der Henker. Diese waren fast alle Katholiken, Anhänger des Herzogs von Guise, und seltsamerweise auch Offiziere der königlichen Leibgarde. Die Königin fürchtete, dass ihr diese Operation – als eine schlichte politische Maßnahme betrachtet, die eine Verschwörung verhindern sollte, von der sie am wenigsten überzeugt war – aus den Händen gleiten könnte. Am meisten fürchtete sie, dass der Herzog von Guise gestärkt daraus hervorginge, sollten sich die Dinge nicht so wie geplant entwickeln. Sie wollte ihm nicht noch mehr Macht gewähren, obwohl sie in dieser Angelegenheit seine Hilfe nicht ausschlagen konnte. Wenn hingegen etwas schiefginge, würde er ihr die alleinige Schuld für die Hinrichtungen geben, das bezweifelte sie keinen Augenblick. Sie war zu schlau, um nicht zu wissen, dass sie dann zur Zielscheibe aller werden würde. Sie wurde nicht geliebt. In all diesen Jahren ihrer Herrschaft hatte sie es nicht geschafft, geliebt zu werden. Das Volk schätzte ihre großen Fähigkeiten als Staatsfrau und ihre Bemühungen, die Integrität des Königreiches zu bewahren, nicht. Zum Glück hatte sie sich diesmal die Unterstützung des Königs gesichert. Karl IX. hatte das Massaker befohlen. Er war der König. Er hatte angeordnet, dass alle, die sich gegen ihn verschworen hatten, bestraft würden. Doch diese schwache Überzeugung reichte nicht aus, das Gewissen der Königin zu beruhigen.

Es würde natürlich viel mehr Opfer geben als die etwa fünfzig Personen auf der Liste. Sie wusste, dass die treuen Anhänger und engen Freunde der Geächteten ihnen zu Hilfe eilen würden. Auch unter den Leibwachen würde es Opfer geben, die man hinzuzählen musste. Vielleicht würde die Zahl auf hundertfünfzig oder zweihundert Tote steigen. Diese hohe Zahl ließ erneut Zweifel in Katharina aufsteigen. Sie wusste wirklich nicht, was sie tun sollte. Wenn es möglich gewesen wäre, hätte sie auf diesen Wahnsinn verzichtet.

Plötzlich war kurz nach Mitternacht im Hof des Louvre ein Schuss zu hören. Alle sahen sich erschrocken an. Der Schuss kam für alle überraschend. Die Ratgeber bemühten sich, die Haltung zu wahren. Es war 0.45 Uhr, noch zu früh für den Beginn der Operation. Für alle Anwesenden sollte sie beim Glockenschlag des Justizpalastes um drei Uhr beginnen. Nur die Königin und von Gondi wussten von der vorgezogenen Uhrzeit. Aber auch in diesem Fall fehlte noch eine Dreiviertelstunde bis zum vereinbarten Zeitpunkt. Das konnte nicht sein. Wer hatte es gewagt, im Hof des Louvre einen Schuss abzufeuern, direkt unter den Fenstern der Königinmutter?

»Wer war das?«, fragte die Königin erschrocken. »Monsieur von Tourquoin, fragt augenblicklich nach, was passiert ist.«

Der alte Ratgeber verließ das Schreibzimmer und sagte den Wachen, die ihn aufhielten: »Befehl der Königin. Jemand hat im Hof des Palastes einen Schuss abgefeuert. Geht und seht nach, was passiert ist, und gebt mir unverzüglich Bescheid.« Er ging zu seinem Platz zurück. Katharina war wachsam und hatte beobachtet, wie lange Monsieur von Tourquoin für diese Anordnungen gebraucht hatte. Wäre er länger als nötig weg gewesen, hätte sie Verdacht geschöpft. Schon beruhigter sagte sie:

»Meine Herren, Ihr braucht Euch wegen eines einzelnen Schusses in der Nacht nicht zu beunruhigen. Keiner von Euch darf die Nerven verlieren. Fahren wir fort, es gibt noch viel zu tun.«

In Wirklichkeit wusste Katharina ebenso wenig wie die anwesenden Herren, dass das Massaker bereits begonnen hatte. Ihre Befehle waren nicht befolgt worden. Der Respekt vor ihren Anweisungen hatte nicht verhindern können, dass die Verschwörer vor lauter Nervosität und Ungeduld mit der Aktion begonnen hatten. Eine Dreiviertelstunde zu früh überschlugen sich die Ereignisse. Es war ein Zufall, dass die Operation direkt unter den Fenstern der Gemächer der Königin begann.

Einer der Wachposten an den Ausgängen des Louvre hatte zu verhindern versucht, dass ein protestantischer Edelmann den Palast verließ, und war heftig mit diesem aneinandergeraten. Der Edelmann bestand darauf, den Louvre trotz des Verbots zu verlassen. Vom Wortwechsel gingen sie schon bald zu den Fäusten über. Erhitzt über den Streit, verlor der Wachposten die Nerven, zog seine Pistole und schoss ihm mitten in die Stirn.

»Krepiere, du verfluchter Protestant!«, schrie er noch, als der Mann tödlich verletzt zusammenbrach. »Schließlich wäre das früher oder später sowieso dein Ende gewesen.«

Der Schuss hallte in der Stille der Nacht besonders laut und weckte die Mehrzahl der Palastbewohner. Einige von denen, deren Namen auf der unseligen Liste der Königin standen, griffen zu ihren Waffen und liefen die Treppe hinunter, nachdem sie von ihren Fenstern aus den Gefährten mitten im Hof in einer Blutlache liegen gesehen hatten. Monsieur Nancay, der Hauptmann der königlichen Leibgarde, begriff, dass die Situation ihnen zu entgleiten drohte, und gab Befehl, sie zu verfolgen und umzubringen. Das Massaker hatte begonnen.

Alle, die im Blickfeld der Soldaten auftauchten, wurden sofort erbarmungslos ermordet. Eine Gruppe junger Hugenotten, die sich zusammengetan hatten, um sich gegenseitig anzufeuern und auf die Attacken der königlichen Wache zu reagieren, wurde im großen Hof von Bogenschützen eingekreist und zu den Schweizer Hellebardiers gedrängt, die einen nach dem anderen hinrichteten. Diejenigen, die einen anderen Fluchtweg nehmen wollten, hatten dasselbe Pech. Die königlichen Milizen, die im Louvre aufgestellt waren, liefen, ohne sich um den Lärm zu kümmern, mit gezogenen Waffen zu den Unterkünften der Gäste. Viele Protestanten, die noch nicht wussten, was geschah, liefen im Glauben, dass die Wachen zu ihrem Schutz angelaufen kamen, auf sie zu und wurden sofort massakriert. Einige wurden erdrosselt, andere erbarmungslos enthauptet, wieder andere, die von den Schreien ihrer Gefährten aufgeschreckt waren, sprangen aus dem Bett und versuchten, sich zu wehren, so gut sie es vermochten, doch sie waren leider in der Minderheit. Die, die durch die Palastflure zu entkommen versuchten, wurden verfolgt und an Ort und Stelle hingerichtet. Einem von ihnen, Monsieur von Leran, gelang es wie durch ein Wunder, sich in seiner Verzweiflung im erstbesten Raum, der offen war, zu verstecken. Es waren die Gemächer von Königin Margot, Margarete von Valois, Heinrich von Navarras junger Frau. Verletzt und blutverschmiert warf er sich, im verzweifelten Versuch, sein Leben zu retten, auf das Bett der Schlafenden. Margarete wachte erschrocken auf. Als sie diesen blutverschmierten Mann auf sich liegen sah, begann sie wie verrückt zu schreien. Die Wachen, die Monsieur Leran verfolgt hatten, kamen angelaufen und drangen mit ihren Waffen in die Gemächer ein. Margarete war schlau genug, um sofort zu begreifen, was geschehen würde, also befahl sie den Wachen, sich augenblicklich zurückzuziehen.

»Raus! Verschwindet aus meinen Gemächern, das ist ein Befehl!«

Sie gehorchten. Monsieur von Leran hatte im letzten Moment sein Leben gerettet. Als seine Wunden von ihren Hofdamen versorgt wurden, zog sich Margarete in Sorge um ihren Mann rasch an und versuchte, in die Gemächer des Königs von Navarra zu gelangen. Doch sie wurde von den Wachen zurückgehalten, in ihre Gemächer zurückgebracht und dort einschlossen.

Einige Hugenotten versuchten angesichts fehlender Fluchtwege über die Dächer zu entkommen. Sie wurden verfolgt und einer nach dem anderen hinuntergeworfen, als wären sie schlichte Beutetiere. Die Geräusche beim Aufprall ihrer Körper waren ohrenbetäubend.

»Einer weniger!«, riefen die Soldaten lachend und voller Rachegelüste.

Es war eine wahre Metzelei.

Heinrich von Navarra wachte erschrocken auf, sprang aus dem Bett und zog sich rasch an. Am Abend war er von Glaubensgenossen darüber informiert worden, dass im Umfeld des Louvre merkwürdige Vorbereitungen getroffen wurden. Besorgt hatte er den König um eine Audienz gebeten. Er wollte Erklärungen. Doch Karl IX. hatte ihn unter dem Vorwand schwerer Kopfschmerzen nicht empfangen. Das Treffen war auf den folgenden Tag verschoben worden, Sonntag, den 24. August. Er wollte das Gemach verlassen, um nachzusehen, was los war, aber zu seiner Überraschung standen zahlreiche Wachposten vor ihm und zwangen ihn zurückzukehren. Er konnte nicht hinaus. Seine Freunde hatten also Recht behalten, als sie sich Sorgen über die Truppenbewegungen gemacht hatten. Ihm wurde das Ausmaß des Dramas bewusst, aber er konnte nichts tun, um sie zu retten. Er war ein Gefangener, ein ohnmächtiger Gefangener, wenn auch einer, der Glück gehabt hatte. Er begriff sogleich, dass die Heirat mit der Schwester des Königs sein Leben gerettet hatte.

Die Protestanten, die als Gäste im Palast untergebracht waren, wurden alle erbarmungslos niedergemetzelt. Im nördlichen Flügel, in dem sich die meisten Gästeräume befanden, waren die Kämpfe besonders brutal. Die ersten Hugenotten starben im Schlaf, wurden in ihren Betten enthauptet oder erstochen, während die anderen, aufgeschreckt von den Schreien ihrer Gefährten und den Schüssen, die überall im Palast zu hören waren und die in der Stille der Nacht noch fürchterlicher widerhallten, entsetzt losliefen und einen Fluchtweg suchten. Doch es war sinnlos. Die Operation war minutiös vorbereitet worden, es gab kein Entkommen. Die Soldaten von Hauptmann Nancay standen an allen strategischen Punkten und versperrten jeden möglichen Fluchtweg.

Einige von ihnen flüchteten sich in dem verzweifelten Versuch, ihr Leben zu retten, in die Bibliothek des Königs, verfolgt von den Degenfechtern, die ihnen keine Verschnaufpause ließen. Als es ihnen gelungen war, die großen Flügeltüren hinter sich zu schließen, verbarrikadierten sie diese mit allem, was sie finden konnten, Schränken, Stühlen oder Bänken, während ihre Gegner auf der anderen Seite versuchten, die Türen aufzubrechen, und dabei wie besessen brüllten. Sie wussten, dass die Türen der Wucht der Mörder nicht lange standhalten würden und dass sie in der Falle saßen. Ihnen blieb nichts anderes übrig, als bis zum letzten Moment zu kämpfen und ehrenvoll zu sterben.

Die meisten von ihnen waren halbnackt oder im Nachtgewand, denn sie hatten gerade noch aus dem Bett springen, ihr Schwert oder ihre Pistole ergreifen und sich dann in erbitterten und verzweifelten Gefechten gegen die überlegene Zahl ihrer Feinde einen Ausweg bahnen können. Doch der flüchtige Eindruck, der Gefahr entkommen zu sein, hielt nicht lange vor. Sie sahen, wie die Türen mit ohrenbetäubendem Lärm aufgebrochen wurden und sich die Soldaten mit ihren Waffen auf sie stürzten. Viele von ihnen wurden gleich dort massakriert, während ein paar wenige einen letzten Ausweg darin sahen, sich aus den Fenstern zu stürzen. Die meisten überlebten den schweren Aufprall aus fünfzehn Metern Höhe nicht, ihre Schädel zerbarsten. Und die, die nicht beim Aufprall starben, wurden schwer verletzt, brachen sich beim Versuch, sich abzufangen, die Beine oder die Arme oder zogen sich leichtere, wenn auch nicht weniger schmerzhafte Verletzungen zu, woraufhin sie unter Beschimpfungen und Freudengeschrei grausam von den Milizen hingerichtet wurden, die auf der Straße postiert waren und sie erwarteten.

Außerhalb des Louvre war die Situation noch schlimmer. Der Herzog von Guise in Begleitung seiner Anhänger und seines Bruders, des Herzogs d'Aumale, war in Admiral Colignys Haus in der Rue de Béthiny eingedrungen. Kaum eine Stunde zuvor hatte der Herzog, über den Verrat seines Sekretärs Durandot informiert durch einen Spion, den er in das Haus des Admirals eingeschleust hatte, seine Degenfechter dorthin geschickt. Admiral Colignys grausam verstümmelter Körper wurde in die Seine geworfen und nie gefunden.

Als sie die Tür zu Colignys Haus aufgebrochen hatten, stürzten seine Männer ins Hausinnere, während der Herzog draußen wartete. Der Admiral wurde aus dem Bett gezerrt und sofort ermordet. Dann warf man seine Leiche aus dem Fenster, wo sie vor den Füßen des Herzogs landete. Nachdem er ihn identifiziert hatte, ließ Henri von Guise die Leiche vom Pöbel, der sich inzwischen zusammengerottet hatte, misshandeln. Die angestaute Wut der Pariser Bevölkerung entlud sich am Admiral. Seine Leiche wurde enthauptet, dann wurden ihm die Genitalien abgeschnitten, und schließlich wurde er durch die Straßen geschleift. Später wurden die Reste seiner Leiche in den Fluss geworfen. Doch vorher wurde sie noch ein paarmal herausgefischt, erneut verstümmelt und an den Füßen aufgehängt der tobenden Menge gezeigt. Das war der endgültige Beweis dafür, dass das Volk, das bisher nur Zeuge des Massakers gewesen war, selbst daran teilgenommen hatte.

Alle protestantischen Edelleute, nicht nur die auf der Liste der Königin, wurden in ihren eigenen Häusern wie Lämmer geschlachtet oder auf der Flucht über die Dächer erschossen. Einigen von ihnen, die von den Schreien der Menge gewarnt worden waren, gelang es, sich zusammenzutun und zu fliehen. Sie durchbrachen die Sicherheitsgürtel der Milizen, ließen mehrere Tote auf ihrem Weg zurück und flohen in Richtung Vaugirard. Der Herzog von Guise befahl, sie zu verfolgen und zu ermorden. Gegen fünf Uhr morgens ging die lange Nacht der Protestanten ihrem Ende entgegen, Karls IX. befohlene Hinrichtungen waren ausgeführt. Mehr als zweihundert Menschen waren ermordet worden. Der König, der dem Ereignis von seinem Fenster aus beigewohnt hatte, befahl, das Massaker zu beenden. Doch das Pariser Volk, fanatisch und voller Rachegelüste, griff nun zu den Waffen und erhob sich zu einem blutigen Aufstand, der völlig außer Kontrolle geriet und aus der bis dahin rein militärischen Operation ein wahres Schlachtfest machte. Schon zu lange hatte die Wut auf die Protestanten in ihnen gebrodelt. Die zutiefst katholische Pariser Bevölkerung verzieh nicht. Sie hatte eindeutige Zeichen ihrer Ungeduld und Unzufriedenheit gesetzt, doch der Palast hatte sie einfach ignoriert. Die Politik wurde im Rat des Königs gemacht, nicht auf den Straßen der Hauptstadt, obwohl man wusste, dass Paris ein Pulverfass war. Es reichte ein Funke, um es zum Explodieren zu bringen. Die von Karl IX. befohlene Operation war die Gelegenheit gewesen, auf die das Volk gewartet hatte, um mit dem Feind abzurechnen.

Von Anfang an alarmiert von der Meuterei des Pöbels befahl Katharina ihrem Sohn, dem Herzog von Anjou, zusammen mit den Milizen die feinen Geschäfte im Umfeld des Louvre zu schützen. Sie fürchtete, dass die Situation ausuferte. Man musste die öffentliche Ordnung um jeden Preis wiederherstellen. Sie wusste noch nicht, dass sie die Kontrolle über die Geschehnisse bereits verloren hatte.

Im Morgengrauen dieses Sonntags, des 24. Augustes 1572, wachte Paris blutbesudelt auf. Überall lagen Tote, in den Häusern, auf den Straßen, auf den Plätzen. Ein schreckliches apokalyptisches Schauspiel. In der Seine trieben Hunderte von Leichen und färbten das Flusswasser rot. Die entfesselten Pariser beschuldigten die Protestanten, für ihr Elend verantwortlich zu sein. Der Volkszorn war nicht zu bremsen. Obwohl der König das Ende des Massakers befohlen hatte, hörte das Volk nicht auf ihn. Seine Soldaten und Milizen schafften es nicht, auf den Straßen der Hauptstadt Ordnung und Frieden einkehren zu lassen. Die angestaute Wut der Bevölkerung hatte sich im Begleichen von alten Rechnungen Bahn gebrochen, sie würde erst abklingen, wenn der letzte Hugenotte ermordet war. So ging das Massaker den ganzen Tag weiter. Im Louvre hätte man sich nie vorstellen können, dass die Metzelei, die sie angezettelt hatten, nicht durch einen simplen Befehl des Königs zu beenden wäre. Sie ging auch am nächsten und übernächsten Tag weiter, bis sie ganz Frankreich erfasst hatte.

Es folgte die Plünderung reicher Häuser und Geschäfte. Die Masse eignete sich alles an, was sie finden konnte. Sie unterschied jetzt nicht mehr zwischen Hugenotten und Katholiken.

Es war die Gelegenheit, alte Rechnungen mit seinen Nachbarn zu begleichen. Sie schlugen sich gegenseitig die Köpfe ein. Es war keine Frage der Religion mehr. Es waren allgemeine, völlig unkontrollierte Rachegelüste, ein kollektiver Wahnsinn.

Claude Marcel, der von der Königin damit beauftragt war, die öffentliche Ordnung in Paris wiederherzustellen, war ein fanatischer Katholik, der keinen Augenblick zögerte, ihr Vertrauen zu missbrauchen und ihre Befehle zu übertreten. Statt seinen Männern zu befehlen, das zu tun, wozu man ihn beauftragt hatte, metzelte er sämtliche Protestanten nieder, deren er habhaft werden konnte. Es ging nicht mehr darum, die sorgfältig erstellte Namensliste der Königin zu befolgen, sondern darum, den Befehlen seines Herrn zu folgen, des Anführers der Katholiken, des Herzogs von Guise. Alle Hugenotten, egal ob Adlige oder Bürger, mussten ausgerottet werden. Kein Protestant durfte am Leben bleiben. Die im Zuge der Operation ursprünglich geplanten Hinrichtungen waren von den Ereignissen längst übertroffen worden. Die Situation war vollständig außer Kontrolle geraten.

Inzwischen war Königin Katharina, die im Louvre über die Entwicklung informiert worden war, völlig verzweifelt. Die alarmierenden Nachrichten, die kontinuierlich eintrafen, zeigten immer deutlicher die Ausmaße des Dramas und ihres Fehlers. Sie hatte eine Tragödie von unberechenbarer Reichweite ausgelöst. Dieses Massaker hatte sie nicht gewollt. Sie hatte nur das Ende des Mannes gewollt, der beabsichtigte, ihr die Macht zu entreißen und den König zu befehligen, und durch ihn ganz Frankreich. Um die Gefahr zu bannen, hatte sie zu ihrem Bedauern eine neue, noch größere Gefahr heraufbeschworen. Alle Nachrichten von ihren Spionen verwiesen auf den Herzog von Guise als den wahren Urheber des Massakers. Entgegen jeder Prognose hatte sie einen neuen König von Paris geschaffen. Sie war sich ihres politischen Fehlers bewusst. Ihr, die immer für die Gleichberechtigung der Religionen eingetreten war, die mit allen Kräften dem Druck ihres Schwiegersohnes, des Königs von Spanien, Philipp II., und des Papstes widerstanden hatte, als sie darauf drangen, der protestantischen Ketzerei ein Ende zu machen, wurde jetzt klar, dass sie in eine Falle gegangen war. Sie hatte sich ungewollt in die große Rächerin der Katholiken verwandelt.

Entsetzt über die Situation löste sie die Ratssitzung auf. Sie hatte Wichtigeres zu tun, als sich die Ermahnungen derjenigen anzuhören, die sie schlecht beraten hatten. Sie war verzweifelt und wütend auf sich selbst. Sie hatte sich vom Herzog von Guise täuschen lassen. Jetzt wusste sie, dass die Frau am Fenster kein Zufall gewesen war, wie man ihr hatte weismachen wollen. Sie war ganz bewusst vom Herzog da hingestellt worden. Jetzt konnte er zufrieden sein, er hatte den Tod seines Vaters gerächt, und wahrscheinlich interessierte es ihn wenig, dass diese Rache zum Preis eines Blutbades erfolgte. In diesem Augenblick fühlte sie sich machtloser denn je.

Louvre,
in der Stube der Wachposten

Sonntag, 24. August 1572, 0.45 Uhr

Als er gegen 0.45 Uhr den ersten Schuss im Hof des Louvre hörte, war sich Jean Lagarigue absolut sicher, dass jemand die Befehle übertreten hatte oder das Geheimnis den Hugenotten zugespielt worden war. Ohne erst seinen Vorgesetzten zu konsultieren, entschied er, sofort in Aktion zu treten, um die Viertel am Rande der Stadt zu überrumpeln, in die er abkommandiert war und in denen man die Schüsse höchstwahrscheinlich nicht gehört hatte.

An der Spitze seiner Kompanie verließ er eiligst den Palast und ritt so schnell wie möglich zu seinem Ziel. Beim Überqueren der Straßen und Plätze wurde ihm klar, dass er keine falsche Entscheidung getroffen hatte. Überall sah er Soldaten, die zu dem ansetzten, was Hauptmann von Nancay mit gewissem Sarkasmus »eine präventive Militäraktion« genannt hatte. Er befahl seinen Männern, sich zu beeilen. Auch er wollte dringend in Aktion treten. Kaum eine halbe Stunde später trafen sie in dem ihm zugewiesenen Vorort ein.

Er ließ das Viertel umzingeln, um jede mögliche Flucht zu verhindern, und befahl seinen Männern, jedes Haus zu durchsuchen. Sollte sich jemand widersetzen wollen, sollte er augenblicklich und ohne viel Federlesen hingerichtet werden. Schlimmer kam es noch für diejenigen, die sich für unschuldig erklärten. Als sie weiter ins Stadtviertel vordrangen, wurde der Kreis immer enger, bis sie zum einzigen Platz des Viertels kamen, wo die Kirche Saint-Christophe stand. So konnte niemand den Rachegelüsten entkommen, die sich des Offiziers Jean Lagarigue bemächtigt hatten. Seit vielen Jahren hatte er auf diesen Moment gewartet. Endlich hatte der König begriffen, dass seine Toleranz gegenüber der so genannten »neuen Religion« den Herrn beleidigte. So hatte es der Pfarrer in seiner Sonntagspredigt ausgedrückt, und der Pfarrer kannte sich mit diesen Dingen aus, er irrte sich nicht.

Der Offizier Jean Lagarigue hatte die Befehle nach eigenem Ermessen umformuliert. Er hatte zu seinen Männern gesagt:

»Fragt sie, ob sie katholisch oder protestantisch sind. Wenn sie ohne zu zögern katholisch sagen, verschont sie, und geht ins nächste Haus, aber nicht, ohne sie vorher noch zu fragen, ob sie Hugenotten bei sich beherbergen oder wissen, ob sich einer im Nachbarhaus versteckt. Wenn sie euch hingegen stolz antworten, sie seien Protestanten, massakriert sie alle. Und wenn sie euch nicht antworten, tötet sie im Zweifelsfalle auch. Damit man hinterher nicht sagen kann, diese verfluchten Abtrünnigen des Herrn hätten uns getäuscht.«

»Und wenn wir auf eine hübsche protestantische Jungfrau treffen? Können wir uns ein bisschen mit ihr vergnügen, bevor wir sie in die Hölle schicken?«, fragte einer seiner Soldaten, ein kleiner hässlicher Mann, der nur noch einen Zahn im Mund hatte und langes, fettiges Haar, das ihm bis auf die Schultern fiel.

»Red keinen Blödsinn, Lafigue«, hatte Jean Lagarigue ihm verärgert geantwortet. »Wenn ich dich mit dem Schwanz aus der Hose erwische, schneid ich ihn dir ab, das schwöre ich dir.«

Der Soldat Lafigue warf seinem Offizier einen hasserfüllten Blick zu. Verfluchter fanatischer Puritaner, dachte er.

»Der hat bestimmt noch mit keiner Frau gevögelt«, flüsterte er einem Kameraden neben ihm zu und zeigte auf den Offizier. »Der trägt immer das Messbuch unterm Arm. Der hätte besser Pfarrer werden sollen und nicht Soldat.« Beide lachten leise.

»Wie auch immer, wenn wir ein junges Mädchen finden, ob hübsch oder hässlich, vögeln wir beide sie«, schloss er leise, damit man ihn nicht hören konnte.

»Mit mir kannst du rechnen«, erwiderte der Kamerad. »Und wenn der uns anscheißen will, finden wir schon einen Weg, ihn loszuwerden. Eine verirrte Kugel von einem flüchtenden Hugenotten … Wer merkt das schon?«

Die beiden wechselten einen komplizenhaften Blick, und der Soldat Lafigue nickte bestätigend.

François' Kammer

Sonntag, 24. August 1572, 1.30 Uhr

François wachte plötzlich schwitzend auf. Er hatte nur wenige Stunden und unruhig geschlafen. Tinella lag dicht neben ihm in dem schmalen Bett, was das Gefühl der Hitze und der Stickigkeit noch verstärkte. Sie schlief so tief, dass ihr die Hitze und der Schweiß nichts auszumachen schienen. Sie hatte einen Arm um den Mann geschlungen, der ihr vor kurzem gezeigt hatte, was Liebe ist. François betrachtete sie einen Augenblick. Was träumte das Mädchen wohl gerade? Hin und wieder bewegte sie einen Finger, den linken Zeigefinger, mit dem sie sich über die Brust fuhr. Auch sie schwitzte, doch in ihrem tiefen Schlaf störte sie das nicht. Intuitiv strich François ihr eine Strähne aus der Stirn. Im Schlaf wirkte Tinella noch schöner. Sie hatte eine zarte, weiche Haut. Mit den Fingerspitzen fuhr er ihr zärtlich den Körper hinauf und wieder hinunter, soweit sein Arm reichte, eine ganz zarte Liebkosung. Sie merkte es nicht. Um sie nicht zu wecken und weil ihm immer heißer wurde, rückte er ein wenig von ihr ab und legte ihren Kopf vorsichtig auf das Kopfkissen. Dann stand er auf. Die Nacht hatte nicht viel Abkühlung gebracht; um Luft zu holen, ging er ans Fenster. Es war immer noch schwül, kein Lüftchen wehte, wie er an den unbeweglichen Blättern der Bäume erkennen konnte. Ihm fiel auf, dass er zu so später Stunde noch nie zum Fenster hinausgesehen hatte. Er war wenig zu Hause, er schlenderte lieber durch die Straßen, wenn es nichts Besseres zu tun gab. Die Stadt Paris faszinierte ihn mit ihrer Lebendigkeit und den vielen unbekannten Menschen, die sich auf den Straßen tummelten, sowohl tagsüber als auch nachts, und wegen der tausend Möglichkeiten, die sie bot. Seit er in diese Stadt gekommen war, gab es für François immer irgendetwas zu tun, auch wenn es kleinere Aufträge waren und er noch keine sichere Arbeit gefunden hatte. Deshalb kam er gar nicht auf die Idee, sich in dieser schäbigen Kammer aufzuhalten. Für ihn war diese Kammer wie eine Insel weit weg von der eigentlichen Welt, nur ein Schlafzimmer fernab vom pulsierenden Stadtzentrum, das voller Leben und neuer Gesichter war. Paris war nicht wie sein Dorf in der fernen Bretagne, wo sich alle kannten. Endlich konnte er sich die Beine vertreten und bis zur Erschöpfung gehen, ohne auf ein bekanntes Gesicht zu stoßen. Deshalb gefiel ihm diese Stadt. Das Gefühl der Unabhängigkeit, das kosmopolitische Brodeln. Sogar die Luft, die er atmete, stimulierte ihn, als würde sie unsichtbare Duftkügelchen enthalten, jedes mit einem anderen Aroma: Liebe, Sexualität, Glück, Geschäfte, der Hof, reiche und amüsante Leute. Ja, Paris gefiel ihm wirklich sehr. Er kannte keine vergleichbare Stadt. Bei dem Gedanken konnte er sich ein Lächeln nicht verkneifen: als würde er andere Städte kennen. Er war nie gereist. Seine einzige Reise war die gewesen, die er so mühsam von seinem Dorf hierher gemacht hatte. Aber die wenigen hundert, zu Fuß zurückgelegten Meilen hatten ihm die Augen geöffnet und ihm erlaubt, eine ganz andere Welt kennen zu lernen als die, in der er gelebt hatte.

Seit seiner Ankunft in Paris war sein Horizont weiter geworden. Er hatte von Italien und seinen Wundern reden hören. Von Gent, von Antwerpen, von London, ihm völlig unbekannte Orte, die er auf der Weltkarte nicht hätte zuordnen können. Aber das war ihm nicht wichtig. Wirklich wichtig war dieses Gefühl der Unabhängigkeit. Und jetzt hatte er es endlich kennen gelernt. Er fühlte sich frei, frei und glücklich.

Er erinnerte sich an die letzten Stunden mit Tinella. Es waren süße und sorglose Stunden gewesen. Ja, dieses Mädchen gefiel ihm. Tinella hatte einen besonderen Liebreiz, der sie von allen anderen unterschied, die er bisher kennen gelernt hatte. Ihr sanfter, intensiver Blick verwirrte ihn. Anfangs hatte er sie mit anderen Augen gesehen. Sie war ihm nur wie eines der vielen hübschen Mädchen vorgekommen, die er kannte. Eigentlich war es seine Tante gewesen, die ihn auf sie aufmerksam gemacht hatte, weil sie die persönliche Kammerzofe der Königin war, der mächtigen Katharina de' Medici. François wusste, dass seine arme Tante Luftschlösser baute. Für sie war Tinella eine gute Partie. Ein Mädchen im heiratsfähigen Alter, das ihm einen sicheren Posten im Palast verschaffen konnte. Seine arme Tante konnte sich nicht vorstellen, dass es nicht sein größtes Streben war, eine feste Stelle im Palast zu ergattern, so sicher diese auch sein mochte. Wie viel könnte ein Bediensteter des Königs verdienen? Bestimmt viel weniger als das, was er in wenigen Wochen mit seinen Botengängen verdient hatte, bei denen er vertrauliche Informationen von einem Palast zum anderen übermittelte, deren Sinn er nicht immer ganz verstand, die aber den Vorteil hatten, gut bezahlt zu werden. Außerdem war das sein Glückstag gewesen. Er hatte den Herzog von Anjou persönlich kennen gelernt. Sollte er ihn wiedersehen, würde sich sein Leben, ohne dass er sich groß anstrengen müsste, völlig verändern, auch wenn diese Art von Beziehung nicht unbedingt nach seinem Geschmack war. Aber der Herzog hatte unmissverständliche Zeichen seines Interesses und seiner Großzügigkeit gezeigt. Da lohnte es sich, darüber hinwegzusehen.

Dann hatte er Tinella kennen gelernt. Sie war anmutig und hatte gute Manieren. Man merkte, dass sie im vornehmen Umfeld der feinen Gesellschaft aufgewachsen war und deren Umgangsformen angenommen hatte. Sie bewegte sich grazil, sprach korrekt und nicht so vulgär wie die anderen Küchenmädchen, deren Ausdrucksweise selbst einen Metzger hätte erröten lassen. Sie war ein feiner Mensch, und François hatte sie für sich gewonnen. Außerdem hatte er an dem Nachmittag, an dem sie spazieren gegangen waren, etwas entdeckt, das er sich bei einer Frau nicht hatte vorstellen können. Tinella war nicht nur schlau, sondern intelligent und gebildet. Sie wusste zu jedem Thema etwas zu sagen, selbst wenn es um Dinge ging, von denen sie nicht viel wusste, doch sie prahlte nicht damit. Sie war weder altklug, noch gab sie mit ihrer guten Erziehung an, als wäre das ein Privileg. Im Gegenteil, sie hatte ihm, wahrscheinlich ohne es zu merken, die Tür zu einer Welt geöffnet, die er sich immer ausgemalt und die er beneidet hatte. Ja, Tinella war wirklich ein guter Mensch. Er wollte sie nicht leiden lassen, das hatte sie nicht verdient. Sie war mit einer gewissen Naivität die Seine geworden und hatte ihm erlaubt, mit seinen erfahrenen Händen ihren Körper zu erkunden. François hatte begriffen, dass sie eine Entdeckung war. Und das machte sie in seinen Augen noch liebenswerter. Tinella war die Seine geworden, weil sie vorher noch nie mit einem Mann zusammen gewesen war.

François hatte nur wenig geschlafen. Die Hitze und der Umstand, dass sie sich das ohnehin schmale Bett hatten teilen müssen, hatten ihm die nötige Ruhe verwehrt. Außerdem quälte ihn seit dem Abend eine merkwürdige Sorge. Eine Unruhe, die sich beim Einschlafen seiner bemächtigt hatte und ihn seither nicht mehr losließ. Es waren die vielen Soldaten und Milizen gewesen, die er auf dem Heimweg gesehen hatte. Auch hatte ihn die Sturheit der Palastwachen überrascht, die niemandem, um wen es sich auch immer gehandelt haben mochte, erlaubt hatten, den Louvre zu betreten oder diesen zu verlassen. Was hatte das alles zu bedeuten? Wurde womöglich ein Staatsstreich vorbereitet? Warum hatte der König mitten in der Nacht so viele Truppen in der Stadt zusammengezogen? Er verstand nicht, warum. Die vergangenen Tage waren ziemlich ruhig gewesen. Es stimmte, es hatte den Versuch eines

Attentats auf Admiral Coligny gegeben. Aber rechtfertigte das diese Sicherheitsmaßnahmen? Außerdem hatte das Attentat vor zwei Tagen stattgefunden. Warum hatte der König dann ganze zwei Tage mit besagten Maßnahmen gewartet? Hätte er nicht sofort nach dem Attentat reagieren müssen? Nicht einmal bei der Hochzeit von Prinzessin Margarete mit dem König von Navarra hatte es solch drastische Sicherheitsmaßnahmen gegeben. Da war etwas im Gange, von dem er nichts wusste.

Aus all dem schloss François, dass Paris in diesem Augenblick keine besonders sichere Stadt war. Als Vorsichtsmaßnahme wäre es vielleicht am vernünftigsten, eine Luftveränderung vorzunehmen und eine Zeit lang aus der Stadt zu verschwinden, bis sich die Dinge wieder beruhigt hatten. Er hatte ein bisschen Geld gespart, genug, um eine Weile davon zu leben. Und bei dem Gedanken an Geld fiel ihm Durandot ein. Dieser Schuft hatte ihm nur die Hälfte des Honorars für seine Dienste gegeben. Er hatte seinen Auftrag ausgeführt und das Buch in den Louvre gebracht, auch wenn er die Sache nicht hatte zu Ende bringen können, denn er hatte das Buch ins Schreibzimmer der Königinmutter legen sollen, und das war ihm nicht gelungen. Doch früher oder später würde er in den Louvre zurückkehren und das Buch an seinen Platz legen. Jedenfalls war es eher unwahrscheinlich, dass Durandot davon wusste. Für ihn lag das Buch dort, wo es liegen sollte. Was dann damit geschah, ging ihn nichts an, und Durandot selbst konnte es nicht überprüfen. Man wusste, dass sich im Louvre viele Leute aufhielten. Jeder, nicht nur die Königin, hätte das Buch sehen und an einen anderen Platz legen können. So belog sich François selbst und fand es legitim, das restliche Geld einzufordern. Durandot musste ihm geben, was er ihm schuldete. Es war eine große Summe, er konnte nicht riskieren, sie zu verlieren. Wenn in dieser Nacht etwas passierte und er aus irgendeinem Grund Durandots Spur verlor, dann hieß es: adieu, Geld! Dieses Risiko wollte er nicht eingehen.

Er überlegte, ob er jetzt mitten in der Nacht die Stadt durchqueren sollte, um im Palast der Guise sein Geld einzufordern. Es könnte gefährlich sein. Doch dann erinnerte er sich daran, dass keiner der vielen Soldaten ihn auf dem Heimweg aufgehalten hatte, deshalb glaubte er, dass das Risiko doch nicht so groß sein würde. Wahrscheinlich hatten die Milizen genaue Befehle. Sie wussten sicher genau, wen sie aufhalten sollten und wen nicht. Vielleicht lohnte es sich doch, das Risiko auf sich zu nehmen und trotz der späten Stunde aufzubrechen, um sein Geld einzufordern. Mit diesem Geld könnte er die Stadt verlassen. Hoffentlich würde Tinella mit ihm gehen. Bestimmt hatte auch sie eine ordentliche Summe gespart. Davon könnten sie beide eine Zeit lang leben.

Er sah zum Bett hinüber. Tinella schlief noch immer tief und fest. Er brauchte sie nicht zu wecken. Er würde sich beeilen. Bevor sie aufwachte, wäre er wieder zurück. Wenn Tinella bereit wäre, mit ihm zu gehen, könnten sie direkt von hier aus aufbrechen und müssten nicht mehr ins Stadtzentrum zurück.

Er zog sich leise an und erfrischte sich das Gesicht mit Wasser, wobei er versuchte, keinen Lärm zu machen, der sie wecken könnte. Dann verließ er auf Zehenspitzen den Raum. Er bedauerte es, nicht schreiben zu können, dann hätte er ihr eine Nachricht hinterlassen, damit sie sich keine Sorgen machte, sollte sie aufwachen. Nur ein paar Worte wie »Ich bin bald zurück«. Aber das konnte er leider nicht, und anders konnte er es ihr nicht sagen, wenn er sie nicht wecken wollte. Er würde rechtzeitig zurückkehren, um sie zu überraschen. Zu seiner Beruhigung schlief auch die Witwe tief und fest, von der Treppe aus konnte er sie schnarchen hören.

Er verließ das Haus und machte sich auf den Weg zum Louvre. Auf den Straßen tummelten sich inzwischen noch mehr Milizen, und je näher er der Stadtmitte kam, desto größer wurde ihre Zahl, als befände sich Paris im Belagerungszustand.

Niemand hielt ihn auf, um ihn etwas zu fragen, also ging er ruhig seines Weges. Doch kaum hatte er die Brücke überquert, hörte er die ersten Schüsse. Er wusste nicht, wo sie herkamen. Ihm schien es, als kämen sie aus dem Louvre. Und als wären diese Schüsse ein vereinbartes Signal, liefen die Milizen in alle Richtungen los, traten Türen ein und drangen gewaltsam in die Häuser ein. Andere blieben auf ihrem Wachposten, wo sie Position bezogen hatten. In wenigen Minuten hatte sich eine wahre Stadtschlacht entfesselt. Überall waren Schüsse zu hören. François versteckte sich hinter dem öffentlichen Waschhaus. Aus drei Brunnen sprudelten Kaskaden, die so vielen Wäscherinnen wie möglich dienen sollten. Er legte sich hinter den ersten Brunnen auf den Boden und lauerte auf jede verdächtige Bewegung. Er verfluchte sich selbst, es war wirklich keine gute Idee gewesen, um diese Zeit herzukommen. Aber wie hätte er ahnen können, dass sich die Ereignisse auf diese Weise überschlugen?

Er hörte, wie ganz in seiner Nähe ein Dutzend bis an die Zähne bewaffnete Milizen vorbeilief. Sie sahen ihn nicht. Als sich ihre Schritte entfernten, hob François vorsichtig den Kopf, um zu überprüfen, ob die Luft rein war. Als er sah, dass niemand vorbeikam, sprang er auf und lief zu einem wenige Meter entfernten Haus, das ihm jedoch keine Deckung bot. Er wusste, dass er trotz der Dunkelheit eine leichte Beute darstellte. Wenn jetzt eine Gruppe Milizen auftauchte, wäre es nicht einfach, zu erklären, was er hier verloren hatte. Und er wusste noch immer nicht, was zum Teufel die Milizen suchten und warum sie die Türen und Fenster der Häuser zerstörten, um gewaltsam in diese einzudringen. Er spürte, dass er in Gefahr schwebte. Er war mitten in der Nacht allein auf der Straße. Es brauchte nicht viel, damit die Milizen ihn mit denen verwechselten, die sie mit großer Wahrscheinlichkeit suchten. Sein Überlebensinstinkt ließ ihn begreifen, dass er klug vorgehen und sich besser verstecken musste. Wenn es ihm gelänge, zum Palast der Guise zu kommen, könnte er sich dort hineinflüchten und mit der Heimkehr bis zum Morgengrauen warten. Plötzlich stiegen Zweifel in ihm auf. Und wenn man ihm nicht öffnete? Dann würde man ihn bald erwischen. Er dachte lieber nicht darüber nach. Im Augenblick hatte er keine andere Wahl. Einfach zurückzugehen war praktisch unmöglich und viel zu riskant. Also blieb ihm als einziger Zufluchtsort der Palast der Herzöge von Guise.

Als er sich aufmerksam umschaute, stellte François fest, dass die Luft rein war, also machte er sich auf den Weg zu seinem Ziel. Verzweifelt und mit geschärften Sinnen lief er los. Sobald er Schritte oder Schreie hörte, versteckte er sich, wo immer er konnte, und wenn es im Schatten eines Hauses war. Er wusste, dass dies ein heikles Versteck war, aber da es nichts anderes gab, konnte er von dort aus die herannahende Gefahr im Auge behalten und in Deckung gehen, wenn auf ihn geschossen werden sollte. Ein paar hundert Meter entfernt entdeckte er eine Barrikade. Von hier aus wäre es unmöglich, auf direktem Weg zum Palast der Guise zu gelangen, ohne das Risiko einzugehen, gesehen zu werden. Es war besser, einen anderen Weg zu nehmen und am Seineufer bis zur Île de la Cité zu gehen. Von dort aus könnte er in Richtung Louvre ausweichen, um dann nach rechts abzubiegen und schließlich zum Palast der Guise zu gelangen, der nicht weit entfernt stand. Er begann von einer dunklen Hausecke zur nächsten zu laufen, bis er von weitem das Hôtel de la Ville erkannte. Es war eine unangenehme Überraschung, feststellen zu müssen, dass das Gebäude vollständig belagert war. Außer den zahlreichen Milizen standen auch einige Kanonen zu seiner Bewachung davor. Dort kam er also auch nicht vorbei.

Als er durch eine wenig belebte Gegend schlich, hörte er von allen Seiten verzweifelte Schreie und den unverwechselbaren Lärm von Schüssen. Von weitem erklangen lautere Geräusche, vielleicht Kanonschüsse. Es wirkte, als wäre ein Krieg ausgebrochen. François verließ sein kurzzeitiges Versteck und lief so lange, bis er die Mauern des Louvre erreichte. Es fehlten nur noch ein paar hundert Meter, als er das hektische Treiben um den Palast herum bemerkte. Je näher er kam, desto chaotischer wurde es. Er traute seinen Augen kaum. Soldaten, denen Adlige zu Hilfe geeilt waren, traten Türen ein, drangen gewaltsam in Häuser ein und töteten alle, die sie dort fanden. Er sah, wie die Körper noch lebender Menschen aus den Fenstern geworfen wurden, hörte die schrecklichen Schmerzensschreie, die diese ausstießen, bevor sie auf dem Boden aufprallten, während die Soldaten unten auf der Straße sie mit Freudengeschrei begrüßten, sich auf sie stürzten und sie mit ihren Schwertern oder Lanzen verstümmelten. Es war ein schreckliches Schauspiel. François hatte so etwas noch nie gesehen, er hatte sich nicht einmal vorstellen können, dass Menschen so grausam sein konnten. Schon bald waren die Straßen voller Blut und Leichen. Die wenigen, die noch lebten, verrieten sich durch ihr schmerzerfülltes Stöhnen, und sie wurden sofort mit einem Schwert erstochen, oder ihnen wurde mit einem Streich der Kopf abgeschlagen. Es war Dantes Hölle. François spürte Angst und Panik in sich aufsteigen. Auch sein Leben war in größter Gefahr, auch er könnte so enden, und die bloße Vorstellung, dass er in den Händen dieser Schlächter sterben könnte, ließ seine Beine zittern. Es kostete ihn übermenschliche Anstrengung, nicht die Nerven zu verlieren. Er wandte den Blick von der schrecklichen Szenerie ab und schloss für einen Moment die Augen, um nachzudenken. An diesem Ort konnte er nicht länger bleiben. Sie würden ihn finden, aber das Versteck zu verlassen bedeutete, von diesen Teufeln massakriert zu werden. Von seinem Standort aus konnte er sehen, dass alle Angreifer eine weiße Armbinde trugen. Er begriff sofort, dass sie sich daran erkannten. Wenige Schritte von ihm entfernt türmte sich ein Haufen lebloser Körper. François sah einen Arm mit einer weißen Armbinde herausragen. Er schlich näher und blickte entsetzt auf den Kopf des armen Mannes. Es war das Gesicht eines jungen Soldaten. Sein restlicher Körper wurde von einem größeren verdeckt. Die Hugenotten hatten in ihrem verzweifelten Kampf auch einige ihrer Angreifer getötet. Er beugte sich über den Soldaten. Er war noch nicht einmal zwanzig Jahre alt. Bestimmt ein armer Pechvogel wie er aus der fernen Provinz auf der Suche nach seinem Glück, der zur Belohung nur den Tod gefunden hatte. Vor ihm kniend verspürte er ein seltsames Mitleid für den jungen Unbekannten, und im Andenken an seine katholische Erziehung – die einzige Erziehung, die so arme Schlucker wie er genossen – schloss er ihm die Augen. Dann hob er vorsichtig seinen Arm und zog die Armbinde herunter. Sie war noch unbefleckt, ohne einen Tropfen Blut, und er streifte sie sich über den eigenen Arm. Er glaubte zwar nicht, dass ein schlichtes Stück Stoff ihm das Leben retten könnte, aber er musste es versuchen. Wenn die anderen sie zum Schutz trugen, warum dann nicht auch er? Zumindest wirkte er von weitem wie einer von ihnen.

Er durfte sich jetzt nicht mehr länger hier aufhalten. Früher oder später käme eine Patrouille vorbei und würde ihn entdecken. Also ging er weiter, um so schnell wie möglich zu seinem Versteck zu kommen. Erst im Palast der Guise könnte er sich einigermaßen sicher fühlen.

Alle fünf Sinne in Alarmbereitschaft lief er los, diesmal durch ein dunkles, schmales Gässchen, denn wenn er die Hauptstraßen mied, war das Risiko geringer. Er hatte das seltsame Gefühl, vor einer Gefahr zu fliehen, ohne eigentlich zu wissen, woraus diese Gefahr bestand. Er dachte, wenn er zufällig auf einen Soldaten träfe, wäre es besser, in normalem Tempo zu gehen als verzweifelt wegzulaufen. Das ließ ihn langsamer werden. So konnte er auch besser nachdenken. Und er musste nachdenken, irgendeine Strategie ersinnen, um seine Haut zu retten. Er dachte, dass die Soldaten außer der

Armbinde vielleicht noch einen Geheimcode hatten, um sich zu erkennen. Wenn ihn jemand danach fragen würde, wäre er ein toter Mann. Doch diese Idee verwarf er gleich wieder und ging weiter ganz dicht an den schützenden Hauswänden entlang. Als er an eine Straßenkreuzung kam, blieb er stehen, um die Gefahr einzuschätzen. Der Anblick, der sich seinen Augen bot, wurde immer abscheulicher. Er wurde Zeuge eines wahren Massakers. Die einen liefen mit erhobenem Schwert hinter den anderen her oder schossen wie wild auf die Flüchtenden, die verzweifelt um ihr Leben liefen. François hatte noch keinen Bürgerkrieg erlebt, und er hätte sich nie vorstellen können, dass es solche Gräuel gab wie die, die sich gerade vor seinen Augen abspielten. Es gab keine Gefangenen, nur Opfer. Die Milizen wirkten wie besessen in ihrer blutigen Raserei und ihren unersättlichen Rachegelüsten, aber warum? Warum töteten sie die Pariser Bevölkerung mitten in der Nacht auf so grausame Weise? Ihm blieb keine Zeit für eine Antwort, denn er hatte entdeckt, dass ein großer Trupp Soldaten auf ihn zumarschierte.

»He du!«, rief einer der Soldaten von weitem.

François lief kalter Schweiß über den Rücken.

»Heiliger Christus!«, rief er. »Die haben mir gerade noch gefehlt, und was mache ich jetzt?«

Ihm fiel auf die Schnelle nichts Besseres ein, als sich umzudrehen und in die entgegengesetzte Richtung zu laufen. Er lernte ein Gefühl kennen, das ihm bisher unbekannt gewesen war: die Angst. Er rannte verzweifelt, ohne zu wissen, wohin. Einen Augenblick dachte er daran, sich in einem Haus zu verstecken, aber diese Idee verwarf er gleich wieder. Damit liefe er Gefahr, wie eine Maus in der Falle zu sitzen. Er lief weiter und wäre gerannt, bis ihm der Atem ausging. Er war besser in Form als viele seiner Verfolger. Außerdem konnte er sich freier bewegen, er hatte keine Hindernisse am Körper wie Uniformen, Bogen oder Schwerter. Er rannte mit leeren Händen und in der einzigen Hoffnung, seine Verfolger abzuhängen. Hinter sich hörte er ihr wütendes Gebrüll und ihre Beschimpfungen. Er hatte das Gefühl, dass sie ihm immer näher kamen, aber er wagte nicht, sich umzudrehen. Auf der Kreuzung zweier Straßen glaubte er, sie irreführen zu können, aber er merkte schon bald, dass sie ihn noch immer verfolgten. Sie wollten ihn um jeden Preis stellen, und diese Vorstellung ließ ihn noch schneller laufen, bis an die Grenzen seiner Kräfte. Er wusste nicht, wohin er laufen sollte, aber das war egal. Er hatte jeglichen Orientierungssinn verloren und merkte nicht, dass er im Kreis lief. Wichtig war nur, die Entfernung, die ihn noch von seinen Verfolgern trennte, zu vergrößern.

Plötzlich kam er auf einen großen Platz. In seinem wahnwitzigen Lauf erkannte er ihn nicht. Und doch hatte er ihn hunderte Male überquert. Es war der große Platz vor dem Haupteingang des Louvre. Die Wachsoldaten vor den Eingängen glaubten, er sei ein Rebell auf der Flucht, als sie ihn so laufen sahen und die Schreie seiner Verfolger hörten, woraufhin sie auf ihn zuliefen und ihn umzingelten. Es waren viele, viel zu viele, als dass François in der Lage gewesen wäre, es mit ihnen aufzunehmen. Er hatte keine Zeit, sie zu zählen, denn sie warfen sich auf ihn und hielten ihn fest umklammert, sodass er sich nicht mehr bewegen konnte.

»Wo willst du denn so schnell hin, mein Hübscher?«, schrie ihn ein Soldat an, packte ihn beim Haar und zerrte seinen Kopf nach hinten, während seine Kameraden ihn festhielten. »Fürchtest du etwa um deine Jungfräulichkeit? Du wirst gleich sehen, was gut ist.« Um ihm seine Verachtung zu zeigen, spuckte er ihm ins Gesicht.

François hätte es ihm gerne mit gleicher Münze heimgezahlt, aber ihm blieb keine Zeit. Er musste mitansehen, wie der Mann mit seiner freien Hand ein großes Messer aus seinem Gürtel zog. Die Schneide glänzte im Schein der Fackeln und war noch blutverschmiert von seinem letzten Opfer. Der

Mann hatte es nicht einmal sauber gemacht. François ahnte, dass er ihm den Kopf abschneiden würde. Er wollte verzweifelt schreien, doch alles, was er zustande brachte, war ein kehliges Kreischen, das traurig in der Nacht widerhallte. Es ging alles sehr schnell. Er begriff, dass seine letzte Stunde geschlagen hatte, an mehr konnte er nicht denken. Nicht einmal an Tinella, die in seinem Bett lag und schlief, auch nicht an seine Eltern, die in ihrem Dorf auf ihn warteten. Er war ein toter Mann und wartete ergeben darauf, dass sein Schicksal sich erfüllte.

Er merkte nicht, dass in diesem Moment ein Reitertrupp im Galopp den Palast verließ. François konnte ihn nicht sehen, aber er hörte den Klang der herannahenden Pferdehufe auf dem Pflaster. Und er hörte, wie einer der Reiter »Halt!« rief. Er begriff nicht, was geschah, denn die Rücken der Soldaten, die ihn festhielten, versperrten ihm die Sicht. Alles geschah in Sekundenschnelle. Die Soldaten ließen ihre Beute los. François befand sich in einem Schockzustand und wusste nicht, was passiert war, er sah, wie die Soldaten auseinanderwichen, um den Reiter durchzulassen, der »Halt« gerufen hatte. Und noch bevor er begriff, was geschah, spürte er, wie eine Hand ihn am Arm packte und ihm half, aufzustehen. Er begriff, dass der Reiter wollte, dass er zu ihm in den Sattel stieg, also machte er einen Satz und fand sich gleich darauf hinter dem Reiter auf dem Pferd wieder.

»Halt dich an mir fest«, sagte dieser.

François erkannte die Stimme in seiner Verwirrung nicht, aber er klammerte sich an die Schultern des Mannes, der ihm wunderbarerweise das Leben gerettet hatte, und roch an seinen Nacken gelehnt das schwere Parfüm, das ihm bekannt vorkam. Es war ein so außergewöhnlicher Duft, dass er sich sicher war, ihn schon einmal gerochen zu haben, obwohl er sich nicht erinnerte, wo.

Der Trupp galoppierte in eine ihm unbekannte Richtung.

Kurz darauf schloss sich ihnen ein noch größerer Trupp an, der sie zu beiden Seiten wie eine Eskorte begleitete, als wäre es die Pflicht dieser Männer, denjenigen, der offensichtlich ihr Vorgesetzter war, vor der Gefahr eines ziellos abgefeuerten Schusses zu schützen.

Während sie weiterritten, rief der Mann seinen Kameraden Befehle zu.

»Schützt alle Luxusgeschäfte! Lasst nicht zu, dass die Leute sie plündern! Wenn ihr jemanden beim Plündern erwischt, zögert nicht, ihn umzubringen. Das ist ein Befehl des Königs!«

Erst da erkannte François die Stimme. Es war die Stimme des Herzogs von Anjou. Deshalb war ihm das Parfüm bekannt vorgekommen. Er hatte es erst vor ein paar Stunden gerochen, als sie sehr intime Momente geteilt hatten. Doch bei der ungeheuren Geschwindigkeit, mit der sich die Ereignisse zugetragen hatten, kam es ihm vor, als hätten diese Stunden vor einer Ewigkeit stattgefunden. Deshalb hatten ihn die Soldaten sofort losgelassen, als Heinrich von Valois ihnen »Halt!« zugerufen hatte. Es war ein Befehl des Bruders des Königs und Thronerben von Frankreich. Deshalb bemühten sich die Reiter so, ihn zu schützen.

Es war einem unglaublichen Wink des Schicksals zu verdanken, dass der Herzog, als er den Palast verlassen hatte, den Mann, den seine Soldaten gerade vor seinen Augen köpfen wollten, sofort erkannt hatte. Es war sein stattlicher Geliebter, mit dem er sich am Nachmittag amüsiert hatte. Er war gerade rechtzeitig aufgetaucht, um ihm das Leben zu retten. Einen Augenblick später, und François wäre tot gewesen.

François blieb keine Zeit, mit seinem Retter zu sprechen. Der Herzog hatte anderes zu tun. Er musste Befehle erteilen, die Ruhe bewahren, den erbitterten Zorn seiner Anhänger beschwichtigen und dem Massaker Einhalt gebieten, das ihnen aus den Händen geglitten war. Das waren die Befehle, die er direkt von seiner Mutter erhalten hatte. Weil sie um seine moralische Autorität wusste, hatte sie ihn auf das Schlachtfeld geschickt, statt ihn der sicheren Geborgenheit seiner Gemächer zu überlassen. François ergab sich seinem Schicksal. Er war gerade dem Tode entronnen. Was konnte er noch verlangen? Nach und nach beruhigte er sich wieder. Er fühlte sich wie ein neuer Mensch, als wäre er soeben wiedergeboren worden. Auf dem Pferd an den Herzog gepresst fühlte er sich sicher und außer Gefahr. Es erfüllte ihn eine seltsame Gelassenheit. Nach allem, was er gerade erlebt hatte, hatte er das tiefe Bedürfnis nach Geborgenheit. Unbewusst traf er eine wichtige Entscheidung. Er würde bei dem Herzog bleiben, koste es, was es wolle. Nur der Herzog konnte ihm die Sicherheit bieten, die er jetzt so dringend brauchte. Er schwor sich, nie wieder Angst zu haben.

In der Strasse mit dem Haus der Witwe

Sonntag, 24. August 1572, 4.00 Uhr

Die Soldaten traten eine Tür nach der anderen ein, so, wie es ihnen befohlen worden war, ohne den entsetzten Bewohnern, die sie mitten in der Nacht überrumpelten, Zeit zu einer Reaktion zu lassen. In der ersten Straße fanden sie niemanden, der bekannte, Protestant zu sein. Wütend und tobsüchtig gingen sie in die nächste Straße. Die Soldaten hetzten sich gegenseitig mit ihrem Geschrei und ihren Beschimpfungen auf. Auch in dieser Straße fanden sie keinen einzigen Protestanten, bis sie eine alte Frau auf das letzte Haus am Ende der Straße hinwies, wo eine Witwe lebte.

»Dort wohnt einer, der nicht von hier ist, der hat dort ein Zimmer gemietet«, sagte die Alte. »Ein junger Mann von außerhalb. Ich weiß nicht, ob er einer von uns ist, denn tagsüber sehe ich ihn hier nie. Er kommt erst abends, zum Schlafen, und morgens geht er wieder. Ich traue ihm nicht. Der ist bestimmt in irgendeine krumme Sache verwickelt. Ich weiß zwar nicht, was er genau macht, aber er kommt mir nicht vertrauenswürdig vor. Ich bin mir sicher, das ist einer dieser Antichristen.« Sie verstummte einen Augenblick, als würde sie abwägen, was sie sagen sollte. Ihre letzten Worte klangen wie ein Urteilsspruch: »Außerdem ist der Sohn der Witwe, die in diesem Haus lebt, dem Heer der Protestanten beigetreten.«

Mehr brauchte sie nicht zu sagen, um die Soldaten zu überzeugen.

»Lasst uns mal einen Blick darauf werfen«, beschlossen

die Soldaten. »Vielleicht ist es einer dieser verfluchten Hugenotten. Zumindest haben wir diese Nacht ein bisschen Spaß.«

»Geht nur, heute Nacht findet ihr ihn bestimmt in seinem Bett«, fügte die Alte hinzu, blieb in der Tür stehen und sah den Soldaten nach, die auf das Haus der Witwe zuliefen, auf das sie mit dem Finger gezeigt hatte.

Sie wirkte zufrieden. Sie hatte den Soldaten nicht gesagt, dass dieser junge Mann aus der Provinz, der bei der Witwe ein Zimmer gemietet hatte, zuerst bei ihr gewesen war, und als ihm die erbärmliche Kammer, die sie ihm vermieten wollte, nicht gefallen hatte, war er zum Haus der Witwe am Ende der Straße gegangen. Deshalb war sie ohne Untermieter geblieben, und das war nun ihre persönliche Rache. Außerdem würde die Witwe am Ende der Straße bestimmt einen ordentlichen Schreck kriegen.

Als sie vor besagtem Haus ankamen, traten die Soldaten die Tür ein und stürzten hinein. Im unteren Stockwerk fanden sie niemanden, aber im Obergeschoss fanden sie gleich im ersten Zimmer die Witwe, die erschrocken aufgewacht war und starr vor Entsetzen über das nächtliche Eindringen aufrecht in ihrem Bett saß. Der Offizier Jean Lagarigue betrat als Erster den Raum. Im Licht der Fackeln erkannte er die verschlafene alte Frau sofort, sie war die Mutter seines früheren Waffenbruders. Er fragte sie nicht, ob sie katholisch oder evangelisch sei. Ihm reichte, dass sie die Mutter eines Mannes war, der dem heiligen Glauben abgeschworen hatte, wenn auch nur des Geldes wegen. Er gehörte zu denen, die das Heer zum Feind ernannt hatte. Lagarigue stürzte sich auf sie und bohrte ihr das Schwert ins Herz. Die Witwe riss den Mund auf, ohne einen Laut von sich zu geben, und fiel tot auf das Kopfkissen.

»Jetzt werden wir ja sehen, wer wem zuerst den Kopf abschlägt«, sagte sich der Offizier Jean Lagarigue und biss vor Wut die Zähne zusammen.

Er zog sein blutiges Schwert aus dem leblosen Körper der Frau und wischte es am Bettzeug ab.

»Jetzt wirst du bereuen, dich für die Verteidigung der falschen Religion entschieden zu haben«, fuhr er fort, als könnte ihn der frühere Waffenbruder hören. Und seinen Kameraden befahl er: »Durchsucht das Haus! Schafft mir diesen Fremden herbei!«

Der Soldat Lafigue entdeckte François' Zimmer als Erster. Dort fand er jedoch keinen Fremden, sondern ein erschrockenes Mädchen, das mitten im Zimmer stand.

»Was wollt Ihr? Wer seid Ihr?«, schrie Tinella.

Der Soldat Lafigue dachte nicht zweimal darüber nach.

»Sag dem Pfaffen, dass hier niemand ist, und dann komm sofort zurück«, befahl er seinem Kameraden, der hinter ihm stand. »Wir werden uns ein bisschen amüsieren.«

Der Kamerad begriff den Befehl sofort. Er kehrte in den ersten Raum zurück, wo sie die Witwe gefunden hatten, und sagte zu seinem Offizier:

»Hier ist niemand mehr. Entweder der Fremde ist entwischt oder noch nicht zu Hause.«

»Ist gut«, antwortete Jean Lagarigue nachdenklich. »Sucht weiter in den Nachbarhäusern, vielleicht hat er sich in einem davon versteckt.«

Und dann ging er als Erster die Treppe hinunter und machte sich, gefolgt von seinen Männern, auf den Weg ins Nachbarhaus. In dem Moment merkte er nicht, dass zwei von ihnen fehlten.

Als der Soldat ins Zimmer zurückkehrte, lag Lafigue auf der jungen Frau, sie sich nach Kräften wehrte. Mit einer Hand hielt er ihr den Mund zu, damit sie nicht schreien konnte. Der Soldat beeilte sich, seinem Kameraden zu helfen.

»Hilf mir, diese Furie festzuhalten«, rief Lafigue.

Der kräftige Mann drückte Tinella an den Schultern auf den Boden und zerrte ihre Arme auf den Rücken, so hielt er sie fest, die andere Hand drückte er ihr auf den Mund, während der Soldat Lafigue seine Hose öffnete. Bevor er in sie eindrang, riss er ihr das Hemd vom Leib, beugte sich über die festen Brüste und begann daran zu saugen.

Lafigue vergewaltigte sie zuerst, und als er fertig war und mit einem nach Wein stinkenden Rülpser von ihr abließ, tauschte er mit seinem Kameraden. Dieser hatte einen riesigen Penis. Als Lafigue ihn sah, konnte er sich einen anerkennenden Kommentar, der seinen Neid verriet, nicht verkneifen.

»Du bist wirklich gut bestückt, Kumpel. Du hast ja einen wie ein Pferd«, sagte er und zu Tinella, die sich fast erstickt von der Hand dieses widerlichen Mannes noch immer wehrte:

»Jetzt wird es dir richtig besorgt, kleine Nutte. Wirst schon sehen, dass dir das gefällt.«

Der andere Mann drang brutal in sie ein und brauchte viel länger bis zum Samenerguss.

Als sie das Nachbarhaus verließen, in dem sie den Verdächtigen auch nicht gefunden hatten, fragte der Offizier Jean Lagarigue den Soldaten neben ihm:

»Wo ist denn Lafigue? Wo hat sich dieser Kretin versteckt?«

»Ich habe ihn nicht mehr gesehen, seit wir in dem letzten Haus waren«, antwortete der Mann. »Vielleicht tut er der Alten einen Gefallen. Der denkt doch nur an seinen Schwanz. Außerdem ist er noch nie der Schlauste gewesen. Aber ich wusste nicht, dass er zur Nekrophilie neigt«, fügte er kopfschüttelnd hinzu.

»Geht ihn suchen. Und wenn das stimmt, was du sagst, werde ich mir dieses Schwein persönlich vorknöpfen.«

Der Soldat ließ sich von zwei Kameraden begleiten, und die drei gingen in das Haus zurück, in dem ihr Vorgesetzter die alte Frau in ihrem eigenen Bett ermordet hatte. Sie waren alle etwas überrascht gewesen, dass er sie nicht einmal gefragt hatte, ob sie katholisch oder evangelisch sei, auch wenn sie sich dann nicht weiter darum gekümmert hatten. Schließlich hatte ihr Offizier sie getötet. Vielleicht kannte er sie – er war schließlich öfter in diesem Viertel – und hatte Zweifel an ihrer religiösen Überzeugung gehabt.

Als die drei Soldaten das Zimmer im ersten Stock betraten, sahen sie, wie einer ihrer Kameraden, der größere von beiden, eine wahre Bestie, ein junges und hübsches Mädchen vergewaltigte, während Lafigue ihr den Mund zuhielt. Seine Hand war blutig, denn das Mädchen hatte ihm in die Hand gebissen.

»Komm schon, gib's ihr richtig!«, rief Lafigue, erregt von dem Schauspiel. »Die kleine Nutte ist scharf. Schau mal, wie sie es genießt, sie hat noch nicht genug.«

»Das gefällt dir, du Nutte«, rief der Mann immer wieder keuchend. »So einen Schwanz hast du noch nie gehabt, was? Genieß es richtig, du Nutte.«

Und erregt von den eigenen Worten ergoss sich der Mann endlich in die schmerzende Vagina des Mädchens.

Während er auf dem Boden kniend nach Atem rang, immer noch erschöpft von der großen Anstrengung des soeben Geschehenen, entdeckte der Mann die drei Kameraden, die sie gesucht hatten und die nun sprachlos im Türrahmen standen. Noch immer keuchend forderte er sie auf:

»Ganz die Eure, Jungs. Jetzt seid ihr dran. Die Demoiselle hat noch nicht genug.«

Die drei sahen sich unentschlossen an, und dann öffnete einer von ihnen, ohne ein Wort mit den anderen gewechselt zu haben, seine Hose. Die anderen taten es ihm gleich.

Es war schon zu viel Zeit vergangen, seit Offizier Jean Lagarigue seine drei Männer im Haus der Witwe hatte verschwinden und nicht wieder herauskommen sehen. Was zum Teufel war da drin los? Wütend ging er in Begleitung einiger seiner Soldaten in das Haus. Die Zeit drängte, und sie hatten noch viel zu tun. Sie konnten nicht ewig in dieser Straße verweilen.

Als die Männer zu der Tür kamen und sahen, was sich vor

ihren Augen abspielte, bekam Offizier Jean Lagarigue einen Wutanfall. Ohne nachzudenken, zog er seine Pistole, zielte direkt auf den Kopf des Soldaten Lafigue und drückte ab. Die Detonation war heftig. Lafigue fiel zu Boden, und unter ihm bildete sich eine Blutlache.

»Verdammtes Schwein! Ich habe dich gewarnt!«, schnaubte Jean Lagarigue und steckte die noch rauchende Pistole wieder in den Gürtel.

Die vier erschrockenen Soldaten standen rasch auf, schlossen ihre Hosen und gaben den Blick auf die halbnackte Tinella auf dem Boden frei. Sie war ohnmächtig.

»Raus, alle raus!«, schrie der Offizier.

Er betrachtete den leblosen Körper flüchtig, ohne näher zu treten.

»Lebt sie noch?«, fragte er den Letzten, der gerade hinausging.

»Ich glaube schon«, sagte der Mann. »Sie hat nur das Bewusstsein verloren. Sie wird bald wieder zu sich kommen.«

»Gehen wir«, sagte der Offizier und drehte sich auf dem Absatz um. »Wir haben noch viel zu tun. Nimm dieses Schwein Lafigue mit, und wirf ihn in den nächstbesten Graben. Er soll den Ratten als Futter dienen.«

Der Mann befolgte den Befehl. Sie gingen gemeinsam aus dem Zimmer, der Offizier Jean Lagarigue schloss die Tür hinter sich, und alle verließen schnell das Haus.

Louvre

Sonntag, 24. August 1572, 6.00 Uhr

Der Anblick, der sich im Morgengrauen in der luxuriösen Residenz der Könige von Frankreich darbot, war verheerend. Überall im Palast waren die Spuren der Verwüstungen zu sehen. Große Blutflecken auf den wundervollen Wandteppichen, den Vorhängen, den Sesseln und Bodenfliesen, weil die Leichen dunkelrote Rinnsale hinterlassen hatten, als man sie an den Füßen in den Innenhof gezerrt hatte, wo sie in einer Ecke übereinandergestapelt worden waren, bis man entschieden hatte, was mit ihnen geschehen sollte. Es waren hunderte. Königin Katharina hatte sich in ihren Gemächern aufgehalten und der Versuchung nicht widerstehen können, aus dem Fenster zu schauen, um mit eigenen Augen zu sehen, was geschah. Sie konnte sehen, wie die Hugenotten gejagt und ermordet wurden. Dieses schreckliche Schauspiel hatte sie nachdenklich gemacht. Sie hätte gerne befohlen, das Gemetzel sofort einzustellen, denn als Bestrafung war es mehr als genug. Sie wusste aus den Depeschen, die ununterbrochen aus allen Winkeln der Hauptstadt eintrafen, dass die Anführer der Protestanten bereits alle hingerichtet waren. Der schreckliche Tod ihres Erzfeindes Admiral Coligny war ihr in allen Einzelheiten geschildert worden. Diese Nachricht hatte sie beruhigt. Coligny und seine wichtigsten Mistreiter waren tot, das Massaker war nicht mehr nötig. Sie wollte es beenden, aber ihre Ratgeber, die eine mögliche Rache seitens der Protestanten befürchteten, stimmten sie um. Die Gefahr sei erst vorüber, wenn keiner mehr von ihnen am Leben sei. Die Königin seufzte, es klang fast schmerzlich.

»Wir Unglückseligen, was haben wir bloß getan?«

»Wir haben Gerechtigkeit walten lassen, Majestät«, sagte von Gondi. »Zum Wohle des Königreiches, des Königs, Eurer Majestät und unserer heiligen Religion. Wenn wir noch länger gewartet hätten, wären wir es gewesen, die wie die Ratten hätten fliehen müssen.«

Diese Bemerkung gefiel der Königin ganz und gar nicht. Sie spürte, wie ihr ein Schauer über den Rücken lief. Sie hasste diese Bestien.

»Mäßigt Eure Ausdrucksweise, Monsieur von Gondi«, erwiderte sie trocken. »Wenn Ihr Euch mit einer Ratte vergleichen wollt, bitte, aber bedenkt, dass ich die Königin von Frankreich bin.«

»Ich bitte um Verzeihung, Majestät, das war nur so dahingesagt ...«

Katharina warf ihm einen verächtlichen Blick zu.

Ihr Sohn, der König, der sich mit ihr gegen ein Uhr nachts in seinen Gemächern getroffen hatte, war aufgeregter als sonst, als würde ihn all dieses Blutvergießen erregen.

Karl IX. schrie wie ein Besessener. Er lief von einem Fenster zum nächsten, um das Schauspiel besser beobachten zu können. Er rief den Soldaten im Hof ständig Befehle zu, obwohl diese ihn bei dem Lärm der Schreie und Schüsse nicht hören konnten.

»Tötet sie alle, tötet sie alle! Kein Einziger soll am Leben bleiben!«, schrie er mehrfach, als wollte er sich vergewissern, dass seine Befehle zuverlässig ausgeführt wurden. Die Angst davor, dass sich jemand gegen ihn verschworen haben und ihm nach dem Leben trachten könnte, um ihn vom Thron zu stoßen, brachte ihn völlig um den Verstand. Jetzt hasste er die Protestanten aus tiefstem Herzen. Er verzieh ihnen nicht, dass sie seine Freundschaft missbraucht hatten.

»Majestät, beugt Euch nicht so weit aus dem Fenster«, rieten ihm seine Höflinge in der Befürchtung, dass einer der Schüsse ihn treffen könnte. »Man könnte Euch erkennen und direkt auf Euch schießen.«

Diese vernünftigen Worte machten ihn noch rasender.

»Wie könnten diese verdammten Verräter es wagen, auf mich zu schießen? Ich bin der König!«

»Majestät«, wagte ein Höfling sich vor, »erinnert Euch daran, dass es gerade wegen der Gefahr eines Attentats auf Euer Leben so weit gekommen ist.«

Karl IX. erwiderte nichts, wich aber ein paar Schritte zurück. Dieser Edelmann hatte Recht. Es war sein Leben, das sie wollten. Also war es besser, sich in Sicherheit zu bringen, auch wenn ihm dieser letzte Satz nicht gefallen hatte. Der Mann hatte gesagt, dass es gerade wegen der Gefahr eines Attentats auf sein Leben so weit gekommen war, als wäre das ein Vorwurf. Hatte er etwa damit ausdrücken wollen, dass diese Vorsichtsmaßnahme übertrieben gewesen war? Er sah den Mann hasserfüllt an, als wollte er sich sein Gesicht einprägen. Er würde sich daran erinnern und ihn bewachen lassen. Wie konnte er es wagen, den König von Frankreich zu kritisieren, wenn auch nur versteckt?

Obwohl die Königin damit beschäftigt war, das Geschehen zu verfolgen, und obwohl sie wusste, dass es ihr aus den Händen glitt, sorgte sie sich noch immer um das seltsame Verschwinden ihrer Kammerzofe. Ihre Sorge quälte sie wie ein Nagel, der sich in ihren Kopf bohrte und sie nicht in Ruhe ließ. Wo war sie nur? Tinella war immer so gehorsam und ergeben gewesen, wie hatte sie ihre Anordnungen missachten und ihr eigenes Leben in Gefahr bringen können? Katharina verstand es nicht, und das machte sie noch nervöser, auch wenn sie nach außen hin eine erhabene Ruhe zur Schau stellte, die ganz im Gegensatz zu der Hysterie ihres Sohnes stand. In dramatischen Situationen hatte Katharina ihre Gefühle immer zu beherrschen gewusst und ihre Angst nicht gezeigt.

Man informierte sie über den bedauerlichen Zustand des Palastes, weshalb die Königin Befehl gab, ihn so schnell wie möglich zu reinigen und die Spuren dieser schrecklichen Nacht zu beseitigen. Es war wichtig, dass sich das Hofleben so rasch wie möglich wieder normalisierte. Es musste jede Spur dieses unheilvollen Ereignisses getilgt werden.

Die Kammerdiener, die noch unter dem Schrecken der vergangenen Nacht standen, erhielten Anweisung, alles wieder in Ordnung zu bringen und die Blutflecken, die deutlichsten Spuren dieser verhängnisvollen Nacht, so schnell wie möglich zu beseitigen. Die Residenz der Herrscher von Frankreich durfte keinen solch verheerenden Anblick bieten.

Ein Majordomus versuchte, das Vorzimmer der Schreibstube der Sekretäre der Königin in Ordnung zu bringen, in dem es aussah, als wäre eine Horde Barbaren durchgezogen. Mit den umgestürzten Möbeln, den aufgeschlitzten Vorhängen und den überall auf dem Boden herumliegenden Gegenständen wirkte es eher wie ein Schlachtfeld denn ein Schreibzimmer. Es schien unglaublich, dass die Hugenotten es bei ihrem verzweifelten Fluchtversuch bis hierher geschafft hatten, so nahe bei den Gemächern der Königinmutter. Plötzlich stach dem Majordomus ein Buch ins Auge, das auf dem Boden lag. Er öffnete es neugierig und las den Titel: *Die Prophezeiungen des Michel von Nostredame, gewidmet Ihrer Majestät, Ihrer Durchlaucht Katharina de' Medici, Königin von Frankreich.*

»Nicht nur Antichristen, sondern auch noch Diebe«, rief der Majordomus empört und zeigte das Buch einem anderen Kammerdiener. »Schau dir das mal an, bei ihrer Flucht haben sie auch noch versucht, ein Buch der Königin zu stehlen. Diesen Leuten kann man wirklich nicht trauen.«

»Bring es ins Schreibzimmer der Königin«, sagte der Mann. »Ihre Majestät wird es dir danken, dass du eines ihrer wertvollen Bücher gerettet hast. Du weißt doch, wie sehr sie diese Dinge interessieren. Wer weiß, vielleicht will sie wissen, wie die Vorhersagen des Monsieur Nostredame nach diesem Desaster lauten.«

Die beiden lachten belustigt auf. Es war weit verbreitet beim Palastpersonal, über die Leidenschaft der Königinmutter für die Astrologie zu spotten.

»Das ist eine gute Idee. Man weiß ja nie«, erwiderte der andere.

Und er brachte das Buch sogleich in die Schreibstube der Sekretäre. Er wunderte sich ein wenig, dass das Buch so schwer war, obwohl ihm das auch nicht weiter wichtig erschien, und nachdem er aufmerksam die vollen Bücherschränke durchstöbert hatte, stellte er fest, dass es nicht hierher gehörte, weil es keine leere Stelle gab. Er zögerte einen Moment und beschloss dann, das Buch auf einen der Schreibtische zu legen, sodass es gleich ins Auge sprang.

Als er hinausgehen wollte, sah er sich noch einmal um und bemerkte, dass einer der Schreibtische etwas abseits stand. Das war bestimmt der Tisch des Ersten Sekretärs. Nachdem er sich die Sache noch einmal kurz überlegt hatte, hielt er es für besser, das Buch auf den Schreibtisch des Ersten Sekretärs zu legen. Ein untergeordneter Sekretär könnte das Buch nehmen und es dorthin bringen, wo es herstammte, und man würde nie erfahren, dass es jemand hatte stehlen wollen.

Er schob ein Paar Unterlagen beiseite und legte das Buch gut sichtbar auf den Tisch. Wenn der Erste Sekretär zu seinem Platz ginge, würde er es sofort entdecken. Als er gerade gehen wollte, hörte er plötzlich hinter sich eine Stimme.

»Was machst du hier?«

Er drehte sich um und sah in die Augen des Ersten Sekretärs.

»Ich habe ein Buch auf Euren Schreibtisch gelegt, das ich im Vorzimmer gefunden habe«, antwortete er ein wenig erschrocken darüber, dass der Erste Sekretär ihn überrascht hatte. »Es lag auf dem Boden. Jemand wollte es wohl stehlen.«

Dem Ersten Sekretär entging der honigsüße Tonfall des Majordomus nicht. Er wollte eine Belohnung. Sie waren alle gleich. Er ging zu seinem Schreibtisch, warf einen Blick auf den Buchdeckel, öffnete das Buch und sagte, nachdem er Titel und Widmung gelesen hatte:

»Dieses Buch gehört Ihrer Majestät der Königin. Das ist nicht von hier. Bring es in ihr Schreibzimmer.« Dann zeigte er auf die Tür zum königlichen Schreibzimmer.

»Aber…«, begann der Majordomus zögerlich. »Ich soll es Ihrer Majestät persönlich bringen?«

»Wer sonst? Du willst doch nicht, dass ich es ihr bringe, oder?«, sagte der Sekretär sarkastisch. »Keine Sorge«, fügte er milder hinzu. »Die Königin ist im Augenblick nicht in ihrem Schreibzimmer. Lege es ihr auf den Sekretär. Sie wird schon wissen, was sie damit anfangen kann. Wenn ich sie sehe, berichte ich ihr von deiner Aufmerksamkeit.«

Der Mann gehorchte. Er verneigte sich leicht vor dem Ersten Sekretär und ging mit dem Buch unter dem Arm auf die Tür des Schreibzimmers der Königin zu. Obwohl er wusste, dass sie im Augenblick nicht da war, klopfte er an. Als er keine Antwort erhielt, trat er ein.

Das Schreibzimmer der Königin war sehr groß. Er hatte es noch nie betreten. Nur autorisiertes Personal und die persönlichen Dienstboten der Königin durften das Allerheiligste betreten. Etwas eingeschüchtert ging er zu dem großen Tisch, den Katharina als Schreibtisch benutzte. Er war voller Papiere, Dokumente aller Art, Korrespondenz, Verträge. Ihn beeindruckte der Gedanke, dass an diesem Tisch das Schicksal der Welt entschieden wurde. Neben dem Tisch stand eine Staffelei mit einem Porträt von König Karl IX. Der Mann wunderte sich, dass die Herrscherin ein Porträt ihres Sohnes dort aufstellen lassen hatte, wo sie ihn doch jederzeit sehen konnte, denn beide residierten im selben Palast, wenige hundert Meter voneinander entfernt.

Was er nicht wusste: Es war eine Angewohnheit der Königin und Teil einer alten Strategie, das Porträt des Königs neben ihrem Schreibtisch stehen zu haben. Es sollte die Besucher bei ihren Audienzen – die das Bild nicht übersehen konnten – daran erinnern, dass sie vor der Mutter des mächtigen Königs von Frankreich standen. Die Strategie hatte immer gewirkt. Die Besucher waren im Allgemeinen beeindruckt und sogar eingeschüchtert von dieser Szenerie. Katharina war diese Idee gekommen, als sie noch Thronfolgerin von Frankreich gewesen war. Damals beachtete sie der Hofstaat nicht, denn die Mätresse ihres Mannes zog alle Aufmerksamkeit auf sich. Als Antwort ließ Katharina ein Porträt ihres Mannes Heinrich von Valois, des Thronfolgers, neben sich aufstellen, um daran zu erinnern, dass sie die Thronfolgerin war und nicht diese Mätresse, die sich diese Rolle widerrechtlich anmaßte. Seither hatte sie diese Angewohnheit beibehalten. Nach dem Tod des Königs hatte sie das Porträt gegen eines von ihrem Sohn, dem Thronfolger Franz II., austauschen lassen und nach dessen Tod gegen eines von ihrem Sohn Karl IX. Die vorigen Porträts wurden an die Wand neben die ihrer anderen Kinder gehängt: Elisabeth, Königin von Spanien, Claudia, Herzogin von Lothringen, Christine, Herzogin von Savoyen, Margarete, seit kurzem Königin von Navarra, Heinrich, Herzog von Anjoú, und Franz-Herkules, Herzog von Alençon. Denjenigen, die ihr geraten hatten, auch die Porträts der jeweiligen Ehegatten aufzuhängen, hatte die Königin verächtlich geantwortet:

»Das sind nicht meine Verwandten. Hängt sie hin, wo ihr wollt, aber ich möchte sie nicht den ganzen Tag sehen müssen.«

Außer dem beeindruckenden Schreibtisch stand am anderen Ende des Raumes noch ein Tisch mit mehreren Stühlen. Der Majordomus vermutete, dass man ihn für außerordentliche Versammlungen des Kronrats benutzte, dem die Königinmutter vorsaß. Das war nicht der übliche Versammlungsraum, aber im Louvre wussten alle, dass in diesem Schreibzimmer das Schicksal des Landes entschieden wurde. Vor dem riesigen steinernen Kamin, der bis zu der hohen Decke hinaufreichte und der den mittleren Teil einer Wand einnahm, die die gekreuzten Schwerter von Frankreich und der Familienstammbaum der Königin zierten, standen zwei Sessel. Ihm fiel auf, dass etwas abseits in einer Ecke ein dritter Sessel mit einem Fußhocker stand, der mit der Rückenlehne zum Zimmer zeigte und von dem man durch die großen Fenster auf die Seine schauen konnte. Der Mann nahm an, dass die Königin sich in diesen Sessel setzte, um sich von ihren Verpflichtungen zu erholen und die Silhouette von Paris und den Fluss zu ihren Füßen zu bewundern. Abgesehen von ein paar Wandteppichen war das Schreibzimmer der Königin eigentlich sehr nüchtern. Es spiegelte ziemlich gut ihr Wesen.

Der Majordomus ging vorsichtig zum Schreibtisch der Königin und suchte einen Ort, wo er das Buch hinlegen könnte. Da keine einzige Stelle frei war, legte er es mitten auf einen Stapel Papiere. Er hatte keine Zeit, einen Blick darauf zu werfen, denn er hörte ein leises Rascheln hinter sich und drehte sich brüsk um. Zu seinem Schrecken stand nur wenige Meter hinter ihm die Königin persönlich. Er hatte sie nicht eintreten hören. Sie war wie üblich schwarz gekleidet, aber allein, was außergewöhnlich war, denn die Königin war sonst immer in Begleitung. Sie stand wortlos da und musterte ihn neugierig. Der Kammerdiener hatte sie noch nie aus der Nähe gesehen. Sie war kleiner und dicker, als er sie sich vorgestellt hatte, aber ihre Präsenz war beeindruckend. Sie hatte etwas an sich, in ihrer Art zu schauen oder ihrer Haltung, das Respekt einflößte.

Die Königin erkannte an seiner Livree, dass er ein Kammerdiener war, auch wenn sie ihn nicht persönlich kannte. Er musste neu sein.

»Was tut Ihr hier?«, fragte sie sanft. Sie hatte eine sehr schöne Stimme mit einem tiefen Timbre, tiefer als bei einer Frau üblich.

Der Mann verneigte sich tief, bevor er antwortete. Er arbeitete erst kurz im Palast, und es war das erste Mal, dass er mit der Königin allein war.

»Ich bin hier, um Euch dieses Buch zu bringen, Majestät«, stammelte er eingeschüchtert. »Ich habe es auf dem Boden im Vorzimmer Eurer Sekretäre gefunden. Ich nahm an, dass es jemand stehlen wollte und auf der Flucht hat fallen lassen. Der Erste Sekretär Eurer Majestät hat mir befohlen, es hierher zu bringen und Euch auf den Schreibtisch zu legen.«

Die Königin nickte ohne ein weiteres Wort. Zögerte sie? Glaubte sie, dass dieser Mann in der Livree der Dienstboten zweiten Ranges sie belog? War er ein Schwindler, der sich in ihr Schreibzimmer geschlichen hatte? Er schien nicht bewaffnet zu sein, und sie war in diesem Moment zu müde, um ihre Zeit mit derartigen Fragen zu verschwenden. Sie hätte rufen können, und ihre Leute wären sofort da gewesen, aber sie befand das nicht der Mühe wert. Später würde sie ihren Ersten Sekretär abmahnen, weil er einem Unbekannten erlaubt hatte, ihr Schreibzimmer zu betreten. Dieser arme Kammerdiener befolgte nur die Befehle, die man ihm gegeben hatte. Doch da sie ihn nicht kannte, stieg wieder ihr natürliches Misstrauen auf.

»Dieses Buch gehört mir nicht«, erklärte die Königin. »Ich habe es noch nie gesehen.«

Der Kammerdiener war ein wenig überrascht und wusste nicht, was er tun oder sagen sollte. Der Erste Sekretär hatte ihm doch gesagt, dass dieses Buch der Königin gehöre. Außerdem, wer außer der Königin interessierte sich am Hofe noch für Astrologie? Ihm fiel niemand ein, dem dieses Buch gehören könnte. Die Königin selbst half ihm.

»Bringt das in die Bibliothek des Königs, und gebt es dort ab. Die werden schon wissen, was sie damit tun sollen.«

Obwohl die Königin sich höflich ausgedrückt hatte, begriff er, dass ihre Worte das Ende dieses Treffens bedeuteten. Er konnte sich zurückziehen.

Er verbeugte sich abermals tief und ging, ohne der Königin den Rücken zuzukehren, auf die Tür zu, durch die er eingetreten war. Er war den Umgang mit der königlichen Familie nicht gewöhnt, aber er wusste vom Hörensagen, dass das Protokoll verlangte, den Herrschern niemals den Rücken zuzukehren. Man musste also, wenn man sich von einem Mitglied der königlichen Familie verabschiedete, rückwärtsgehen. Als er bei der Tür angelangt war, tastete er hinter sich nach dem Türgriff, drehte sich rasch um und verließ den Raum, wobei er die Tür hinter sich schloss.

Jetzt wusste er nicht genau, was er mit dem lästigen Buch tun sollte, obwohl ihm die Königin befohlen hatte, es in die Bibliothek des Königs zu bringen, aber die befand sich auf der anderen Seite des Palastes, was bedeutete, dass er ein gutes Stück gehen musste. Er schwankte zwischen Gehorsam – er hatte einen ausdrücklichen Befehl von der Königin erhalten – und der Unlust bei dem Gedanken, mit dem verdammten Buch den ganzen Louvre durchqueren zu müssen. Andererseits war er stolz darauf, die Königin persönlich kennen gelernt zu haben und mit ihr allein gewesen zu sein. Das war eine Ehre, die ihn zufrieden stimmte. Wenn er nach Hause käme, würde er es seiner Familie beim Abendessen in allen Einzelheiten erzählen. Vielleicht würde er auch ein wenig übertreiben, wenn er von der Gewogenheit erzählte, die ihm die Königin entgegengebracht hatte.

Schließlich setzte sich sein Verantwortungsbewusstsein gegen die Faulheit durch. Die Königin hatte ihm befohlen, das Buch in die Bibliothek des Königs zu bringen, es war seine Pflicht zu gehorchen. Auf dem Weg dachte er daran, wie lästig es den Herrschern sein musste, immer einen so weiten Weg zurücklegen zu müssen, um sich zu sehen.

Er hatte noch nicht die Hälfte des Weges geschafft, als er erschöpft vom Gewicht des Buches und der dringenden Notwendigkeit, eine Pause zu machen, stehen blieb. Dort waren mehrere Sessel und Sofas zu dem Zweck aufgestellt, dass die Gäste, die von einem Flügel des Palastes zum anderen gingen, sich auf dem langen Weg einen Moment erholen konnten. Natürlich waren sie nicht für das Personal gedacht, aber ihm war schon lange niemand mehr entgegengekommen. Also sah er sich kurz um und setzte sich hin. Zur Unterhaltung klappte er das Buch auf und wollte darin blättern. Die Seiten waren verklebt, und seine Finger waren voller Leim, also ließ er es. Er legte das Buch neben sich und suchte nach einem Wasserkrug, um sich die Hände zu waschen. Zum Glück hatte die Königin das verdammte Buch nicht berührt, sonst hätte sie sich auch die Hände mit Leim beschmutzt. Das wäre eine peinliche Situation gewesen.

Als er ein paar Minuten später zurückkehrte, war das Buch verschwunden.

Louvre, in der Galerie der königlichen Gemächer

Sonntag, 24. August 1572, 7.00 Uhr

In Begleitung seines Gefolges ging Karl IX. schnellen Schritts zu den Gemächern seiner Mutter durch die lange Galerie, die beide Palastflügel miteinander verband, als ein großes Buch, das auf einem Sessel lag und offensichtlich von einer zerstreuten Person vergessen worden war, seine Aufmerksamkeit erregte.

Der König nahm das Buch neugierig in die Hand, doch als er merkte, dass es schwer und die Seiten verklebt waren, reichte er es seinem Kanzler.

»Bringt dieses Buch in mein Schreibzimmer. Ich schaue es mir später an.«

Der Herrscher ging weiter, gefolgt von seinen Edelleuten, während der Kanzler seinem Befehl gehorchend mit dem lästigen Buch in die Gemächer des Königs zurückkehrte.

Ein paar Stunden später betrat Karl IX., der den Fund völlig vergessen hatte, sein Schreibzimmer und sah das Buch auf seinem Sekretär liegen. Er klappte es auf und versuchte darin zu blättern, doch als er merkte, dass die Seiten zusammenklebten, führte er den Finger zum Befeuchten an den Mund. Da packte ihn plötzlich jemand am Handgelenk.

Karl IX. drehte sich abrupt um, und vor ihm stand der Herzog von Guise, der gerade in den Louvre gekommen war, um dem Herrscher Rechenschaft über seine lange Nacht abzulegen.

»Wie könnt Ihr es wagen, den König zu berühren?«, empörte sich Karl wütend.

»Ich bitte Euch, mir meine Kühnheit zu verzeihen, Majestät, aber es ist nicht ratsam, dass Eure Majestät den Finger zum Mund führt, nachdem Ihr das Buch berührt habt«, sagte der Herzog ganz ruhig.

Der König war verblüfft, betrachtete das Buch und dann wieder den Herzog von Guise.

»Wozu so viel Sorge, lieber Vetter?«, fragte der König ironisch. »Fürchtet Ihr etwa, dass mich jemand vergiften will?«

Karl IX. hatte die letzten Worte im Scherz gesagt. Natürlich wusste er nicht, wie nah er der Wahrheit gekommen war.

»Das könnte sein, Majestät«, erwiderte der Herzog. »Seht Ihr nicht, dass die Seiten verklebt sind? Ich würde dem nicht trauen. In letzter Zeit sind mehrere solcher Bücher mit verklebten Seiten aufgetaucht, und ihre Besitzer sind immer unter mysteriösen Umständen gestorben. Ich wollte verhindern, dass Eure Majestät dasselbe Unglück ereilt.«

Der Herzog gab sich völlig gelassen, war aber in Wirklichkeit wütend. Er hatte das Buch sofort erkannt. Seine Spione hatten es als Beweis für den Verrat seines Sekretärs Durandot angeführt. Der Herzog misstraute Durandot schon einige Zeit und ließ ihn Tag und Nacht verfolgen. Als er erfahren hatte, dass dem Sekretär ein seltsames Buch übergeben worden war, das ihm ein Bote mitten in der Nacht aus dem Haus eines verdächtigen, als Hexer bekannten Alten geholt hatte, hatte er sofort die Gefahr erkannt, die das Buch bedeuten konnte. Zuerst hatte er geglaubt, es sei für ihn bestimmt, also hatte er darauf gewartet, Durandot auf frischer Tat zu ertappen. Er hatte sich schon vorgestellt, wie ihm der Sekretär das Buch ausgehändigt und ihn gebeten hätte, die Seiten zu lösen. Doch als ihm mitgeteilt worden war, dass Durandot das Buch demselben Boten gegeben hatte, der es auch abgeholt hatte, und dass man diesen damit in den Louvre hatte gehen sehen, hatte er sich an dem Gedanken erfreut, dass es für die Königinmutter bestimmt war, die er zutiefst hasste.

Wenn jemand – und das konnte kein anderer als Admiral Coligny gewesen sein – die Vergiftung der alten Königinmutter in Auftrag gegeben hatte, würde er ihn nicht davon abhalten. Wenn hingegen die Verschwörung missglückte und eine Untersuchung anberaumt würde, hätte er, ohne zu zögern, Beweise geliefert, die nicht nur die Schuld seines Sekretärs, sondern auch seines ärgsten Feindes, des Admirals, belegt hätten. Was auch immer geschehen würde, alles würde zu seinen Gunsten ausgehen. Wenn es nicht die Königin träfe, würde es den Admiral treffen. Er war folglich der eigentliche Gewinner dieser Verschwörung.

Also hatte der Herzog von Guise beschlossen, nicht einzugreifen, bis er feststellen musste, dass das Ziel des gefährlichen Geschenks nicht die verhasste Feindin, sondern der König persönlich war. Das änderte alles.

Der König hatte gerade die Eliminierung der Hugenotten befohlen und ihm eine wichtige Rolle in seinem Kampf gegen diese zugestanden. Er konnte sich nicht ausgerechnet jetzt eines so wichtigen Verbündeten entledigen.

»Darf ich Eure Majestät fragen«, fuhr er mit honigsüßer Stimme fort, »wie dieses Buch zu Euch gelangt ist?«

Noch ein wenig erschrocken angesichts der Gefahr, der er gerade entronnen zu sein schien, erklärte der junge König, dass er es zufällig auf einem Sessel in der Galerie gefunden hätte.

Der Herzog konnte sich ein Lächeln nicht verkneifen. Diese Verschwörer waren zweifelsohne wahre Amateure. Sie waren nicht einmal fähig, das Werkzeug ihres Verbrechens dem richtigen Empfänger zukommen zu lassen.

»Zur Vorbeugung«, fügte er hinzu, »glaube ich, dass es am klügsten ist, wenn Eure Majestät sich die Hände wäscht.« Er streifte sich Handschuhe über und warf das Buch in den erloschenen Kamin. »Verbrennt es augenblicklich«, befahl er einem seiner Edelleute, der der Szene beigewohnt hatte. »Wir wollen doch nicht, dass jemand stirbt, nur weil er seine Neugier befriedigen wollte.«

Der Mann folgte dem Befehl und zündete trotz der Hitze den Kamin an; alle sahen zu, wie das Buch langsam von den Flammen verschlungen wurde.

Der König betrachtete die Szene stumm und nachdenklich, er wirkte wie hypnotisiert von den Flammen. Plötzlich fragte er:

»Wäre es nicht besser gewesen, es aufzubewahren und den Schuldigen zu suchen?«

»Wenn man berücksichtigt, unter welchen Bedingungen Eure Majestät das Buch gefunden hat«, erwiderte der Herzog, »hätte es sich sehr schwierig gestaltet, seine Herkunft herauszufinden. Es hätte bedeutet, eine Stecknadel im Heuhaufen zu suchen.«

Karl IX. nickte. Er spürte, dass er einer großen Gefahr entkommen war. Das erinnerte ihn daran, dass seine Mutter wieder einmal Recht gehabt hatte. Wer sonst als diese verfluchten Hugenotten konnten ihm nach dem Leben getrachtet haben? Es war richtig gewesen, ihr freie Hand zu lassen. Sie wusste, wie man sie alle beseitigen konnte. Sie mussten alle sterben, es durfte kein Einziger am Leben bleiben.

In den Strassen von Paris

Sonntag, 24. August 1572, 8.00 Uhr

Der Soldat Gilles, der als Söldner auf der Seite der Protestanten monatelang in sinnlosen Scharmützeln gegen die Katholiken in der Provinz gekämpft hatte, kehrte nach Paris zurück, wo er die wenigen freien Tage verbringen wollte, die ihm gewährt worden waren. Dort erfuhr er von dem Massaker, das an seinen Waffenbrüdern in der Hauptstadt verübt worden war. Er hatte genug von den vielen Schlachten, und dieser Bruderkrieg gefiel ihm überhaupt nicht. Als Soldat hätte er lieber gegen einen richtigen Feind gekämpft und nicht gegen andere Franzosen. Außerdem war er nur ein Söldner. Er tat es nur für Geld, er kämpfte für eine Sache, an die er nicht glaubte. Er kehrte nach Hause zurück, um sich in dem wohlverdienten Urlaub zu erholen, denn der Winterfeldzug war besonders hart gewesen.

Da er keine diesbezüglichen Befehle erhalten hatte und keinen Grund sah, sich einzumischen – außerdem trug er Zivilkleidung –, beschloss er, sich aus den Kämpfen herauszuhalten und den Hugenotten nicht zu helfen. Das war nicht seine Angelegenheit. Er wollte nur nach Hause und hoffte, dass dieser sinnlose Krieg beendet würde. Die Schüsse in allen Vierteln der Hauptstadt beunruhigten ihn. Er sorgte sich um seine Mutter, eine Witwe, die allein in einem kleinen Haus in der südlichen Vorstadt lebte. Die Entscheidung, ob er seinen Waffenbrüdern zu Hilfe eilen oder seine Familie retten sollte, fiel ihm nicht schwer. Seine Mutter war alles, was ihm geblieben war. Sein

Vater war schon vor langer Zeit gestorben, und seinen Bruder hatte er auf dem Schlachtfeld verloren. Er machte sich eiligst auf den Weg zu seiner Mutter. Seine Unruhe wuchs, als er die schrecklichen Szenen auf den Straßen sah. In der Hauptstadt des Königreichs hatte ein noch viel schlimmeres Gemetzel stattgefunden als bei den Schlachten in der Provinz, in denen er gekämpft hatte. Wie war es möglich, dass Menschen, die bisher mit ihren Nachbarn friedlich Tür an Tür gelebt hatten, plötzlich zu den Waffen griffen und sich so bereitwillig und so grausam gegenseitig die Köpfe abschlugen? Es waren nicht nur die Milizen, die die Bevölkerung abschlachteten, sondern das Volk, das sich gegenseitig umbrachte. Er beschleunigte den Schritt. Wenn es ihm gelungen war, dem Tod auf dem Schlachtfeld zu entrinnen, dann bestimmt nicht, um ihn im eigenen Haus zu finden.

Als er an der Straßenmündung angelangte, wo das Haus seiner Mutter stand, war er bereits so besorgt, dass er mit dem Schlimmsten rechnete. Er kam zu spät. Die offensichtlichen Zeichen der Verwüstung waren auch in diesem abgelegenen Viertel unübersehbar. Die dunklen Flecken an den Hauswänden, die er so gut kannte, ließen ihn das Schlimmste ahnen. Unter den vielen Leichen hatte er mehr als ein bekanntes Gesicht gesehen, wie das des Nachbarn, mit dem er manchmal ein paar Worte gewechselt hatte. Viele lagen im Straßengraben, sie waren noch nicht abgeholt worden, ein Zeichen dafür, dass das Massaker gerade erst zu Ende war. Die meisten Haustüren waren eingetreten, als wäre eine Horde Vandalen durch die Straße gezogen. Er hatte eine merkwürdige Vorahnung. Überall sah er düstere Gesichter, und wenn er einen der Nachbarn traf, senkte der den Kopf, als würde er befürchten, mit seinem Blick zu verraten, was er ohnehin schon ahnte.

Als er beim Haus seiner Mutter ankam, sah er, dass es nicht zu den wenigen gehörte, die verschont geblieben waren. Das Drama war schon geschehen. Die Haustür war eingetreten, überall lagen Holzstücke herum. Er ging hinein. Alles war geplündert worden, und es herrschte eine merkwürdige Stille. Grabesstille. Er rief:

»Mutter? Mutter?«

Seine Stimme verriet seine Angst. Als er keine Antwort erhielt, lief er, immer zwei Stufen auf einmal nehmend, die Treppe in das obere Stockwerk hinauf. Weiter musste er nicht gehen, um zu erkennen, warum seine Mutter nicht antwortete. Vom Treppenabsatz aus sah er sie. Sie lag in einer großen Blutlache auf ihrem Bett, ein Bein hing herab, und ihre Augen starrten zur Decke. Sie war brutal ermordet worden.

Als erfahrener Soldat sah er gleich, dass man sie mit dem Schwert durchbohrt hatte. Er konnte einen Schmerzensschrei nicht unterdrücken, und Tränen liefen ihm über die Wangen.

»Aber warum? Warum nur?«

Was hatte seine Mutter mit politischen oder religiösen Auseinandersetzungen zu tun? Sie war immer eine gute Frau gewesen, die sich nur um ihre Angelegenheiten gekümmert hatte. Oder hatte man vielleicht gar nicht sie gesucht, und sie hatte nur das Pech gehabt, dieser Horde brutaler Mörder im Weg zu sein? In ihm stieg Wut auf, eine verzweifelte Wut gemischt mit einem Gefühl der Ohnmacht. Waren es die Katholiken gewesen? Aber warum nur?

Er ging zum Leichnam seiner Mutter und kniete sich neben ihr nieder, dann machte er seinem Schmerz mit stillem Weinen Luft. Nach ein paar Minuten hörte er aus einem anderen Zimmer ein Wimmern. Er stand langsam auf und spitzte die Ohren. Da hörte er das Wimmern erneut. Kein Zweifel, es war noch jemand im Haus.

Auf Zehenspitzen ging er leise zu der Tür des Raumes, der früher sein Kinderzimmer gewesen war. Er wusste, dass seine Mutter das Zimmer an Fremde vermietete, um ihren geringen Unterhalt etwas aufzubessern. Die Tür war geschlossen. Er öffnete sie leise. Seine Überraschung war groß, als er auf dem

Boden ein Mädchen liegen sah, dessen Kleider zerfetzt waren und das vor Schmerz wimmerte. Er erkannte sofort, dass sie von den Soldaten vergewaltigt worden war. Wahrscheinlich von denselben, die seine Mutter getötet hatten. Es schoss ihm durch den Kopf, dass seiner Mutter dasselbe widerfahren sein könnte, aber er verscheuchte den widerwärtigen Gedanken sofort wieder.

Das Mädchen lag auf der Seite. Er ging auf sie zu, kniete sich neben sie und berührte sanft ihre Schulter.

Sie schreckte hoch, drehte sich brüsk um, und ihr Blick traf Gilles' Blick. Sie hatte Angst. Er konnte die Panik in ihren Augen lesen.

»Ich weiß nicht, wer du bist«, sagte Gilles so liebevoll, wie er konnte. »Aber hab keine Angst. Ich bin der Sohn der Hauseigentümerin. Was ist passiert?«

Das Mädchen antwortete nicht, brach aber in verzweifeltes Schluchzen aus.

Der Soldat Gilles nahm sie in die Arme und drückte sie an sich. Er hatte Mitleid mit ihr. Auch er hatte das Bedürfnis, jemanden in den Arm zu nehmen. Er hatte noch immer das Bild seiner toten Mutter im Nachbarzimmer vor Augen. Sie weinten gemeinsam und lautlos, jeder über seinen eigenen Kummer.

Als sie sich wieder gefangen hatte, fragte der Soldat Gilles sie noch einmal, weil ihn ihr Aufenthalt im Haus seiner Mutter neugierig machte.

»Wer bist du? Wie heißt du? Was tust du hier? Hast du das Zimmer gemietet? Ich dachte, der Untermieter sei ein Mann.«

Er merkte nicht, dass er ihr in seiner Aufregung eine Reihe von Fragen stellte, die das Mädchen in seinem Zustand nicht beantworten konnte. Tinella weinte wieder. Sie war verzweifelt, und es kostete sie viel Kraft, sich zusammenzureißen. Konnte sie diesem unbekannten Mann vertrauen, der sie mit so gutmütigen Augen ansah? Er wirkte nicht wie diese schrecklichen Männer, die sie …

Die bloße Erinnerung an das, was passiert war, ließ sie noch heftiger schluchzen. Als sie sich wieder gefangen hatte, begann sie nach und nach zu erzählen, was geschehen war, zumindest all das, an das sie sich erinnerte. Dieser schreckliche Mann, der zuerst ins Zimmer gekommen war, dann der Riese, und dann die anderen. Wie viele waren es gewesen? Sie hatte sie nicht gezählt, viele. Irgendwann sei sie ohnmächtig geworden und erinnere sich nicht mehr. Die Erinnerung schmerzte zu sehr. Es war grauenhaft gewesen. Doch während sie erzählte, spürte sie, dass es ihr guttat. Sie brauchte jetzt einen freundlichen Menschen und erinnerte sich an François. Sie hätte ihn gerne bei sich gehabt. Sie fürchtete um sein Leben. Es war seltsam, dass er nicht zurückgekehrt war. Sie hoffte, dass ihm nichts passiert war, aber die Tatsache, dass er nicht zurückgekehrt war, ließ sie nichts Gutes ahnen.

Sie erzählte von François, von dem Nachmittag, den sie zusammen verbracht hatten, und wie sie beide hierhergekommen waren, in dieses Haus, wo er ein Zimmer gemietet hatte. Sie unterschlug, was zwischen ihnen beiden geschehen war, weil sie glaubte, dass der Mann es ohnehin ahnte. Sie erzählte ihm, wie sie allein aufgewacht sei und gewartet habe, dass er zurückkäme. Doch statt François seien diese Bestien aufgetaucht. Die Erinnerung daran ließ sie erneut aufschluchzen. Sie konnte nicht aussprechen, dass sie mehrfach vergewaltigt worden war, nahm jedoch an, dass Gilles auch das ahnte. Sie schämte sich, als wäre es ihre Schuld. Tinella war es nicht gewöhnt, aus ihrem Privatleben zu erzählen, und noch viel weniger von intimen Erfahrungen. Alles war so schnell gegangen. Sie hätte sich nie vorstellen können, dass ihr so etwas passieren könnte.

In gewisser Weise half ihr die Tatsache, dass dieser Mann ein Unbekannter war. Sie hätte diese ganzen schrecklichen

Dingen keiner Bekannten oder Freundin erzählen können. Sie hätte sich geschämt. Dieser Unbekannte hörte ihr zu. Hin und wieder nickte er, um ihr zu verstehen zu geben, dass er sie verstand. Er stellte keine Fragen, sondern ließ sie reden. Der Soldat Gilles war ein Mann mit Erfahrung, der Ruhe ausstrahlte und mit großer Geduld gesegnet war. Er hatte schon oft sterbenden Soldaten auf dem Schlachtfeld beigestanden. Er wusste, wann er etwas sagen und wann er nur zuhören sollte.

Als Tinella alles erzählt hatte, wollte sie das Gespräch in eine andere Richtung lenken und erkundigte sich nach seiner Mutter:

»Und deine Mutter? Wo ist sie?«

»Sie ist hier, im Zimmer nebenan. Sie haben sie ermordet.«

»Ermordet?«, fragte Tinella ungläubig.

Die Augen des Soldaten Gilles füllten sich mit Tränen, aber er beherrschte sich. Er wollte seinen Kummer nicht vor diesem Mädchen zeigen, das so gelitten hatte. Sein männlicher Stolz half ihm, sich zusammenzureißen.

Plötzlich sagte er:

»Wir können nicht hierbleiben. Sie könnten zurückkommen, also wird es besser sein, wenn sie uns nicht hier antreffen.«

»Aber wo sollen wir hin? Ich arbeite als Kammerzofe im Louvre. Heute Nacht habe ich mehrfach versucht, hineinzukommen, aber ohne Erfolg. Deshalb bin ich hier. Die Soldaten bewachen alle Eingänge und lassen niemanden hinein.«

»Mach dir keine Sorgen. In deinem Zustand kannst du sowieso nicht arbeiten. Du musst dich ausruhen. Ich kenne einen ruhigen Ort außerhalb von Paris, wo wir hingehen können, bis sich die Lage wieder normalisiert hat. Im Augenblick ist es nicht klug, in die Stadt zu gehen. Da draußen wütet eine wahre Schlacht. Beim Herkommen habe ich Dinge gesehen, die ich mir nie hätte vorstellen können.«

Tinella wollte nicht weiter darüber nachdenken. Dieser

Mann flößte ihr Vertrauen ein. Wo sollte sie denn auch hin? Ihr wurde klar, dass sie keine Wahl hatte. Entweder sie blieb hier und wartete auf François' Rückkehr, die immer unwahrscheinlicher schien, und lief dabei Gefahr, wieder auf ihre Vergewaltiger zu treffen, oder sie ging mit diesem Unbekannten. Sie entschied sich für Letzteres. Bei ihm fühlte sie sich sicher, er würde sie beschützen. Nein, sie konnte nicht hierbleiben, in diesem Zimmer. Sie hasste diesen Ort. Sie musste so schnell wie möglich dieses Haus verlassen. Vielleicht würde ihr das helfen, zu vergessen.

»Du hast Recht«, sagte sie schließlich resigniert. »Ich kenne dich nicht, aber du wirkst anständig. Lass uns so schnell wie möglich von hier weggehen.«

Der Soldat Gilles half ihr aufzustehen. Ihre Kleider hingen in Fetzen an ihr herunter. Sie wären nicht weit gekommen, wenn sie so aufgebrochen wären, die Milizen hätten sie sicher aufgehalten.

»Warte, ich hole dir ein Kleid von meiner Mutter, damit du dich umziehen kannst. So kannst du nicht auf die Straße.«

Tinella betrachtete den bedauerlichen Zustand ihrer Kleider und nickte. Sie hatte nicht gemerkt, wie schrecklich sie aussah.

Gilles führte sie zu dem einzigen Stuhl im Raum.

»Warte hier auf mich, ich bin gleich zurück.«

Er verschwand für ein paar Minuten und kam mit einigen Kleidern und einem Leibchen zurück. Als er im Schlafzimmer seiner Mutter war, hatte er ihre Augen geschlossen und sie mit einem Leintuch bedeckt. Er würde später zurückkommen und sich um alles Weitere kümmern.

»Zieh das an. Es wird dir etwas zu groß sein, aber das ist alles, was ich finden konnte.«

Tinella zog sich aus und schlüpfte in das Erstbeste, was ihr in die Hände fiel, ohne einen Gedanken daran zu verschwenden, wie sie darin aussah. Das war nicht der Augenblick für Eitelkeiten.

Als sie den Raum verließen, sah sie, dass Gilles die Schlafzimmertür seiner Mutter geschlossen hatte, damit sie ihre Leiche auf dem Bett nicht sehen konnte. Sie war ihm dankbar dafür. Sie hätte es nicht ertragen können, diese Frau in einer Blutlache liegen zu sehen, auch wenn sie sie gar nicht kannte.

Als sie auf die Straße hinaustraten, wandten sie sich in die entgegengesetzte Richtung, aus der sie in ihrer Erinnerung gekommen waren. Das Gehen fiel ihr schwer, aber Gilles stützte sie. Er hätte sie gerne getragen, aber er fürchtete, zu viel Aufmerksamkeit zu erregen. Man hörte noch immer Schreie und Schüsse, und Tinella klammerte sich ängstlich an den Arm ihres Begleiters. Sie gingen eine ganze Weile, bis sie die Stadt verlassen hatten und auf eine Landstraße kamen. Hin und wieder machten sie eine Pause, damit sich das Mädchen ausruhen konnte. Doch obwohl sie die Stadt längst hinter sich gelassen hatten, war die Gefahr noch nicht vorüber, und es wäre nicht klug gewesen, zu lange an einer Stelle zu verweilen. Sie waren nicht die Einzigen, die auf die Idee gekommen waren, vorübergehend Zuflucht außerhalb der Stadt zu suchen. Viele Pariser waren wie sie auf der Flucht. Gilles fragte einen Mann auf einem Pferdekarren, ob er wenigstens dem Mädchen helfen könnte. Der Mann war einverstanden und ließ beide aufsteigen.

Tinella war vollkommen erschöpft. Ihr ganzer Körper schmerzte, als wäre sie verprügelt worden. Hin und wieder spürte sie, dass ihr etwas Warmes die Beine hinabrann. Sie glaubte, es sei Blut, wollte aber nicht nachschauen und trocknete es verstohlen mit dem Kleid, damit es niemand merkte. Sie schämte sich für ihren Zustand. Sie wollte diesen anständigen Mann nicht noch mehr beunruhigen. Er hatte schon so viel getan, um sie in Sicherheit zu bringen. Schließlich war sie eine vollkommen Fremde für ihn. Er hätte sie in dieser schrecklichen Kammer oder mitten auf der Straße liegen lassen können, doch er hatte sich ihrer erbarmt und sich erboten, sie in Sicherheit zu bringen, obwohl er seine tote Mutter zurücklassen musste. Er brachte sie an einen sicheren Ort. Sie wusste, dass sie großes Glück gehabt hatte, ihn zu treffen, und dankte Gott dafür, ihr einen so großherzigen Menschen geschickt zu haben. Und sie machte François Vorwürfe. Wenn er sie nicht alleingelassen hätte, um wohin auch immer zu gehen, wäre das alles vielleicht nicht passiert. Aber dann bereute sie es, so schlecht über ihn gedacht zu haben. Der Arme, vielleicht hatte er etwas für sie holen wollen und war dann von den schrecklichen Ereignissen überrollt worden. Früher oder später würde sie erfahren, was passiert war. Es gab bestimmt eine Erklärung, aber jetzt war es wichtiger, sich in Sicherheit zu bringen, und vielleicht würden sie sogar einen Arzt finden, der sich um sie kümmerte.

Als sie an eine Kreuzung kamen, fragte der Mann auf dem Karren, in welche Richtung sie wollten. Gilles sagte es ihm, doch der Mann musste in die andere Richtung. Sie stiegen vom Karren und mussten wieder ein ganzes Stück zu Fuß zurücklegen, bis sie auf einen anderen Heuwagen trafen. Der Kutscher ließ sie freundlich aufsteigen und nahm sie mehrere Meilen mit. Als sich ihre Wege trennten, mussten sie wieder gehen. Der Weg war lang und beschwerlich, aber gegen sieben Uhr nachmittags kamen sie endlich in das Dorf, in dem Gilles' Freund wohnte.

Besagter Freund, ein gewisser Charles Nargò, war in seiner Jugend beim Militär gewesen und bis zum Grad eines Unteroffiziers gekommen. Auf dem Schlachtfeld hatte er Gilles kennen gelernt, und zwischen beiden hatte sich eine solide Freundschaft entwickelt, die auch fortbestand, als der Unteroffizier sich vom Militär verabschiedet hatte. Jetzt arbeitete er für den Grafen von Landepéreuse, einen Aristokraten und Grundbesitzer der meisten Ländereien in der Region. Er war früher einmal Ratgeber von Heinrich II. gewesen. Sein Schloss befand sich ganz in der Nähe von Nargòs Haus. Der Graf lebte seit Jahren zurückgezogen auf seinem Anwesen, weit weg vom Zentrum der Macht und dem intriganten Treiben am Hof. Er war ein feiner Mann, der sich trotz seiner beinahe sechzig Jahre gut gehalten hatte. Er war schon viele Jahre Witwer, und das Einzige, was er bedauerte, war, dass er keine Erben hatte.

Gilles' Freund nahm sie mit offenen Armen auf. Die beiden Männer begrüßten und umarmten sich herzlich. Über die Schulter seines Freundes hinweg sah Charles das Mädchen. Im ersten Augenblick hatte er sie gar nicht wahrgenommen. Sie war hübsch, wirkte aber erschöpft, wahrscheinlich wegen des langen Fußmarschs. Er begrüßte sie herzlich und rief seine Frau herbei.

»Maria, komm mal her!«

In der Haustür erschien eine kleine, rundliche Frau mit einem heiteren, sympathischen Gesicht. Charles stellte die beiden Frauen einander vor.

»Kommt, lasst uns ins Haus gehen«, sagte die Frau in ihrer natürlichen Gastfreundschaft. »Ihr wollt euch doch nicht hier auf der Straße unterhalten. Ihr habt bestimmt Hunger. Ich mache euch gleich etwas zu essen.«

»Natürlich, kommt herein«, sagte ihr Mann. »Ihr werdet müde sein. Etwas zu essen wird euch guttun. Der Weg von Paris ist lang und mühsam«, sagte er, legte Gilles eine Hand auf die Schulter und schob ihn ins Hausinnere.

Er war begierig darauf, frische Nachrichten aus der Hauptstadt zu erhalten. Tinella und Gilles nahmen die Einladung gerne an. Sie waren den ganzen Tag unterwegs gewesen, ohne etwas zu essen.

Als sie sich mit Brot und Frischkäse stärkten, erzählte Gilles in allen Einzelheiten, was er gesehen hatte. Seine Gastgeber hörten schweigend zu und ließen sich keines seiner Worte entgehen. Hin und wieder stießen sie einen überraschten Schrei aus. Charles, der sich mit diesen Dingen besser auskannte als seine Frau, weil er es am eigenen Leib erlebt hatte, warf den einen oder anderen Kommentar ein, während seine Frau immer wieder missbilligend den Kopf schüttelte und diese Ereignisse nicht verstehen konnte. Sie hatte viele ähnliche Geschichten gehört, aber sie hatte noch nie von derart grausamen Dingen gehört, wie sie an diesen armen Menschen begangen wurden. Sie war katholisch, obwohl sie wenig in die Kirche ging, aber ihr Gerechtigkeitssinn erlaubte ihr nicht, diese Barbarei zu billigen.

»Das ist die Schuld dieser Italienerin«, schnaubte Charles irgendwann.

»Manchmal sind die Dinge nicht so, wie sie scheinen«, mischte sich Tinella plötzlich ein, die sich, gestärkt durch das Essen, etwas erholt hatte.

Bisher hatte sie kaum etwas gesagt. Sie hatte ganz genau verstanden, dass Charles ihre geliebte Königin meinte, und sein Kommentar hatte sie gestört. Sie wusste, dass die Leute vom Land immer schnell bereit waren, der Herrscherin die Schuld zu geben, und das ertrug sie nicht. Diese Leute kannten sie nicht. Sie hatten nicht wie sie all diese Jahre mit ihr zusammengelebt. Doch jetzt war sie nicht in der Verfassung, über die Werte und Verdienste der Königin zu streiten, sie hatte einfach keine Kraft. Sie war zu schwach und zu erschöpft. Man hatte sie großherzig aufgenommen, ohne sie zu kennen. Jetzt wollte sie sich nur hinlegen und schlafen, um an nichts mehr denken zu müssen. Sie wollte diesen schrecklichen Tag, den schlimmsten ihres Lebens, vergessen.

»Sie hat diese Situation mit ihrer geheuchelten Toleranz heraufbeschworen«, fuhr Charles fort. »Hoffentlich ist der König Manns genug und hört nicht auf seine Mutter.«

Tinella hörte seine letzten Worte nicht mehr. Sie war an Gilles' Schulter gelehnt eingeschlafen.

Als er sie schlafen sah, erzählte Gilles seinen Freunden, in welchem Zustand er Tinella auf dem Fußboden seines Zimmers vorgefunden hatte. Er erklärte ihnen gerührt, wie er seine Mutter tot auf dem Bett gefunden und warum er die Entscheidung getroffen hatte, das Haus umgehend zu verlassen und sich zu ihnen zu flüchten. Die Eheleute sahen sich mitfühlend an.

»O mein Gott«, rief Charles' Frau. »Willst du damit sagen, dass das arme Mädchen ver...?« Sie hatte nicht den Mut, das Wort auszusprechen, aus Angst, Tinella könnte aufwachen und es hören. »Das muss schrecklich gewesen sein. Warum hast du das nicht gleich gesagt? Ich werde sofort den Doktor rufen, damit er sie untersucht. Das Mädchen braucht eine gute Behandlung.«

»Vielleicht hast du Recht«, bestätigte ihr Mann. »Wir bringen sie besser in unser Schlafzimmer und legen sie hin.«

»Ich allein schaffe es nicht«, sagte seine Frau und versuchte, das Gewicht des Mädchens einzuschätzen.

Da Tinella schon tief schlief, hob Gilles sie hoch und folgte seinem Freund nach oben ins Schlafzimmer der Eheleute. Er legte sie auf das Bett, wo Charles ihr das Kissen unterschob, damit sie bequem lag, und sie mit einer leichten Decke zudeckte. Es war noch immer sehr heiß, und das Federbett wäre zu warm gewesen.

Sie blieben einen Augenblick stehen und betrachteten die Schlafende.

»Sie ist wirklich hübsch«, sagte Charles. »Sehr bedauerlich, was ihr passiert ist. Es wird ihr schwerfallen, es zu vergessen.«

Madame Nargò kam mit dem Doktor, der Tinella sofort untersuchte und sie versorgte. Als der Arzt das Zimmer verließ, sah Madame Nargò, dass Tinella wieder eingeschlafen war. Obwohl sie sie nicht hören konnte, sagte sie leise zu ihr:

»Mach dir keine Sorgen, mein Mädchen. Jetzt bist du in Sicherheit. Du kannst hierbleiben, bis du dich von dieser schrecklichen Geschichte voll und ganz erholt hast.«

Der Arzt ging nach unten und erklärte den Männern den Zustand des Mädchens.

»Sie hatte ein schreckliches Erlebnis. Ich habe sie gründlich untersucht, aber nichts gefunden, das auf eine innere Blutung hinweist. Sie hat nur ein wenig Blut verloren, sie wird wieder gesund werden. Sie ist noch jung und kräftig. Jetzt braucht sie erst mal viel Ruhe, und in ein paar Tagen wird sie wieder ganz die Alte sein.«

»Sei unbesorgt, Gilles, ich werde mich um sie kümmern«, sagte Maria. Sie war eine gute Frau. Mit der ihr eigenen Großherzigkeit würde sie das Mädchen versorgen.

Grafschaft von Landepéreuse

September 1572

Es waren mehrere Wochen seit jenem unseligen 24. August vergangen. Tinella hatte sich langsam erholt. Die Gesellschaft des Ehepaars Nargò tat ihr gut, denn Maria behandelte sie wie eine Tochter. Ihr körperlicher Zustand verbesserte sich von Tag zu Tag, obwohl die Bilder der Vergewaltigung ihr immer im Gedächtnis bleiben sollten. Sie wusste, dass sie nie wieder dieselbe sein und dass sie diesen Schmerz nicht so leicht überwinden würde, im Gegenteil, je größer ihre Bemühungen waren, zu vergessen, desto mehr verfolgten sie diese grauenhaften Bilder, wie eine Obsession, die ihr keine Ruhe ließ.

Gilles konnte nur wenige Tage bei ihr bleiben. Bevor sein Urlaub zu Ende ging und er wieder zu seinem Regiment zurückkehrte, musste er noch einmal nach Paris und sich um seine tote Mutter kümmern. Er wollte ihr wenigstens ein würdiges Begräbnis ermöglichen und das Haus aufräumen.

Statt die Gemüter zu beschwichtigen, hatte sich das Gemetzel von Paris wie ein Ölfleck über ganz Frankreich ausgebreitet. Während in der Hauptstadt über dreitausend Tote gezählt wurden, multiplizierte sich diese Zahl mit den Toten in der Provinz um ein Vielfaches auf die unverhältnismäßig hohe Summe von zehntausend Toten. Die Strafaktion, die die Königinmutter ausschließlich für die Anführer der Hugenotten befohlen hatte, hatte sich ungewollt zu einer gefährlichen Waffe entwickelt, die niemand mehr kontrollieren konnte.

Die Großen Frankreichs, die mit ihren Besitztümern einen Großteil der Provinzen beherrschten, wollten denen in der Hauptstadt in nichts nachstehen und hatten nun die ideale Rechtfertigung, um ihre Feinde zu beseitigen. Ihrem Beispiel folgten schon bald die Gutsherren und sogar die Bürger. In den Dörfern war Verrat an der Tagesordnung, und den betroffenen Opfern blieb kaum eine Möglichkeit zur Flucht. Der von der Königinmutter ersonnene Plan, um sich ein für alle Mal ihrer Feinde zu entledigen und die Macht über den König zurückzugewinnen, hatte sich auf ganz Frankreich ausgedehnt. Es reichte, dass jemand Streit mit seinem Nachbarn hatte und ihn bezichtigte, Hugenotte zu sein, um zu erreichen, dass dieser sofort hingerichtet wurde. Doch die Grafschaft von Landepéreuse war wie durch ein Wunder eine Insel des Friedens geblieben. Der alte Graf Sebastian hatte die absolute Kontrolle über die Situation und war nicht bereit zuzulassen, dass sich auf seinem Boden dasselbe wie in ganz Frankreich abspielte.

Als Gilles zu seinem Regiment zurückkehrte, gab ihm Tinella einen Brief an die Königin mit. Darin erklärte sie ihr kurz, was geschehen war, und nannte den Grund für ihre lange Abwesenheit, allerdings ohne die Vergewaltigung zu erwähnen. Die wollte sie so schnell wie möglich vergessen. Als Vorwand gab sie ein schweres Fieber an und versprach der Königin, zu ihr zurückzukehren, sobald sie sich erholt hatte.

In den paar Tagen bei seinen Freunden hatte sich Gilles als liebevoller und warmherziger Gefährte erwiesen. Er empfand große Zuneigung für Tinella, aber sie, die heftigen Groll François gegenüber hegte, den sie für ihr Unglück verantwortlich machte, war nicht imstande, mehr als einen guten Freund in ihm zu sehen. Sie schätzte die Gesellschaft dieses Mannes, der sie gerettet hatte, und war ihm sehr dankbar, aber mehr nicht. Sie hätte es nicht ertragen, wenn er sie berührt hätte, auf diese Idee wäre sie gar nicht gekommen.

Gilles erfüllte sein Versprechen, der Königin den Brief zu bringen. Trotz der Gefahr, der er sich aussetzte, denn die Situation in der Hauptstadt war nur teilweise unter Kontrolle, ging er zum Louvre, um den Brief abzugeben. Es war ihm nicht erlaubt, der Königin den Brief persönlich zu überreichen, aber ein Angestellter am Palasteingang nahm ihn entgegen und versicherte ihm, ihn der Königin so schnell wie möglich zukommen zu lassen. Doch kaum war Gilles gegangen, warf der Mann den Brief weg.

»Wo kommen wir denn hin, wenn alle Bauern glauben, sie könnten der Königin persönlich schreiben?«, murmelte er vor sich hin.

So kam es, dass Katharina de' Medici diesen Brief ihrer Kammerzofe nie erhielt und auch keinen ihrer weiteren Briefe, die sie in den folgenden Wochen schrieb. Tinella, die das nicht wusste, glaubte, die Königin hätte ihre Briefe gelesen und sei verärgert, weil sie ihr nicht gehorcht hatte. Sie dachte, das sei der Grund, warum sie keine Antwort erhielt.

Die Wochen vergingen und dann die Monate, ohne dass eine Nachricht aus dem Louvre eintraf. So verabschiedete sich Tinella von der Möglichkeit, ihre Dienste im Palast wieder aufzunehmen. Und tatsächlich fühlte sie sich in ihrem neuen Zuhause sehr wohl. In den Nargòs hatte sie eine richtige Familie gefunden. Das war ein völlig neues Gefühl für sie, die nie die Gelegenheit gehabt hatte, ihre Mutter kennen zu lernen, ganz zu schweigen von ihrem Vater, der ihr völlig unbekannt war. Obwohl die Zuwendung der Königin ihr teilweise die Mutterliebe ersetzt hatte, war es nicht das Gleiche gewesen. Sie war die Königin von Frankreich und Tinella eine einfache Kammerzofe. Außerdem war die Herrscherin immer sehr beschäftigt gewesen, und sosehr sie sich auch bemüht hatte, dem Mädchen ihre Zuneigung zu zeigen, so hatte sie ihr dennoch nie die Mutter ersetzen können.

Der Graf von Landepéreuse hatte des Öfteren die Gelegenheit, mit Tinella zusammenzutreffen. Das erste Mal begegneten sie sich, als sie Charles Nargò zum Schloss begleitete, wo er ein paar Dinge mit seinem Herrn klären musste. Der alte Aristokrat wirkte wie ein distinguierter Herr mit ausgezeichneten Manieren auf sie, der sie ausgesprochen zuvorkommend behandelte, obwohl sie nur eine Bedienstete war. Als er einen Augenblick mit dem Grafen allein war, erzählte Charles Nargò ihm mit der größten Diskretion Tinellas Geschichte – der Graf hatte ihn schon öfter nach dem plötzlichen Auftauchen dieses hübschen Mädchens gefragt. Von dem Tag an zeigte Graf von Landepéreuse großes Interesse an ihr, wenn sie einander begegneten. Dabei achtete er stets darauf, dass er sich nicht anmerken ließ, dass er ihre Geschichte kannte. Das Ehepaar Nargò war sehr überrascht, als der Graf eines Tages bei seiner Rückkehr von der Jagd vor ihrem bescheidenen Haus anhielt, um sich eine kleine Verschnaufpause zu gönnen. Beide merkten, dass er länger als nötig blieb, um mit dem Mädchen zu plaudern.

In Wirklichkeit war das Interesse des alten Grafen für die schöne Tinella nicht ganz zufällig. Er war vor kurzem in die Hauptstadt gereist, wo er ein paar Geldangelegenheiten zu klären hatte, und hatte die Gelegenheit genutzt, um sich mit einem Bekannten zu treffen, der einen wichtigen Posten im Louvre innehatte. Es war Hauptmann Antoine von Salou, der Befehlshaber der Leibwache Ihrer Majestät der Königin.

Da das Mädchen behauptet hatte, die persönliche Kammerzofe der Herrscherin zu sein, wollte der Graf die Gelegenheit nutzen und Hauptmann von Salou fragen, ob er sie wirklich kannte. Zwei Menschen, die so engen Kontakt zur Königin hatten, mussten sich notwendigerweise kennen. Eigentlich misstraute er dem Mädchen nicht, da sie tatsächlich eine Ausdrucksweise und ein Benehmen hatte, das bei einer jungen Frau ihres Standes nicht üblich war, doch wenn das, was sie sagte, auch von anderer Seite bestätigt wurde, wäre es noch besser.

»Beschreibt mir das Mädchen genau, Herr Graf«, sagte Hauptmann von Salou überrascht. »Wenn sie behauptet, eine Kammerzofe der Königin zu sein, muss ich sie kennen.«

Der Graf beschrieb Tinella in allen Einzelheiten. Er hatte sie oft genug beobachten können, und dem erfahrenen Blick dieses alten Edelmannes war nichts entgangen.

»Und wie sagt Ihr, heißt sie?«, fragte von Salou immer neugieriger.

»Katharina, sie sagt, sie heiße Katharina.«

Hauptmann von Salou fuhr zusammen.

»Katharina? Seid Ihr sicher, Graf, dass sie gesagt hat, sie heiße Katharina?«

Er konnte nicht glauben, was er gerade gehört hatte. Der Graf hatte Tinella beschrieben. Seine Kleine war am Leben. Er spürte, wie sein Herz nun schneller schlug, und musste sich sehr anstrengen, die Tränen der Rührung zurückzuhalten.

»Tatsächlich gibt es eine Kammerzofe in den Diensten Ihrer Majestät, die so heißt. Aber sie ist viel mehr als eine einfache Kammerzofe, sie ist der Augapfel Ihrer Majestät. Sie heißt Katharina und sieht so aus, wie Ihr sie mir beschrieben habt. Hat sie Euch gegenüber nie den Namen Tinella erwähnt?«

»Tinella?«, wiederholte der Graf überrascht. »Seltsamer Name, aber ich meine, ihn schon gehört zu haben. Wenn ich mich nicht irre, glaube ich mich zu erinnern, dass Katharina einmal erwähnte, ihre Mutter hätte so geheißen ... oder so ähnlich. Ich bin mir nicht ganz sicher.«

»Es gibt keinen Zweifel, Monsieur, das ist sie. Das passt ganz genau zu Eurer Beschreibung von ihr. Sie ist die persönliche Kammerzofe der Königin, ihr Augapfel. Sie wurde tatsächlich auf den Namen Katharina getauft, es war die Königin selbst, die darauf bestanden hatte, doch alle haben sie immer Tinella genannt, das war der Spitzname ihrer Mutter, die bis zu ihrem Tod diesen Posten innehatte. Wir glaubten alle, dass ihr etwas passiert sein müsste, als sie in der tragischen

Bartholomäusnacht verschwand. Ihre Majestät hatte mir befohlen, sie unter allen Umständen zu finden. Sie war besorgt über ihr Verschwinden. Es ist ein wahres Wunder, dass Ihr Nachricht von ihr bringt, Herr Graf.«

Der Graf lächelte zufrieden. Offensichtlich hatte das Mädchen nicht gelogen. Und sie war nicht bloß eine einfache Kammerzofe, wie sie gesagt hatte, sondern die persönliche Kammerzofe der Königin und zudem ihr Augapfel. Das änderte alles. Er strich sich zufrieden übers Kinn.

Graf von Landepéreuse berichtete Hauptmann von Salou, was ihm sein Verwalter Charles Nargò erzählt hatte. Er ließ dabei nichts aus. Und um die Abwesenheit des Mädchens zu rechtfertigen, hielt er es für angemessen, ihm von der Vergewaltigung im Haus einer Witwe zu erzählen und in welchem Zustand der Soldat Gilles Tinella gefunden hatte. Er erklärte dem Hauptmann, dass es dessen Entscheidung gewesen sei, sie aus Paris wegzubringen. Hauptmann von Salou hörte aufmerksam zu und verstand, warum er sie nicht hatte finden können, obwohl er sie überall gesucht hatte. Nie hätte er sich vorstellen können, was Tinella für Qualen erlitten hatte. Das arme Mädchen.

»Ich werde Ihre Majestät darüber informieren«, sagte von Salou, als sich die beiden Männer verabschiedeten. »Wenn Ihre Majestät genaue Anweisungen gegeben hat, werde ich es Euch persönlich wissen lassen, aber im Augenblick ist es besser, wenn diese Unterhaltung unter uns bleibt.«

»Ich danke Euch, Hauptmann«, antwortete der Graf. »Sobald Ihr Neuigkeiten habt, lasst es mich wissen. Inzwischen sollt Ihr gewiss sein, dass das Mädchen gut aufgehoben ist. Sie musste großes Leid erfahren, und ich glaube, es wird besser sein, wenn sie dort bleibt. Es fehlt ihr an nichts. Und sollte ihr doch etwas fehlen, werde ich mich persönlich darum kümmern.«

»Ich bin Euch sehr dankbar, Herr Graf. Sollte Tinella etwas

benötigen, lasst es mich unverzüglich wissen. Ich werde es sofort der Königin berichten. Ich bin davon überzeugt, dass Ihre Majestät Euch für Eure Hilfe sehr dankbar sein wird. Sie empfindet große Zuneigung für das Mädchen.«

Als der Graf gegangen war, seufzte Hauptmann von Salou erleichtert. Die kleine Tinella war also am Leben. Verfluchte Milizen. Wenn er einen von ihnen erwischen sollte, würde er bekommen, was er verdiente.

Hauptmann von Salou traf eine wichtige Entscheidung. Zum Wohl derjenigen, die er mit großer Wahrscheinlichkeit als seine Tochter betrachten konnte, beschloss er zu schweigen und der Königin nicht mitzuteilen, dass man Tinella gefunden hatte. Es war besser, wenn sie an einem sicheren Ort unter dem Schutz des Grafen bliebe. Er kannte ihn schon viele Jahre und wusste, dass er ein echter Herr war und den Ruf eines guten Menschen genoss. Sein Name war noch nie mit einem Skandal verbunden gewesen, und alle schätzten ihn als einen großartigen Mann. Wenn der Graf ihm versicherte, sich um das Mädchen zu kümmern, dann gab es keinen Zweifel daran, dass er es auch tun würde. Würde Tinella an den Hof zurückkehren, wäre ihr Leben wieder in Gefahr, denn sie könnte dort auf einen ihrer Vergewaltiger treffen, der sie, um zu verhindern, dass sie redete, sogar umbringen könnte. Der Hauptmann kannte die Gepflogenheiten der Soldateska und die Mentalität dieser Männer gut genug. Es wäre unvernünftig, das Mädchen diesem Risiko auszusetzen. Später, wenn sich die Wogen geglättet hätten, würde er einen Vorwand finden, um sie zu besuchen und sich persönlich von ihrem Zustand zu überzeugen. Inzwischen würde er dem Grafen Geld für ihren Unterhalt schicken. Das war das Mindeste, was er tun konnte. Schließlich war sie seine Tochter, und er hatte bisher noch nie Gelegenheit gehabt, sich um sie zu kümmern. Jetzt konnte er es diskret tun, ohne dass sie davon erfuhr. So würde er sich nicht verdächtig machen und vermeiden, unnötig aufzufallen.

Der Graf kehrte gut gelaunt in sein Schloss zurück. Er war zufrieden mit der Unterredung, die er mit dem Hauptmann der königlichen Leibwache geführt hatte. Offensichtlich war das Mädchen aufrichtig. Er hatte es schon vermutet, aber die Bestätigung seiner Vermutung machte ihn besonders glücklich. Die Tatsache, dass Tinella eine der »Töchter« der Königin war, erklärte vieles, unter anderem ihre hervorragende Ausbildung und ihre Vornehmheit. Wäre sie nicht am Hofe erzogen worden, hätte ein Mädchen ihres Standes nie diese feinen Manieren und diese Eloquenz entwickeln können.

Der Graf ließ seinen Verwalter rufen, um ihm von seinem Treffen mit Antoine von Salou zu berichten. Er wollte nicht, dass Tinella davon erfuhr, beharrte aber sehr darauf, alles Erdenkliche zu tun, damit Tinella glücklich und so bald wie möglich wieder gesund werde.

Die Nargòs wunderten sich über die immer häufigeren Besuche, die der Graf ihrem bescheidenen Haus abstattete. In der Vergangenheit hatte er sie auch gelegentlich aufgesucht, dann hatte er sich über den Zustand seines Besitzes informiert oder mit Charles geredet, aber jetzt wurden diese Besuche zur Gewohnheit. Jeder Vorwand war willkommen. Der Graf hatte sich angewöhnt, lange Spaziergänge mit dem Mädchen zu machen, und sie fühlte sich in seiner Gesellschaft ausgesprochen wohl. Anfangs dachte das Ehepaar Nargò, dass die Zuneigung des Grafen für Tinella – die alle Katharina nannten – seinem Gefühl der Einsamkeit entsprang und dass er ihr die Zuwendung schenkte, die er niemand anderem zuteilwerden lassen konnte, weil er keine Kinder hatte. Charles Nargò hatte gemerkt, dass der Graf seit seiner Rückkehr aus Paris verändert war.

Es vergingen die Monate. Als der Winter kam, lud der Graf Katharina zur Überraschung aller zum Weihnachtsfest auf sein Schloss ein. Das Mädchen nahm die Einladung geschmeichelt an. Auch sie erwiderte die Zuneigung dieses älteren Herrn.

Mit ihm konnte sie über alles reden, was sie trotz ihrer Sympathie für die Nargós nicht mit ihnen teilen konnte. Sie waren einfache Leute, an ein anderes Leben gewöhnt, während sie ihr ganzes Leben am Hofe zugebracht hatte.

Ab und zu ertappte sie sich bei dem Gedanken an François. Sie hatte nie wieder von ihm gehört. Aus Gilles' Briefen wusste sie aber, dass er nicht ins Haus der Witwe zurückgekehrt war, und dies war ein schwerer Schlag für sie. François hatte es nicht ein bisschen interessiert, was mit ihr geschehen war. Und dann der Gedanke, dass nicht geschehen wäre, was passiert war, wäre François bei ihr geblieben.

Hin und wieder erhielt sie einen Brief von Gilles. Der gute Gilles sprach nie von sich und seinen Angelegenheiten. In seinen Briefen fragte er immer nach ihr und interessierte sich für das, was sie tat. Er war wirklich ein guter Junge. Sie war davon überzeugt, dass er ein guter Ehemann werden würde, wenn er das Militär aufgeben und eine Familie gründen wollte. Aber er war nicht der Richtige für sie, sie konnte nur einen Freund in ihm sehen. Die Vorstellung einer intimeren Beziehung hatte sie nie in Erwägung gezogen. Im Gegenteil, sie verspürte einen gewissen Abscheu gegen Manner, besonders gegen junge Männer. Im Dorf gab es viele von ihnen. Mehr als einer hatte seine Absicht gezeigt, ihr den Hof zu machen, aber sie hatte alle abgewiesen. Die seelischen Wunden der Vergewaltigung waren noch zu frisch. Von Männern wollte sie nichts wissen, zumindest vorerst nicht.

Schloss Blois, 5. Januar 1589

Siebzehn Jahre später

Die Gräfin von Landepéreuse kniete in einer Ecke des Vorzimmers, das zum Gemach der Königin führte, und betete für die Seele der sterbenden Herrscherin, als alle sich erhoben, um den König vorbeizulassen. Heinrich III. war an das Bett seiner sterbenden Mutter gerufen worden, als die Königin deutlich gemacht hatte, dass ihre letzte Stunde gekommen war. Ihre lange Herrschaft näherte sich unerbittlich dem Ende. Katharina von Landepéreuse trug Trauerkleidung, weil ihr älterer Ehemann ein paar Monate zuvor gestorben war. Trotz des Altersunterschieds war ihre Ehe glücklich gewesen. Sie war fünfunddreißig Jahre jünger als ihr Mann und noch sehr jung gewesen, als der Graf sie gebeten hatte, ihn zu heiraten. Seither war viel Zeit vergangen, insgesamt fünfzehn Jahre. Als die Gräfin von Landepéreuse über das bevorstehende Ende der alten Königin informiert wurde, hatte sie das dringende Bedürfnis verspürt, in ihren letzten Stunden bei ihr zu sein. Es war so viel Zeit vergangen, seit sie sich zuletzt gesehen hatten … Und obwohl die Königin ihre Briefe nie beantwortet hatte, erinnerte sich Katharina von Landepéreuse ganz genau an den Tag, an dem sie das letzte Mal miteinander gesprochen hatten. Es war der 23. August 1572 gewesen, am Vorabend von Sankt Bartholomäus, ein Tag, der ihr Leben in wenigen Stunden radikal verändert hatte.

An jenem Tag war in wenigen Stunden aus der treuen und ergebenen Kammerzofe und dem Augenstern der Königin die junge Geliebte eines Mannes geworden, den sie jetzt verachtete, obwohl sie ihn all die Jahre nicht hatte vergessen können. Und eine von Soldaten vergewaltigte Frau. Der Name des Mannes, den sie zu vergessen versuchte, lautete François Hugier. Er hallte noch in ihrer Erinnerung wider, als wäre das alles erst vor wenigen Tagen geschehen und nicht vor siebzehn Jahren. Inzwischen hatte sie geheiratet und war viele Jahre mit ihrem Mann glücklich gewesen. Jetzt war sie Witwe. Doch trotz allem hatte sie François nie verziehen. Sie gab ihm die Schuld für die Vergewaltigung, für diesen schrecklichen Fleck in ihrem Herzen, der es ihr unmöglich machte, sich wieder zu verlieben. Ihr Groll, sosehr sie ihn auch zu unterdrücken versuchte, war stärker als jedes andere Gefühl. Sie konnte nicht vergessen, aber vor allem konnte sie nicht verzeihen. Sie hatte ihn nie wiedergesehen und auch nie wieder seinen Namen gehört. Sie wusste nicht, ob er ein Opfer jener schrecklichen Nacht geworden war, aber das milderte ihren Hass auf ihn keineswegs. Sie hatte ihn geliebt, nur eine Nacht lang, obwohl dieses Gefühl in tiefe Abscheu umgeschlagen war, in einen unkontrollierbaren, grenzenlosen Hass, der sie seither ständig begleitete.

Katharina hatte sich vom Grafen von Landepéreuse den Hof machen lassen. Als der alte Edelmann ihr eine Heirat antrug, hatte sie eingewilligt, aber unter einer Bedingung: dass sie in ihrem neuen Status einer Gräfin von Landepéreuse nie genötigt sein würde, an den Königshof zurückzukehren. Sie wollte für immer den Ort vergessen, an dem sie viele Jahre gelebt und wo sie François kennen gelernt hatte. Sie hätte es nicht ertragen, dahin zurückzukehren, wo sie einst ein naives und verliebtes Mädchen gewesen war. Außerdem fürchtete sie ein Treffen mit der Königin. Die Herrscherin hatte auf keinen ihrer Briefe geantwortet, ein Zeichen dafür, dass sie ihrer Kammerzofe den Ungehorsam nie verziehen hatte. Sie wusste, dass Katharina ausgesprochen nachtragend sein konnte, und wenn sie gewollt hätte, hätte sie sich an ihrem Gatten rächen können. Sie hatte das Risiko nicht eingehen wollen, dass die Königin ihren Mann, den keine Schuld traf, aus Rache bestrafte. Als sie noch in ihren Diensten stand, hatte sie erlebt, wie die Herrscherin befohlen hatte, sämtliche Güter derjenigen, die ihr zu widersprechen gewagt hatten, konfiszieren zu lassen und die Unglückseligen zu schlimmstem Elend zu verdammen.

Vom Hof erhielt sie kaum Nachrichten. Sie erfuhr nur, dass 1574 Karl IX. mit knapp vierundzwanzig Jahren gestorben war, weil ihn die Gewissensbisse, das Massaker der Bartholomäusnacht befohlen zu haben, auffraßen. Sein Bruder Heinrich, Herzog von Anjou, folgte ihm auf den Thron, wo er unter dem Namen Heinrich III. herrschte.

Diejenige, die einmal unter dem Namen Tinella bekannt war, lebte all diese Jahre auf dem Gut ihres Mannes und genoss an der Seite des viel älteren, aber gebildeten Mannes, der ihr eine angenehme Gesellschaft war, ein komfortables und bequemes Leben, in dem sie nichts zu fürchten hatte. Doch der Lockruf der Vergangenheit war unerbittlich. Tinella musste zum letzten Mal die Frau sehen, die ihr in ihrer Kindheit sehr geholfen und die sie geliebt hatte. Sie musste sie noch einmal sehen. Hätte sie es nicht getan, hätte sie sich das bis zum Ende ihrer Tage vorgeworfen. Sie wollte die Königin um Vergebung bitten, weil sie es gewagt hatte, ihre Befehle nicht zu befolgen, und sie wollte, dass diese ihr vor ihrem Tod vergab.

Jetzt war sie selbst Witwe. Sollte die alte Herrscherin ihrem Augenstern noch immer grollen, konnte sie sich zumindest nicht mehr an ihrem Ehegatten rächen. Tinella, die sich jetzt Katharina nennen ließ, wusste nicht, ob die Königin sie nach so langer Zeit wiedererkennen würde. In Wahrheit wusste sie nicht einmal, ob sie sie empfangen würde. Doch einen Versuch war es wert, wenn auch nur, um ihr Gewissen zu beruhigen.

Als sie im Schloss Blois eintraf, stellte sie überrascht fest, dass die Reputation ihres Mannes unversehrt war. Die förmlichen Protokollbeamten empfingen sie mit größtem Respekt. Sie fürchtete, ein bekanntes Gesicht zu sehen, obwohl sie wusste, dass die Palastangestellten in der Witwe des Grafen von Landepéreuse nur schwerlich die frühere persönliche Kammerzofe der Königinmutter erkennen würden. Doch als sie die vielen neuen Gesichter sah, beruhigte sie sich.

Nachdem sich Katharina vor dem König, der gerade an ihr vorbeigegangen war, verbeugt hatte, erschrak sie. Sie fühlte sich, als würde ihr das Herz aus der Brust springen. Im Gefolge Seiner Majestät wenige Schritte hinter ihm erkannte sie den Mann, den sie die letzten siebzehn Jahre über gehasst hatte. Aber wie war das möglich? War er es wirklich? Sie sah sich den Mann mit dem schönen blonden Haar und den tiefblauen Augen genau an. Ja, es bestand kein Zweifel, es war François. Die vergangenen Jahre waren gnädig mit ihm gewesen, er sah fast genauso aus wie damals, als sie ihn kennen gelernt hatte. Die Reife stand ihm gut. Seine Züge und seine Manieren waren feiner geworden. Er war elegant gekleidet wie ein Höfling, obwohl Katharina nicht entgangen war, dass er noch immer diesen katzenhaften Gang hatte, der ihr damals so gefallen hatte.

François fühlte sich beobachtet und sah zu dieser schönen, in Schwarz gekleideten Frau hinüber, die ihn so aufmerksam betrachtete. Da sie ein schwarzes Kleid trug, nahm er an, dass sie Witwe sei, möglicherweise erst kürzlich an den Hof gekommen, denn er hatte sie noch nie gesehen. Ihr Gesicht war von außerordentlicher Schönheit, und als sich für den Bruchteil einer Sekunde ihre Blicke trafen, spürte er, wie sich ein Gefühl der Wollust seiner bemächtigte. Trotz des fortschreitenden Alters konnte er seine Libido noch immer nicht beherrschen. Im Gegenteil, sie beherrschte ihn voll und ganz. Am Hofe waren alle im Bilde über sein unersättliches Verlangen. Wer länger als eine Minute in seiner Gesellschaft war, kannte seine Schwäche. Mit der Zeit hatte sich François zu einem ausgesprochen rücksichtslosen Mann entwickelt, der nur seine niedersten

Instinkte und seine fleischlichen Begierden befriedigen wollte, mit wem auch immer, das war ihm egal.

Diese jüngst eingetroffene reizende Frau machte ihn neugierig. Er musste sie unbedingt kennen lernen. Wenn er mit seinen Verpflichtungen dem König gegenüber fertig war, wenn er die Gemächer der sterbenden Alten endlich wieder verlassen konnte, würde er einen Weg finden, sie kennen zu lernen. Er wollte sie haben. Er hatte genug von diesen jungen, unerfahrenen Mädchen, die ständig hinter ihm her waren. Er hatte Lust, mit einer richtigen Frau zusammen zu sein, und diese wirkte auf ihn sehr viel versprechend. Er musste vorsichtig und diskret vorgehen, denn der König war sehr besitzergreifend und wurde schnell eifersüchtig, wenn er Interesse an anderen zeigte. Er hatte schon Gelegenheit gehabt, seine hysterischen Wutausbrüche zu erleben, als der Herrscher erfahren hatte, dass er ihm untreu gewesen war.

Katharina war noch immer schockiert, als ein älterer Herr auf sie zuging und sich ihr freundlich vorstellte.

»Wenn ich mich nicht irre, seid Ihr die Gräfin von Landepéreuse, Madame«, sagte der Mann höflich. »Man hat mich über Eure Ankunft informiert. Erlaubt mir, mich vorzustellen, ich bin Graf von Salou, Antoine von Salou, zu Euren Diensten, Madame.«

»Erfreut«, erwiderte Katharina und reichte ihm die Hand zum Kuss.

Der alte Herr sah sie neugierig an. In seinen Augen stand Zärtlichkeit.

»Wie habt Ihr mich erkannt, Monsieur von Salou? Ich war noch nie am Hofe«, fragte Katharina freundlich und überrascht, dass er sie beim Namen genannt hatte.

»Ich war ein Freund Eures verstorbenen Gatten, Gräfin«, sagte der Mann entschuldigend. »Eure Schönheit ist legendär.«

Katharina lächelte erfreut. Dieser alte Mann war ein wahrer Herr.

»Ich danke Euch, Monsieur«, erwiderte sie lächelnd, »aber ich glaube nicht …«

»In Wahrheit haben mich die Protokollbeamten über Euren Besuch informiert«, unterbrach sie der Graf, als wollte er sich für seine Kühnheit entschuldigen.

Der Hof bleibt entschieden immer der Hof, dachte Katharina. Es hatte sich nichts geändert. Immer wussten alle alles.

»Seid Ihr häufig am Hof?«, fragte sie, um das Thema zu wechseln. Sie hatte keine Lust, über sich selbst zu reden.

»Nicht mehr so oft wie früher«, antwortete der Graf von Salou höflich. »Ich habe mich schon vor vielen Jahren zurückgezogen. Ich war Hauptmann der Leibwache Ihrer Majestät der Königin.«

Da erinnerte sich Katharina, jetzt wusste sie, warum ihr sein Name bekannt vorkam, sie kannte ihn aus der Zeit als Kammerzofe der Königin. Sie hatte nie persönlich mit ihm zu tun gehabt, aber sie wusste, wer er war. Sie hatte ihn öfter mit der Königin zusammen gesehen, wenn der Hauptmann über dienstliche Angelegenheiten mit ihr gesprochen hatte. Sie vertraute darauf, dass er sie nun nicht wiedererkannte. Hätte sich dieser in die Jahre gekommene Edelmann vorstellen können, dass sich unter den Kleidern der Gräfin von Landepéreuse die ehemalige Kammerzofe der Königin verbarg? Sie plauderten lange über dies und das. Der Graf schien ihre Gesellschaft sehr zu schätzen. Als Katharina genug Vertrauen gefasst hatte, hatte sie den Mut, den alten Grafen zu fragen – auf die Gefahr hin, dass ihm diese Frage etwas seltsam vorkommen mochte –, ob er wüsste, wer dieser große, blonde Herr im Gefolge des Königs sei.

»Das ist Monsieur Hugier, Madame, der Mignon des Königs«, erwiderte Antoine von Salou unumwunden.

»Der Mignon?«, rief Katharina überrascht. »Was wollt Ihr mit diesem Wort sagen?«

»Man merkt, dass Ihr das Hofleben nicht gewohnt seid,

Madame«, erwiderte der Graf peinlich berührt. »Mignon ist der Name, den der Hofstaat den Lieblingen Seiner Majestät gibt, seinen …«

»Seinen was?«, hakte Katharina angesichts der offensichtlichen Verwirrung des Grafen neugierig nach.

»Ich weiß nicht, wie ich es Euch erklären soll«, sagte der Graf immer verlegener. Er konnte das Wort einfach nicht aussprechen.

»Ah! Ich meine zu ahnen, was Ihr mir sagen wollt. Er ist der …«

»Ich glaube, dass Euch Eure Ahnung nicht trügt«, bestätigte der Graf unübersehbar erleichtert.

Katharina wurde nachdenklich. Sie war verblüfft über die Ausführungen des Grafen, aber sie musste der Realität ins Auge sehen. Sie hatte ihn mit eigenen Augen gesehen. François war keines der vielen Opfer jener traurigen Nacht geworden. Der Mann, der so viele Nächte ihre Gedanken beherrscht hatte, dessen Verschwinden sie so gequält hatte, war der Gefahr entkommen und war jetzt nicht mehr und nicht weniger als der Geliebte des Königs. Kein Zweifel, dieser Bursche, der auf der Suche nach einer warmen Mahlzeit auf Kosten der Krone in die Küche des Louvre gekommen war, hatte seinen Weg gemacht. Wie er diese Position errungen hatte, war nicht mehr wichtig. Wichtig war, dass er lebte, und sie wusste nicht, ob sie enttäuscht, glücklich oder empört sein sollte. Das beherrschende Gefühl in ihr war noch immer der Hass. Der Hass dafür, dass er sie verlassen hatte, dafür, dass er sich nur um sein eigenes Leben gekümmert hatte, ohne sich auch nur im Geringsten dafür zu interessieren, was mit ihr geschehen war, und der Hass dafür, dass er sie verführt hatte.

Sie traf eine Entscheidung. Es war nicht gut gewesen, ihrem Bedürfnis zu folgen und der Königin in ihren letzten Stunden beistehen zu wollen. Es war besser, wenn sie so schnell wie möglich nach Hause zurückkehrte. Plötzlich begriff sie, dass es naiv von ihr gewesen war, zu glauben, sie hätte sich auf die Bettkante der Königin setzen und sich mit ihr zusammen an die alten Zeiten erinnern können, als wären sie ein Leben lang Freundinnen gewesen. Sie wurde gewahr, dass sich vieles verändert hatte. Königin Katharina de' Medici lebte in einer Welt, die für sie genauso unerreichbar war wie für die meisten der Anwesenden. Sie begriff, dass nur ihre Familienmitglieder und ihre engsten Vertrauten Zugang zu ihr hatten. Sie würde die Königin nie wiedersehen. Und sehr wahrscheinlich würde sich die Königin unter diesen Umständen gar nicht mehr an ihren Namen erinnern. Schließlich war sie nur eine ehemalige Kammerzofe, die ihr eines Tages nicht mehr gehorcht hatte. Katharina hatte ihr diesen Affront bestimmt nie verziehen. Die Gräfin von Landepéreuse wusste, dass Katharina de' Medici immer absolute Treue verlangt hatte. So großzügig sie sein konnte mit denjenigen, die ihr ergeben dienten, so unerbittlich konnte sie auch sein, wenn sich jemand ihres Vertrauens als nicht würdig erwies. Dann wurde ihm die schlimmste Strafe zuteil: Verachtung und Vergessen.

Sie verließ den Palast, um in ihr Schloss zurückzukehren. Am Königshof hatte sie nichts mehr verloren. Der Graf von Salou war so freundlich, sie bis zu ihrer Kutsche zu begleiten. Um ihm für diese Geste zu danken, lud Katharina ihn ein, sie zu besuchen. Sie könnten über ihren verstorbenen Gatten reden, wenn Antoine von Salou ihn doch so gut gekannt hatte.

Als die Kutsche losfuhr, konnte Katharina der Versuchung nicht widerstehen, einen letzten Blick auf den Palast zu werfen, in dem ihre geliebte Königin im Sterben lag. Das war nun Vergangenheit, sie hatte nichts mehr damit zu tun, und es lohnte sich nicht, daran zurückzudenken. Sie dachte an ihren verstorbenen Mann und dankte Gott dafür, ihr einen so freundlichen und liebenswürdigen Gefährten geschenkt zu haben.

Schloss Blois

Donnerstag, 5. Januar 1589, 10 Uhr

Mein Fieber muss gestiegen sein, denn ich fühle mich immer schwächer. Wie spät mag es wohl sein? Bin ich noch am Leben oder schon bewusstlos, am Anfang meines Endes? Es fällt mir sehr schwer, die Augen zu öffnen. Ich muss reagieren, ich darf mich nicht ins Jenseits treiben lassen, bevor ich getan habe, was ich tun muss, aber was war das noch? Ach ja, mein Testament. Ich muss genaue Anweisungen geben, ich will niemanden vergessen. Das könnte ich mir nicht verzeihen. Wer weiß, wie es im Jenseits aussieht? Wird es wirklich so sein, wie mein Beichtvater sagt? Wird es wirklich zwei Türen geben, eine hinauf ins Paradies und eine andere hinab in die Hölle? Was muss ich tun, um sie nicht zu verwechseln? Werde ich die richtige Tür öffnen, oder werde ich mich irren? Ich denke lieber nicht daran und hoffe, dass meine beiden Onkel Papst Leo X. und Papst Clemens VII. und meine Cousins, die Kardinäle, da sein werden, um mir die richtige Tür zu weisen. Ich darf mich bei so einer wichtigen Entscheidung nicht irren. Wenn es stimmt, dass die Päpste Botschafter des Herrn auf Erden sind, dann werden mich meine Onkel dort erwarten. Sie werden mir verzeihen, doch ich möchte sie noch ein wenig warten lassen, weil ich noch nicht alle meine Verpflichtungen auf Erden erfüllt habe.

Ich habe die Augen geöffnet. Das war sehr anstrengend. Ich sehe Schatten, die sich hinter einer Nebelwand bewegen. Nach und nach löst sich der Nebel auf, und die Gestalten werden immer schärfer. Ich erkenne ein Gesicht. Ach ja, es ist die Herzogin von Retz. Dann bin ich also noch nicht tot. Ich sehe, dass sie die Lippen bewegt, aber ihre Worte dringen nicht zu mir durch. Sie lächelt und sagt etwas zu mir. Ich verstehe nicht, was sie sagt. Eine barmherzige Hand tupft mir den Schweiß von der Stirn … »Majestät?« Endlich verstehe ich sie. Die Herzogin spricht mit mir.

»Ich habe Durst. Gebt mir zu trinken.«

Ich habe es geschafft, mit großer Mühe ein paar Worte zu formulieren. Dann habe ich also nur geschlafen. Ich finde langsam aus meiner Benommenheit heraus.

Jemand bringt eine Karaffe herbei und schüttet ein bisschen Wasser in ein Glas. Ich kann es nicht erkennen. Ich muss beweisen, dass ich noch lebe und bei vollem Bewusstsein bin. Ich werde mich an die Herzogin halten.

»Wie spät ist es, Madame?«

»Es ist zehn Uhr morgens, Majestät. Eure Majestät hat bis jetzt geschlafen. Wünscht Ihr etwas zu essen?«

»Mein Sohn, wo ist mein Sohn, der König?«

»Seine Majestät wartet in seinen Gemächern, Majestät. Er hat uns befohlen, ihn augenblicklich zu informieren, wenn Eure Majestät erwacht. Ich werde jetzt gleich jemanden zu ihm schicken.«

Ich habe also geschlafen und geträumt. Und ich dachte, ich hätte bereits das Fegefeuer betreten.

»Benachrichtigt auch meine Enkelin, Madame. Ich will meine Enkelin sehen.«

Die Herzogin glaubte, sie meine Prinzessin Christine von Lothringen.

»Ich lasse sie sofort rufen, Majestät. Wollt Ihr wirklich nichts essen? Ein bisschen Hühnerbrühe täte Euch gut.«

Vielleicht hatte die Herzogin Recht. Ein bisschen Hühnerbrühe bekäme mir gut. Ich habe seit gestern nichts mehr gegessen, deshalb fühle ich mich so schwach. Ich nicke mit geschlossenen Augen. Das Reden kostet mich zu viel Mühe. Ich muss mir meine Kräfte für Wichtigeres aufsparen, ich kann sie nicht für eine Hühnerbrühe vergeuden.

Ich sehe, dass sich an der Tür meines Schlafgemachs etwas bewegt. Die Anwesenden treten auseinander und verbeugen sich tief. Mein Sohn muss eingetroffen sein. Ich kann ihn noch nicht sehen. Wer sollte es sonst sein, wenn nicht der König? Endlich ist er da. Mein Sohn ist gekommen, um mich zu sehen! Als er näher kommt, erkenne ich seine Silhouette. Er wirkt müde. Sein Gesicht verrät seine Erschöpfung. Er ergreift meine Hand und küsst sie mit einem schüchternen Lächeln. Armer Heinrich, wenn du wüsstest, wie sehr ich bedaure, dir so viele Sorgen zu bereiten.

»Wie geht es Euch, Madame? Ich habe mich die ganze Nacht um Euch gesorgt und für Euch gebetet.«

Er hat eine so sanfte Stimme. Von meinen Söhnen stand mir Heinrich immer am nächsten. Wir haben uns sehr geliebt. Mit meinen anderen Söhnen war es anders. Franz war ein guter Sohn, aber distanziert und oberflächlich. Er stand zu sehr unter dem Einfluss seines Frauchens, dieser dummen und arroganten Maria Stuart. Er war so jung, als er von uns ging. Armer Franz. Wäre er ein besserer König als seine Brüder gewesen? Mein Sohn Karl war zu schwach. Er war absolut unfähig, eigene Entscheidungen zu treffen. Er brauchte immer die Bestätigung aller, die ihn umgaben. Und ich, seine Mutter, war immer da, um alle seine Handlungen aufmerksam zu beobachten und ein wachsames Auge auf seine Freundschaften zu haben. Es war wichtig zu wissen, wer bei ihm war. Armer Karl, er war so leicht zu beeinflussen. Ein Moment der Unaufmerksamkeit hatte gereicht, und schon hatte sich dieser verdammte Coligny in sein Vertrauen geschlichen. Eine Freundschaft, die uns teuer zu stehen kam, sehr teuer. Wenn ich an all die Toten denke, bekomme ich immer noch Albträume. Hätte sich Karl nicht von dieser schlechten Gesellschaft beeinflussen lassen, hätte man diese Bartholomäusnacht wahrscheinlich verhindern können. Der Arme. Er hat vor lauter Gewissensbissen nicht lange gelebt. Schließlich kam Heinrich, mein geliebter, sanfter Heinrich. Ich wusste, dass er eines Tages König werden würde. Die Sterne hatten es mir vorhergesagt. Und die Sterne irren sich nie. Dennoch habe ich mir nicht vorstellen können, dass sein Schicksal darin bestünde, seinem Bruder Karl auf den Thron zu folgen. Hätte ich es geahnt, ich hätte nicht so große Mühen auf mich nehmen müssen, um ihm einen freien Thron in Europa zu sichern, weit weg im fernen Polen. Ein kaltes Land, distanziert und von Barbaren bevölkert. Dort konnten sie meinen armen Heinrich nicht verstehen, so sanft und sensibel, wie er ist. Dieses Land war nicht für ihn gemacht. Doch das Schicksal war mir gnädig und gab ihn mir zurück. Als Karl ohne direkte Erben starb, öffneten sich für seinen Bruder die Türen zum Thron von Frankreich, und mein Schmerz über den Verlust eines Kindes wurde gelindert von der Aussicht, dass ich Heinrich endlich wiedersehen würde. Jetzt ist er da, bei mir, und ich bin glücklich.

Allerdings hat mir Heinrich auch große Sorgen bereitet. Er traf nicht immer die den Umstanden entsprechenden Entscheidungen. Es war nicht seine Schuld, denn er musste in einer schwierigen Zeit regieren, aber er hat mir, seiner Mutter, immer vertraut. Wir haben zusammen regiert, gemeinsam Entscheidungen getroffen, gemeinsam gelitten. Jetzt muss er seinen Weg allein weitergehen, und ich werde ihm aus dem Jenseits beistehen.

»Die Notare sollen kommen, Majestät, ich muss mein Testament diktieren, solange ich noch dazu fähig bin. Beeilt Euch bitte, die Zeit vergeht, und Eurer Mutter bleibt nicht mehr viel Kraft.«

Während wir auf die Notare warten, sehe ich mich um. Ich amüsiere mich beim Betrachten dieser Gesichter. Viele kommen mir bekannt vor. Menschen, die mir viele Jahre über treu gedient haben. Einige erkenne ich sofort, andere nicht. Ich hatte immer viele Menschen um mich herum. Jetzt fällt es mir schwer, sie alle auseinanderzuhalten. Ich erkenne Gesichter, erinnere mich aber nicht an die Namen. Und dann sind da noch die unbekannten Gesichter, wem sie wohl gehören? Verwandte oder Freunde meiner Hofdamen, die gekommen sind, um dem Ende der alten Königin beizuwohnen? Was für eine seltsame Vorstellung, dem Sterben einer Königin zuzusehen. Warum gehen sie nicht endlich und lassen mich in Frieden? Ich möchte meine Ruhe haben. Ich möchte mit meinen Kindern allein sein. Verfluchtes Hofprotokoll, das uns, die Könige, zwingt, immer von zahlreichen Menschen umgeben zu sein. Wer sind all diese Leute? Eindringlinge, die man dem Hof empfohlen hatte. Alle wollen sie dem Thron so nah wie möglich sein. Arme Unglückliche. Bin ich immer noch so wichtig? Haben sie nicht gemerkt, dass ich nur eine alte Frau bin, die stirbt? Was erwarten sie von mir?

Und die mir gedient haben? Haben sie mir aus Treue oder aus schlichtem Opportunismus gedient? Wie viele haben mich verraten? Ich fürchte, das werde ich nie erfahren. Ich habe immer gute Miene zum bösen Spiel machen und mich von meiner besten Seite zeigen müssen, die düstere Seite musste ich verbergen, von ihr wussten sie nichts. Man hat mehr als nötig über meinen Charakter und meine Bosheit geklatscht. Sinnlos, denn es gab immer Gründe, mich zu kritisieren. In diesem Punkt war mein Hofstaat nie sehr rücksichtsvoll. Die Fiktion hat die Realität weit überholt. Das gehört zu den Unannehmlichkeiten unserer Position. Die unbekannte Masse kann uns lieben, uns schmeicheln oder uns verteufeln, alles Gefühle, die unmöglich zu kontrollieren sind. Mir war immer wichtig, aufrichtig zu mir selbst zu sein. Ich war viele Jahre Königin dieses Volkes. Für sie bin ich eine fast legendäre Figur. Deshalb stehen sie jetzt in meinem Vorzimmer Schlange, um mich zu sehen. Nachdem sie mich so herabgewürdigt haben, wollen sie ihren Kindern und Enkelkindern sagen können: »Ich habe Königin Katharina de' Medici gekannt«, als wäre das ein Grund, stolz zu sein.

Vielleicht wissen diese Menschen nicht, dass die Königin ihr ganzes Leben lang täglich darum hatte kämpfen müssen, dass man sie mochte oder wenigstens respektierte. Es hat nicht gereicht, die Frau des Königs und die Mutter dreier weiterer Herrscher dieses Landes zu sein, um respektiert und geliebt zu werden. Für sie war ich immer ein Emporkömmling. Ich habe für meine herausgehobene Stellung, die das Schicksal mir zugedacht hat, teuer bezahlen müssen. Die Sterne hatten meinen Weg angekündigt. Aber diese Dummköpfe, was wissen sie schon von den Sternen? Wahrscheinlich nichts. Sie konsultieren die Astrologen, um die Liebe zu finden, um zu erfahren, ob sie Glück haben, eine gute Ehe eingehen oder ob sie Kinder haben werden. Sie glauben nicht wirklich an die Sterne. Sie brauchen sie nur, weil sie sich so sicherer fühlen. Ich habe wirklich immer an sie geglaubt. Seit meiner Kindheit wusste ich, dass das Schicksal geschrieben steht. Wenn ich die Sterne nicht konsultiert habe, habe ich Fehler gemacht. Wie in jener Bartholomäusnacht. Ich wollte diese Tragödie nicht. Ich versuchte bis zum letzten Augenblick, sie zu verhindern, doch sie fand trotzdem statt. Wieder einmal war ich von den Menschen verraten worden, denen ich vertraut hatte. Ich war unschlüssig, was ich tun sollte. Das Königreich war in großer Gefahr, aber ich hätte es nicht gewagt, eine so ernste, gewichtige und endgültige Entscheidung zu treffen wie die Beseitigung aller Hugenotten. Gott ist mein Zeuge. Und es geschah dennoch. Sie wurden alle massakriert. Ich wurde jahrzehntelang beschuldigt, dieses Massaker geplant zu haben. Doch ich hatte nur die Anführer ausschalten wollen, dann wäre die Sache erledigt gewesen. Aber die mich verrieten, hatten ganz andere Pläne. Sie wollten alle Hugenotten eliminieren, nicht nur ihre Anführer. Es waren schreckliche Tage. Überall lagen

Tote. Und natürlich zeigte alle Welt mit dem Finger auf mich und beschuldigte mich, das Blutbad befohlen zu haben. Sind deshalb all diese Damen hier? Wollen sie die grausame Königin, die das größte Massaker der Christenheit befohlen hat, mit eigenen Augen sehen? Die Armen. Naive Geschöpfe. Sie kennen die verschlungenen Pfade der Politik nicht. Die Dinge sind nicht so einfach, wie sie wirken. Sie wissen nicht, wie sehr man kämpfen muss, um sich durchzusetzen. Sie wissen nicht, dass es nicht reicht, Befehle zu erteilen, um Gehorsam zu erlangen, sondern dass man ständig dafür kämpfen muss. Es ist eine Kunst, wenn man es schafft, dass einem die Menschen gehorchen. Sie lassen sich zu leicht von ihrem Hass und ihren Rachegelüsten hinreißen. Ein rasendes Volk ist nicht aufzuhalten, und genau das war in der Bartholomäusnacht geschehen, das werde ich mir nie verzeihen.

Endlich sind die Notare eingetroffen. Ich beginne, ihnen mein Testament zu diktieren. Hin und wieder versagt mein Gedächtnis, und ich muss mich Hilfe suchend an meinen Sohn wenden. Es kommt der Moment, an dem ich wirklich nicht mehr kann. Die Anstrengung ist zu groß. Meine Kräfte verlassen mich. Ein Name schwirrt mir durch den Kopf: Tinella. Was ist mit ihr geschehen? Ist sie noch am Leben? Ich habe sie sehr vermisst in all diesen Jahren. Sie ist bestimmt ein Opfer dieser schrecklichen Bartholomäusnacht geworden. Tinella hätte mich nie verlassen dürfen. Sie liebte mich und wusste auch, wie sehr ich sie liebte.

Mein Sohn diktiert nun mein Testament. Er weiß, wie mein letzter Wille lautet. Nachdem die Notare es mir vorgelesen und wir einige unklare Punkte geändert haben, lasse ich meinen Sohn Heinrich III. in meinem Namen unterschreiben. Nach ihm unterzeichnen seine Frau, Königin Luise, und meine Enkelin Christine von Lothringen, der Siegelbewahrer Dupuy und der Vogt der Bretagne Du Riz das Dokument, anschließend die Notare. Ich habe an alle gedacht, zumindest glaube ich das.

Ich habe alle diejenigen bedacht, die mir in den letzten Jahren treu gedient haben. Hofdamen, Offiziere, Edelleute, Geistliche, Sekretäre und Dienstboten. Fast fünfhunderttausend Taler sind für ihre Pensionen bestimmt. Meiner Enkelin Christine von Lothringen, der Tochter meiner Tochter Claudia, vermache ich alle meine Güter in Italien, dazu die Nachfolgerechte für das Herzogtum Urbino und die zweitausend Taler, die mir der Großherzog der Toskana noch schuldet. Christine hinterlasse ich auch meinen Palast in Paris mit der Hälfte der Möbel und meine Juwelen. Königin Luise, Heinrichs Frau, vermache ich mein Schloss Chenonceaux, das ihr so gefällt. Meinem Enkel Karl von Angoulème, dem unehelichen Sohn meines Sohnes Karl IX., hinterlasse ich alle meine französischen Güter, die ich von meiner Mutter geerbt habe: die Grafschaften von Clermont, der Auvergne und von Lauragais, die Baronie La Tour und La Chaise, alle meine Gutshäuser in der Auvergne und alle Rechte über meine Mühlen im Süden Frankreichs. Den Rest vermache ich meinem Sohn, dem König, mit dem Auftrag, den zahlreichen frommen Stiftungen, die ich in meinem Leben eingerichtet habe, weiterhin Schenkungen zu machen. Der König soll auch allen armen Madchen, die heiraten wollen, eine Mitgift geben und 6666 Taler an die Armen verteilen, die für den ewigen Frieden meiner Seele beten. Ich habe in meinem Testament hervorheben lassen, dass keines meiner persönlichen Güter jemals der Krone Frankreichs einverleibt oder annektiert werden darf. Meine Tochter Margarete und meinen Schwiegersohn, den König von Navarra, habe ich aus meinem Testament ausgeschlossen.

Schloss Blois

Donnerstag, 5. Januar 1589, 13.25 Uhr

Es war Zeit, dem Herrn Rechenschaft abzulegen. Wie ein böser Scherz des Schicksals sollte sich die große Angst, die Katharina immer vor Prophezeiungen gehabt hatte, erfüllen. Ihre Astrologen hatten ihr gesagt, dass sie in der Nähe von Saint-Germain sterben würde. Sie hatte sich immer vor dem Tod gefürchtet, nicht so sehr, weil er das Ende des Lebens auf Erden bedeutete, sondern, weil sie nicht wusste, was sie danach erwartete. Gevatter Tod hatte sie ihr Leben lang begleitet, er hatte zuerst ihre Eltern mitgenommen, als sie noch ein kleines Kind war, und dann einen nach dem anderen alle ihre Verwandten, einschließlich ihres Mannes und einiger ihrer Kinder. Sie hatte bei all dem Leid eine stoische Charakterfestigkeit gezeigt, die ihre Zeitgenossen immer erstaunt hatte. Sie hatten sie deswegen sogar für eine unsensible Frau mit kaltem Herzen gehalten. Doch vor ihrem eigenen Tod hatte sie Angst. Aus Furcht, die düstere Vorhersage ihrer Astrologen könnte sich erfüllen, hatte Katharina es seither vermieden, auch nur in die Nähe ihres Schlosses von Saint-Germain-en-Laye zu kommen, obwohl es eines ihrer Lieblingsschlösser war. Dort hatte sie zusammen mit ihrem Schwiegervater Franz I. glückliche Zeiten verlebt, dort waren auch ihre Kinder geboren worden, aber die Angst vor dem Tod war größer als alles andere. Sie wollte lieber kein Risiko eingehen. Und als wäre das nicht schon genug, war ihre Sorge so groß, dass sie auch nicht mehr im Louvre residieren wollte, weil der zur Gemeinde von Saint-Germain l'Auxerrois gehörte. Aus diesem Grund ließ sie sich einen anderen Palast bauen, nicht weit entfernt, den Palast der Tuilerien, denn der gehörte zu einer anderen Gemeinde, der nahe gelegenen Kirche von Saint-Eustache, was zumindest nichts mit dem unheilvollen Namen von Saint-Germain zu tun hatte.

Um ein Uhr fünfundzwanzig jenes 5. Januars 1589 war der Zustand der Königin sehr kritisch. Ihre Atmung ging immer hektischer, und das verhieß nichts Gutes. Alle Anwesenden begriffen, dass das unwiderrufliche Ende bevorstand. Der König befahl, ihr die Letzte Ölung zu geben. Da der Erste Geistliche der Königin nicht anwesend war – er war anderweitig beschäftigt –, befahl der König angesichts der gebotenen Eile seinen eigenen Geistlichen, den Abt von Charlieu, holen zu lassen, der nun an seiner Seite weilte, um der todkranken Königin die Sterbesakramente zu erteilen. Der Geistliche trat an das Bett der Herrscherin. Katharina hatte die Augen geschlossen, sie schien zu schlafen, doch plötzlich schlug sie sie unvermittelt auf, als hätte sie die fremde Person neben sich gespürt, und als sie den jungen Geistlichen erkannte, fragte sie in einem letzten hellen Moment:

»Wie heißt du, mein Sohn?«

»Julian de Saint-Germain, Majestät, zu Euren Diensten.«

»O mein Gott, ich bin tot!«, rief die Königin mit großer Angst im Blick.

Und sie tat ihren letzten Atemzug. Wieder einmal hatte sich der Zufall des Schicksals – ein Zufall, an den sie nie hatte glauben wollen und der sie ihr ganzes Leben lang verfolgt hatte – bestätigt. Ihre Astrologen hatten Recht behalten. Katharina starb in der Nähe von Saint-Germain.

Epilog

Dieses Buch ist ein Roman, der vor einem wahren historischen Hintergrund spielt. Die Dialoge der historischen Personen sind ebenso wie die beschriebene Handlung frei erfunden. Das Massaker in der Bartholomäusnacht vom 23. auf den 24. August 1572 war eine der blutigsten Episoden in der Geschichte von Paris. Katharina de' Medici wurde immer dafür verantwortlich gemacht.

Die Geschichte mit dem vergifteten Buch wird von mehr als einem Historiker erwähnt, aber keiner von ihnen konnte nachweisen, ob sie der Wahrheit entspricht. Man hat nie herausgefunden, ob der Herzog von Guise der Königin ein Buch zukommen ließ, in der Absicht, diese zu vergiften, oder ob es umgekehrt war und Katharina selbst dieses Buch in Auftrag gab, um sich des Herzogs von Guise zu entledigen, so wie die Kritiker der Königin es behaupten. Der wahre Auftraggeber blieb immer unbekannt.

Hunderte von Autoren haben den Grund für Karls IX. Tod der Tatsache zugeschrieben, dass er in besagtem Buch geblättert habe, was jedoch ziemlich unwahrscheinlich ist, denn der König starb nicht an einer Vergiftung und auch erst zwei Jahre später nach den hier geschilderten Ereignissen im Jahre 1574.

Als Anekdote möchte ich hinzufügen, dass ich den Gedanken immer amüsant fand, dass der große Umberto Eco die Geschichte von dem vergifteten Buch möglicherweise gekannt hat und sich davon hat inspirieren lassen, seinen Roman *Der Name der Rose* zu schreiben, indem er sie in einen anderen Kontext stellte.